LA VENGEANCE DES MÈRES

Note de l'auteur
à propos de la photo de couverture

La photographie reproduite sur la couverture de ce roman a été prise par L. A. Huffman à Fort Keogh, dans le territoire du Montana, en 1878. La jeune femme, dénommée Pretty Nose, était une chef de guerre amérindienne qui, à la fin du mois de juin 1876, s'est battue contre le 7e de cavalerie du général George Armstrong Custer à la bataille de la Little Bighorn, à l'âge de vingt-cinq ans. Apparentée à tort, selon diverses sources, à la tribu des Cheyennes du Nord, elle était en réalité arapaho. Les Arapahos étaient des alliés des Cheyennes, et les deux tribus unies par d'étroits liens de parenté. Pretty Nose avait également du sang français par son père, un marchand de fourrures canadien-français. Malgré les interdictions successives, prononcées par les autorités religieuses et gouvernementales, concernant les mariages entre différentes ethnies, religions et cultures, ceux-ci étaient déjà nombreux dans les Grandes Plaines pendant la première moitié du XIXe siècle, comme dans toute l'histoire de l'humanité.

Pretty Nose a vécu par la suite dans la réserve arapaho de Wind River, dans le Wyoming, jusqu'à l'âge d'au moins cent deux ans.

Vous aimez la littérature étrangère ? Inscrivez-vous à notre newsletter pour suivre en avant-première toutes nos actualités :
www.cherche-midi.com

Ouvrage publié sous la direction d'Arnaud Hofmarcher
avec la collaboration de Marie Misandeau

© Jim Fergus, 2016

© le cherche midi, 2016, pour la traduction française
23, rue du Cherche-Midi
75006 Paris

Jim FERGUS

LA VENGEANCE DES MÈRES

LES JOURNAUX DE MARGARET KELLY
ET DE MOLLY MCGILL

Deuxième tome de la trilogie
Mille femmes blanches

Roman

Traduit de l'anglais (États-Unis)
par Jean-Luc Piningre

*Pour mes chers amis, Moira et Jon D. Williams III,
avec toute mon affection*

« À cette époque la campagne était plus large
de trois mille kilomètres, et plus profonde de deux mille.
On se promenait dans de nombreuses vallées
secrètes où des tribus indiennes vivaient au calme
même si certaines choisirent de fonder des nations
nouvelles dans ces régions jusque-là inconnues situées
entre les traits noirs séparant les États. J'ai épousé une
jeune Pawnee lors d'une cérémonie derrière la cascade rituelle.
Chiens et humains
librement réunis devinrent de taille
moyenne et bruns. »

Jim Harrison, « Dans le temps », *Une heure de jour en moins*[1]

« Ce sont les mères et non les guerriers qui créent un peuple et forgent sa destinée. »

Luther Standing Bear, chef oglala lakota

---

1. Traduction Brice Matthieussent.

1er mars 1876

Cette fois, tout est vraiment fini. Dès les premières lueurs du jour, telle la main vengeresse du Tout-Puissant, les soldats ont fondu sur nous. J'ai reçu un coup de feu, j'ai peur de mourir vite, le village est détruit, incendié, le peuple nu est parti se réfugier en courant dans les collines et se tapir sur la roche comme des animaux. Je ne sais où sont la plupart d'entre nous, certaines sont mortes, d'autres encore vivantes. Je me suis réfugiée dans une petite grotte avec Feather on Head, Quiet One et Martha. Nous sommes blotties les unes contre les autres avec nos enfants, tandis que le village brûle en contrebas, semblable à un immense bûcher funéraire. Les soldats empilent tous nos biens, tout ce que nous avons – peaux, fourrures, couvertures, réserves de viande et de nourriture, selles de chevaux, munitions –, placent les cadavres par-dessus et embrasent le tout avec leurs grandes torches. Ils mettent pareillement le feu aux loges qui s'enflamment comme des arbres dans une forêt sèche ; à l'intérieur, poudre et cartouches font des feux d'artifice... Tout ce que nous avions s'envole en fumée.

Je suis blessée et crains de mourir bientôt, j'entends mon souffle rauque, des bulles de sang s'échappent de ma bouche et de mon nez [...] Tant qu'il me reste un peu de force, je vais continuer à écrire ce qui s'est passé...

(Extrait de la dernière page des *Journaux* de May Dodd)

Abbaye Saint-Antoine du Désert
Powder River, Montana

15 novembre 1926

La nuit suivant la charge de Mackenzie, le thermomètre indiquait presque moins vingt degrés. La cavalerie s'était emparée à l'aube du village cheyenne qu'elle avait entièrement détruit, massacrant des dizaines d'Indiens, hommes et femmes, jeunes et vieux, abattus sans discrimination à coups d'épée, de carabine, de pistolet, par des soldats pris de folie meurtrière. Plusieurs de nos amies blanches étaient parmi eux avec leurs bébés. Celles et ceux qui réussirent à leur échapper prirent la fuite vers les collines, certains grièvement blessés, certains à peine vêtus, sans rien pour les protéger des éléments, eux-mêmes et leurs enfants. Bien que dans un état grave, le grand Chef de la Douce Médecine Little Wolf conduisit les membres encore vivants de sa bande, en hardes, à travers les montagnes jusqu'au village du guerrier lakota Crazy Horse. Je les suivis et fis tout mon possible

– bien peu, vu les circonstances – pour assister ces malheureux et soulager leur peine.

Ces deux semaines de marche furent un véritable chemin de croix. Onze bébés cheyennes moururent de froid, la première nuit, dans les bras de leur mère, trois encore la nuit suivante, et tous les enfants de sang mêlé qui avaient survécu jusque-là périrent...

Les deux sœurs irlandaises, Margaret et Susan Kelly, perdirent chacune leurs deux jumelles au cours de ce voyage exténuant. Les voir affligées, au supplice, avait de quoi vous déchirer le cœur. Elles me maudirent et maudirent Notre-Seigneur bien-aimé de leur avoir pris leurs petites filles.

Avec Martha Atwood, les sœurs Kelly sont les deux seules femmes blanches de la tribu qui, à ma connaissance, ont réchappé à l'assaut de Mackenzie et à ses conséquences désastreuses. Au fil des ans, j'ai mené plusieurs enquêtes pour tenter d'apprendre ce qu'elles étaient devenues, et n'ai recueilli à chaque fois que de sombres rumeurs. Je n'ai jamais su véritablement ce qui leur était arrivé. Que Dieu les bénisse, toutes deux...

Martha Atwood Tangle Hair, officiellement l'unique épouse du programme Femmes blanches pour les Indiens qui n'ait pas perdu la vie ce mois-là, est revenue à Chicago avec son fils, baptisé Dodd en l'honneur de May, l'amie chère de Martha. Je n'ai jamais revu Martha mais, pendant de nombreuses années, nous avons entretenu une correspondance. Dans sa toute première lettre, elle m'informait qu'elle avait remis le dernier message de May Dodd au capitaine John Bourke. Cependant elle évita par la suite d'évoquer toute l'affaire – qu'il s'agisse du FBI ou du massacre épouvantable qui, définitivement, y a mis un terme. Je n'ai jamais su non plus quel accord l'État américain avait conclu avec elle pour qu'elle garde le silence à ce sujet. Un moine n'a pas à poser de telles questions. En tout cas, elle a tenu parole : ce silence, elle l'a gardé.

(D'après le codicille de l'abbé Anthony de la Prairie.)

INTRODUCTION

J. W. Dodd III
Rédacteur en chef
Chitown Magazine
Chicago, Illinois, le 14 mai 2015

Mon nom entier est Jon William Dodd III. La plupart des gens m'appellent J. W. pour me distinguer de mon père, feu J. Will Dodd, ou Will pour les intimes. Je suis actuellement rédacteur en chef du magazine local *Chitown*, propriété de ma famille, qui en assure aussi la direction. Mon père y a exercé les mêmes fonctions que moi pendant trente-quatre ans, jusqu'à sa récente disparition.

Les lecteurs se rappelleront l'homme qui a découvert et publié *Mille femmes blanches : Les Journaux de May Dodd*, sous forme de roman-feuilleton dans ce même magazine, il y a aujourd'hui plus de quinze ans. À l'époque, ces journaux ont suscité bien des controverses dans le monde universitaire. Dans diverses facultés du pays, des professeurs d'histoire indignés les ont purement et simplement taxés de faux. Selon les lettres qu'ils ont envoyées à la rédaction, l'échange dont il est question et qui fournit la base du récit — à savoir les mille chevaux troqués par les Cheyennes contre mille femmes blanches — n'aurait jamais eu lieu et il n'existerait aucune preuve historique de son existence. Mon père, qui a rédigé lui-même l'introduction du roman, n'a jamais répondu directement à ces critiques. Pour lui, la découverte et la publication des journaux de May était un acte d'amour, l'œuvre d'un homme qui se sentait responsable envers sa famille. Il avait tenu à établir toute la vérité concernant la vie et la mort de son arrière-grand-mère, à exposer les torts causés à celle-ci par ses propres parents, à lui donner la place qu'elle mérite dans notre saga. Papa se fichait bien que les profs contestent l'authenticité de ses carnets.

Pour les lecteurs qui ne connaîtraient pas l'histoire, en 1875, May Dodd, âgée de vingt-trois ans, a été enlevée en pleine nuit dans sa maison de Chicago. Séparée de force de ses deux jeunes enfants, elle a été internée par ses parents à l'asile de fous de Lake Forest, pour le seul crime d'être tombée amoureuse d'un homme d'un rang inférieur au sien. Selon la version officielle, elle est décédée environ un an plus tard, en février 1876, dans le même établissement et dans des circonstances demeurées secrètes. Il existait cependant une autre version, beaucoup plus romantique, de sa courte existence : une mystérieuse légende, transmise à voix basse de génération en génération, selon laquelle elle ne serait pas du tout morte à l'asile. Bien au contraire, elle se serait échappée pour partir « à l'ouest vivre avec les Indiens », une formule qui, au fil des ans, était devenue à la maison un euphémisme courant d'insanité.

Désireux d'en savoir plus, mon père a entamé des recherches qui l'ont conduit à la réserve indienne de Tongue River, dans le sud-est du Montana. C'est là que, à l'automne 1996, plus de cent vingt-cinq ans après leur rédaction, la petite-fille cheyenne de May Dodd, May Swallow Wild Plums[1], lui a offert ces carnets extraordinaires.

Jeune garçon, j'ai eu la chance d'accompagner papa lors de ses nombreux voyages dans les Grandes Plaines, alors qu'il reconstituait les journaux de May. Je projetais déjà de jouer un rôle dans l'entreprise familiale et d'embrasser moi-même une carrière dans le journalisme. Je dois pour une bonne part à mon père, passionné par le sujet, le vif intérêt que j'éprouve à mon tour pour la cause des Indiens – leur passé tragique, leur présent difficile, leur avenir incertain.

---
1. May hirondelle plumes sauvages.

Papa était le descendant de May, mais également un homme d'une honnêteté foncière, considéré dans la réserve comme un ami fiable – ce qui n'est pas un mince exploit pour un Blanc. Nous avons fréquemment séjourné là-bas, logeant des semaines à la suite dans notre caravane Airstream, et nous avons noué des liens avec plusieurs membres de la tribu. Nous avons même parfois été invités dans la loge-à-suer et aux cérémonies de la danse du soleil. Je me suis fait quelques amis parmi les jeunes Cheyennes, cependant beaucoup entretiennent une vive méfiance à l'égard des Blancs que, de façon bien compréhensible, ils ne portent pas dans leur cœur. Je me suis plusieurs fois disputé avec eux à ce sujet.

Comme il arrive souvent dans notre profession, la publication des journaux de May Dodd marquait la fin d'une histoire et le début d'une autre. L'abbé Anthony de la Prairie, que May et ses amies appelaient frère Anthony, était un jeune bénédictin qui accompagnait les femmes blanches chez les Cheyennes. Elle le cite à maintes occasions dans ses journaux, notamment lors de ce matin glacial de l'hiver 1876 où la cavalerie américaine, sous les ordres du colonel Ranald Mackenzie, a attaqué le camp de Little Wolf. Dans son codicille, écrit exactement un demi-siècle après cette journée fatidique, l'abbé parle des trois femmes blanches qui ont survécu au massacre, sans être très sûr de ce qu'elles sont devenues par la suite. Il s'agit des jumelles irlandaises, Meggie et Susie Kelly, et de Martha Atwood, une ancienne employée de l'asile de Lake Forest qui avait aidé May à s'échapper de cet horrible établissement. Si aujourd'hui, selon les conventions existantes, une charge de cavalerie contre des civils occasionnerait sûrement des poursuites devant la Cour pénale internationale pour crime de guerre ou génocide, la chose s'inscrivait à l'époque dans la stratégie officieuse, mais communément acceptée, du ministère de la Guerre des États-Unis, qui se proposait d'exterminer la population native afin de libérer les Grandes Plaines au profit de l'envahisseur blanc. La colonisation de l'Amérique est jonchée de tristes épisodes de cette sorte.

Il y a six mois, quelques semaines seulement avant son départ à la retraite, mon père a eu un très grave AVC. Il est mort trois jours plus tard à l'hôpital Passavant de Chicago. En prévision de son départ, il m'avait confié la direction éditoriale du magazine afin d'adapter celui-ci à l'ère numérique – un monde incompréhensible et vaguement intimidant pour sa génération de «dinosaures de l'imprimé», comme il se qualifiait lui-même. Cela faisait déjà pas mal d'années que je travaillais pour *Chitown*, tout d'abord comme coursier et magasinier pendant les vacances, quand j'étais encore au collège. Par la suite, pendant mes années de lycée et de fac, j'ai exercé les différentes fonctions de correcteur, assistant rédacteur, journaliste salarié et, finalement, chef de service.

Un après-midi, dix jours seulement après sa disparition, une secrétaire m'a envoyé un SMS pour m'informer qu'une jeune femme demandait à me voir à la réception.

«Son nom?» lui ai-je retourné par un autre texto.

«Ne veut pas le dire. Bizarrement habillée.»

«Comment ça, bizarrement?»

«Comme une Indienne.»

«Des Indes ou d'ici?»

«USA.»

«Que veut-elle?»

«Elle dit qu'elle vous connaît. Veut vous donner quelque chose. Elle a deux vieilles sacoches en cuir avec elle. Des sacoches de selle, très vieilles.»

«Et elle est arrivée à cheval?»

«Ha ha ha. J'appelle la sécurité, chef?»

«Je vous ai dit de ne pas m'appeler comme ça, Chloe. Non, j'arrive.»

Mon père était mort si récemment, si subitement, que je n'étais pas encore très à l'aise dans son fauteuil. Non seulement j'étais affligé par sa disparition, mais j'avais en plus l'impression d'être un imposteur, d'usurper mon poste de rédacteur en chef. En passant devant les autres bureaux sur le chemin de la réception, je me suis souvenu des premières fois que papa m'avait emmené ici quand j'étais petit. Il devait trouver l'endroit bien différent à la fin de sa carrière: disparus, les staccatos des machines à écrire, les sonneries stridentes des téléphones filaires, le chahut des journalistes en pleine discussion ; oubliés, le nuage de fumée de cigarettes planant au-dessus des têtes, tel un brouillard permanent, et l'odeur âcre du café brûlé, trop longtemps resté sur la plaque électrique. Tout était maintenant d'une propreté aseptisée. Un calme étrange régnait dans les locaux. Isolés dans leurs cubes de verre, les jeunes rédacteurs déployaient sans effort leurs doigts agiles sur des claviers silencieux. Il ne restait que quelques rares bruits étouffés, de minuscules bips et cliquetis électroniques, le *wooshhh* du courrier au départ des boîtes d'envoi.

La jeune femme qui m'attendait à la réception m'a brusquement tiré de ma rêverie nostalgique – j'étais reparti bien loin de l'âge du numérique...

Remarquant ma surprise, Chloe, la secrétaire, a affiché un sourire suffisant.

— Je vous avais prévenu, chef, a-t-elle murmuré.

— Bonjour, ai-je dit en tendant la main à cette visiteuse dont le visage ne me disait rien. Je suis J. W. Dodd, vous vouliez me voir ?

Elle a regardé ma main sans la prendre.

— En privé, a-t-elle répondu.

— À quel sujet, si je puis demander ?

— J'ai quelque chose pour vous.

J'ai jeté un coup d'œil aux sacoches qu'elle portait en bandoulière. De fait, elles étaient très vieilles, le cuir terne et craquelé, avec, sur un rabat, un lettrage au pochoir que je n'ai pu déchiffrer.

— Donnez-moi un indice.

— En privé, a-t-elle répété. J'ai lu les journaux qu'a publiés votre père. Je l'ai rencontré il y a quelques années à la réserve. Vous aussi, mais vous ne vous rappelez sans doute pas. Nous étions encore des gamins.

— Très bien, suivez-moi.

Tandis que je l'accompagnais vers mon bureau, les rédacteurs levèrent la tête l'un après l'autre au-dessus de leurs appareils, comme s'ils avaient enfin quelque chose de plus intéressant à regarder que leurs écrans.

En visitant avec mon père un grand nombre de musées d'Histoire naturelle et amérindienne d'un bout à l'autre du pays, j'ai acquis une certaine connaissance des vêtements et de l'artisanat des peuples natifs. La jupe et la tunique de daim de cette femme, ornées de perles et cousues ensemble avec des lanières de cuir, m'ont paru étrangement authentiques. Elle portait des jambières et des mocassins en peau. Sa démarche était vive, fluide, si légère et feutrée qu'elle semblait flotter au-dessus de la moquette. C'était une grande fille mince, tout à fait ravissante. Elle avait la peau brune, mais des cheveux châtains et des yeux d'un bleu saisissant – ce qui est assez rare chez les Indiennes. Ses traits affirmés, son nez aquilin aux narines légèrement épatées et son port de tête altier lui donnaient une allure fière, sinon provocante. Ses nattes étaient émaillées de perles de couleur et de tout petits os qui pouvaient être des os d'oiseaux. Le plus impressionnant était encore sa ceinture ; je n'ai pu que reconnaître un antique ceinturon à scalps, certainement paré de vrais scalps humains, tels que j'en avais vu dans les musées. Un « couteau à scalper » d'époque y était accroché, pourvu d'un manche en os élégamment sculpté, et dont la lame était protégée par une gaine elle aussi décorée de perles. J'hésite un peu à dire cela mais, comme l'aurait écrit May Dodd dans la langue de son temps, cette fille avait tout l'air d'une sauvage.

J'ai refermé derrière nous la porte de mon bureau et je lui ai demandé, en montrant sa ceinture :

– Est-ce bien ce que je crois ?

Elle a hoché la tête.

– Ne vous inquiétez pas, je ne vais pas y ajouter le vôtre.

– Vous m'en voyez ravi. Je vous en prie, asseyez-vous.

J'ai indiqué le siège devant ma table de travail et j'ai pris place derrière.

– Juste par curiosité : comment avez-vous échappé au contrôle de sécurité, dans l'entrée ? Le règlement est très strict à ce sujet : aucune arme n'est admise dans l'immeuble.

Elle a dégagé adroitement les sacoches de son épaule, qui ont atterri sur ma table avec un bruit sec.

– Je suis une changeuse de forme, a-t-elle annoncé. Je prends celles d'autres êtres vivants – animaux, oiseaux, des humains aussi.

Pour les agents en bas, j'étais une simple employée du Marché à terme de Chicago. Je suis entrée avec un groupe de femmes qui revenaient de déjeuner. Personne ne m'a arrêtée, personne n'a vu le couteau qui n'existait pas à leurs yeux.

Je l'ai étudiée attentivement au cas où son petit manège la ferait sourire, ne serait-ce qu'un peu. Mais non, elle restait de marbre.

— Je vois, ai-je dit finalement. Et comment vous y prenez-vous pour... euh, changer de forme ?

— C'est un vieux secret de notre profession que nous ne divulguons pas, surtout pas à un homme blanc.

— Bon, d'accord... Que vouliez-vous me donner ?

— J'ai dit que c'était pour vous, mais je ne vous le donne pas, je vous le prête seulement. J'avais l'intention de confier cela à votre père. Je regrette de ne pas avoir eu l'occasion de le revoir avant qu'il parte pour Seano, le pays du bonheur. D'un autre côté, je suis heureuse de le savoir là-bas.

— Comment avez-vous appris sa mort ?

— Vous n'ignorez pas qu'il était apprécié dans la réserve. Les nouvelles vont vite, par là-bas.

— Vous dites que nous nous sommes déjà rencontrés, mais vous devez avoir raison, je ne m'en souviens pas.

— Nous étions des enfants. Nous ne nous connaissions pas bien. Cependant, un jour, vous m'avez invitée au cinéma du centre communautaire.

J'ai ri en me souvenant brusquement.

— Comment ai-je pu oublier ? Je venais juste d'avoir treize ans et vous êtes la première fille que j'aie jamais invitée à sortir. Je n'étais pas très loin de la caravane où nous logions dans la réserve quand un groupe de jeunes Cheyennes m'est tombé dessus pour me flanquer une raclée. Vous êtes Molly Standing Bear[1]... et c'est vrai, vous avez changé...

Elle a souri en hochant la tête.

— Exact. En m'invitant au cinéma, vous aviez enfreint les règles. Il fallait être un membre de la tribu pour ça.

---

1. Molly ours debout.

– On me l'a bien fait comprendre. Seulement, après avoir pris une trempe, je me suis quand même rendu chez vous et votre mère m'a affirmé que vous n'étiez pas là. Après quoi je ne vous ai plus jamais revue. Il m'a fallu pas mal de temps pour retrouver le courage d'inviter une autre fille.

– Mes parents ne m'avaient pas donné la permission de sortir avec vous.

Comme pour les consacrer, Molly Standing Bear a caressé les sacoches de ses longs doigts fins.

– Il faut que j'y aille. Tout ce que vous avez besoin de savoir se trouve dedans.

– De savoir sur quoi ? Je dois vous avertir que la maison rejette les manuscrits non sollicités. Ce qui n'empêche pas les gens de nous en envoyer... Quoique, d'habitude, ils arrivent joints à un e-mail, pas dans des sacoches d'un autre âge...

– Ce n'est pas pour votre magazine, mais pour vous. Votre père était un des rares hommes blancs en qui nous avions confiance. J'espère que nous pouvons aussi avoir confiance en vous, puisque vous êtes son fils.

– Me faire confiance pour quoi ?

– Prenez-en bien soin, m'a-t-elle dit, posant de nouveau une main dessus. Je reviendrai les chercher et, si vous les avez perdus, cette fois, je vous scalperai.

– Vous plaisantez, n'est-ce pas ?

Elle m'a regardé droit dans les yeux en effleurant le manche du couteau à sa taille – sa façon de me répondre, sans doute.

– Bon, d'accord. Une dernière question ?

– Je me souviens que votre père, lui aussi, posait beaucoup de questions. Nous le lui pardonnions car nous le respections, bien que, dans notre culture, cela soit considéré comme impoli.

– C'est notre métier, lui ai-je rappelé. Je suis tout de même intrigué : pourquoi cet accoutrement ? Enfin, nous nous trouvons dans le centre de Chicago... Vous êtes à l'évidence une femme intelligente, instruite, et, dans cette tenue d'Indien des plaines du XIXe siècle, vous ressemblez à une vitrine de musée.

– Je l'ai choisie à dessein.

– Je m'étonne que la police ne vous ait pas arrêtée.

— C'est illégal d'être une Amérindienne dans ce pays ?

— Non, mais les policiers de Chicago n'ont pas souvent l'occasion de croiser une Cheyenne en habit traditionnel dans les rues. Sans compter que vous portez un couteau et un ceinturon à scalps qui m'ont l'air authentiques. Il y a au moins de quoi piquer leur curiosité.

— Je me fonds dans la masse, comme je vous l'ai expliqué. Je deviens ce qui m'arrange dans l'œil de celui qui me regarde. On ne voit pas ce que je suis vraiment.

— Et qui êtes-vous vraiment ?

Prête à partir, elle s'est levée et elle a ouvert les bras en souriant.

— Celle que vous voyez.

À cet instant, je voyais la jeune Molly Standing Bear de la réserve avec mes yeux de gamin de treize ans, un gamin fou amoureux d'elle. J'avais brusquement la chair de poule.

— Vous savez, Molly, je vous aimais beaucoup quand nous étions petits. Vous aviez du caractère, de la personnalité. Vous en imposiez à tous les autres gosses, là-bas. Car vous étiez plus maligne qu'eux et vous n'étiez pas du genre à supporter leurs conneries.

— Je les intimide encore, je suis toujours plus intelligente et je ne tolère pas leurs conneries, a-t-elle affirmé sans une once de vantardise, comme on énonce de simples faits.

— Je veux bien vous croire, oui, lui ai-je dit en riant. Tant que vous êtes en ville, aurai-je le plaisir de vous inviter au cinéma, cette fois ? Ou même à dîner, maintenant que nous sommes grands ?

— Non.

J'ai ri de nouveau.

— Bon. Dans ce cas, je vous raccompagne.

— Je connais le chemin.

— Désolé, c'est le règlement. Les visiteurs doivent tous être raccompagnés. Surtout s'ils sont armés.

Elle avait déjà gagné la porte et, ignorant ma remarque, elle s'est glissée dans le couloir, gracieuse et silencieuse comme un esprit.

J'ai quitté mon siège et je l'ai suivie. Quand j'ai rouvert la porte, elle n'était plus dans le couloir. Devant moi, une femme se dirigeait vers la réception, vêtue d'un tailleur gris sur mesure et de chaussures à talons.

— Excusez-moi, madame, l'ai-je priée. Vous n'avez pas croisé une jeune Indienne, à l'instant ?

Elle marchait d'un bon pas et s'est retournée sans s'arrêter.

— Non, monsieur, a-t-elle dit avec un sourire poli. Je n'ai vu personne.

Je suis resté un instant à regarder sa silhouette qui s'éloignait. J'avais un picotement dans la nuque et les poils qui se hérissaient.

— Elle est repassée par ici, l'Indienne ? ai-je demandé à Chloe en arrivant.

— Non, je pensais qu'elle était avec vous. Mais une autre femme est sortie que je ne me rappelle pas avoir vue passer. Elle a dû entrer pendant que j'étais aux toilettes. Vous voulez que j'appelle la sécurité, chef ? Cette Indienne m'a vraiment fichu les jetons. Tout de même, c'est quoi, ces drôles de cheveux qu'elle portait à la taille ?

— Vous préférez ne pas le savoir, Chloe.

J'ai entendu la sonnette de l'ascenseur dans le hall. Les portes commençaient à se refermer quand j'ai débouché sur le palier. La fille au tailleur gris se tenait au fond de la cabine. Elle était maquillée, élégante avec ses cheveux relevés en chignon ; elle faisait très femme active – avocate, médecin, peut-être une prof de fac. Mais je n'avais aucun doute : c'était Molly Standing Bear. Elle avait un sourire ironique aux lèvres quand les portes se sont refermées.

J'ai rebroussé chemin en vitesse vers mon bureau.

— Chef ! a jeté Chloe tandis que je filais. Vous êtes sûr que je ne préviens pas la sécurité ?

Je me suis arrêté et retourné.

— Chloe ! Je ne vous ai pas dit de ne plus m'appeler « chef » ?

— Mais j'ai toujours appelé votre père comme ça. Je crois que ça lui plaisait. Ça a un petit côté rétro.

— Je ne suis pas mon père et au diable le rétro ! S'il vous plaît, continuez de m'appeler J. W. comme avant, et comme tout le monde. Et laissez la sécurité tranquille.

— Ronchon, ronchon... a-t-elle marmonné en hochant la tête.

OK, J. W., c'est compris. Alors qu'est-elle devenue, Pocahontas ? Où est-elle passée ?

— Difficile à dire.

— Je vous avais dit qu'elle était bizarre.

Assis dans le fauteuil de mon père, j'ai tiré vers moi les sacoches restées sur le bureau. En regardant de plus près, j'ai réussi à déchiffrer l'inscription à moitié effacée sur un rabat : Miller 7th U.S. Cavalry. Comme tous les passionnés des Indiens des plaines, je sais que le 7e de cavalerie obéissait aux ordres du général George Armstrong Custer à la bataille de Little Bighorn. J'avais presque peur de les ouvrir, ces sacoches. Ce que j'ai fait, évidemment.

J'ai sorti de la première dix antiques registres aux couvertures décolorées. On trouvait des registres de cette sorte partout dans l'Ouest, dans les comptoirs des ventes, à la fin du XIXe siècle et au début du suivant. C'était l'une des rares formes de papier que pouvaient facilement se procurer les peuples natifs. Les illustrateurs de leurs tribus les utilisaient comme carnets à croquis et leur attribuaient une grande valeur. Lors d'un voyage à New York avec mon père, j'avais vu l'un des plus célèbres de ces registres, exposé au musée d'Histoire naturelle. Les dessins qu'il contient sont l'œuvre d'un jeune artiste cheyenne, Little Fingernail, qui, en voyage ou au cours des combats, portait les siens attachés dans son dos, à la façon de May Dodd. La ressemblance est sinistre, car les deux couvertures et toutes les pages au milieu ont été perforées par une balle de fusil, comme ceux de May. Une balle tirée par un soldat alors que Little Fingernail prenait la fuite lors d'un assaut militaire, et qui l'a tué. Même chose pour May. On leur a tiré dans le dos à tous deux.

J'ai trouvé dans la deuxième sacoche une autre demi-douzaine de ces registres, tous numérotés. En feuilletant les pages du premier, j'ai constaté qu'ils n'avaient pas servi de livres de comptes — à quoi ils étaient avant tout destinés — et qu'ils ne renfermaient aucun dessin amérindien. Non, les pages de papier quadrillé étaient recouvertes d'une écriture de femme, qui avait employé des crayons de différentes couleurs, à l'époque le seul matériel disponible pour les Indiens. Au verso de la couverture était inscrit : « Ce carnet appartient à Margaret et Susan Kelly. Propriété privée. Défense d'entrer ! »

J'en ai retiré un de la deuxième sacoche, j'ai ouvert une page au hasard, j'en ai lu quelques-unes à la suite et j'ai remarqué que l'écriture, bien qu'elle aussi féminine, n'était pas la même. Supposant que Molly Standing Bear les avait classés selon un certain ordre, j'ai rangé celui que j'avais en main, j'ai repris le tout premier et j'ai commencé à lire pour de bon, restant dans mon bureau jusqu'à la fin de la journée et la plus grande partie de la nuit. Je n'ai pris aucun appel au téléphone, n'ai répondu à aucun e-mail ou SMS, et n'ai arrêté qu'après avoir tourné la dernière page du dernier registre.

Les journaux présentés ci-après ont été disposés dans un autre ordre, de façon à respecter à peu près la chronologie. Comme on les doit à deux plumes différentes et qu'ils ont trait aux mêmes événements, on trouvera forcément des dates qui se chevauchent. À l'exception de rares et minimes corrections d'orthographe et de ponctuation, ils demeurent pour l'ensemble tels qu'ils étaient au départ. À certains endroits, des guillemets et des italiques ont été ajoutés, quelques passages ont été découpés en plusieurs paragraphes, et des mots visiblement oubliés ont été insérés – au bénéfice de la clarté et de la cohérence. Bien qu'il soit toujours difficile, dans notre métier, de ne pas « faire un peu de ménage », comme disait mon père à propos des révisions, j'ai résisté autant que possible à la tentation de fignoler, en bon maniaque que je suis, afin de laisser intacts le ton et le style propres à chacune des narratrices, y compris d'éventuelles maladresses. Car c'est bien sûr leur histoire, pas la mienne.

Les Journaux de Margaret Kelly

PREMIER CARNET

Dans le camp de Crazy Horse

« Maudit soit l'État américain! Maudite soit son armée! Cette humanité de sauvages, les Blancs comme les Indiens! Et le bon Dieu dans les cieux! Faut pas prendre ça à la légère, la vengeance d'une mère, vous allez voir ce que vous allez voir... »

(Extrait des journaux intimes de Margaret Kelly.)

9 mars 1876

Moi, c'est Meggie Kelly, et avec Susie, ma sœur jumelle, on a décidé de prendre la plume. Un crayon, quoi. Il nous reste plus rien à nous, moins que rien. Le village de notre Peuple est détruit, tout ce qu'on avait a brûlé. Nos amis massacrés par les soldats... nos petites filles mortes de froid pendant cette horrible marche dans ces montagnes pleines de cailloux. C'est comme si on sentait plus rien, on est nous-mêmes à moitié mortes. Et de nous, ce qui reste, c'est nos cœurs, des cœurs de pierre maintenant. Maudit soit l'État américain! Maudite soit son armée! Cette humanité de sauvages, les Blancs comme les Indiens! Et le bon Dieu dans les cieux! Faut pas prendre ça à la légère, la vengeance d'une mère, vous allez voir ce que vous allez voir...

Ça fait six jours qu'on est arrivées au camp d'hiver de Crazy Horse, près de la Powder River. La famille lakota qui nous héberge nous a donné une pile de gros carnets et un sac en cuir plein de crayons de couleur. Ça appartenait aux dessinateurs de la tribu qui sont morts au combat. Comme on ne parle pas lakota, Susie et moi, seulement cheyenne ou par signes, ils ont voulu qu'on dessine l'attaque de notre village pour comprendre comment ça s'est passé. C'est des gens qui se débrouillent mieux avec les images, les Lakotas, et on n'a pas d'autre moyen de s'exprimer avec eux. On a fait de notre mieux, mais Susie et moi, on n'est pas très douées.

Par chance, on devrait pouvoir écrire, moi du moins, même si on n'a jamais fait d'études, pas comme notre vieille copine May Dodd. Aye, on était peut-être toutes de Chicago, mais Susie et moi on a grandi dans les rues. Deux orphelines, qu'on est. On a donné dans la combine pour survivre, des fois même en vendant notre corps, s'il n'y avait plus d'autre moyen... parce qu'on était une chouette paire de mômes, à l'époque, et il y avait toujours des gars qui nous tournaient autour. Quand on nous a séparées pour nous placer dans des familles, il y en avait une qui m'a donné un petit peu plus d'instruction qu'à Susie. La sienne, ils en ont fait une domestique comme chez beaucoup d'autres. S'en foutent bien qu'elle sache lire ou écrire, tant qu'elle fait le ménage et la lessive. Alors quand elle aura un truc à dire, elle me le dira à moi et je l'écrirai aussi bien que je peux, et toutes les deux, on va tenir ce journal ensemble en l'honneur de notre amie May. Frère Anthony nous a dit qu'elle aussi, elle est morte. Comme les autres. Il ne nous reste plus de larmes aujourd'hui à verser... Mais peut-être que ça n'est que partie remise.

La veille de l'assaut, on était beaucoup de femmes blanches à dormir dans le tipi d'Anthony. Dans la soirée, on avait vu nos maris cheyennes danser fièrement autour du feu en exhibant leur trophée de guerre - une sacoche qui contenait douze mains de bébés, rapportées de leur raid contre leurs ennemis shoshones. Ils étaient partis ce jour-là avec un groupe de jeunes têtes brûlées qui ne s'était encore jamais battu et voulait faire ses preuves. Aucun des guerriers chevronnés comme Little Wolf, Hawk ou Tangle Hair ne les avait accompagnés, mais la tradition veut que tout le monde assiste aux danses de la victoire. Alors ils scandaient leur histoire autour du feu, triomphants, comme quoi ils avaient volé le pouvoir de la tribu shoshone... Aye, tu parles d'un pouvoir, des mains de bébés...

Horrifiées, toutes les femmes blanches ont quitté la cérémonie avec nous. On n'a pas pu rentrer dans nos loges, ce soir-là, on pouvait même plus les regarder, nos maris. Peut-être que l'attaque du village, c'était le Seigneur qui les punissait après tout, un juste châtiment... Mais ça fait rien, on le maudit, ce bon Dieu qui nous a mises sur terre, nous et nos petites, et qui nous a abandonnées.

Malgré le drapeau blanc au milieu du village, les soldats ont attaqué à l'aube. On s'est réveillées au son du clairon, des chevaux au galop qui martelaient la terre gelée, le bruit des épées sorties de leur fourreau, le fer contre le fer, les coups de feu et les cris de guerre des assaillants... Bien sûr, celles d'entre nous qui avaient des enfants n'ont pensé qu'à une chose : courir les mettre à l'abri quelque part. Susie et moi, on a pris les jumelles dans leurs porte-bébés et on les a attachés sur la poitrine. Frère Anthony est sorti tout de suite de la tente et, sans craindre pour sa vie, il a levé les bras en suppliant les soldats d'arrêter cette folie. Mais le massacre avait déjà commencé et ils n'ont tenu aucun compte de ses suppliques.

Pendant que nos hommes ramassaient leurs armes, les femmes, les enfants et les anciens s'échappaient en courant de leurs tipis, hébétés, terrifiés... mais bientôt jetés à terre et piétinés par les chevaux, touchés par les balles des fusils et des pistolets, taillardés par les épées, c'était partout des pleurs et des cris, le chaos et la mort... Le chaos et la mort.

On s'est enfuies à toutes jambes, comme les autres. Quelques-unes étaient tombées sous les coups, et on a essayé de les aider autant que possible. Mais il a fallu faire ce choix infernal et les laisser à terre si on voulait sauver nos bébés. L'assaut a duré plusieurs heures car les hommes du village se sont battus courageusement pour nous défendre. Ils ne faisaient pas le poids. Ceux qui ont réussi à atteindre les collines ont cherché n'importe quelle cachette. Et il faisait tellement, tellement froid...

Quand, finalement, la cavalerie s'est emparée du village, ils ont tout détruit et ils ont achevé les blessés. Tapies dans la rocaille, on s'efforçait de réchauffer nos petites et on entendait le bruit horrible de la tuerie. Certains chantaient bravement leurs chants de mort avant d'être réduits au silence. On entendait les mères pleurer leurs enfants morts avant d'être abattues à leur tour. On entendait hurler certaines de notre groupe, et on savait ce qui leur arrivait... avant qu'elles soient elles aussi réduites au silence.

Quand ils ont achevé jusqu'au dernier blessé, les soldats ont fait des grands tas de nos affaires et ils y ont mis le feu. Ils ont aussi brûlé les tipis, nous empêchant de récupérer quoi que ce soit et, bien sûr, de revenir. Ces flammes froides s'élevaient sans pouvoir nous réchauffer et les fumées nous apportaient l'odeur écœurante de la chair humaine carbonisée...

La nuit tombait quand les soldats sont remontés sur leurs chevaux et qu'ils sont repartis. Frère Anthony nous a rejointes dans les collines. Il est arrivé en pleurant.

– Quelle horreur! Quelle horreur! il répétait. J'ai tenté de secourir les enfants du Seigneur, de les sauver de cette folie meurtrière. Mais les soldats étaient si nombreux, si nombreux...

– Où est May? je lui ai demandé. Elle est vivante?

Brisé par le chagrin, il a fait signe que non, sans un mot.

– Y a-t-il encore quelqu'un de vivant là-bas?

De nouveau, il a hoché la tête et réussi à dire seulement :
– Tous morts. Tous sauf Martha et son enfant que le capitaine Bourke a pris sous son aile. Ce n'est pas lui qui commandait ce groupe de soldats. Il a essayé, lui aussi, d'arrêter le massacre. Et il m'a juré… il m'a juré devant Dieu que Martha et son petit seraient rapatriés sains et saufs à Chicago.

Aye, Martha était la meilleure amie de May. Avec moi et Susie, Martha et son bébé sont les seuls survivants de notre groupe. C'est au moins une consolation de les savoir rentrés… que ça nous paraît si loin, là-bas chez eux.

Cette nuit-là, sous une froide pleine lune, Little Wolf nous a conduits à travers les montagnes jusqu'au village de Crazy Horse. On n'a pas de mots pour décrire les souffrances endurées pendant le voyage. Les blessés et les enfants qui ont succombé : Daisy Lovelace et son bébé la première nuit, et la deuxième nos quatre jumelles, les deux de Susie et les deux miennes. Il a fallu qu'on laisse leurs corps dans un arbre car il n'y avait pas de bois sous la main pour construire une charpente funéraire, comme dans la tradition cheyenne, et la terre gelée était trop dure pour qu'on puisse les enterrer comme on fait chez nous. Mais ce n'était pas supportable d'imaginer que les charognards allaient les bouffer, alors on les a gardées jusqu'au bout du chemin dans les porte-bébés. On sent encore leurs tout petits corps froids et lourds collés à notre poitrine, et on les sentira toujours.

Alors voyez, tout ce qui nous reste, c'est un cœur de pierre.

Les Lakotas aussi sont traqués par les militaires. Ils sont bien dépourvus et n'ont pas grand-chose à partager. Le capitaine Bourke a dit à frère Anthony que l'armée a attaqué notre village en croyant que c'était celui de Crazy Horse. C'est surtout après lui qu'ils en avaient. Toutes ces morts, cette souffrance, ces ravages, cette désolation… à cause des éclaireurs indiens, censés guider la troupe, et qui se sont gourés. Mais vous savez ce qu'ils disent, les soldats, au fort ? On les a entendus nous-mêmes à Fort Laramie où on faisait des emplettes avant l'hiver. Que « le seul bon Indien est un Indien mort ». Quelle importance qu'ils soient cheyennes ou lakotas ? Faut croire que, pour l'armée, les femmes blanches qui s'acoquinent avec les sauvages méritent elles aussi de mourir... et leurs petits sang-mêlé avec elles, même si c'est notre gouvernement qui nous a envoyées ici.

Crazy Horse est un drôle de pistolet. Il est pas causant, il reste souvent seul, il fréquente pas beaucoup le reste de la tribu. Même les siens racontent qu'il est bizarre. Les Lakotas sont bien les alliés des Cheyennes, mais notre chef Little Wolf ne les aime pas spécialement. Il n'a jamais appris leur langue et les évite autant que possible. Entre autres, il pense que leurs femmes sont des traînées. Lui et Crazy Horse ne s'entendent pas et préfèrent ne pas se voir. Peut-être simplement parce que c'est deux grands guerriers de tribus différentes qui jouent comme des gamins à celui qui pisse le plus haut. Ah, les hommes, ces créatures impossibles ! Pour Susie comme pour moi, ils sont responsables de toute la violence et toute la misère du monde.

Little Wolf est pas content parce qu'il trouve Crazy Horse mesquin avec nous. C'est vrai que les Lakotas n'ont pas beaucoup à donner, mais pour les Cheyennes, refuser la charité à ceux qui n'ont rien, c'est la plus grande des insultes. D'un autre côté, le chef lakota n'a pas vu d'un très bon œil qu'on débarque chez eux, parce qu'il doit d'abord nourrir son peuple. Le gibier se fait rare, les bisons sont moins nombreux dans les troupeaux, les colons blancs les abattent et s'arrangent pour les disperser parce qu'ils veulent élever du bétail sur les mêmes terres. Ils massacrent des animaux sauvages pour mettre leurs vaches à la place... exactement comme ils massacrent les sauvages tout court pour s'installer eux-mêmes.

Beaucoup, dans notre propre peuple, parlent de se rendre. Nous n'avons plus rien. On tue nos chevaux pour les manger. D'autres préfèrent continuer à se battre. Moi et Susie, on se rendra jamais à ceux qui ont assassiné nos petites. Jamais. On a fait le vœu sacré de lutter contre les Blancs jusqu'au bout, de scalper autant de tuniques bleues qu'on pourra. Frère Anthony est venu aujourd'hui dans notre tipi. Il nous a fait des beaux discours, il voulait nous ramener dans « les bras du Seigneur qui nous aime et nous protège ».

— Ah ouais, frangin ? lui a dit Susie. S'il nous aime et s'il nous protège tant que ça, pourquoi il nous a pris nos petits bébés ? Qu'est-ce qu'elles lui ont fait pour mériter ça ? Maudit soit-il, ton Dieu, pour toute cette cruauté, cette brutalité... Ce salaud d'hypocrite qui reproche aux gens d'être mauvais, alors qu'il les a créés à son image. Hein ? Qui c'est, ce trou du cul, Anthony ? Qu'il soit maudit au nom de toutes les mères, tiens !

On a beau être des vraies jumelles, Susie et moi, on ne se ressemble pas complètement et c'est quand même elle la plus dure des deux.

— Dieu n'est ni cruel ni brutal, lui répond le moine. Ces mots qualifient la conduite de ceux qui ont quitté les voies du Seigneur ou peut-être les ignorent depuis toujours.

— Alors, à quoi il sert, frère Anthony, s'il n'est pas capable de protéger les enfants ?

— Votre chagrin vous éloigne de la foi, mes petites. C'est lui qui parle en votre nom, alors que c'est votre cœur qui devrait parler.

— Notre cœur s'est transformé en pierre, je lui ai dit. Alors c'est la pierre qui parle aujourd'hui, Anthony.

— Deux pierres qui leur défonceront le crâne, aux soldats, a dit Susie. Deux pierres pour aiguiser nos couteaux, et c'est pas juste leur scalp qu'on va couper, on leur coupera les couilles, aussi.

— T'as raison, frangine, j'ai ajouté. Et leurs couilles, on les enfilera comme des perles sur une lanière de cuir, et on les portera autour du cou comme un trophée de guerre !

— Aye, frère Anthony, a dit Susie, nos maris ont tranché les mains des bébés shoshones, parce que ces imbéciles croyaient voler le pouvoir de leur tribu... Franchement, qu'est-ce qu'ils avaient dans la tête ? Mais c'est à cause de leurs couilles que les hommes sèment toutes les guerres, la mort et la ruine partout dans le monde. C'est à leurs couilles qu'il faut s'en prendre.

— Aye, frère Anthony, j'ai continué. Le jour viendra où le nom des sœurs Kelly, les jumelles enragées, sera connu partout dans les plaines, alors les soldats auront tellement la frousse de tomber sur nous qu'ils désobéiront aux officiers. Ils refuseront de se soumettre et se mettront à déserter. Ils quitteront ce pays une bonne fois pour toutes et jusqu'au dernier.

— Tous, les marchands et les paysans, les cow-boys et les chercheurs d'or, ils auront vent de nos exploits sanglants. Il suffira qu'on prononce notre nom quelque part et ils prendront leurs jambes à leur cou tellement ils auront peur. Alors le Peuple pourra de nouveau vivre en paix. Et les bisons et le gibier reviendront et tout sera comme avant.

Anthony hoche tristement la tête.

— Oui, mes enfants, tout redeviendra comme avant. Mais vos petites ne reviendront pas. La haine et la colère, vos idées de vengeance ne vous les rendront pas.

— Peut-être pas, je lui réponds. Peut-être pas, non... Mais il faut pas prendre à la légère la fureur de deux mères. Il n'y a plus que ça qui nous maintient en vie, tu vois ? On va rester ici et se battre jusqu'au bout. Que veux-tu qu'on fasse d'autre ? On n'a plus d'endroit où aller. Et si nous sommes encore vivantes à la fin, nous donnerons d'autres enfants aux sauvages et nous leur ferons un monde meilleur, un monde gouverné par les mères, pas par les hommes et leurs pauvres roustons.

15 mars 1876

C'est peut-être trop beau pour être honnête, mais ça ressemble un peu au printemps depuis quelques jours. La neige fond sur les collines alentour. Le matin, les rochers mouillés se mettent à briller et dégagent de la vapeur. On voit même quelques parcelles d'herbe très claire dans la plaine au-delà de la rivière. Frère Anthony est revenu dans notre tipi pour nous apprendre que c'est décidé : Little Wolf en a marre de ces rats de Lakotas. Il part se livrer avec presque tout le reste de notre bande à l'agence Red Cloud de Camp Robinson. C'est là que les Lakotas, les Cheyennes et les Arapahos encore libres ont reçu l'ordre de se présenter au général Crook. Une fois sur place, ils ne pourront plus repartir.

Il ne restera ici qu'une poignée d'autres Cheyennes qui ont de la famille chez les Lakotas, et ceux qui, comme moi et Susie, préfèrent mourir plutôt qu'abandonner. Mais on n'en veut pas à

Little Wolf, le plus courageux des hommes, le plus coriace aussi, et son rôle en tant que Chef de la Douce Médecine est de mettre son peuple à l'abri, alors il pense qu'il vaut mieux se rendre.

— Il faut partir avec lui, nous répète frère Anthony.

— Je croyais qu'on s'était expliquées, dit Susie. Les sœurs Kelly se rendront jamais !

— Je vous en prie, mes enfants, écoutez-moi. Vous êtes des femmes blanches, vous n'avez pas besoin de vous rendre car vous n'êtes pas en guerre contre l'armée ou l'État américain.

— Aye, pas en guerre contre eux, frangin ? je lui dis. En voilà une nouvelle, pas vrai, Susie ? Alors, qui c'est qui nous a attaqués, à qui on doit la mort de nos jumelles et de tous nos amis ?

— C'est simplement une question de survie, maintenant. Vous avez besoin de manger, de dormir quelque part, de pouvoir rentrer chez vous sans encombre.

— Mais on n'a pas de chez nous ! dit Susie. Vous auriez pas oublié, par hasard, qu'on est des repris de justice ? On nous jettera en prison dès qu'on remettra les pieds à Chicago.

— Non, le capitaine Bourke veillera à ce que cela ne se produise pas. Il m'a promis de le faire pour Martha et il le fera pour vous.

— Ah ouais ? Il devait aussi veiller à ce que notre village soit épargné par la cavalerie. On avait bien déployé le drapeau blanc en signe de paix. Et pourtant il était avec eux quand ils ont lancé l'assaut, non ?

— Bourke ignorait que c'était le village de Little Wolf. Les éclaireurs les avaient mal informés. Bourke est torturé par le remords et la honte, et il le sera jusqu'à la fin de sa vie.

— Ah ben, j'espère ! lâche Susie.

— Vous êtes incorrigibles, dit tristement Anthony. Mais je m'attendais à cette réaction. Si vous avez vraiment décidé de rester, alors, s'il vous plaît, accordez-moi une faveur.

— Et quoi donc, frangin ? je lui demande.

— Un nouveau groupe de femmes blanches est arrivé.

— Des femmes blanches ? on répond toutes les deux en même temps, comme c'est pas rare quand on est jumelles. Et au nom du ciel, d'où qu'elles sortent, celles-là ? Qu'est-ce qu'elles viennent faire ?

— Il semble que cela soit un nouveau contingent du programme FBI[1]. Les rouages de l'administration, à Washington, manquent un peu d'huile et, comme vous le savez, les nouvelles mettent du temps à arriver. À l'évidence, on a envoyé ces dames aux Cheyennes avant que les autorités aient renoncé à poursuivre le programme.

— Mais pourquoi elles se retrouvent chez les Lakotas ?

— D'après ce que j'ai compris, des guerriers lakotas ont allumé un feu sur les rails pour arrêter leur train et ils l'ont dévalisé. Ils sont rapidement venus à bout de l'escorte militaire et ils ont fait main basse sur les chevaux de l'armée, les fusils, les munitions et tout le ravitaillement prévu pour les troupes de Fort Laramie. Et ils ont enlevé les femmes. Elles sont pour l'instant cloîtrées dans un tipi, sous bonne garde, juste à l'extérieur du village. On m'a permis de les voir et, naturellement, les pauvres sont affolées. Au cours d'un pow-wow, j'ai voulu persuader Crazy Horse et les autres chefs lakotas de les laisser partir avec nous à l'agence Red Cloud. Je leur ai expliqué que, s'ils les mettaient sous ma protection, l'armée y verrait une preuve de bonne volonté de leur part. Mais les chefs ont refusé tout net.

— Alors, que voulez-vous qu'on fasse, frère Anthony ? lui dit Susie.

— Je voudrais que vous les aidiez, que vous veilliez sur elles. Comme je m'attendais à ce que vous refusiez de venir avec nous à l'agence, j'ai au moins réussi à convaincre les chefs de vous laisser leur rendre visite. J'ai pensé que votre expérience auprès des Indiens pourrait leur être utile, que grâce à vos conseils, elles surmonteraient plus facilement l'épreuve qui les attend.

— Jésus, Marie, frangin, je lui dis. Susie et moi on n'est pas des nounous. On a des choses plus importantes à faire que chaperonner une bande de petites pleurnicheuses.

— Qu'avez-vous de plus important à faire, mesdames ? Je vous

---

1. Programme Femmes blanches pour les Indiens (cf. *Mille femmes blanches*, du même auteur).

demande simplement, au nom du Seigneur et de la charité chrétienne, d'aider un groupe de femmes de votre propre race, qu'on vient de faire prisonnières et qui sont affligées. Vous n'avez tout de même pas oublié ce que vous ressentiez quand vous êtes arrivées ici, il y a un an. Vous deviez être terrifiées, même si, vous connaissant toutes deux, je me doute que vous avez camouflé vos peurs en jouant les Irlandaises dures à cuire. Seulement, vous pouviez vous soutenir mutuellement et compter sur vos amies. Vous avez été confiées sans aucun incident aux Cheyennes, votre train n'a pas été attaqué et on ne vous a pas prises en otages. Plusieurs membres de leur groupe ont trouvé la mort pendant le raid, ce qui a perturbé d'autant plus ces pauvres filles. Je vous en supplie, faites votre possible pour les aider, guidez-les, essayez de les soutenir, de leur donner un peu de votre courage. Malgré toutes vos souffrances, tout ce que vous avez subi, vous êtes de fortes femmes. Aidez-les à reprendre espoir, à penser qu'elles s'en sortiront.

— L'espoir, ça n'est pas notre fort, frangin, lui dit Meggie.

— Je crois que si. Et Dieu, là-haut, le croit aussi.

16 mars 1876

Et donc on va les voir, ces Blanches, Susie et moi. Les Lakotas les ont enfermées dans le tipi commun dont ils se servent pour les choses sérieuses, comme les conseils de guerre et les pow-wows. Celui-là est tellement grand qu'on y tient debout. Il semble que les femmes de la tribu ne sont pas enchantées par l'arrivée de ces poulettes, qu'elles préfèrent les garder à l'écart de tout le monde et des hommes en particulier. Les squaws lakotas ont sans doute l'intention d'en faire des esclaves. C'est comme ça dans toutes les tribus lorsqu'il y a des prisonnières. Bien sûr, on va pas leur dire tout de suite. On ne leur dira pas non plus, pour l'instant, ce qui est arrivé à notre groupe à nous. Après ce qu'elles ont enduré, elles doivent être suffisamment affolées comme ça, ça ne ferait qu'aggraver les choses.

Comme c'est la coutume chez les Cheyennes quand on rend

visite à quelqu'un, on s'est dit qu'on pourrait leur apporter un genre de cadeau. Pour leur remonter un peu le moral. Mais à part ce qu'on a sur le dos, il ne nous reste rien. Alors on a pensé à notre stock de gros carnets et aux crayons de couleur. Au moins ça leur donnera quelque chose à faire, au lieu de rester les bras ballants toute la journée à se demander ce qui va encore leur tomber sur la tête.

Le jeune Lakota qui garde le tipi ouvre le rabat et nous laisse entrer. Un feu est allumé au centre, les filles assises autour en cercle, emmitouflées dans des couvertures des comptoirs et des capes de bison par-dessus leurs vêtements. Elles sont d'abord un peu troublées de nous voir, même effrayées. Faut dire que Susie et moi, après ces journées de disette et de malheur, on a des airs d'épouvantails. Déjà on est jumelles, avec les mêmes cheveux roux tout emmêlés, les yeux vert clair et la peau blanche comme des cadavres. On n'a plus qu'elle sur les os tellement qu'on a eu faim, et sous les couvertures miteuses que nous a données notre famille lakota, nos vêtements de cuir pendent en lambeaux. Des fois quand on se regarde, comme on est le miroir l'une de l'autre, on se rend compte à quel point on a changé. Tout ce chemin parcouru en une année, et pas de retour possible dans le monde d'avant.

On compte les têtes en vitesse et on voit qu'elles sont sept. Elles ont l'air d'avoir notre âge, et pourtant qu'est-ce qu'elles font gamines ! Comme si nous avions vieilli de dix ans en douze mois qu'on est dans les plaines. Elles ont pas l'air très frais. Elles portent des vêtements de ville usés, tachés et déchirés par endroits, mais on voit bien qu'elles ont fait un effort, même qu'elles sont prisonnières, pour rester présentables. Le visage propre et les cheveux coiffés. Elles sont pas épaisses, mais apparemment elles meurent pas de faim et sans doute que les Lakotas les traitent comme il faut, avec respect, comme les Cheyennes avec nous quand on était arrivées.

— Salut les filles, je leur dis tout de suite pour les rassurer. Vous n'avez rien à craindre de nous. Moi, c'est Meggie Kelly, et elle, c'est ma frangine, Susie. On n'a pas très fière allure, ça c'est sûr, mais comme vous pouvez le voir, on est aussi blanches que vous. Faites-nous une petite place qu'on se réchauffe avec vous devant le feu.

Quelques-unes se poussent, et Susie et moi, on s'assoit en tailleur. La toile de tente laisse passer un peu du soleil de fin d'après-midi et ça fait tout doré à l'intérieur.

— On est arrivées il y a un an, commence Susie. On était membres du programme FBI, comme vous, on faisait partie du tout premier groupe parti épouser des Cheyennes. Et c'est ce qu'on a fait. Comme vous pouvez juger sur nos frusques, on est de leur côté, maintenant. Des Cheyennes blanches, qu'on est. Nous venons vous donner un coup de main. On sait que vous avez été mises à rude épreuve, que vous êtes fatiguées et inquiètes. On en a vu aussi, croyez-moi. Mais d'abord, faut que vous appreniez une chose, c'est que si vous pleurnichez comme des mauviettes, ça ne vous rapportera que du mépris et des insultes. Les poules mouillées, ils aiment pas ça, les Indiens, et nous non plus. Bien, alors qui c'est, le chef, dans votre groupe ?

— Comment ça, le chef ? risque un bout de femme timide, juste à côté de moi, qui a un petit accent du nord de l'Angleterre. On est toutes prisonnières.

— Oui, mais dans n'importe quel groupe, je lui dis, il y en a toujours un ou une qui commande... au moins le temps que tout le monde reprenne pied, pour ainsi dire. D'accord, disons ça autrement : vous vous tournez vers qui quand ça se gâte ? Chez nous, c'était May Dodd, qu'elle s'appelait. Elle avait rien demandé, ça s'est trouvé comme ça. Alors ça serait qui, chez vous ?

Susie et moi, on a compris tout de suite en voyant les têtes se tourner vers une fille en particulier, de l'autre côté du cercle, qu'elles avaient bien un capitaine. Ça l'embêtait, elle paraissait gênée, mais elle a fini par se lever. Un beau brin de femme, elle avait peut-être quelques années de plus que les autres. Une grande blonde solide aux yeux bleus, qui avait l'air très débrouillarde.

— Je ne sais pas pourquoi, elle a dit, mais pour l'instant je suppose que c'est moi.

— Pas plus mal, lui dit Susie. Et comment tu t'appelles, ma fille ?

— Molly. Molly McGill.

— Aye, ça sent bon l'Écosse, ça. Et d'où tu viens, Molly McGill ?

— En effet, ma famille est d'origine écossaise. Nous avions une ferme au nord de l'État de New York, près de Champlain et de la frontière canadienne. Mais je viens de New York.

— Tu faisais quoi, comme travail, à New York ?

— J'étais institutrice et je m'occupais d'œuvres de bienfaisance. Des enfants des rues, surtout.

— Ça devait en faire, du travail.

— Pour ça, oui. Avec toutes les vagues d'immigrants, il y avait de quoi s'occuper.

— On est passées par là, Susie et moi, je lui explique. On a grandi dans un orphelinat des bas quartiers de Chicago. Puis on nous a placées chez des familles qui nous renvoyaient aussitôt, parce qu'il fallait toujours qu'elles fassent des siennes, les sœurs Kelly. On a jamais supporté d'être séparées, et quand ils essayaient, on fichait le camp à la première occasion. Ils ont fini par dire qu'on ne trouverait jamais de parents adoptifs et ils nous ont enfermées dans un établissement pour les fugueurs récidivistes. Mais on s'est échappées encore. Ensuite on a vécu longtemps dans la rue. Alors tu vois, on en connaît un bout là-dessus. Tu dois avoir du cran pour faire ce métier-là.

Molly hausse les épaules.

— Je n'en ai pas toujours eu assez.

— Ah, ça peut pas être autrement, pas vrai ?

— Et il faut en avoir, là-dedans, pour être institutrice, dit Susie. Meggie et moi, on a du respect pour ceux qui en savent un peu plus que ce qu'on a appris quand on était mômes. Notre seule instruction, à nous, c'est de savoir compter sur nous-mêmes. Tu m'as l'air dégourdie, dans ton genre.

— Je fais ce que j'ai à faire.

— Très bien, alors on t'embauche.

— On m'embauche ? Pour quoi faire ?

— Rester vivante, protéger tes amies, aussi, je lui dis. Ta première mission. Tu comprendras vite, si c'est pas déjà le cas, qu'il faut se lever tôt pour survivre dans ce territoire avec ces gars-là.

Elle nous regarde méchamment pendant un moment. Cette fille, on a bien l'impression qu'elle en a vu des vertes et des pas mûres.

— Ça, on a déjà compris, elle dit finalement. Et votre amie May Dodd, comment elle s'en est sortie, elle, de sa mission ?

— May a longtemps fait tout ce qu'il faut très bien. Et puis du jour au lendemain... beaucoup moins bien. Ça n'est pas sa faute, mais elle n'est plus là.

— J'en suis navrée, dit Molly. Que lui est-il arrivé ?

— Chaque chose en son temps, ma bonne dame, je lui réponds. Pour l'instant, c'est nous qu'on voudrait en savoir un peu plus sur vous. Pour commencer, vous êtes que sept, c'est pas beaucoup. Vous étiez combien au départ ?

— Dix-neuf quand nous avons pris le train à Chicago. Lorsqu'on a atteint Omaha, quatre avaient déjà abandonné et s'étaient arrêtées en chemin. Plus deux encore à Omaha... Ensuite, six ont trouvé la mort pendant l'attaque du train... Paix à leurs âmes...

Quelques-unes des filles avaient soudain la larme à l'œil en repensant aux événements, et au petit nombre qu'elles sont maintenant.

— On est vraiment désolées pour vous, assure Susie. C'était peut-être comme pour nous, on s'était fait des amies pendant le voyage. On sait ce que c'est de perdre des copines.

— Si on commençait par toi, Molly, je dis pour changer de sujet aussi vite que possible. Pourquoi as-tu décidé de t'engager ?

— Pour avoir la liberté sous condition. J'étais à Sing Sing.

— Sans blague ? Et pourquoi on t'avait bouclée ?

— Meurtre.

— Qui c'est que tu as tué ? demande Susie.

— Un homme qui le méritait. Je ne m'étendrai pas là-dessus.

— Aye, comme tu voudras, ma fille, je lui dis. On n'est pas obligées de causer si on n'a pas envie. On a toutes le droit de garder nos secrets.

— Meggie et moi aussi, on s'est retrouvées à l'ombre, ajoute Susie. Ça vous rappelle peut-être des choses d'être enfermées dans ce tipi.

— C'est justement ce que j'étais en train de dire avant que

vous arriviez. On est bien mieux ici qu'à Sing Sing. Les détenus n'ont même pas le droit de parler, là-bas. Jamais. Pas un mot. Silence obligatoire. Si on se faisait prendre, elles nous tapaient dessus, elles nous fouettaient... ou pire. Je n'étais pas ce qu'on appelle un prisonnier modèle, plutôt un fauteur de troubles et j'ai fait de l'isolement cellulaire. Quand on a eu la visite de l'agent recruteur pour le programme FBI, les surveillantes étaient trop contentes de se débarrasser de moi. J'étais prête à partir n'importe où. N'importe où. Comparé à Sing Sing, l'endroit où on est, maintenant, c'est comme une promenade à Central Park par un dimanche après-midi. Même la nourriture est meilleure.

— Épatant, je lui dis. Ça commence bien ! Une meurtrière parmi nous ! Est-ce qu'on aurait une folle ou deux, aussi ?

Une autre femme nous fait signe, se lève, époussette la poussière sur ses épaules et s'éclaircit la voix. Trapue, un peu hommasse, gougnotte sûrement, bâtie comme une bobine de fil, elle a les cheveux coupés ras. Elle porte un pantalon de cheval et de belles bottes de cavalière très British.

— Je ne voudrais pas décevoir, mesdames, qu'elle dit avec un accent anglais très chic, mais je ne suis ni une criminelle ni une aliénée. Permettez-moi de me présenter : lady Ann Hall de Sunderland.

On échange un regard, Susie et moi, parce que ce nom-là, on l'a déjà entendu quelque part.

— Et cette jeune femme près de moi, elle continue en indiquant la fille à l'accent du nord de l'Angleterre, qui est assise à ses pieds, c'est ma servante, Hannah Alford, de Liverpool. Levez la main, Hannah.

Timide comme une souris, la gamine obéit.

— Ça ne vous servira pas beaucoup d'avoir une domestique, explique Susie. Comme disait May Dodd au début de notre voyage, vous verrez assez vite que vous êtes toutes égales ici. Peu importe d'où vous venez... votre famille, ce que vous faisiez auparavant, si vous aviez de l'argent ou de l'instruction, quels que soient votre accent et votre couleur de peau... Si vous n'avez pas encore compris, on se fiche bien de tout ça dans le coin.

— Bien au contraire, dit lady Ann Hall. Je suis d'avis que,

dans ces contrées reculées, il est indispensable de respecter la hiérarchie et les conventions sociales. Je ne suis pas moins une lady dans cette région, aussi inculte soit-elle, que je ne l'étais en Grande-Bretagne.

— Tout cela est bien joli, milady, je lui réponds. Seulement, dans le coin, c'est les Indiens qui décident de la hiérarchie et des conventions, pas vous. Croyez-le ou pas, mais ils se fichent des aristos britanniques comme de leur première tunique. En fait, vous aurez déjà de la chance si une squaw lakota vous prend pas comme domestique.

— Ça ne risque pas ! En sus de mon titre de noblesse, j'ai été pendant trois ans présidente de l'Union nationale pour le suffrage féminin à Londres. Je suis de celles qui mènent, pas de celles qui suivent, et il n'est pas question que je fasse le ménage !

— Dans ces conditions, lady Hall, pourquoi vous êtes-vous inscrite à ce programme ?

— Parce que je suis à la recherche de ma très chère amie Helen Elizabeth Flight, peintre et ornithologiste. Cela fera bientôt un an qu'elle m'a expédié une courte lettre depuis Fort Laramie, dans laquelle elle me parlait de sa participation au programme Femmes blanches pour les Indiens, avec quelques mots au sujet du groupe auquel elle s'était jointe. Je suppose que vous en faisiez également partie. Après quoi elle n'a pas donné signe de vie. Par l'intermédiaire des services diplomatiques, j'ai tenté de me renseigner auprès du gouvernement américain, mais en vain. Mon seul espoir de la retrouver était donc de me porter volontaire moi-même. Vous devez la connaître, mesdames. Auriez-vous de ses nouvelles ?

Maintenant qu'elle nous a rafraîchi la mémoire, on se regarde à nouveau, Susie et moi. Voilà pourquoi le nom de lady Hall nous rappelait quelque chose.

— Bien sûr que nous en avons, milady, je lui réponds. Helen Flight est une très, très bonne amie à nous. Nous vous dirons tout ce qu'on sait d'elle plus tard, mais entre nous.

— Ah, je m'en réjouis, fait Ann Hall. Je suis donc sur la bonne voie, finalement. Une chance d'être tombée sur vous, mesdames. Merci.

Ça serait pas bien de lui briser le cœur tout de suite, alors on préfère ne rien ajouter, mais on a déjà la gorge serrée en pensant au jour où il faudra lui avouer la vérité, comme quoi notre amie s'est battue jusqu'au bout, courageusement, contre les soldats.

— Très bien, dit Susie, on vous a apporté un petit cadeau, pour ainsi dire. On avait tous ces registres et tous ces crayons de couleur. Comme c'est toi le chef, Molly, on te les donne à toi pour que tu les distribues.

— Mais pourquoi des registres ? demande Molly. Ils veulent qu'on tienne leurs comptes, les Lakotas ?

On rigole avec Susie. Pas de doute, cette Molly a son franc-parler, elle n'a pas la langue dans sa poche.

— C'est qu'on n'a pas grand-chose à vous offrir, les filles, je lui réponds. On est tombées sur une pile de ces carnets quand on est arrivées ici. Dans toutes les tribus, il y a un genre d'artiste, voyez ? Et ces gars-là, ils trouvent ça pratique pour dessiner, alors ils vont dans les comptoirs échanger des registres contre des peaux, c'est pour ça qu'ils en ont plein. Helen Flight dit que leur style est « primitif » parce que tout est plat dans leurs dessins, ils ne connaissent pas la « perspective », comme elle dit. N'empêche, on aime bien leurs dessins, et même Helen, qui leur a appris quelques trucs à sa façon. Maintenant, si vous avez pas envie de dessiner, vous pouvez faire comme moi et Susie. Nous, on tient notre journal dedans. Enfin bon, on pensait juste vous donner quelque chose pour vous empêcher de vous faire du mauvais sang toute la journée.

— J'avais le mien, de journal, dans le train, dit Molly. Mais comme tout le reste, ça a disparu. Naturellement, nos ravisseurs ne nous ont pas laissées emporter nos bagages. C'est une chance d'avoir ce papier et ces crayons, merci. Nous allons nous les répartir.

Susie se tourne vers une jolie fille assise en tailleur de l'autre côté.

— Et toi, ma belle ? Comment tu t'appelles ? Qu'est-ce qui t'amène ici ? Dis-nous, il faut pas être timide.

La jeune femme lève la tête et sourit avec gentillesse.

— Mais je ne suis pas timide, elle répond avec l'accent

français. Je m'appelle Lulu Larue. C'est mon nom de scène, parce que je suis comédienne. Je chante et je danse.

Une ou deux autres se mettent à ricaner.

— Aye, madame fait du théâtre ! Et d'où viens-tu, Lulu Larue ?

— De Marseille, en France, et je vivais à Los Angeles, en Californie.

— Et pourquoi le FBI ?

— Je travaillais avec d'autres femmes dans une blanchisserie. Les journées étaient très longues, avec beaucoup à faire, et nous avions rarement un jour de repos. Quand parfois j'en avais un, je cherchais une place dans un théâtre. Seulement, je ne parle pas si bien anglais et personne ne veut d'une petite Française avec un accent. Et puis, un jour, je réponds à une annonce. C'est une troupe de Saint Louis, dans le Missouri, qui fait passer des auditions. Earl Walton, le metteur en scène, est très beau, très charmant et très gentil avec moi. Il me demande si je sais danser. Je lui réponds que, bien sûr, je danse très bien. Alors je lui montre une danse qui s'appelle le cancan. Ça lui plaît, il m'aime bien et il veut m'embaucher dans son théâtre. Il me demande mon adresse et il reprendra contact avec moi. Le lendemain matin, il se présente à la pension où nous habitons. Si je veux jouer dans son théâtre, je dois tout de suite quitter Los Angeles et partir avec lui à Saint Louis. Il ne me laisse pas le temps de réfléchir... mais je suis enthousiaste et si contente de ne plus travailler à la blanchisserie. Alors, l'après-midi, on s'en va. C'est un très long voyage, pénible, fatigant. Et je n'ai plus rien, je n'ai plus que lui, Earl Walton... J'en tombe vite amoureuse... enfin, c'est ce que je crois... Il assure qu'il m'aime aussi, qu'il m'épousera dès que nous serons arrivés.

— J'ai l'impression de deviner la suite, Lulu, juge rapidement Susie. Alors, c'est quoi, ce théâtre à Saint Louis ?

— Eh bien, pour être franche... ça n'est pas un théâtre. Earl est propriétaire d'un club pour gentlemen, où les filles dansent et montent des spectacles pour amuser ces messieurs. Et parfois, bien sûr, il faut leur accorder certaines faveurs.

— Aye, arrête-toi là, dit Susie en levant la main. Meggie et moi, on a travaillé dans ce genre d'endroits quand on avait pas le choix. Alors tu t'es inscrite pour lui échapper, à ce m'sieur Walton, c'est bien ça ?

— Oui... il ne m'avait embauchée que pour apprendre aux autres à danser le cancan. Jamais il ne m'épousera, d'ailleurs il ne m'aime pas... Il se fiche complètement de moi. Les filles disent qu'il leur a fait les mêmes promesses. Prisonnières de son établissement, nous n'avons pas la permission de sortir, même pour quelques courses, ou alors il faut qu'un de ses sbires nous accompagne. J'ai finalement réussi à m'échapper, en sachant que je devais partir aussi loin que possible de Saint Louis, sinon il remettrait la main sur moi.

— Eh bien, ma petite, regarde le bon côté des choses, tu es exactement là où il faut. Pour sûr, ton Earl ne viendra pas te chercher dans le camp de Crazy Horse !

— Oui, j'essaie toujours de voir le bon côté. J'ai même pensé qu'en adoptant le mode de vie des Cheyennes, j'enrichirais ma palette de... non, comment dit-on... mon registre de comédienne.

— Bien possible, Lulu, dit Susie. Un peu de cul... ture indienne, ça peut toujours servir au théâtre...

Une ou deux filles rigolent.

— Voyez, je leur dis, on a appris ça assez vite, nous autres : rire un peu, ça aide à détendre l'atmosphère quand les choses tournent mal. Vous n'avez peut-être pas le cœur à ça, mais je vous garantis que ça permet de garder le moral, c'est même le seul moyen de rester en vie. On passait notre temps à se charrier, à s'asticoter les unes les autres. Vous constaterez peut-être que les Indiens ont un certain sens de l'humour, plein d'ironie, si vous arrivez à les prendre sur ce terrain-là. Mais c'est vrai, Lulu, je parie que tes talents de comédienne ne seront pas inutiles.

— Avez-vous la moindre idée de ce qu'ils comptent faire de nous ? demande Molly. Veulent-ils nous garder prisonnières indéfiniment ?

— C'est ce qu'on essaie de savoir, je lui réponds.

— Ils vont nous conduire chez les Cheyennes ? demande une autre fille, qui a un accent scandinave et l'allure qui va avec. On est censées en épouser quelques-uns... pour maintenir la paix dans les Grandes Plaines et enseigner aux sauvages des manières plus civilisées.

— Oh là ! je m'exclame. On les a vues, les manières civilisées des Blancs... M'est avis que frère Anthony n'a pas voulu tout vous dire, n'est-ce pas ? Il préférait qu'on le fasse, tiens ! Alors, on est bien désolées de vous informer que vous n'épouserez aucun guerrier cheyenne. Le programme a été arrêté et la plupart d'entre eux sont en train de se rendre. Ni l'armée ni le gouvernement ne vous portera secours, ce que vous espériez sans doute. Pour eux, il n'y a jamais eu de programme FBI et ils se débrouilleront pour enterrer toutes les preuves de son existence.

— Que voulez-vous dire par « enterrer » ? s'inquiète lady Ann Hall. Que sont devenues les autres femmes de votre groupe ?

— Chaque chose en son temps, milady, fait Susie. Pour commencer, on vous demande de comprendre que vous êtes toutes seules. Il faut compter sur vous-mêmes et les unes sur les autres. Personne ne viendra sauver votre peau, mettez-vous bien ça dans le crâne.

— Si ça peut vous consoler un peu, j'ajoute, on est là. Enfin, pour l'instant. On va d'abord essayer de parlementer avec les chefs lakotas pour voir s'il y a moyen de vous tirer d'affaire.

On espérait fausser compagnie à tout le monde pour éviter de parler de Helen Flight avec lady Hall. Mais elle demande à nous accompagner une seconde et on a tout juste fait un pas au-dehors qu'elle va droit au but.

— Ma chère amie Helen est morte, n'est-ce pas ?

Susie et moi, on se regarde un moment parce qu'on veut pas être celles qui annoncent les mauvaises nouvelles. Ça serait comme une deuxième mort pour Helen... et pour nous.

— Oui, milady, en effet, je finis par répondre. Comment vous avez deviné ?

— Il suffisait de vous regarder quand j'ai prononcé son nom. J'ai fait semblant de rien, car je ne voulais pas m'effondrer devant les autres. Je n'ai pas l'habitude de pleurer en public.

— Vous avez du caractère, lady Hall, remarque Susie. Comme Helen. On l'aimait beaucoup, toutes autant qu'on était. Nous sommes vraiment désolées pour vous.

— Je vous en prie, dites-moi comment ça s'est passé. Ne m'épargnez pas les détails, ne déguisez pas la vérité.

Alors je lui raconte.

— Elle est morte en héroïne, milady. Nous n'avons pas dit à votre groupe ce qui nous est arrivé, parce que vous avez déjà assez de peine comme ça. Alors gardez ça pour vous, s'il vous plaît, pendant un certain temps au moins. Il y a quelques semaines, la troupe a attaqué notre village, un matin à l'aube. Helen est sortie de son tipi avec sa carabine pour nous défendre, pendant que les femmes essayaient de s'enfuir avec leurs enfants. On est passées devant elle en courant, nos petites dans les porte-bébés, et elle visait les soldats, sa pipe de maïs calée au coin de la bouche. Elle en a désarçonné deux l'un après l'autre et elle nous a aperçues pendant qu'elle rechargeait son arme. « Un beau doublé ! Lord Ripon serait jaloux ! Filez ! Sauvez-vous avec les enfants ! Je vous couvre ! » Ce sont les derniers mots qu'elle nous a dits. À la fin de l'assaut, frère Anthony, qui était resté dans le camp comme un gars courageux qu'il est, l'a trouvée morte. Elle avait pris une volée de sabre dans le cou et une balle en plein front. Un soldat était mort près d'elle, la moitié du crâne enfoncée. Quant à Helen, la crosse de son fusil était brisée. Anthony pense qu'elle était encore en train de recharger quand le soldat a fondu sur elle. Il a dû abattre son sabre et elle l'a frappé avec la crosse, assez fort pour le faire tomber de cheval. Un autre soldat, plus tard, l'aura achevée d'un coup de carabine.

Lady Hall hoche la tête.

— Je la reconnais bien là. C'était une fille tenace, mon amie Helen. Pas du genre à se laisser faire.

Nous voyons les larmes briller dans les yeux de l'Anglaise, qui continue de parler pour ne pas flancher devant nous.

— Comme vous le savez, c'était une fine gâchette. Elle est la seule femme à jamais avoir été autorisée à porter une arme dans la grande chasse au rabattage de Holkam Hall, le domaine de lord Leicester dans le Norfolk, ou même dans une partie de chasse, quelle qu'elle soit. Excellente tireuse, elle a fait mieux que tous les hommes, ce jour-là, y compris lord Ripon qui est considéré comme un des meilleurs tireurs au vol d'Angleterre.

Compte tenu de ses exploits, elle n'a plus jamais été invitée à aucune partie de chasse. Ces messieurs ne supportaient pas d'être dominés par une femme et ils ont pris bien soin que cela ne se reproduise pas.

— Elle dessinait diablement bien aussi, dit Susie. Pour les guerriers cheyennes, c'était une grande femme-médecine. Avant leurs raids, ils lui demandaient de peindre des oiseaux et d'autres animaux sur leurs corps, et sur leurs chevaux également, pour les protéger pendant les combats. L'été dernier, et à l'automne aussi, ils ont remporté beaucoup de victoires et ils attribuaient leurs succès aux talents de Helen. Elle était devenue très célèbre dans la tribu.

— Merci de m'avoir rapporté tout ça. Cela compte beaucoup pour moi. J'aimerais savoir si l'on a conservé ses dessins d'oiseaux des prairies de l'Ouest.

— Pas que je sache, je lui ai dit. À la fin, les soldats ont brûlé tout ce qu'il y avait au village. Il y a peu de chances que les carnets de Helen aient échappé aux flammes.

19 mars 1876

Bon sang, j'ai encore du mal à le croire ! Qui a fait son apparition dans le village, cet après-midi, sur une grande mule grise et la tête haute comme une reine ? Comme un héros qui revient au bercail, auréolé de gloire ? Aye, notre vieille amie Dirty Gertie, alias Jimmy le muletier ! Elle a réussi à échapper à la vigilance des sentinelles lakotas, ce qui, croyez-moi, n'est pas une mince affaire si on n'est pas indien soi-même. Un événement de la voir arriver comme ça, seule et sans prévenir. Tout a l'air bouleversé. Le village était stupéfait. Hommes et femmes sont sortis de leurs tipis pour la regarder sans un mot, comme on regarde un prodige. Personne ne s'est mis sur son chemin, pas même les enfants qui aiment tellement « faire un toucher[1] ». Sans doute

---

1. *To count coup*: acte de bravoure consistant à toucher un ennemi (ou qui que ce soit) sans en subir les conséquences. Peut se faire avec un bâton ou une crosse.

impressionnés par leurs parents qui ne bougeaient pas, ils sont restés agrippés à leurs jambes, à celles de leurs grands frères, de leurs grandes sœurs, ou blottis les uns contre les autres pendant qu'elle traversait le village. Elle a porté une fois ou deux la main à son chapeau crasseux pour saluer gentiment de chaque côté.

Aye, ils savent bien qui c'est. Tout le monde dans les plaines, les Blancs comme les Indiens, connaît Dirty Gertie. Sauf que, comme nous, ils la croyaient morte, tuée par ce sang-mêlé de Jules Seminole et sa bande d'éclaireurs crows. Les nouvelles vont vite quand il s'agit de quelqu'un comme elle, parce qu'elle a vécu chez les Cheyennes et les Lakotas, qui sont tous ses amis. Des années qu'elle sillonne la région, notre Gertie. Elle voyageait avec un convoi de chariots quand elle s'est fait capturer, gamine, elle s'est mariée une première fois, encore jeune, à un trappeur français qui l'a vendue pour son poids en peaux aux Cheyennes du Sud, chez qui elle est restée pas mal de temps et elle a même épousé l'un d'eux. Depuis, Gertie est chez elle partout. Elle a conduit des trains de mules pour l'armée, elle lui a servi d'éclaireur, elle a renseigné les Indiens, elle a pris des coups de feu, des coups de couteau, elle est souvent restée sur le carreau d'un côté ou de l'autre. Gertie a tout fait, tout vu, que ça dépasse l'imagination, et personne, les Indiens comme les Blancs, n'a rien à lui reprocher. Elle a comme un laissez-passer pour circuler dans les deux sens, sans doute parce qu'on lui fait confiance et qu'elle est droite. Alors, partout dans les plaines, quand on a appris qu'elle s'était fait descendre par Jules Seminole, cette sale crapule qu'on déteste autant qu'on aime Gertie, ça a été une tragédie. Donc aujourd'hui qu'on la voit traverser le village sur sa mule, on se demande si c'est pas un fantôme.

Mais Susie et moi, on croit pas aux fantômes et je peux pas vous dire à quel point on était contentes de la retrouver. Quand on a ouvert le rabat de notre tipi en se demandant ce que c'était, ce bruit de sabots, on l'a reconnue aussitôt, avec sa veste à frange qu'elle enlève jamais, ses tresses qui commencent à grisonner, sa tête bronzée, toute ridée et craquelée comme une vieille botte. Contrairement aux Lakotas qui restaient immobiles à la regarder, on a couru vers elle comme des folles. J'ai poussé un cri et j'ai sauté à califourchon sur la mule, nez à nez devant Gertie, pendant que Susie bondissait derrière, et on l'a prise dans nos bras, façon sandwich jumelles.

— Par tous les diables, Gertie, mais tout le monde te croyait morte !

— Pas encore, pas encore ! Sauf si deux vauriennes d'Irlandaises continuent de me presser comme un citron et me vident l'air des poumons !

— Seminole t'a pas fait la peau, alors ?

— Il a bien essayé, cet enfant de salaud. Offrez-moi un café, les filles, que je vous raconte ça dans le détail.

Elle a attaché sa mule devant notre tipi et on a envoyé le petit palefrenier chercher des mottes d'herbe sèche pour nourrir la bête. Ensuite on a mis le café à chauffer, on s'est installées et Susie a demandé :

— Tu n'as pas l'air très étonnée de nous voir, Gertie. Tu savais qu'on était là ?

— J'étais à Camp Robinson quand Little Wolf s'est rendu avec son peuple, et frère Anthony m'a appris que vous étiez restées avec Crazy Horse.

— Comment as-tu fait pour nous retrouver ?

— Enfin, les filles, je connais le bassin de la Powder River comme ma poche. Ça ne devrait pas vous avoir échappé. Cette bonne Dirty Gertie vous a retrouvées en moins de deux.

— Donc tu sais aussi ce qui nous est arrivé sur la Tongue River...

Elle se tourne vers le feu et les larmes lui gonflent ses grosses paupières. Elles brillent à la lumière des flammes dans ses yeux vert clair. Nous ne l'avions jamais vue pleurer. On n'aurait même pas cru que cette sacrée gaillarde en serait capable.

— Ouais... je suis au courant, fait-elle à voix basse. M'a brisé le cœur, cette sale affaire. En plus, c'est tout de ma faute. Après ma dernière visite chez vous, j'étais en train de revenir au fort remettre le message de May au 'pitaine Bourke. Elle voulait lui indiquer où vous étiez, mais aussi que Little Wolf avait décidé de rejoindre l'agence, dès qu'il ferait meilleur et qu'il pourrait voyager sans danger pour les nouveau-nés. Mais Seminole avait décidé de prendre sa revanche et d'empêcher le message d'arriver à bon port. Alors il m'a tendu un guet-apens sur la piste, et ils ont tiré tellement de flèches sur ma pauvre carcasse que j'avais l'air d'une poupée vaudou pleine d'aiguilles. Ils m'ont laissée pour morte. Sans les deux braves Arapahos qui passaient par là et qui m'ont emmenée dans leur village, les coyotes et les buses m'auraient curé les os. Je suis quand même restée un bon moment entre la vie et la mort. Si j'avais rejoint le fort, vous n'auriez jamais été attaqués. C'est Seminole, ce scélérat, qui a conduit la cavalerie jusqu'à vous. Il a dit au colonel Mackenzie que c'était le camp de Crazy Horse, et pas celui de Little Wolf. Tout ça est à cause de ce maudit sang-mêlé.

— Où est-il en ce moment ?

— Paraît qu'il vit chez les Crows. Juste après l'expédition contre votre village, le général Crook a mis fin à la campagne d'hiver, parce qu'il faisait trop froid. Trop de soldats qui avaient des engelures, qui perdaient leurs doigts et leurs orteils. C'est pour ça qu'ils ne sont pas venus jusqu'ici. Mais si le printemps arrive bientôt, ce qui m'en a tout l'air, l'armée se remettra en marche, les éclaireurs indiens retourneront aux forts chercher du travail... Et qu'il se montre, cette vermine de Seminole, je lui garde un chien de ma chienne...

— Pourquoi l'armée le reprendrait-elle comme éclaireur ? demande Susie. Ils savent bien qu'il les a trompés.

— Allons, ma fille, tu devrais comprendre que l'armée se fiche bien d'avoir rasé le village de Little Wolf plutôt que celui de Crazy Horse. Ça leur fait une bande de sauvages en moins sur les bras, c'est tout. D'accord, ils ont tué quelques femmes blanches au passage, mais les journaux ne sont même pas au courant pour vous autres, donc ça leur fait une belle jambe. Seulement, vos petits bébés...

Gertie marque un temps, les yeux à nouveau pleins de larmes...

— Bon sang, mais c'est que je ramollis avec l'âge, elle se dit toute seule.

Elle se reprend et elle poursuit :

— Frère Anthony m'a appris ce qui est arrivé à vos petites filles. Ah, ce que je suis triste pour vous ! J'ai dû vous raconter que j'étais avec les Cheyennes du Sud en 64 à Sand Creek quand les troupes de Chivington ont attaqué notre village. Notre chef, Black Kettle, voulait la paix, il avait hissé le drapeau américain au-dessus de son tipi, ce jour-là, parce qu'il était loyal. Pourtant Chivington n'a pas hésité à donner l'assaut. Et il a dit à ses soldats : « Tuez-les et scalpez-les tous, les grands et les petits, car les lentes font des poux ! » Voilà toute l'estime qu'il avait pour les Indiens, même pas des êtres humains pour lui, mais des insectes, des lentes, des poux…

Elle s'interrompt encore en regardant le feu un bon moment.

— Ce jour-là, ils ont tué les deux enfants que j'avais donnés à mon mari cheyenne, murmure-t-elle finalement. Je ne l'ai jamais avoué à May, ne lui ai jamais dit que j'avais eu des petits. Je ne voulais pas qu'elle ait peur alors qu'elle venait d'en avoir un. J'ai pris trois balles dans le buffet et les soldats m'ont cru morte. Mais je ne l'étais pas et, quand je suis revenue à moi, j'avais une pile de cadavres sur le corps. Peut-être à cause que j'étais tout en bas, ils ne m'ont pas scalpée. Mais j'étais bien amochée et je n'avais pas la force de me dégager. L'armée dévastait tout, violait les femmes, achevait les blessés. Soudain j'ai vu mon petit garçon. Hóma'ke, il s'appelait. Little Beaver[1]. Il avait cinq ans… Il marchait au hasard, en pleurant, à quelques dizaines de mètres. C'est moi qu'il cherchait, comprenez ? Il avait peur, il avait besoin de sa mère. Deux soldats près de moi l'ont repéré et ils ont dégainé leurs pistolets. Ils rigolaient, ils faisaient des paris en lui tirant dessus l'un après l'autre… Les balles volaient autour de mon enfant. J'ai essayé de crier, de hurler, mais aucun son ne sortait de ma bouche. Et mon petit gars continuait d'avancer, de chercher sa mère… Ensuite, c'est ma fille que j'ai vue, Xaóhkéso, ça veut dire Little Skunk[2]. Elle courait vers lui. Elle avait sept ans et elle s'occupait toujours bien de son frère. Encore, j'ai voulu crier, gueuler, mais impossible et je n'arrivais toujours pas à me dégager. Little Skunk allait le rejoindre quand elle a pris une balle dans le dos, et elle s'est affalée. Le soldat

---

1. Petit castor.
2. Petite mouffette.

qui avait tiré a crié à l'autre : « Tu me dois dix cents, bourrique. » Après, je ne me souviens plus de rien.

« Je ne sais pas combien de temps je suis restée évanouie, et quand je me suis réveillée, les soldats étaient repartis et il n'y avait plus un bruit. Ça m'a pris du temps, mais j'ai réussi à m'extirper de ce tas de cadavres. J'ai rampé dans les débris calcinés du village jusqu'aux corps de mes enfants... tous deux morts... scalpés... ouais, les lentes font des poux... et vous savez la meilleure ? Le colonel Chivington était un homme d'Église. Ouais, ouais, les journaux de Denver l'avaient surnommé le "Pasteur en guerre". Je vous dis ça aujourd'hui, mes filles, pour que vous sachiez bien que j'ai une petite idée de ce que vous avez subi... Ça me brise le cœur. Je suis tellement triste pour vous.

Et là, on s'est mises à brailler toutes les trois, et un bon moment, encore. Moi et Susie et Gertie, on s'est prises dans les bras et on a chialé comme des bébés. C'était la première fois qu'on arrivait à pleurer nos petites filles et nos amis perdus.

21 mars 1876

Anthony avait averti Gertie qu'un nouveau groupe de femmes blanches était arrivé jusqu'ici. Aye, c'est pour ça aussi qu'elle est venue nous voir, pensant qu'elle pourrait peut-être nous aider à faire avancer les choses. Elle n'avait pas tort parce que, quand on a demandé un pow-wow, les gars de la tribu nous ont envoyées promener. Crazy Horse et les autres chefs ont répondu tout net qu'ils ne parlementaient pas avec les femmes. On aurait dû s'en douter, puisque c'est pareil chez les Cheyennes. Les femmes ont beaucoup d'influence dans la tribu... en fait, c'est elles qui tirent les ficelles, mais elles n'ont pas le droit de participer aux conseils. D'ailleurs, c'est la même chose chez les Blancs. Vous avez vu des femmes au gouvernement ? On n'a même pas le droit de voter. Et, à votre avis, pourquoi des sociétés très différentes ont ce point-là en commun ? Je vais vous le dire, pourquoi. Parce que les vieux bonshommes qui prennent les décisions à la place de tout le monde n'ont plus beaucoup de sang dans les veines, ça n'est plus qu'un souvenir pour eux, ce temps-là, alors ils se font remplacer par des plus jeunes qui en ont encore dans la culotte. Seulement, les mères ne veulent pas envoyer leurs enfants se faire tuer et les vieux savent que, si elles pouvaient donner leur avis, elles diraient non à chaque nouvelle guerre qu'ils veulent faire. C'est aussi simple que ça.

Pour des raisons qui nous ont échappé jusqu'à ce que Gertie nous explique, les chefs lakotas ont accepté un pow-wow avec elle. On avait le droit d'être là, d'amener Molly avec nous, mais pas celui de parler. Gertie cause lakota, donc il y avait pas besoin d'interprète. On l'aime, notre Gertie, et on pouvait rien lui reprocher, mais elle peut être mauvaise comme la gale et gratter presque autant. C'est vrai que, malgré son côté tendre et gentil, elle a presque tout d'un homme... marche comme eux, s'habille comme eux, jure comme eux... la seule chose qu'elle arrive pas à faire, c'est pisser comme eux, et c'est comme ça que May a découvert le pot aux roses, quand elle la prenait encore pour Jimmy le muletier.

Quand c'est son tour de parler, un des chefs, celui qui s'appelle Rides Buffalo[1] (elle nous le dira après), lui passe le calumet. Elle tire une bonne bouffée, ce qui nous rend jalouses, parce qu'on aimerait bien en griller une de temps en temps, Susie et moi. Ensuite, elle se met à jacter un bon moment, et bien sûr on y pige que pouic, à ce qu'elle raconte. Mais on voit que les chefs l'écoutent avec beaucoup de respect. Elle a l'air de finir sur un genre de belle formule alambiquée et elle tend le calumet au chef en face d'elle en lui faisant plein de cérémonies. Comme les Cheyennes, les Lakotas adorent bavasser, et ils n'en finissent pas, les uns et les autres, sauf quand c'est au tour de Crazy Horse, qui dit juste quelques mots. Mais il a l'air de bien réfléchir quand c'est les autres qui palabrent.

Bonne idée d'avoir emmené Molly. Elle est attentive, vive, et on remarque tout de suite qu'elle fait bonne impression aux chefs. C'est une beauté, elle en impose comme une reine. Elle ne

---

1. Chevauche le bison.

semble pas du tout intimidée par ces messieurs – qui ont quand même de quoi vous donner la frousse, faut admettre. Quant à eux, nos lascars, je crois qu'elle leur en bouche un coin, cette poupée qui présente bien et qui a l'air d'en avoir dans le ventre.

Une fois que c'est fini, on veut que Gertie nous fasse un compte rendu pour qu'on puisse informer les autres filles. On s'en va donc toutes les quatre au bord de la rivière, dont la surface est encore gelée. Il a fallu creuser quelques trous pour avoir de l'eau à boire.

– Les chefs n'ont pas pris de décision encore, explique Gertie. C'est toujours comme ça, avec ces cocos, ils ont besoin de ruminer les choses pendant des jours. Je leur ai donné de quoi méditer. Une chose que vous ne savez pas encore. Dix jours environ après s'être rendu à l'agence de Red Cloud avec sa bande, Little Wolf est reparti. Il ne supportait plus de vivre là-bas, sans gibier à chasser et rien à faire de la journée. Il en avait assez des boîtes de conserve, des maigres rations de nourriture du gouvernement américain. Alors ils ont filé à l'anglaise. Vous savez comme moi, les filles, que c'est tout un art, chez les Indiens, de s'éclipser en douce. On les a vus à l'œuvre, pas vrai ? Rien à voir avec les Blancs qu'on entend à des miles à la ronde, même quand ils voudraient passer inaperçus. Les Indiens se déplacent comme le vent, plus légers que la brise, en faisant moins de bruit que les feuilles dans les arbres, avec la grâce naturelle des esprits. Quand l'armée s'en est aperçue, ils étaient déjà loin.

– Où sont-ils allés ? je demande.

Gertie hausse les épaules.

– Difficile à dire. Je suppose que Little Wolf les a conduits dans le nord, où ils trouveront de l'espace, quelques troupeaux de bisons... Peut-être une ou deux autres bandes de Cheyennes encore libres auxquelles ils pourront se joindre.

– Qu'est-ce que ça peut leur faire, à Crazy Horse et aux autres chefs ?

C'est là qu'on a été surprises, parce que Gertie est vraiment passée de notre côté, maintenant. Voilà ce qu'elle a répondu :

– J'ai appris à Crazy Horse que l'armée prépare une nouvelle campagne militaire de grande ampleur, contre les Lakotas et toutes les bandes dispersées dans le pays qui refusent de se rendre au général Crook. J'ai expliqué aux chefs que d'importants renforts arrivaient depuis l'est : des soldats, des chevaux, des armes, du matériel. Je lui ai rappelé que les Cheyennes et les Lakotas étaient alliés depuis longtemps, que Little Wolf et Crazy Horse sont de grands chefs et de valeureux guerriers. Le seul espoir qu'ils ont de survivre à cette nouvelle campagne est d'unir leurs forces, d'oublier leurs différends et de combattre ensemble. Ensuite, j'ai demandé aux Lakotas de donner aux femmes blanches une douzaine des chevaux volés lors de l'attaque du train et de les laisser partir avec. Et j'ai terminé avec ces mots : « J'ai dit la vérité qui est dans mon cœur. J'ai dit ce que je sais des manœuvres de l'armée, j'ai dit ce que je crois être bon pour votre peuple et pour ces femmes. Je vous remercie de m'avoir écoutée. » Voyez, les chefs aiment bien qu'on leur parle avec respect et dans les formes. Comme je leur ai transmis des renseignements précieux, j'ai demandé les chevaux sans avoir besoin de préciser qu'il s'agissait d'un échange, car ça va de soi, ces choses.

Susie et moi, on a pensé que fumer le calumet et plaider pour la libération des petites nouvelles, c'est bien, mais de là à faire la leçon aux Lakotas sur la façon de mener la guerre... On a appris chez les Cheyennes que, si on essaye de donner des conseils aux hommes, il faut prendre des voies détournées, ce que May appelait « des allusions »... un mot un peu trop compliqué pour nous. Mais ça veut dire qu'on se débrouille pour qu'ils aient l'impression d'y avoir pensé tout seuls... C'est pas une bonne idée de leur annoncer de but en blanc ce qu'il faut faire, ça les vexe presque toujours.

— Mais comment se fait-il que toi, une femme, tu puisses leur parler franchement ? je m'étonne. Même si on n'a pas compris ce que vous vous disiez, on a bien vu qu'ils dressaient l'oreille, Gertie.

— Eh ! qu'elle répond. Vous avez peut-être oublié ça : les Cheyennes et les Lakotas me considèrent comme un he'emnane'e – une créature mi-homme, mi-femme. Tout le monde sait que j'ai été mariée à un Cheyenne et que j'ai eu des enfants avec lui. Tout le monde sait que j'ai conduit des trains de mules pendant des années sous le faux nom de «Jimmy le muletier». Ils croient que les he'emnane'e ont une très bonne médecine, que nous avons toutes les qualités, la sagesse et les pouvoirs des deux sexes... Et c'est peut-être vrai, bon sang de bonsoir! C'est pour ça que je peux fumer le calumet et prendre la parole dans les pow-wows. On tient compte de ce que je dis puisque je parle en tant qu'homme. Évidemment, je n'ai pas tous les attributs qui feraient de moi un véritable he'emnane'e, mais ça ne me servirait à rien de les détromper, parce que c'est commode d'être traité à la fois comme un homme et comme une femme, si vous me suivez... D'un côté, ils sont obligés de me témoigner le respect qu'on doit aux squaws, de l'autre, j'ai l'autorité d'un guerrier. Bien utile, à certains moments...

— Aujourd'hui, par exemple... Pas vrai, Gertie le muletier?

Et ça finit par un éclat de rire.

Les Journaux de Molly McGill

DEUXIÈME CARNET

Captive

« Le premier Lakota monté à bord s'est approché de moi et, me tirant par le bras, m'a fait quitter mon siège. Il a sorti un couteau de la gaine qu'il portait à la taille et l'a brandi avant de poser la lame à plat sous mon menton. Il m'a regardée sans méchanceté apparente, plutôt avec... Est-ce bien possible ? Une sorte de tendresse... »

(Extrait des journaux intimes de Molly McGill.)

18 mars 1876

Quel luxe extraordinaire d'avoir à disposition ces carnets et ces crayons ! Lorsqu'on vous a tout pris, qu'il ne vous reste plus que vos vêtements du matin, de tels cadeaux sont inestimables. C'est comme donner un verre d'eau à une femme mourant de soif. Car en prison comme ici, être retenue prisonnière est d'un ennui mortel. Nous avons toute la journée pour ne rien faire. J'ai donc distribué carnets et crayons à celles qui le désiraient. Certaines dessinent, d'autres écrivent des lettres en espérant que Gertie pourra les poster quelque part, d'autres encore griffonnent tout simplement (un pur gâchis à mes yeux, tant le papier constitue un bien précieux). Nous remercions toutes les sœurs Kelly pour leur générosité. J'aurai l'occasion d'en dire plus à leur sujet.

Je tenais déjà un journal dans le train qui nous conduisait vers l'ouest à travers les plaines. Bien sûr, notre enlèvement y a mis un terme fort brutalement et mon journal est à jamais perdu. Mais d'abord, ces terribles événements...

Le voyage s'était jusque-là déroulé sans incident. Nous avions commencé à évoquer nos vies respectives, du moins ce que nous souhaitions en dire à ce stade. À quelques exceptions près, les femmes de ce groupe ont l'intention d'échapper à un destin... bien pire que celui qui nous attend aujourd'hui, et elles ont éprouvé le besoin d'en parler pour se rassurer. Car nous nous rapprochions de notre destination finale et, dans ce vaste paysage, plus désolé et plus sauvage que nous ne l'aurions imaginé, les termes de notre contrat prenaient une tournure très concrète.

Tôt le matin, je regardais justement le paysage par la fenêtre, assise à côté de Carolyn Metcalf, une femme aimable et réservée qui ne s'était guère confiée. Son allure et son attitude ne semblaient pas la prédisposer à notre projet. Histoire d'engager la conversation, je lui ai demandé, l'air de rien, d'où elle venait...

– De Kankakee, dans l'Illinois, m'a-t-elle répondu. Mon mari... je devrais plutôt dire mon ex-mari est le pasteur de l'église baptiste, là-bas.

– Pardonnez-moi, je ne voulais pas être indiscrète.

— Mais non, pas du tout. Au cas où vous vous poseriez la question, je me suis inscrite au programme Femmes blanches pour les Indiens afin d'obtenir ma libération de l'asile d'aliénés de Jacksonville, dans l'Illinois également. Cela dit, n'ayez aucune crainte : je suis tout à fait inoffensive.

— Moi, je me suis engagée pour sortir de prison ! lui ai-je dit en riant. N'ayez pas peur, je ne suis pas dangereuse non plus.

— Voyez-vous, j'avais commencé à remettre en cause certains principes religieux et...

Elle m'avait révélé sa condition, je ne lui avais rien reproché et sans doute se sentait-elle maintenant libre de se confier entièrement.

— ... je croyais naïvement que j'en avais le droit, comme tout citoyen ou toute autre femme. Tôt un matin, je n'étais pas encore levée quand le diacre est arrivé chez nous, accompagné par le shérif et deux médecins souvent présents lors de nos lectures de la Bible. J'ai à peine eu le temps d'enfiler une robe de chambre ! En présence de ces messieurs, le bon pasteur m'a expliqué que, selon les lois de l'Illinois, tout mari avait le droit d'envoyer son épouse à l'asile. Il avait rempli les papiers nécessaires, la chose était parfaitement légale. Il semble qu'on m'ait déclarée folle parce que j'avais perdu la foi...

« J'ai été arrachée à mon domicile sans même qu'on m'autorise à dire au revoir à mes trois enfants. Après quoi j'ai passé deux ans dans cette affreuse institution. Quand les médecins ont demandé à mon mari s'il acceptait que je prenne part au programme FBI, il a donné son consentement très volontiers. C'est que le bon pasteur s'était entiché de l'organiste de la paroisse, certainement plus dévote que moi, et qu'il voulait en faire sa femme. Il a obtenu le divorce aussi facilement que mon internement, et il était ravi de m'envoyer à l'ouest épouser un Indien. Il se débarrassait de moi une bonne fois pour toutes. Son organiste élève maintenant mes enfants et... me voilà en route pour le monde des sauvages !

Le train approchait alors d'une longue courbe entre deux séries de collines basses. Les herbes jaunies du dernier automne apparaissaient aux endroits où le vent avait dégagé la neige.

Quand le mécanicien a ralenti en actionnant son sifflet à vapeur, j'ai aperçu un panache de fumée qui s'élevait au-dessus des voies.

Par précaution, douze soldats ont reçu l'ordre de grimper sur les toits des wagons pour faire le guet. Nous les avons entendus marcher sur les voitures et passer de l'une à l'autre. De nouveau, le mécanicien a fait retentir le sifflet pendant qu'il freinait brusquement. Les roues ont produit un bruyant grincement de métal, nous avons été brusquement projetées en avant, puis aussi vite dans l'autre sens contre nos sièges, tandis que le train s'arrêtait devant un grand feu allumé sur les rails.

Aussitôt la fusillade a commencé, sous les cris lugubres et terrifiants des assaillants, semblables aux hurlements d'une meute de coyotes à la pleine lune. Un soldat s'est affalé sur le toit de notre wagon avant de rouler sur lui-même. Nous l'avons vu tomber derrière la fenêtre. Les femmes se sont mises à hurler.

– À terre! Couchez-vous! a lancé un autre.

Carolyn et moi nous sommes aplaties autant que possible sur le plancher. Affolées, certaines d'entre nous ont commencé à ramper vers l'extrémité du wagon, comme si elles croyaient pouvoir s'échapper... Les soldats ripostaient depuis les fenêtres, enjambaient les femmes à terre pour aller prendre position entre les voitures. Mais les balles semblaient provenir de chaque côté du train, brisaient les vitres, projetaient sur nous une pluie de verre. En quelques minutes, cinq ou six de nos amies sont mortes sur le coup, plusieurs étaient grièvement blessées, des soldats s'écroulaient... Ce n'était partout que cris et hurlements de terreur, de douleur, d'agonie, et le sang qui giclait...

Brusquement, tout a cessé aussi vite que ça avait commencé. Les soldats ont arrêté de tirer, nos agresseurs aussi, un sinistre silence s'est fait dans le train, à peine interrompu par les gémissements des blessés ou les hoquets de ceux qui, allongés ou accroupis, avaient survécu. Couchée sur le ventre, j'ai vu les premiers Indiens entrer dans notre wagon: trois hommes, chacun armé d'un fusil.

– Ne bouge pas, ai-je murmuré à Carolyn.

Sans savoir exactement pourquoi, je me suis relevée, j'ai épousseté le devant de ma robe et j'ai repris ma place. Non que je sois particulièrement courageuse – plutôt une femme pour qui il ne reste plus grand-chose à craindre, la mort encore moins que le reste. En tout cas je n'avais pas l'intention de mourir prostrée sur le plancher d'un train.

Le premier Lakota monté à bord s'est approché de moi et, me tirant par le bras, m'a fait quitter mon siège. Il a sorti un couteau de la gaine qu'il portait à la taille et l'a brandi avant de poser la lame à plat sous mon menton. Il m'a regardée sans méchanceté apparente, plutôt avec... Est-ce bien possible ? Une sorte de tendresse. Lorsqu'il m'a parlé dans sa langue incompréhensible, je n'ai perçu aucune colère dans sa voix, tout au plus de la répugnance ou un vague mécontentement. Je savais qu'il allait me trancher la gorge et pourtant je n'avais pas peur, je me sentais curieusement indifférente. Comme dans les rêves, j'avais l'impression de me trouver à l'extérieur de moi-même, douée d'une finesse d'observation inhabituelle, capable de considérer chaque détail avec une parfaite objectivité. Il sentait la poudre et l'armoise, l'herbe de la prairie en hiver, la sueur de cheval et une odeur plus obscure, indéfinie, entre l'homme et l'animal. Ses cheveux tressés étaient plus clairs que ceux des deux autres Lakotas qui, le suivant dans l'allée, enjambaient les morts et les mourants. Il avait des yeux noisette, la peau lisse, ferme, brune comme une selle bien cirée, un nez fier et de larges pommettes rayées de traits de peinture rouge. J'ai lu une certaine tristesse dans son regard, voire un genre d'affinité, comme si, sans un mot, nous nous étions aussitôt compris.

— Allez-y, tuez-moi, l'ai-je encouragé à voix basse.

Ma voix aussi semblait provenir du fond des rêves.

— Je n'ai pas peur et je n'ai plus de raison de vivre. Allez-y, la mort sera un réconfort. Je vous en prie, libérez-moi.

Mais il n'en a rien fait. Il a baissé son couteau, lâché brutalement quelques mots à l'égard de ses acolytes. Plus tard seulement, en me remémorant la scène comme on tente au réveil de rassembler les bribes d'un songe, m'est-il apparu que, bien sûr, cet homme ne pouvait pas me comprendre. Me prenant par le bras, il m'a conduite le long de l'allée jusqu'à la portière au bout du wagon. Il m'a soulevée par-dessus la plateforme entre les deux voitures et m'a posée sur le sol si délicatement que je croyais encore rêver. Me parlant à nouveau en lakota, il m'a indiqué du bout de son fusil un endroit où m'asseoir. Une par une, les autres survivantes, parmi lesquelles Carolyn Metcalf avec qui je venais juste de faire connaissance, ont été comme moi escortées au-dehors. Nous nous sommes accroupies sur la terre gelée en attendant d'apprendre ce qu'il allait advenir de nous. Certaines pleuraient tout ce qu'elles savaient, d'autres restaient hébétées, encore sous le choc.

De chaque côté des rails, les collines avaient été nivelées par le vent, et la neige immaculée ne portait aucune empreinte d'homme ou d'animal. Soudain, plusieurs dizaines d'Indiens sont arrivés à cheval sans un bruit. Ils paraissaient surgir de partout. Comme dans un mirage, les sabots de leurs montures projetaient des nuages de neige qui recouvraient leurs traces en retombant sur le sol. Ils se rassemblèrent autour de nous en poussant d'étranges ululements de victoire.

Cette race d'hommes ne ressemblait à aucune autre que nous ayons déjà vue. Ils portaient des nattes et leurs visages étaient couverts de motifs harmonieux. Vêtus de mocassins, de jambières en cuir, enveloppés dans des couvertures et des capes de bison pour les protéger du froid mordant de l'hiver, ils chevauchaient leurs montures avec tant de grâce et de naturel que, pareils à des centaures, ils semblaient ne faire qu'un avec elles. Tous étaient armés de fusils et, compte tenu de leur nombre, il était aisé de comprendre pourquoi les douze soldats de notre pauvre escorte – parmi eux de jeunes recrues, même quelques récents immigrants qui, comme nous, n'avaient jamais dépassé la rive ouest du Mississippi – ont été aussi vite écrasés.

Les autorités ne nous avaient permis d'emporter qu'un seul petit sac de voyage. Voilà que les Indiens commençaient à tous les jeter hors du train. Certains éclataient en touchant le sol. Des hommes avaient mis pied à terre pour les vider. S'ils contenaient des objets brillants, bijoux ou pièces de monnaie, ils les gardaient. Nos vêtements, manteaux d'hiver et tricots de laine avaient également leurs faveurs. Pour le reste, nos maigres possessions ne les intéressaient guère. L'un d'entre eux a ouvert mon sac et l'a renversé. Mon journal intime est tombé... Sans réfléchir, je me suis élancée... il me paraissait si important de récupérer cet objet-là, le seul qui me reliait encore à ma vie passée, à ma petite fille. Mais, d'un coup de pied, un sauvage l'a projeté loin de moi, hors de ma portée. À l'évidence, ils voulaient nous déposséder de tout. Et ils y sont arrivés.

Le train ne comportait que deux voitures pour les passagers, une pour notre groupe, l'autre pour les militaires. Mais il y avait derrière nous trois wagons à bestiaux, remplis de chevaux provenant des corrals d'Omaha, destinés à la cavalerie de Fort Laramie. Les Indiens ont ouvert les portières, tiré les rampes et entrepris de décharger les bêtes une par une. Brusquement arrachés à leur confinement, à la chaleur, les chevaux hennissaient dans l'air froid et s'ébrouaient. De la vapeur se dégageait de leurs corps et de leurs naseaux.

Assises à même le sol gelé, nous avions froid nous aussi. Pour nous réchauffer, nous nous sommes blotties les unes contre les autres. Sans un mot, par besoin de contact physique. Je crois que nous avions toutes la sensation d'avoir passé les portes de ce monde primitif dont la langue nous est inconnue.

Les Lakotas nous ont commandé de nous relever et nous ont conduites auprès de leurs frères restés à cheval, qui nous ont tendu un bras et, avec l'aide des premiers, nous ont hissées derrière eux sur leurs montures. Dociles comme des enfants, nous n'avons pas bronché. Je ne pouvais que repenser à la prison, à l'état d'esprit qu'on y adopte, à la soumission. La captivité vous réduit à l'impuissance et toute résistance devient inutile. Le cavalier derrière lequel j'ai pris place était celui qui m'avait escortée hors du train.

Une fois que nous fûmes toutes installées, les Indiens ont lancé leurs chevaux simultanément, aussi vite qu'un vol d'oiseaux s'élance vers le ciel. Au galop dans les plaines et les vallons, les guerriers poussaient de nouveau leurs cris impies : pas vraiment ceux d'un homme, ni ceux d'un animal. Nous nous sommes cramponnées à nos cavaliers, les bras autour de leur taille... curieuse intimité née de la nécessité. Je ne me suis pas retournée vers le train, vers le carnage que nous laissions là-bas.

La voie ferrée se prolongeait sans nous dans le lointain... Le seul lien qui nous rattachait au monde d'avant...

Nous avons voyagé ainsi toute la nuit, au pas, au trot ou au galop. Dans le ciel brillaient un mince croissant de lune et plus d'étoiles que je n'en avais jamais vu. Nous avons bientôt creusé l'écart avec l'autre groupe de Lakotas qui convoyait les bêtes volées. Je me suis assoupie plusieurs fois, bercée par l'allure cadencée du cheval. Quand je me réveillais en sursaut, la tête contre le dos de mon ravisseur, j'avais toujours les bras autour de sa taille, je sentais la chaleur de son corps et, de nouveau, cette odeur sauvage qui, je le confesse, m'apportait une sorte de réconfort. Simple réaction d'être humain. Une pensée singulière m'a traversé l'esprit : je n'avais pas tenu un homme dans mes bras depuis fort longtemps et je me suis demandé s'il éprouvait aussi une sensation étrange d'avoir une inconnue agrippée à lui.

Nous avons finalement atteint le village lakota au moment précis où le soleil d'hiver, s'élevant à l'horizon, inondait les plaines d'une lumière blanche et crue. Les habitants ont commencé à sortir de leurs tipis pour nous regarder passer. Les femmes poussaient leurs curieux trilles pour fêter le retour des guerriers. De jeunes enfants bruns ont accouru pour toucher nos pieds et nos jambes, riant et s'exclamant joyeusement, revenant aussitôt dans leurs tipis ou faisant demi-tour pour nous toucher une deuxième fois. Le plaisir simple qu'ils semblaient retirer de ce jeu a fait de notre arrivée dans ce monde nouveau un moment moins effrayant que je le redoutais, car il n'y a pas de raison de craindre les enfants. Par contre, les mères nous ont étudiées avec diverses expressions. Le soupçon, la méfiance, l'hostilité sinon la haine se lisaient dans leurs yeux. Elles maintenaient leurs couvertures sur leurs épaules, un bras en travers du torse, pour bien nous signifier que nous n'étions pas bienvenues. Nous devions en parler plus tard entre nous et tomber d'accord sur un point : pourvu que ce ne soient pas les femmes de la tribu qui décident de notre sort...

Nous sommes maintenant retenues ensemble dans un grand tipi. On nous a au moins donné des couvertures et des peaux de bison pour ne pas mourir de froid cette nuit. Il y a un foyer pour le feu au centre de la tente et, juste à l'extérieur, une pile de petit bois et des bouses sèches de bison qui tiennent lieu de combustible. Le jeune Lakota qui nous sert de gardien veille à en apporter d'autres lorsqu'il n'y en a plus. Plusieurs femmes de notre groupe ont émis le désir de s'échapper, à quoi je leur ai répondu par de simples questions : « Où irions-nous ? Quelle direction prendre ? Nous ne savons même pas où nous nous trouvons. »

Il y a quelques jours, un jeune homme blanc nous a rendu visite. C'est un moine bénédictin, qui s'est présenté sous le nom de frère Anthony. Très heureuses de le rencontrer, nous avons pensé un instant qu'il venait nous délivrer. Mais il n'est investi d'aucune sorte d'autorité et il nous a vite ôté toute illusion. C'est cependant un homme doux et fort aimable, qui nous a invitées à prier avec lui et nous a offert un peu de réconfort.

Le lendemain, il nous a envoyé les deux jumelles irlandaises, Meggie et Susie Kelly. Deux personnalités excentriques, débridées, qui se désignent elles-mêmes sous le terme de « Cheyennes blanches ». Cela semble être une description appropriée, car elles tiennent des deux mondes, celui des sauvages et celui de l'homme civilisé... Ni entièrement indiennes, ni entièrement blanches... mais aussi... je ne sais comment transcrire l'impression qu'elles m'ont donnée. Disons qu'elles rappellent certaines créatures de la mythologie, les elfes des lointaines contrées. De petite taille et d'une maigreur alarmante, elles portent des couvertures de laine brute par-dessus leurs capes de bêtes en lambeaux. Leurs pâles figures sont encadrées par une épaisse tignasse rousse tout emmêlée. D'autres détenues, en prison, avaient une attitude comparable : endurcies, folles de colère et de chagrin à la fois. Pourtant, sous leur façade bravache, on devine qu'elles ont terriblement souffert, même si elles n'en disent rien. Elles aussi nous ont témoigné beaucoup de gentillesse, nous redonnant espoir et quelques bons conseils, nous faisant même rire une fois ou deux. Nous nous sommes senties moins seules, moins désarmées après leur visite.

Comme j'ai appris à le faire en détention, nous apprécions les quelques « luxes » auxquels nous avons droit : couvertures et peaux de bêtes, le feu dans le tipi, la promenade quotidienne à la rivière où nous brisons la couche de glace et nous aspergeons d'eau glacée. Nous avons également une outre, confectionnée à partir d'une panse de bison, pour rapporter de l'eau. Notre jeune gardien – qui répond, à ce que nous ont appris les jumelles, au nom de Yellow Bird[1] – revient chaque jour avec de la nourriture, parfois cuite, parfois crue. Des lapins, des castors, des pièces de cerf, de wapiti, de bison, des racines comestibles et des fruits sauvages, des tranches de viande séchée. Nous faisons cuire les racines et les fruits dans une casserole en fer-blanc qu'on nous a confiée, afin de les rendre plus tendres. Nous préparons des sortes de ragoût. J'ai grandi dans une ferme au nord de New York et je sais ce que c'est de compter sur ses propres ressources – élever des animaux, jardiner, préparer des conserves en prévision des longs hivers. Comme pratiquement tous les fermiers, mon père était chasseur et m'a montré comment dépecer un animal et cuisiner la viande... au grand soulagement des plus délicates d'entre nous, qui mourraient sans doute de faim si on leur demandait de le faire elles-mêmes. Je dois avouer que je suis parfois incapable d'identifier certaines des choses qu'on nous apporte. L'autre jour, je crois bien qu'on nous a donné la carcasse d'un petit chien. J'ai dû inventer une histoire : j'ai feint de reconnaître un animal des plaines, de ceux qui se cloîtrent dans leur terrier, sans aucun lien avec la race canine. Nous n'avons pas tant de nourriture que ça et nous avons toujours faim, alors nous mangeons ce qu'il y a sans poser de questions, que cela soit agréable au goût ou pas. Récemment, les sœurs Kelly nous ont offert un petit sac de cuir rempli de café en grains, que les Indiens, certainement, échangent dans les comptoirs des forts contre leurs peaux de bêtes. À l'aide d'un caillou, nous avons moulu les grains sur une pierre plate et préparé du café sur le feu. Le summum du luxe ! Comme en prison, on s'adapte avec une vitesse surprenante aux changements les plus contraignants et à toutes sortes de privations.

Nous sommes maintenues à l'écart de la tribu. Nous devons même faire nos besoins dans un autre endroit que les femmes lakotas. Nous en apercevons quelques-unes, parfois, lorsqu'elles

---

[1]. Oiseau jaune.

se dirigent vers leur coin à elles, où elles se lavent certainement et rapportent de l'eau. Nous essayons de garder les idées claires, de trouver des raisons de penser qu'un jour ou l'autre, nous serons libérées. Jusque-là, nous pouvons au moins nous féliciter d'être toujours en vie, de ne pas avoir été violées par nos ravisseurs, et c'est déjà encourageant.

25 mars 1876

Si les sœurs Kelly nous avaient averties au début que «personne ne viendrait sauver notre peau», il semblerait pourtant que nous comptions un sauveur parmi nous, en la personne d'une femme extraordinaire, dénommée Dirty Gertie ou... Jimmy le muletier, qui est arrivée au village, il y a quelques jours, au dos d'une grande mule grise. Parfaitement sûre d'elle, elle a stupéfié les Lakotas en faisant son entrée sans prévenir. De toute évidence, elle a échappé à la vigilance des sentinelles constamment postées autour du village afin de protéger celui-ci des intrus. Cette Gertie m'a plu tout de suite. Sacré personnage ! Rude, solide, coriace, elle n'a pas peur des mots et, à en croire les jumelles, c'est une figure légendaire des plaines, pour les Blancs comme pour les Indiens. De fait, elle avait disparu depuis plusieurs mois et, selon divers témoignages, elle aurait été tuée par une bande d'éclaireurs indiens qui servent de guides à l'armée. Un grand nombre de Lakotas ont l'air de croire que, si leurs guetteurs ne l'ont pas repérée, c'est parce qu'elle est un esprit, un fantôme. Selon Gertie et les sœurs Kelly, les Indiens ne font pas de vraie distinction entre le monde réel et le surnaturel. Pour eux, les humains et les animaux sont capables de passer librement de l'un à l'autre... Une idée fort intéressante, n'est-ce pas ?

Avec l'aide précieuse de Gertie, nous avons réussi à réunir un «pow-wow» avec plusieurs chefs lakotas et quelques guerriers notables. On m'a permis d'y assister, avec Gertie et les jumelles, car j'ai été désignée comme chef nominal de notre groupe (certaines de nos camarades ont pris mon relatif sang-froid pour de la force de caractère, alors qu'il s'agit seulement d'indifférence à l'égard de ma destinée). Parmi les participants indigènes se trouvait ce monsieur Crazy Horse, qui, s'il parle fort peu, a paru suivre attentivement les débats. Il ne correspond pas du tout à l'image de guerrier redoutable et de grand dirigeant de son peuple que je m'étais faite en écoutant les sœurs Kelly. C'est pourtant la réputation dont il jouit ici dans les plaines, m'ont-elles assuré.

Je suis revenue de ce pow-wow en nourrissant enfin quelque espoir que nous puissions être libérées. S'adressant aux chefs lakotas avec tout le respect qui leur est dû, Gertie, qui parle très correctement leur langue, leur a suggéré de nous attribuer des chevaux et de nous fournir une sorte de sauf-conduit, après quoi, naturellement, nous serions livrées à nous-mêmes. Ils ont prêté la plus grande attention à ses paroles et considèrent à présent sa requête.

Gertie s'est rendue dans notre tipi pour faire connaissance avec les autres filles et les mettre au courant. Bien sûr, l'éventualité d'une libération leur a mis à toutes du baume au cœur.

— Admettons que les Lakotas acceptent de se séparer de quelques chevaux et de vous laisser partir, nous a dit Gertie. Combien d'entre vous savent monter à cheval ?

Seulement trois d'entre nous, moi y comprise, ont levé la main. Notamment cette Anglaise très « garçonne », lady Ann Hall qui, à ma grande surprise, n'avait pas été nommée à ma place à la tête de notre groupe. Elle a suffisamment d'autorité naturelle pour que nous l'appelions toujours lady Hall, plutôt que par son prénom comme nous le faisons entre nous. J'admire beaucoup cette femme car elle a entrepris ce long voyage avec nous dans le but de retrouver son amante, qui s'était portée candidate au programme des femmes blanches, avec Meggie et Susie, l'année dernière.

La troisième est notre amie mexicaine, Maria Gálvez, ancienne maîtresse d'un tristement célèbre gentleman gangster à Mexico. J'emploie le terme de « maîtresse » faute d'un autre mot, car elle était bien jeune quand ce monsieur l'a achetée... ou volée à une famille miséreuse d'un village des montagnes du

Sonora. C'est une femme de petite taille, mais de constitution robuste, qui a visiblement du sang indien. Elle a la peau mate et son visage n'est pas sans rappeler celui de certains Lakotas, dont les traits sont communs à certaines populations asiatiques ou mongoles.

Puis c'est la Norvégienne du Minnesota, Astrid Norstegard, qui a levé une main hésitante.

— Chez moi, tout le monde vivait de la pêche, a-t-elle dit. Nous n'avions pas besoin de chevaux, car notre monde était bordé d'eau. Mais, comme nous toutes, j'ai voyagé à cheval derrière l'Indien qui m'a amenée ici. Considère-t-on que je sache monter ?

— Non, ma petite dame. Rien à voir. Ce n'est pas parce qu'on voyage en train qu'on sait en conduire un. Si je vous ai posé la question, c'est parce que nos gars s'y connaissent drôlement en canassons et ils sont les meilleurs cavaliers du monde. Donc ils ne vous donneront pas le premier choix. Ils se le garderont pour eux et vous prendrez le reste. Vous risquez de vous retrouver avec des haridelles.

— Eh bien, il faudra s'en contenter, ai-je dit. Et nous estimer heureuses.

— Bon, maintenant, il y a autre chose dont je voulais vous causer, les filles, a poursuivi Gertie. Comme vous le savez, le FBI, c'est terminé. Civiliser les Cheyennes, c'est de l'histoire ancienne.

Elle a jeté un coup d'œil aux sœurs Kelly.

— Ça n'a pas tant réussi aux premières arrivées, pas vrai, les jumelles ?

Meggie et Susie n'ont pas répondu, mais la tristesse se lisait dans leurs yeux. Peut-être, un jour, nous révéleront-elles leur secret ?

— D'ailleurs, ça n'est pas près de s'arranger. Les bandes indiennes qui restent libres, surtout des Lakotas, des Cheyennes et des Arapahos, fuient en ordre dispersé. Les rouquines veulent essayer de retrouver leur bande pour se battre avec elle — et là, je vous tire mon chapeau, les petites, ça force le respect ! Mais vous autres, mes poulettes, vous êtes des cornes vertes, des pieds-tendres et, croyez-moi, quand ça pétera dans tous les sens, vous aurez envie d'être ailleurs, parce que ça va péter ! Le général Crook est en train de réapprovisionner ses troupes et, au printemps, elles se remettront en marche. Il a reçu l'ordre du général Sheridan de supprimer tous les belligérants depuis les Black Hills jusqu'à la Platte River au sud, et la Yellowstone au nord et à l'ouest. Ça signifie attaquer et détruire chaque village cheyenne, lakota et arapaho sur lequel ils tomberont, car ces bandes-là sont considérées hostiles. L'armée ne fera pas de quartier. Meggie et Susie peuvent vous expliquer ce que ça veut dire, si elles ne l'ont pas déjà fait.

Les yeux baissés, les deux sœurs ont hoché la tête.

— Donc, si les Lakotas vous donnent des chevaux et acceptent de vous laisser filer, les frangines vont partir vers le nord-ouest, avec d'autres Cheyennes qui sont ici, pour rejoindre la bande de Little Wolf. Vous autres, je vous raccompagne à Fort Fetterman au sud. Vous n'êtes pas censées être ici, de toute façon. L'armée vous escortera jusqu'à la gare de Medicine Bow et on vous mettra dans un train pour vous renvoyer chez vous.

Meggie et Susie se sont regardées un instant. Évidemment, elles n'attendaient que ça : que Gertie les débarrasse de nous.

— Elle a raison, a renchéri Susie. Vous arrivez trop tard, vous ne servez plus à rien aux Cheyennes. Ils n'ont plus besoin de femmes et d'enfants. Ce qui leur faut aujourd'hui, c'est des guerriers, des chevaux, des armes et des munitions. Vous ferez donc mieux de rentrer dans vos foyers.

— Mon foyer ? ai-je dit. Mon foyer, c'est une condamnation à perpétuité dans une prison sans fenêtre où je n'ai pas le droit de parler, même toute seule ! Je ne retournerai pas là-bas. Je préfère partir à l'aventure au péril de ma vie.

— Le mien, c'est un lit à l'asile de fous de Kankatee Country, a enchaîné mon amie Carolyn Metcalf. Un lit auquel des médecins et des gardiens sadiques m'attachent souvent et en profitent pour me violer. Plutôt mourir que retourner là-bas !

— Et pour moi, c'est une chambre dans un bordel, a suivi notre petite Française Lulu Larue, où de vieux hommes adipeux me couvrent de leur sueur, où le patron me tape dessus parce que je ne sers pas les clients avec assez d'enthousiasme.

— Je vivais à Mexico avec Chucho el Roto, un bandido, a déclaré Maria Gálvez. On m'a accusée à tort de l'avoir trahi et il a mis ma tête à prix. Avant de réussir à quitter le pays, j'ai dû changer de nom tous les jours et coucher chaque nuit dans un hostal ou une posada différents. J'ai même dormi dans la rue. Voilà ce qui m'attend chez moi. Ça et mon arrêt de mort.

— Bonté divine ! s'est exclamée lady Ann Hall. En ce qui me concerne, je possède un magnifique domaine à Sunderland... un endroit fort agréable à vivre, il faut l'admettre. Pourtant, je m'y sens très seule sans ma chère amie Helen Elizabeth Flight. Si d'autres parmi vous envisagent de rester ici, je suis prête à les imiter. J'ai fait un long voyage et je dois bien ça à mon Helen.

— Mon devoir est de rester auprès de milady, où qu'elle ait besoin de moi, a ajouté la fille de Liverpool, de sa toute petite voix.

— Bon, écoutez, a dit Susie Kelly. Si vous pensez sérieusement à nous accompagner, il faudrait réfléchir encore un peu. Aye, on voulait bien prendre soin de vous, mais c'était avant que Gertie se radine. Parce que, maintenant, vous pouvez quitter le coin. On est vraiment tristes pour vous, c'est sûr, et croyez-moi, on sait ce que c'est de ne pas avoir de maison. On est passées par là, nous aussi. Seulement, on a nos propres tracas, et on s'occupera pas des vôtres par-dessus le marché.

— Aye, on n'est pas des nounous, a renchéri sa sœur. Je vais être plus claire encore : on ne tient pas à vous garder, point final. Nous allons voyager avec d'autres Cheyennes qui veulent comme nous retrouver leur peuple, leur chef Little Wolf, et qui ont une idée de l'endroit où il se trouve. S'il y a une chose qu'ils ne supporteront pas, c'est d'avoir sur les bras une bande de pieds-tendres, dont la moitié ne savent même pas monter à cheval.

— Alors celles d'entre nous qui veulent rester, ai-je proposé, le feront de leur propre initiative. Nous vous suivrons sans vous encombrer. On s'arrangera bien toutes seules.

— Allons, Molly, a dit Susie. Vous le savez bien... Au bout d'une demi-journée, même pas, on vous verra rappliquer en pleurant. Et si vous prenez du retard, on sera obligées de vous abandonner. Des quantités d'Indiens hostiles traînent dans les plaines, sans parler d'individus de race blanche, peu recommandables, que vous feriez mieux d'éviter.

— C'est la vérité vraie, a approuvé Meggie. Et vous allez faire comment, pour manger en route ? Vous aurez déjà bien de la chance si les Lakotas vous donnent des chevaux, mais alors des provisions... Qui va chasser du gibier, parmi vous ?

— Moi, ai-je répondu.

— Moi aussi, a fait lady Hall.

— Si vous croyez, les filles, que les Lakotas vous laisseront en plus des armes et des munitions, vous vous mettez le doigt dans l'œil, a dit Susie. C'est beaucoup trop précieux pour eux. Mais vous êtes sûrement douées pour le tir à l'arc... Ils vous prêteront peut-être un arc ou deux...

— Mesdames, je vous en prie, a coupé Gertie. On parlera de ça le moment venu, s'il faut. On ne sait même pas s'ils vont vous libérer ni si vous aurez ces chevaux.

— Ils vont nous libérer et ils nous donneront les chevaux, ai-je assuré. Je n'ai aucun doute, Gertie. Je les ai regardés pendant que vous leur parliez. J'ai bien vu qu'ils vous mangeaient dans la main.

J'étais déterminée, mais les sœurs Kelly l'étaient également. Elles en avaient certainement assez vu, et d'autres épreuves les attendaient, suffisamment pénibles pour qu'on ne les oblige pas en plus à défendre une bande de... cornes vertes, pour reprendre leur expression. D'un autre côté, derrière leur entêtement, j'ai deviné qu'elles hésitaient tout de même à se séparer de nous. Quoi qu'elles aient enduré, l'an passé, j'imagine que nous leur renvoyons une image d'elles et de leurs amies telles qu'elles étaient en arrivant dans ces terres. Nous sommes innocentes comme elles au départ, nous avons fui de la même façon des situations invivables pour nous risquer dans l'inconnu, c'est pourquoi nous refuser de semblables opportunités reviendrait pour elles à renier leurs proches et le chemin parcouru.

Alors j'ai opté pour une autre stratégie.

— Dites-moi, les ai-je priées. Parmi les Cheyennes qui partent avec vous, lequel prendra la décision de nous laisser avec Gertie ou pas ?

— Pourquoi veux-tu le savoir ? a dit Susie.
— Parce que, celui-là, j'aimerais lui parler.
— Pour nous damer le pion, c'est ça ?
— Si nécessaire. Ne suis-je pas le chef de mon groupe, comme vous l'avez établi ? Celle qui a pour mission de rester vivante, de protéger ses amies...
— Tu n'es pas pour autant notre chef, Molly, a fait valoir Meggie. Cela ne te donne pas le droit de t'opposer à ce que nous décidons.
— Je n'ai jamais dit ça. Je demande seulement à parler à votre chef, et à savoir ce qu'il veut faire de nous.

Les jumelles ont échangé un regard.

— Il s'appelle Aénohe, a révélé Meggie de mauvaise grâce. Cela veut dire Hawk[1] en anglais. Il était présent au pow-wow. C'est lui qui nous mènera à Little Wolf.
— Lequel était-ce ?
— Le sang-mêlé aux cheveux clairs.
— Je ne pouvais souhaiter mieux.
— Pourquoi ?
— Parce que je le connais.
— Oh là, du calme ! a dit Susie. Comment ça, tu le connais ?
— Eh bien, c'est celui qui m'a débarquée du train. J'ai du mal à l'expliquer, mais... il allait me tuer et au dernier moment, c'est comme si on s'était compris... Il a changé d'avis sous mes yeux. Et j'ai voyagé six heures à cheval derrière lui. C'est peu et beaucoup à la fois.

À nouveau, Meggie et Susie ont échangé un regard, peut-être pas si étonnées que ça.

— C'est vrai. Si vous n'avez pas été tuées et scalpées, c'est parce que Hawk était à la tête de ce raid et qu'il a empêché ses guerriers de descendre tout le monde. L'un d'eux nous a tout raconté. Au départ, ils ne devaient pas faire de prisonniers, juste prendre les chevaux, les fusils et les munitions qu'ils trouveraient. Il y a suffisamment de bouches à nourrir ici comme ça. Hawk a voulu vous épargner, ne nous demandez pas pourquoi...

---

1. Faucon.

Mais tu as raison, Molly, vous pouvez toutes le remercier de vous avoir laissé la vie sauve.

— Et vous, que savez-vous de lui ?

Les deux sœurs, aidées par Gertie, nous ont retracé l'histoire de Hawk.

Sa mère avait été capturée par les Cheyennes quand elle était encore une petite Blanche âgée de dix ans, qui se prénommait Samantha. Sa famille faisait partie d'un convoi de chariots en route vers l'ouest et les mines d'or de la Californie, au début des années 1850. Voyager en territoire indien comportait de nombreux dangers et ce type de mésaventure n'était pas rare à l'époque. À l'âge de quatorze ans, elle avait épousé Lone Bull[1], un jeune guerrier cheyenne dont le père était un Oglala. C'est le peuple de Crazy Horse et l'un des clans de la tribu lakota. Lone Bull lui avait donné trois enfants, deux filles et un fils, Hawk. Comme elle était blonde, les Cheyennes l'avaient rebaptisée Heóvá'é'ke : Yellow Hair Woman[2].

Âgé de huit ans, Hawk était un jour en train de ramasser du bois près de la rivière, en compagnie de sa mère qui avait alors une vingtaine d'années, lorsqu'une troupe de soldats américains était tombée sur eux. Voyant que sa mère était blanche, ils avaient réussi à mettre la main sur elle avant qu'elle parvienne à s'enfuir, puis ils l'avaient interrogée. Elle avait révélé qu'elle avait été enlevée dans son jeune âge et qu'elle ne se rappelait pas le nom de sa famille blanche — ce en quoi elle mentait. Après douze années passées chez les Indiens, elle était parfaitement intégrée à la tribu, mariée à un Cheyenne et mère de plusieurs enfants, et elle ne souhaitait pas retourner chez les Blancs.

Cependant, ses parents avaient survécu à l'attaque de leur convoi et n'avaient jamais perdu espoir de retrouver leur Samantha. Pour cette raison, ils avaient renoncé à poursuivre leur voyage jusqu'en Californie et s'étaient établis dans le Nebraska, à Grand Island, où le père servait comme pasteur à l'église méthodiste. Pendant ces douze années, ils avaient sans

---

1. Taureau solitaire.
2. Femme aux cheveux jaunes.

cesse posé des avis de recherche dans les comptoirs et les forts de la région. Certains des soldats qui avaient fait prisonniers la jeune femme et son fils avaient lu ces avis. Alors ils les avaient escortés tous deux à Camp Robinson, dans le nord-ouest du Nebraska, d'où l'on avait pris contact avec les parents, qui s'étaient rendus sur place. Dans un sens, leur fille venait à nouveau d'être enlevée, cette fois au profit de son ancienne famille.

Si, bien sûr, le père et la mère étaient ravis de récupérer leur enfant, celle-ci n'était plus leur petite fille d'autrefois. Son anglais s'était considérablement appauvri et elle refusait de répondre à son premier prénom. Les parents comprirent qu'ils auraient bien du mal à lui faire oublier sa vie chez les Indiens, qu'ils considéraient comme des barbares, et à la réinsérer dans le monde civilisé. Dans ce but – mais aussi parce qu'ils savaient qu'à Grand Island, on accepterait mal de voir le pasteur méthodiste et son épouse abriter un petit-fils sang-mêlé, non baptisé et illégitime –, ils décidèrent d'envoyer Hawk dans une école réservée aux Indiens, tenue par des jésuites dans le Minnesota, où ceux-ci se proposaient d'éduquer les jeunes primitifs. Ils s'entendirent avec le commandant du fort pour que quatre soldats se rendent un matin dans les quartiers de la famille pour accompagner le garçon. Refusant d'être séparés, Hawk et sa mère se battirent comme des animaux sauvages, griffant, mordant, poussant des cris de rage, mais ils finirent par être maîtrisés et le garçon fut emmené de force.

Hawk passa quatre ans à l'école indienne, un établissement en tout point assimilable à une prison. Il y apprit l'anglais et fort peu de choses, sinon la haine des Blancs et de leur monde. Il acquit la réputation, parmi les clercs, d'un incorrigible fauteur de troubles. À l'âge de douze ans, il s'enfuit avec deux autres garçons, l'un dakota, l'autre ojibwe. Ils voyagèrent pendant trois jours ensemble, avant de se séparer dans l'intention de reprendre leur place dans leurs peuples respectifs. Des trois, c'est Hawk qui était le plus éloigné de sa terre natale, distante au moins d'un millier de miles, qu'il couvrit entièrement à pied. Mais il réussit à la rejoindre et se présenta, un beau matin, au village de Little Wolf, où il retrouva sa mère, qui avait échappé à ses parents avant même qu'ils regagnent Grand Island. Comme elle n'avait aucune idée de l'endroit où l'on avait envoyé son fils, Yellow Hair Woman était retournée chez Little Wolf et son peuple, où elle avait attendu Hawk pendant quatre ans en espérant qu'il puisse un jour revenir vers elle. Il y était arrivé.

— Hawk sera le chef de nos guerriers quand nous nous en irons, a déclaré Susie à la fin de cette courte biographie. C'est à lui qu'il faudrait t'adresser, Molly.

— Merci, lui ai-je dit.

— C'est pas pour ça qu'il vous laissera partir avec nous. Moi et Meggie, on n'est pas pour.

— J'avais compris. Mais pourriez-vous lui dire que je souhaite le voir ? S'il a étudié l'anglais à l'école indienne, on devrait pouvoir discuter.

— On ne l'a jamais entendu prononcer un seul mot d'anglais, a affirmé Meggie. Tout le monde sait qu'il veut oublier ce moment de sa vie, y compris la langue qu'on l'a forcé à parler. Même si sa mère était blanche, il déteste tous les Blancs. Encore plus depuis que l'armée a détruit notre camp. C'est pour ça qu'on s'étonne, Susie et moi, qu'il vous ait épargnées, les filles.

Sans rien dire, les jumelles se sont regardées une seconde en hochant la tête.

— Aye, eh bien voilà, a dit Susie. On ne voulait pas que vous sachiez toute la vérité, parce qu'elle est pas belle, non, mais c'est peut-être le moment de vous raconter ce qui est arrivé à notre groupe de femmes blanches. Ça serait pas juste de vous le cacher plus longtemps. Et sans doute qu'on arrivera à vous dissuader, cette fois, de rester avec nous. C'était un matin froid, glacial, au mois de février. Une compagnie de l'armée américaine a attaqué notre village. Sur la douzaine de femmes blanches qui s'étaient engagées avec nous et qui n'ont jamais renoncé, il n'y a que moi et Susie, et une autre encore, qui sommes encore vivantes... À part nous trois, toutes nos amies ont été tuées... avec leurs bébés, pour celles qui en avaient. La nuit suivante, pendant qu'on s'enfuyait, Meggie et moi, on a perdu nos enfants à nous... on avait eu chacune des jumelles de nos maris jumeaux, toutes les quatre mortes de froid... C'est tout ce que vous avez besoin de savoir, alors nous posez pas de questions... Et c'est pour ça qu'on a décidé de se battre jusqu'au bout contre l'armée. Bien sûr qu'on finira par mourir, nous aussi. Mais, voyez, ça nous est complètement égal parce que nos vies sont inutiles maintenant, et que nous n'avons plus rien à perdre. Voilà ce qui vous attend si vous vous entêtez. Vous vous trouverez mêlées à quelque chose qui vous dépasse complètement. Vous n'avez pas fait beaucoup de chemin, pour l'instant. Avant d'aller plus loin, peut-être que retourner chez vous, où que ça soit, ça serait peut-être pas une mauvaise idée. Et Molly, autant que tu saches, la femme de Hawk, son fils et sa mère ont aussi été assassinés, ce jour-là. Comme nous, il porte la vengeance dans son cœur.

Voilà qui confirmait ce que nous avions pressenti dès le départ, sans l'entendre encore de vive voix. Bien sûr, nous savions que le chagrin affleurait à la surface, que les deux sœurs s'employaient à le cacher, mais notre situation était si précaire, nous nous sentions si fragiles que nous ne voulions pas connaître le fin mot de l'histoire. Nous ne voulions pas comprendre que le programme Femmes blanches pour les Indiens s'était terminé par une boucherie, que leurs nourrissons et pratiquement tous leurs amis étaient morts, massacrés par ce même gouvernement américain qui était chargé de les protéger. Le monde de Susie et Meggie était complètement bouleversé. Pas étonnant qu'elles aient souhaité notre départ. Nous avons toutes gardé le silence pour honorer la mémoire de leurs camarades disparues, des nôtres également, de ces jeunes vies fauchées sans aucune raison... ma propre fille comprise. Quel monde, quel Dieu, quelle sorte d'êtres humains laissent de telles horreurs se produire ?

28 mars 1876

Nous avons appris aujourd'hui que les Lakotas acceptent de nous donner des chevaux. Une décision a été prise, mais une autre reste en suspens : devrons-nous partir avec Gertie à Fort Fetterman, ou suivrons-nous les sœurs Kelly et les Cheyennes...

à condition qu'ils veuillent bien de nous. Les propos des jumelles avaient de quoi faire réfléchir. Quel choix valable avons-nous ? Nous en avons longuement discuté, le soir même, autour du feu dans notre tipi. L'occasion de nous rappeler les conseils qu'elles nous ont prodigués la première fois que nous les avons vues : « compter sur vous-mêmes et les unes sur les autres ». Nous avons donc admis qu'il faut avant tout nous soutenir mutuellement. Nous avons repensé aux événements : un grand nombre de nos propres camarades ont perdu la vie lors de l'attaque du train, depuis laquelle nous sommes retenues captives... cela fait déjà plusieurs semaines... alors l'idée que nous ayons enduré tout cela pour rien, ou pour retrouver les sinistres existences que nous voulions fuir... non, non, pas question ! Susie s'est trompée sur un point : nous avons déjà fait du chemin et il nous est impossible de revenir en arrière.

Les jumelles m'ont ménagé une entrevue avec le dénommé Hawk. C'est tout à leur honneur. Elles ont déclaré que, si j'étais capable de le convaincre de nous laisser voyager avec lui et le reste de la bande, elles ne s'y opposeraient pas. Je me doute depuis un moment qu'elles seront soulagées si cette décision-là ne dépend pas d'elles seulement.

Plutôt que me rendre dans sa loge, en ma condition d'humble captive, ou que le faire venir dans notre tipi où nous serions toutes réduites à cela, j'ai souhaité le voir seule pour être moins désavantagée. J'ai proposé que la rencontre ait lieu à l'extérieur du village et d'y aller à cheval. En tant que représentante de notre groupe, je voulais suggérer que nous n'étions pas totalement sans ressources, et qu'une au moins d'entre nous savait monter à cheval. J'ai demandé aux sœurs de pouvoir choisir ma monture et j'ai offert à Gertie de m'accompagner au rendez-vous.

— Je tiens cependant à lui parler en privé, ai-je expliqué à celle-ci. Et j'aimerais que tu restes en retrait, sauf si j'ai besoin de toi à un moment ou à un autre.

— Rien ne prouve que vous saurez vous comprendre, ma vieille. Tu as entendu ce que disent les filles : depuis un an qu'elles le pratiquent, elles n'ont jamais entendu un mot d'anglais dans sa bouche. Moi non plus, et je le connais depuis qu'il est tout petit.

— Je suis institutrice, Gertie. S'il a passé quatre ans dans une école américaine tenue par des jésuites, il parle anglais, crois-moi, qu'il en convienne ou pas. Entre l'âge de huit et douze ans, les enfants absorbent les langues comme des éponges et je suis certaine qu'il n'a pas oublié. Je lui ai parlé pendant notre capture et, avec le recul, je suis sûre qu'il m'a comprise.

Nous devions nous rencontrer au bord de la rivière, près d'un bosquet de peupliers, à quelque distance du village. Parmi les chevaux qu'on nous a confiés, j'ai choisi une jument alezane. Une jeune pouliche solide, parée d'une étoile blanche sur le front, qui m'a séduite car elle semblait à la fois calme et mature. Bien des cavaliers évitent les juments à cause de leur caractère difficile, mais aussi parce qu'elles posent parfois des problèmes avec les hongres. Mais je me suis toujours bien entendue avec elles. Je l'ai appelée Spring, car c'est la saison du recommencement, des nouveaux départs, et qu'elle en fait partie avec moi.

Les Indiens sont sortis de leurs tipis pour nous regarder pendant que nous traversions le village, Gertie sur sa grande mule grise, et moi sur l'alezane, plus petite. Je n'ai pas la prétention d'être une cavalière accomplie, mais j'ai tout de même grandi dans une ferme. Pendant qu'ils travaillaient dans les champs, mes parents m'installaient sur un de leurs chevaux de trait avant même que je sache marcher. Ces immenses percherons, gardes d'enfants malgré eux, étaient de doux géants, avec des sabots grands comme des poêles à frire. J'allais plus tard à l'école sur l'un d'eux, comme beaucoup d'enfants de paysans. Je n'étais pas montée sur un cheval depuis que j'ai quitté la ferme, il y a de cela bien longtemps, mais la posture m'est revenue naturellement et, après ces semaines de confinement, j'ai éprouvé un merveilleux sentiment de liberté. Aussitôt s'est réveillée une nostalgie brutale, le regret d'avoir quitté ce monde-là. Cette terrible erreur a changé irrémédiablement le cours de ma vie et me hantera jusqu'à la tombe.

Gertie a dû lire dans mes pensées pendant qu'elle me regardait.

— Ma poulette, a-t-elle jeté, j'ai bien l'impression qu'il t'en est arrivé, des choses. Je ne saurais pas dire quoi exactement, mais j'ai le nez creux et si jamais tu as besoin d'en parler, n'oublie pas que cette bonne vieille Gertie sait écouter. J'en ai eu ma part, moi aussi, des cauchemars, des déboires... J'ai perdu deux enfants, dans le temps, alors j'ai une petite idée de ce que c'est.

Étonnée, je me suis tournée vers elle.

— Tu fais des présomptions sur ma pauvre existence, Gertie ?

— Tu peux appeler ça des présomptions... J'ai du flair, moi, les gens m'inspirent des choses... Que je ne vois pas toujours très clairement, mais je les vois.

J'ai hoché la tête.

— D'accord, je m'en souviendrai.

Nous étions bientôt à la rivière lorsqu'elle s'est arrêtée en tendant le doigt.

— Hawk est là, près des arbres.

Immobile sur un cheval pie, devant les peupliers dénudés, il regardait la rivière en nous tournant le dos.

— Tant mieux, j'aime autant qu'il soit là avant nous. Je le rejoins toute seule, Gertie. Pas besoin de m'attendre, je connais le chemin du retour.

— J'aime bien les filles de ton genre, m'a-t-elle dit. Tu me rappelles celle que j'étais, il y a des années. Bonne chance !

J'ai talonné doucement les flancs de la jument et constaté avec plaisir qu'elle a réagi aussitôt, poursuivant au trot, et bientôt au petit galop quand j'ai recommencé. Je n'avais pour la diriger qu'un hackamore en cuir indien, sans mors, une sorte de licou avec des rênes, mais j'avais coutume de monter ainsi à la ferme et, comme j'avais déjà fait un tour avec elle, je savais qu'elle y était elle aussi habituée. J'ai continué un moment à la même allure, puis j'ai fini au pas en arrivant. Hawk s'était retourné en m'entendant, de sorte que nos chevaux se trouvaient en sens inverse l'un de l'autre, et lui et moi côte à côte.

Le redoux précoce se confirmait. Les tourbillons d'herbe jaunie du dernier automne étaient parsemés de quelques pousses optimistes, vert pâle, qui venaient d'apparaître. Sur les branches des peupliers, les bourgeons fermés allaient bientôt éclater.

Sans descendre de cheval, nous nous sommes regardés un long moment.

— Je m'appelle Molly, ai-je dit finalement. Molly McGill. Merci d'avoir accepté de me revoir.

Il est resté silencieux, sans révéler s'il me reconnaissait ou pas.

— Je regrette de ne pas parler cheyenne. Mais je pense que vous me comprenez. Comme vous vous en souvenez peut-être, nous nous sommes déjà rencontrés dans le train... Puis vous m'avez emmenée au village. Et j'étais au pow-wow.

Impénétrable, il continuait à m'étudier.

— Vous pouvez me répondre en cheyenne, si vous voulez. Bien sûr, je ne comprendrai pas, mais j'ai l'intention d'apprendre votre langue. J'ai toujours été douée pour les langues. Je parle français, car mes parents habitaient près de la frontière canadienne et nous avions des voisins français. Je parle un petit peu norvégien aussi... Nous avions d'autres voisins, plus proches, qui venaient de Norvège... Ils élevaient des vaches, pour produire du lait. Oui, pardon, tout cela ne vous intéresse pas beaucoup, bien sûr...

Était-ce seulement mon imagination ? J'ai pourtant cru, un bref instant, qu'un mince sourire prenait forme sur ses lèvres. Non, non... tout aussi vite, j'ai su que je me faisais des illusions. Il présentait toujours un visage de marbre, parfaitement impassible.

— Vous devez savoir pourquoi je suis venue. Les jumelles vous l'ont dit, certainement. Je voulais vous demander de nous emmener avec vous, mes amies et moi, quand vous partirez. Nous souhaitons rejoindre la bande de Little Wolf, adopter le mode de vie de votre peuple. Le gouvernement américain nous a envoyées ici, nous étions des volontaires du programme Femmes blanches pour les Indiens, mais on ne peut plus nous assimiler à... Non, pardonnez-moi, je choisis mal mes mots... Vous n'allez pas comprendre. Je voulais dire : nous ne travaillons plus pour le gouvernement. Le programme est obsolète... enfin, c'est terminé, c'est fini. Nous sommes livrées à nous-mêmes, nous ne dépendons plus de... Bon Dieu, excusez-moi, je bafouille, hein ?

— Je sais ce que veut dire « assimiler », a assuré Hawk.

— Hein ? Comment ? Vous... Je savais que vous parliez anglais.

Vous m'avez bien entendue dans le train, n'est-ce pas ? J'en étais sûre. Je l'ai senti... mais... où avez-vous appris ce mot ?

Il m'a montré ses mains couvertes de cicatrices.

– Je suis allé à l'école indienne des pères jésuites. Je refusais de parler la langue de l'homme blanc. Seulement celle de mon peuple. J'avais un excellent professeur, qui, chaque jour, me tapait sur les mains avec sa baguette, jusqu'à ce qu'elles saignent. « Mets-toi ça dans la tête, petit sauvage, disait-il. Tu n'es plus assimilé aux Cheyennes, désormais. Tu vis avec les Blancs et ne reverras plus ton peuple. Tu seras un chrétien et tu parleras anglais. »

Malgré ses cicatrices, il avait de fort jolies mains, bien faites, avec des doigts fins et musclés. Je les ai prises dans les miennes, un geste intime qui paraissait naturel entre nous, dénué d'arrière-pensée, comme si nous nous connaissions depuis longtemps et qu'une certaine complicité était établie.

– Je suis navrée pour vous. J'ai rencontré des professeurs de ce genre, des hommes et des femmes qui choisissent ce métier dans le seul but, finalement, de faire souffrir des enfants. Ce n'est pas moi qui vous reprocherai d'avoir refusé de parler notre langue.

Mais il la maîtrisait et nous avons pu discuter. Il ne voyait pas d'inconvénient à ce que nous allions rejoindre les Cheyennes avec les siens. Il m'a d'ailleurs révélé que, si les Lakotas avaient accepté de nous accorder quelques chevaux, c'était avant tout pour se débarrasser de notre groupe. Voilà comment on nous apprécie ! Le gouvernement nous abandonne, les Lakotas ne veulent pas s'encombrer de nous, Meggie et Susie Kelly nous conseillent de repartir dans nos « foyers »... Cela étant, Hawk semble penser que Little Wolf, qui a perdu beaucoup de membres de sa tribu lors de l'attaque de son village, nous accueillerait volontiers. Des femmes blanches ont déjà vécu auprès de son peuple, notamment May Dodd, son épouse.

– Mais pourquoi nous avez-vous conduites ici ? lui ai-je demandé. Cela n'aurait pas été plus simple de nous tuer dans le train ?

– Je ne vous ai pas tuée parce que vous n'aviez pas peur de moi, a-t-il répondu. Vous m'avez dit que la mort serait un réconfort. Les Cheyennes savent épargner un ennemi qui fait montre de courage...

Il s'est interrompu, gêné, en se détournant.

— Et ma mère avait des cheveux de la même couleur que vous.

— Si c'est cela qui nous a sauvées, je suis heureuse de vous rappeler votre maman. Mais je ne suis pas votre ennemie, ni quelqu'un de très courageux. Comme disent les jumelles, je n'ai simplement plus rien à perdre. Cela n'est pas affaire de courage. Il n'y a rien d'héroïque à vouloir se fondre dans le néant.

Me regardant à nouveau, il a hoché la tête.

4 avril 1876

Il continue de faire beau. La neige a bientôt fondu partout dans les plaines. Un fin tapis d'herbe verte est apparu sur le versant sud des collines. Le printemps précoce et la nouvelle de notre libération semblent ranimer les énergies et redonner espoir à ces dames. Les chevaux ont été rassemblés dans un enclos près de notre tipi et nous dispensons quelques leçons d'équitation aux moins expérimentées d'entre nous. À l'évidence, et Gertie avait raison sur ce point, les Lakotas ont gardé pour eux les meilleures montures. Certaines des nôtres se révèlent ombrageuses et imprévisibles. Lady Hall est de loin la cavalière la plus chevronnée de notre groupe. Non seulement elle entraîne nos camarades, mais elle vérifie aussi que les chevaux soient suffisamment dressés.

— Comme l'avait supposé notre amie miss Gertie, a-t-elle constaté devant elles, il faut bien reconnaître que ce ne sont pas des pur-sang destinés à la chasse ou au saut d'obstacle que nous avons là. Naturellement, quiconque se présenterait avec des rosses de cette espèce dans les propriétés où les gens de mon noble rang pratiquent ce sport distingué serait aussitôt couvert de ridicule, même empêché de participer. Mais comme nous le rappelle miss Molly, compte tenu de notre situation, nous monterons les chevaux dont nous disposons, et non ceux que nous aurions choisis... D'accord, ce sont d'affreux canassons, mais nous pouvons nous estimer heureuses de les avoir. Quand j'aurai parfait leur éducation, la plupart seront assez dociles pour que vous vous débrouilliez avec eux, et je garderai pour moi la plus sauvage de ces créatures... Un peu de vrai sport équestre n'est pas pour me déplaire... Jeune fille, déjà, je refusais de monter en amazone. Je portais une culotte de cheval comme les messieurs, et au diable les convenances, je mettais une jambe de chaque côté.

« Maintenant, en ce qui concerne vos rapports avec ces animaux, il faut vous avertir qu'ils vous jaugeront eux aussi. Si vous avez peur, si vous manquez d'autorité, ils s'en apercevront tout de suite et ils en profiteront. Ce serait un très mauvais départ. Donc soyez fermes dès le début, c'est essentiel. Même si vous vous sentez malhabiles à cheval, il est nécessaire d'établir que le maître, c'est vous, quitte à ce que vous fassiez semblant. C'est à cette condition qu'ils vous respecteront et vous obéiront.

Excellent conseil de la part de lady Hall. Il faut dire que, pendant leur apprentissage, certaines de nos filles ont offert des scènes d'un haut comique. Elles souffrent de quelques bleus et bosses, mais par bonheur aucune ne s'est réellement blessée. Astrid, la Norvégienne qui se réclame d'une famille de pêcheurs, a appris aisément. Selon elle, le balancement d'un cheval en marche n'est pas sans rappeler le tangage et le roulis d'un bateau sur l'eau, une comparaison qui semble appropriée. Lulu, en revanche, notre optimiste petite Française, est dépourvue de dispositions naturelles en la matière. On lui a pourtant attribué la monture la plus accommodante du lot. L'autre jour, elle est tombée alors qu'elle la menait au pas et, après que nous l'avons aidée à remonter, elle est tombée de nouveau, cette fois de l'autre côté, nous donnant l'occasion de rire joyeusement à ses dépens. Lulu, bonne fille, ne nous en a pas tenu rigueur.

Si sa maîtresse est une cavalière accomplie, Hannah, la petite de Liverpool, s'est rebiffée jusqu'au dernier moment, refusant même de monter sur son cheval.

— Je marcherai à côté de celui de milady, a-t-elle déclaré d'une voix forte qui ne lui ressemble guère.

Lady Hall a eu beau insister, la cajolant et la brusquant tour à tour, rien ne semblait pouvoir la faire changer d'avis.

— Très bien, Hannah, a finalement jeté sa maîtresse, au comble de l'exaspération. Seulement, si vous vous entêtez à marcher près de moi, vous nous ferez prendre du retard et le moment viendra où nous serons obligées de vous abandonner.

D'un ample mouvement du bras, elle a désigné le vaste territoire qui s'étendait au-delà du village.

— Naturellement, vous vous retrouverez seule et, à mesure que vous perdrez des forces, les loups flaireront votre piste et commenceront à vous suivre. Bientôt, la meute entière sera là à glapir et à hurler en pensant au déjeuner qui les attend. Ils s'enhardiront et viendront vous mordiller les pieds, pendant que dans le ciel, au-dessus de votre tête, les vautours dessineront des cercles. Ce sont des animaux patients : ils attendront que les loups vous aient bouffé les entrailles pour descendre vous curer les os. Non, ma chère Hannah, cela ne sera pas une mort agréable, je peux vous l'assurer.

Les lèvres de la pauvre Hannah se sont mises à trembler, tandis que les larmes s'amassaient dans ses yeux. D'un air détaché, lady Hall a rejoint en quelques pas le cheval qu'elle destinait à sa servante, et dont je tenais les rênes.

— Assez de sottises, a-t-elle dit à Hannah. Venez ici, jeune femme.

Pendant que Hannah, toujours timide, approchait, lady Hall s'est penchée devant l'animal en joignant les mains pour lui faire la courte échelle.

— Posez votre gentil petit pied là-dessus, que je vous hisse sur votre selle, a-t-elle poursuivi. Accrochez-vous d'une main à la crinière, retenez-vous au garrot avec l'autre. Allez, pas d'hésitation, je ne recommencerai pas quatre fois. Nous perdons du temps par votre faute et les loups sont déjà là. Alors vite !

Hannah a obéi et sa maîtresse l'a mise en selle. La jeune femme a poussé un cri en saisissant le cou de l'animal. Il était immobile, mais elle se cramponnait de toutes ses forces comme si sa vie en dépendait.

— Parfait ! a dit lady Hall. Bravo, Hannah ! N'oubliez pas que c'est votre meilleur ami. Vous n'avez que lui pour vous défendre des loups.

Ce que je vais raconter maintenant paraît de bon augure. Cet après-midi, un groupe de cinq femmes lakotas se sont présentées à notre tipi, en compagnie de Gertie et des sœurs Kelly. Elles nous portaient dans leurs ballots des habits indigènes : robes droites, jambières et mocassins en daim, ainsi que de nouvelles peaux de bison et couvertures. Pas une fois elles ne nous ont regardées dans les yeux – comme le font les Indiens, nous l'avons remarqué. Leur regard se pose plutôt quelque part au milieu de notre front, ou légèrement sur le côté. Elles ont entrepris de nous dévêtir, l'une après l'autre. Seule lady Hall n'a pas voulu jouer le jeu, car elle disposait déjà d'une tenue adéquate : bottes et pantalon de cheval, chemisier de flanelle, gilet de moleskine, veste en coton ciré. Le reste d'entre nous était encore habillé comme des « dames » et, de l'avis général, nos vêtements et chaussures ne se prêtaient guère à un long périple à dos de cheval dans ce pays. En ce qui me concerne, je portais encore la robe que j'avais en arrivant à Sing Sing et que l'on m'avait restituée le jour de ma sortie. Comme les autres, j'avais tenté de laver certaines choses à la rivière, aux moments autorisés, mais tout cela se révélait fort peu commode. Depuis plusieurs semaines, nous gardions les mêmes habits sur le dos, et n'avons donc pas protesté quand les Lakotas, non sans cérémonie, nous ont débarrassées de ces nippes crasseuses qu'elles ont mises de côté. Puis elles nous ont lavées (elles avaient avec elles une outre pleine d'eau parfumée à l'armoise) et nous ont rhabillées « à l'indienne ». Ce fut une réelle délivrance de les laisser nous prodiguer leurs bons soins. Dans ces habits neufs et confortables, ces fourrures et ces peaux d'animaux douces au toucher, nous avons l'impression d'avoir abandonné les limbes dans lesquels nous végétions depuis plusieurs semaines et de renaître dans un nouveau monde.

Les sœurs Kelly nous ont appris que nous levons le camp demain matin. La nuit est tombée et j'écris ces mots à la faible lumière du feu mourant. Les filles éprouvent une appréhension naturelle à l'idée de partir et je ne pense pas qu'elles dormiront très bien. Évidemment, aucune d'entre nous n'est en mesure de prédire ce qu'il adviendra dans les jours et les semaines à venir, ni même si nous irons au bout de ce voyage. Tout ce dont nous sommes sûres, c'est qu'une période touche à sa fin et qu'une autre commence...

11 avril 1876

Après trois jours à dos de cheval, nous autres « pieds-tendres » souffrons d'un épouvantable mal aux fesses. Même lady Hall et moi en sommes victimes, bien que nous nous soyons exercées davantage que les autres avant le départ. Il semble que l'équitation soit le seul sport qui sollicite les muscles de cette partie du corps. Inévitablement, nous allons subir ce vif désagrément quelque temps encore. Mais nous ne devrions pas nous plaindre, car nous bénéficions des excellentes selles neuves, destinées à la cavalerie, que Hawk a trouvées dans les wagons de marchandises et qui ne comptent pas pour rien dans son butin.

Il faut dire un mot du pays que nous traversons, dans l'espoir que, peut-être, une description parviendra à contenir son immensité... Nous sommes, pour la plupart, stupéfaites et intimidées par de telles étendues. Nous ne pouvions pas en évaluer les dimensions en regardant le paysage par la fenêtre du train, où nous étions à l'abri, protégées jusqu'à ce que, bien sûr, cette illusion de sécurité se dissipe dans le grincement des roues et la fusillade...

Nous ne saurions nous situer avec exactitude. Nous suivons simplement la piste qu'empruntent les Cheyennes, plutôt tortueuse, le plus souvent en direction de l'ouest et du nord. Selon les jumelles, nous serions quelque part entre la Powder River, près de laquelle Crazy Horse a établi son camp, et la Tongue River, où se trouvait celui de Little Wolf lorsqu'il a été décimé en février. Mais parfois nous bifurquons vers le sud, avant de remonter à nouveau vers le nord, puis c'est le sud encore. Des tours et des détours qui, à en croire les sœurs, nous permettront d'éviter d'autres voyageurs et, peut-être, de croiser le chemin de Little Wolf.

— Quels autres voyageurs souhaitons-nous éviter ? leur ai-je demandé en route.

— Tous ! a répondu Susie. Tous ceux qui n'appartiennent pas à notre peuple. D'abord, les soldats et les éclaireurs indiens qui parcourent le pays avec eux. Surtout des Crows, des Shoshones et des Pawnees, tous ennemis jurés des Cheyennes. Ensuite, il y a les Blancs : les colons, les chercheurs d'or, les spéculateurs avides de nouvelles terres, et les fermiers qui envahissent la région, souvent guidés par des Indiens de ces mêmes tribus, amies des Blancs. Enfin, la racaille suit toujours le mouvement. Des bandits, des voyous, des meurtriers qui s'en prennent aux plus faibles et aux plus vulnérables, comme une meute de loups traque un troupeau de bisons. Tu as peut-être l'impression qu'il n'y a personne ici, Molly, mais c'est une véritable invasion depuis qu'on a découvert de l'or dans les Black Hills, l'année dernière. Gertie nous a dit que les journaux locaux sont pleins d'articles qui recommandent d'exterminer les sauvages une bonne fois pour toutes. Le gouvernement conseille aux colons et aux explorateurs de s'armer jusqu'aux dents, de tirer sur tous les Indiens qu'ils croisent. On offre des primes contre leurs scalps. Alors tu vois, ces gens-là, il vaut mieux les éviter.

Voilà pourquoi nous cheminons dans un curieux dédale de canyons, de vallées, de ravins, au milieu desquels souvent coulent ruisseaux et rivières, et où jaillissent des sources qui nous permettent de faire boire les chevaux et de nous rafraîchir nous-mêmes. Ici et là se dresse un petit bois de saules ou de peupliers, dont les bourgeons verdissent et commencent à grossir.

Puis, brusquement, nos chevaux grimpent sur des langues de terre qui ressemblent aux crêtes des vagues en pleine mer. Quand nous arrivons au sommet, d'extraordinaires panoramas s'étendent devant nous, à perte de vue. Les plaines et les collines ondoyantes sont ponctuées de formidables formations rocheuses, qui paraissent violemment s'élever de terre et se poursuivent jusqu'aux montagnes à l'horizon. Devant ces paysages d'une splendeur inimaginable, terrifiante même, certaines d'entre nous retiennent leur souffle ou s'exclament bruyamment. Nous sommes là à découvert, visibles à des miles alentour, nues et fragiles, exposées aux éléments et aux indésirables, à tout ce que nous tenons à éviter. Voilà bien la région la plus vaste, la plus sévère et la plus menaçante qu'il nous ait jamais été donné de voir. Nous nous y sentons minuscules et sans défense. Alors quand, finalement, Hawk nous ramène en terrain plus accidenté, où de nouveau nous pouvons nous dissimuler, c'est un grand soulagement.

Un mot à propos du vent... constamment présent dans ces terres, sujet à de nombreuses sautes d'humeur. Ce n'est parfois qu'une douce brise de printemps qui vous caresse avec légèreté, mais s'emporte soudain, soulève le sable en hurlant, et ses furieux tourbillons vous piquent les yeux et le visage. D'autres fois, c'est un vent grincheux qui gémit en brèves rafales, puis se calme et s'endort, comme un vieil homme acariâtre met fin à ses reproches. Il sait aussi gronder, lourd et menaçant. Nous l'entendons pousser de gros nuages noirs à l'horizon lointain, et nous savons alors qu'ils se dirigent vers nous avec leur chargement de pluie ou de neige, souvent fondue. Il semble en outre doté de pouvoirs corrosifs. N'est-ce pas lui qui préside au découpage des terrains, qui modèle les plaines à son image, tel le peintre avec sa brosse, ou le sculpteur ciselant la pierre avec son marteau et son burin ? Quand il souffle fort, il n'y a pour s'en préserver que les ravins, les canyons, les ruisseaux, ou ces étroites vallées encaissées au-dessus desquelles il file comme une nuée d'oiseaux. Et pourtant là encore, on ne peut toujours lui échapper. On se croit à l'abri, mais il vous traque comme un voleur obstiné, roule par-dessus les collines et s'abat sur votre refuge où il s'introduit de force.

Et notre marche se poursuit. Nous, femmes blanches, fermons le cortège, conduites par nos Cheyennes, ce dont il faut nous réjouir. Car comment ferions-nous pour trouver notre chemin toutes seules ? Je ne l'admettrai pas devant elles, cependant Meggie et Susie avaient mille fois raison : sans eux, nous n'aurions pas tenu plus d'une demi-journée.

Les Journaux
de Margaret Kelly

TROISIÈME CARNET

Le long chemin du retour

« On commence à se faire vraiment du souci pour Molly. Faudrait pas qu'on se mette en retard, nous non plus. C'est pas un choix facile, mais on est obligées : on suit les Cheyennes en espérant qu'elle nous rattrapera avec l'aumônier. Mais bon Dieu, on l'a tout de même prévenue, Susie et moi, de pas fiche le camp comme ça ! »

(Extrait des journaux intimes de Margaret Kelly.)

8 avril 1876

Le matin est beau, le ciel clair et il fait froid lorsqu'on selle les chevaux et que nous disons au revoir au village de Crazy Horse. Nous ne sommes pas beaucoup, vingt-deux en tout. Moi et Susie, les sept nouvelles et treize Indiens : quatre hommes, quatre femmes et cinq enfants d'âges différents. Bien sûr, il y a notre chef, Hawk (Aénohe), le guerrier Red Fox[1] (Ma'hóóhe) et sa femme Singing Woman[2] (Némené'héhe) et leurs deux petits gars... qui doivent avoir cinq et sept ans... mais leurs noms arrêtent pas de changer, alors on n'est jamais sûres. Ensuite il y a Little Buffalo[3] (Hotóáso) et son épouse, un petit bout de femme qui s'appelle Lance Woman[4] (Xomóó'e), depuis le matin où Mackenzie a donné l'assaut, parce qu'en fuyant avec ses bébés, elle a ramassé la lance d'un guerrier abattu et s'en est servie pour désarçonner un soldat qui la chargeait avec son épée. Leur petit garçon a un an, et leur fille trois. Puis on a un vieux couple, Bear[5] (Náhkohe) et sa femme Good Feathers[6] (Påhávééná'e), deux durs à cuire, ces oiseaux-là, qui ont adopté la petite orpheline, Mouse[7] (Hóhkééhe), six ans, parce que ses parents sont morts ce matin-là. Enfin, il y a aussi Pretty Nose[8] (Ma'evo'óna'e), une Indienne arapaho, qui avait un mari cheyenne et vivait parmi nous, cet hiver, avec lui et son bébé, quand l'armée nous a attaqués. Elle les a perdus tous deux ce matin-là, et s'est battue contre ces soldats comme si elle était possédée par le diable.

C'est bien d'un côté parce qu'on peut se déplacer sans bruit et on n'attirera pas l'attention. Mais de l'autre, si on fait de mauvaises rencontres et qu'il faut se défendre, ça nous fait pas beaucoup de guerriers pour protéger les femmes et les petits.

---

1. Renard roux.
2. Celle qui chante.
3. Petit bison.
4. La lancière.
5. Ours.
6. Bonnes plumes.
7. Souris.
8. Joli nez.

Hawk a pris la tête des Cheyennes à l'avant. Moi et Susie, on est juste derrière, de chaque côté de Gertie sur sa grande mule, mais Gertie nous quittera bientôt pour repartir au sud à Fort Fetterman. Et les pieds-tendres sont à l'arrière.

— Tu sais, Gertie, lui dit Susie, il n'est pas trop tard pour changer d'avis et rester avec nous. Tu te battras pour la bonne cause.

— Je vous ai déjà expliqué, les filles. Je vous serai plus utile là-bas au fort, parce que je vais ouvrir mes oreilles. Pour avoir une chance de gagner cette guerre, vous autres Cheyennes... et je vous le dis, d'ailleurs, vous ne la gagnerez pas... enfin, vous aurez besoin d'être renseignés sur ce que prépare l'armée. Je vais faire mon possible pour vous. Peut-être que vous vous battez pour la bonne cause, mais vous les avez vus à l'œuvre, les militaires, alors vous devez savoir au fond de vous-mêmes qu'elle est perdue, cette cause. Ils sont mieux armés, mieux équipés, ils ont plus de chevaux et ils sont mille fois plus nombreux. Chaque jour qui passe, on en voit d'autres qui arrivent. Des soldats, des colons, des chercheurs d'or... Les Blancs, c'est comme une invasion de sauterelles, ils vont nous infester ce pays en moins de temps qu'il n'en faut pour le dire. Vous savez pourquoi ils massacrent tous les bisons ? Vous le savez bien, hein ? Ils leur tirent dessus depuis les trains et ils les laissent pourrir sur place. On a donné l'ordre aux soldats de les abattre, chaque fois qu'ils en voient un, que ça soit pour les manger ou pas. May me l'avait dit, vous les avez vus faire depuis le train dans lequel vous êtes arrivées, l'année dernière. Ce n'est pas seulement pour rigoler qu'ils le font, même s'il y en a pas mal qui trouvent ça marrant. Ils appliquent les consignes du ministère de la Guerre. Achever ce qui reste des tribus, leur prendre leur gagne-pain, le bison, puisque c'est tout pour eux, qu'il suffit à tous leurs besoins. Qu'est-ce qu'il va leur rester ? Rien. Ils ne pourront plus se nourrir. Bien sûr, c'est pour ça que votre peuple, dans sa majorité, est parti se soumettre à l'agence. Ceux qui, comme Sitting Bull et Crazy Horse, ne veulent pas se rendre, et Little Wolf, qui a essayé mais n'a pas tenu le coup... Ceux-là se figurent qu'ils vont pouvoir continuer à vivre comme avant. Seulement, avec une invasion pareille, ils n'ont aucune chance. J'aimerais que les choses soient autrement, les filles, pour ça oui, mais vous savez aussi bien que moi de quoi il retourne.

Sans blague, Susie et moi, on est pas idiotes, on le sait au fond de notre cœur qu'elle a raison. On en a vu, des charniers, sur notre route avec les Cheyennes, les plaines jonchées de carcasses de bisons, leurs os parfois déjà blanchis par le soleil. Aye, nous autres les Blancs, qui détruisons toujours tout...

— Mais tu comprends, Gertie, lui dit Susie. Sitting Bull, Crazy Horse et Little Wolf, ils ne pensent pas qu'ils arriveront à vaincre les Blancs. Ce n'est pas pour ça qu'ils ne veulent pas se rendre. Little Wolf y est allé, à l'agence, et tu as vu combien de temps ça a duré. Non, ils continuent de se battre parce qu'ils préfèrent mourir que renoncer à leur mode de vie. Si tu es convaincue que c'est sans espoir, alors pourquoi tu cherches à nous aider ? Je vais te le dire, pourquoi. Parce que, qu'on gagne ou qu'on perde, on se bat pour la bonne cause et tu le sais très bien.

— Mais vous, enfin ? Vous êtes prêtes à mourir pour un peuple qui n'est pas le vôtre ?

— Oui, Gertie, on est prêtes à mourir, mais tu te trompes sur le reste. Depuis qu'on leur a donné des petits, les Cheyennes sont devenus notre peuple.

— D'accord, d'accord... Écoutez malgré tout, j'ai une idée à vous proposer. J'y ai pas mal réfléchi et j'ai pensé qu'on pourrait... enfin, que vous pourriez aller toutes ensemble voir les journaux. Et j'irais avec vous, même si je risque de me retrouver sur la paille. Voilà, si on révélait au grand jour le programme FBI, si la population avait vent de tout ça, peut-être que l'armée et le gouvernement seraient un peu moins pressés de tuer tout le monde.

— Bon Dieu, Gertie ! lâche Susie, tu es tombée sur la tête ? Tu n'imagines pas le cirque ? Les journaux s'en donneraient à cœur joie ! Une bande de criminelles, de folles et de catins qui s'acoquinent avec les sauvages ! On serait la risée du pays, la foire aux monstres, ils appelleraient ça. Ce n'est pas au gouvernement qu'on jetterait la pierre, mais à nous. Non, on t'a déjà dit, on a un plan tout simple, Susie et moi. On va refroidir quelques soldats pour leur couper les choses, et après on dansera sur leurs scalps. On s'en fiche bien si on y reste, nous aussi... Ça nous pend au nez, mais au moins, on abrégera nos souffrances. T'as pas compris que tout ce qui nous reste à faire ici-bas, c'est venger nos bébés assassinés ?

On avance un instant sans rien dire, chacune perdue dans ses pensées. C'est un plaisir d'avoir quitté le village et de profiter à nouveau des grands espaces. On était des filles de la ville, moi et Susie, quand on est arrivées dans le coin, et ça nous faisait peur, le calme et toute cette campagne dont on ne voit pas la fin. Il n'y a que le chuchotement de la brise, les oiseaux qui chantent en se réveillant, le cuir des selles qui craque doucement. On ne peut pas mieux commencer la journée.

Au bout d'une heure ou deux, Gertie tire sur ses rênes.

— Bien, mesdames, c'est ici que je vous laisse.

Molly se sépare de son groupe et nous rejoint rapidement.

— Je voulais te saluer, Gertie, et te remercier pour tout ce que tu as fait pour nous.

— Non, non, ce n'est rien, Molly McGill. Prends bien soin de toi et des filles, surtout.

— Bien sûr, Gertie, je ferai attention.

— Et vous deux, les vauriennes aux taches de rousseur, j'ai encore une chose à vous dire.

— On t'écoute.

— Vous savez, ces jeunes soldats dont vous voulez la peau... Pour leur couper les choses et danser sur leurs scalps... Essayez de penser qu'ils ont des mamans, eux aussi.

Gertie vire au sud sur son gros bonhomme de mule et, sans un dernier regard vers nous, le lance au petit galop. Elle disparaît bientôt derrière une colline.

13 avril 1876

Honnêtement, on peut pas dire qu'avec la frangine, on soit ravies de nous coltiner les nouvelles recrues. On a fait de notre mieux pour les persuader de partir avec Gertie, mais cette Molly est une sacrée caboche, et faut admettre que ces filles se sont trouvé un vrai chef. On allait décider pour elles, mais McGill a pris les devants. On veut bien reconnaître qu'on a été à leur place, il n'y a pas si longtemps, alors on ne pouvait pas trop les envoyer se faire voir. Mieux que la plupart des gens, on sait ce que c'est de pas avoir de chez-soi et, pour être franches, ça nous aurait pesé sur la conscience de les renvoyer dans leurs foyers, enfin leurs foyers, c'est un bien grand mot. C'est drôle, quand même, parce que notre chez-nous, à Susie et moi, ça veut dire Little Wolf et ce qui reste de sa bande, et ça nous plaît bigrement d'aller les retrouver… à condition qu'on puisse encore.

On n'a pas eu de tracas depuis qu'on est partis, et c'est tout ce qu'on demande. Pour ce qui est des nouvelles, c'est vrai qu'elles ne se plaignent pas trop dans l'ensemble. Juste quelques-unes qui ont mal aux fesses, ce qui n'est pas une surprise après plusieurs journées à cheval. Il fallait s'y attendre. Je ne sais pas combien de temps va durer notre voyage, mais quand on sera arrivés à destination, si on y arrive, elles auront la peau du cul dure comme du vieux cuir. Comme on s'est rendu compte il y a déjà un moment, Susie et moi, c'est épatant ce qu'on apprend vite à vivre cette vie dès qu'il n'y a plus le choix.

Pour sûr, on a de la chance d'avoir Hawk, parce qu'il connaît son affaire. Il pourrait nous conduire avec un bandeau sur les yeux. Il met toujours un éclaireur à l'avant, un deuxième derrière, et deux encore de chaque côté de nous, comme ça dès qu'il y a le moindre risque de tomber sur quelqu'un, il change de circuit. Ça fait qu'on zigzague tout de même pas mal. Pendant l'attaque du train, en plus des chevaux, il a ramassé des Colt 45 et des carabines Springfield sur les soldats morts, mais d'autres armes aussi, des selles, des munitions dans les caisses destinées à Fort Laramie. C'est toujours rassurant de savoir qu'on est bien armés…

Pendant que je griffonne mes petites notes, je vois Molly qui en fait autant de l'autre côté du feu. Hawk et les Cheyennes montent un camp à eux tous les soirs, un peu à l'écart du nôtre, mais on voit là-bas, à la lumière des flammes, leurs silhouettes assises en tailleur et ça aussi, c'est rassurant.

J'ai montré à Molly comment porter son carnet dans son

dos, la journée, en l'attachant avec des lanières de cuir, comme faisait May. C'est pas du tout le même genre de fille, elle ne lui ressemble pas physiquement et elle ne réagit pas pareil. Mais la voir à cheval avec le gros registre dans le dos, ou en train d'écrire devant le feu comme maintenant, ça nous rappelle forcément, moi et Susie, des moments plus heureux chez les Cheyennes. Il y a du plaisir et de la tristesse dans ces souvenirs-là. C'est comme s'il y avait des siècles que c'est fini.

On ne la comprend pas encore très bien, cette Molly, mais on y réfléchit. Elle a l'air dure comme ça, vu du dehors, mais c'est peut-être bien une carapace qui cache un petit cœur malheureux et des blessures.

— Alors, qu'est-ce que tu écris, Molly McGill ? je lui demande.

— Oh, pas grand-chose, Meggie, elle me dit. Juste quelques impressions sur notre voyage. Et toi ?

— Eh, pareil. Comme tu dis, des impressions… Je me demandais si, de temps en temps, on ne pourrait pas échanger nos carnets, pour avoir une idée de ce qu'on pense, de chaque côté. Et puis ça nous aiderait, Susie et moi, question vocabulaire et orthographe, parce que tu as de l'instruction, toi. Ça te plairait, Molly ?

— Je n'y suis pas favorable. N'est-ce pas l'intérêt d'un journal, de lui confier des choses que personne ne lira ? Libéré de toute obligation, on peut être parfaitement honnête. Si nous devions partager nos carnets, vous et moi, nous serions obligées de faire attention. Et dans ce cas, nous mentirions.

— Aye, tu as raison, reconnaît Susie. Mais tu sais bien qu'on aime fourrer notre nez partout, on ne dira pas le contraire. On a souvent essayé de jeter un coup d'œil sur les carnets de May, mais elle se laissait pas faire, même si, des fois, elle nous lisait des pages à haute voix. Elle était douée pour raconter les choses, notre May, et sûrement qu'il y avait des passages un peu coquins, mais ceux-là, elle nous les lisait pas. Sans doute que les soldats ont brûlé ses journaux avec le reste… pour qu'il ne reste aucune trace de nous… comme si on n'avait jamais existé, les unes comme les autres, et personne n'en saura jamais rien. May, elle tenait son journal pour ses enfants, là-bas à Chicago, pour qu'ils sachent un jour toute la vérité sur leur mère. C'est le père qui les a pris, un garçon et une fille, quand il a envoyé May à l'asile. Eux non plus, ils sauront pas. D'ailleurs, à propos de ça, tu ne nous rendrais pas un service, Molly ?

— Quoi donc, Susie ?

— Si on se fait tuer, ce qui arrivera certainement, mais que toi, tu es encore là, tu pourrais mettre les nôtres à l'abri ? On ferait de même pour les tiens.

— Oui, bien sûr. Mais dans quel but ? Vous dites que May écrivait pour ses enfants. Moi, ça m'est égal qu'il reste une trace de ma vie. J'écris seulement pour moi. Et vous, pour qui écrivez-vous ?

— Personne en particulier, répond Susie, qui hausse les épaules, un peu embarrassée. On n'a personne à qui s'adresser, nous non plus. Mais quand même, on aimerait bien que quelqu'un apprenne ce qui s'est passé... ce qu'on nous a fait... à tous nos amis... à nos petits bébés.

Mais elle ajoute :

— Aye, frangine, peut-être que c'est pour eux qu'on écrit, finalement... pour les petites et pour nos copines. Pour leur raconter une histoire qu'elles n'auront pas pu vivre.

Molly continue de griffonner pendant ce temps. Soudain, elle lève la tête et nous regarde par-dessus les flammes, qui brillent dans ses yeux bleus. Elle a cet air perdu qu'on ne connaît que trop bien, Susie et moi.

— Oui, tu dois avoir raison, Susie, elle dit en hochant la tête. Peut-être que je tiens ce journal pour ma fille, moi aussi. C'est vrai qu'elle n'est plus là, mais c'est quand même tout ce qu'il me reste.

16 avril 1876

Juste au moment où on disait qu'on était tranquilles jusque-là, voilà une affaire qui agite un peu tout le monde. On suivait la rivière que les Cheyennes appellent Crazy Woman Creek, vers le nord, et on s'est arrêtés pour faire boire les chevaux. Soudain, le premier éclaireur, Red Fox, pousse un cri, lance son cheval au galop et traverse la rivière, aussitôt suivi par les deux autres, Little Buffalo et Pretty Nose. Un peu plus bas, de l'autre côté, on aperçoit un soldat qui a l'air tout seul, assis sur la rive, en train de remplir sa gourde. Il ne semble pas avoir de cheval, de fusil, rien du tout. En voyant les trois cavaliers foncer vers lui, il se retourne et se met à courir comme un chat poursuivi par une meute de chiens. Hawk nous a ordonné de ne pas utiliser d'arme à feu parce que le bruit trahirait notre présence, et c'est une question de vie ou de mort. Pour la même raison, les chasseurs n'emportent avec eux que leurs arcs et leurs flèches.

À quelques mètres du soldat, Red Fox lance d'un mouvement habile une longue lanière en cuir, avec une pierre fixée à chaque bout. Elle va s'enrouler sur les chevilles du gars, qui ne peut plus avancer. Il gueule, s'écroule et Red Fox, déjà à terre, s'abat sur lui, le couteau à la main, prêt à lui trancher la gorge et à le scalper en deux mouvements rapides, comme seuls les sauvages y arrivent. Les deux autres éclaireurs l'ont rejoint et, restés sur leurs chevaux, font un toucher au soldat avec leurs crosses. En même temps, Hawk pousse un cri rauque, qui imite exactement celui d'un rapace, et en plus, on a l'impression que ça vient du ciel et pas du sol, c'est pour ça qu'on regarde en haut et pas en bas. On l'a vu souvent, les Cheyennes ont des dons étranges, on essaie même pas de savoir comment ils font parce qu'il y a des choses qui s'expliquent pas et c'est pas la peine de chercher. Mais c'est un signal, alors au lieu de tuer le soldat, Red Fox le relève, attrape la corde attachée à sa selle, la jette en boucle sur le bonhomme, la serre bien autour de son torse et de ses bras. Ensuite il remonte à cheval et lui fait traverser la rivière comme ça. Le bougre trébuche, tombe et se redresse en crachant et en toussant. Molly peut bien dire ce qu'elle veut, mais nous, on n'a jamais entendu Hawk prononcer un seul mot d'anglais. C'est en cheyenne qu'il nous demande d'interroger le soldat, pour qu'on sache où se trouve le reste de sa troupe, comme ça on fera un grand détour pour les éviter. Hawk dit à Red Fox qu'il peut le scalper une fois qu'on sera renseignées et ils emmènent leurs chevaux boire à la rivière, nous laissant seules avec le gars.

Il n'en mène pas large, le bonhomme, faut le voir chialer

comme un bébé, recracher toute l'eau de la rivière qu'il a bue. Il doit mourir de faim, tellement il est maigre.

— Comment tu t'appelles, morveux ? je lui fais, et il a l'air vraiment surpris, soulagé aussi, que je parle anglais. Eh ouais, on est blanches toutes les deux, même si on dirait pas, je sais. Allez, ressaisis-toi. Si tu continues de pleurnicher comme une mauviette, ils vont te brûler à petit feu, ça sera encore pire. Il n'y a rien qu'ils détestent plus que les poules mouillées.

Ça fait effet, ce que je lui dis !

— Ils vont me tuer ? qu'il renifle.

— Qu'est-ce que tu crois, gamin ? Tu portes un uniforme de l'armée américaine, ou du moins ce qu'il en reste. Des loques... Mais ces gars sont cheyennes, en guerre avec ton gouvernement. Tu t'attends à ce qu'ils donnent un banquet en ton honneur ?

— Pourquoi êtes-vous avec eux ?

— Ça, c'est une longue histoire que tu n'as pas besoin de connaître, répond Susie. Où est le reste de ta troupe ? Si tu ne racontes pas de mensonges, peut-être qu'ils seront gentils avec toi.

— Je n'ai pas de troupe. Je suis tout seul.

— Et qu'est-ce que tu fais là ?

— Je me cache.

— Eh bien, on peut pas dire que tu sois très doué, je remarque. Ça doit faire un bon moment que tu traînes dans le coin, j'ai l'impression. Tu as déserté ?

— Oui.

— Il y a combien de temps ?

— Je ne sais plus. On est quel mois ? Je n'ai pas bien compté.

— Avril, depuis deux semaines.

— Ah ! Je suis ici depuis la mi-février.

— Février ! on s'exclame toutes les deux. Où est ton cheval et tout ton fourbi ?

— J'ai abattu mon cheval pour le manger. Le reste est dans la caverne où j'ai dormi, pas loin d'ici. Je n'ai pas grand-chose, mon paquetage, des effets militaires.

— Et avant de déserter ?

— J'étais avec le 4e de cavalerie, sous les ordres du colonel Ranald Mackenzie. Nous avons attaqué le camp du chef lakota Crazy Horse, le matin du 11 février à l'aube.

Ça nous fige les sangs et on se regarde, Susie et moi.

— Sans blague... je lui dis. Et tout gamin que tu es, tu as tué des Indiens, alors ?

— Non, non, je n'ai jamais tué personne. Je suis non-combattant, voyez ? Je suis l'aumônier de la troupe, enfin... plus maintenant... C'était ma première campagne, je venais d'être enrôlé. Je suis mennonite, membre d'un mouvement pacifiste. Nous suivons l'exemple du Christ. On m'a envoyé à Camp Robinson parce que l'armée manque d'aumôniers dans les plaines. Quand la troupe a attaqué le village indien et que j'ai vu ce qu'ils faisaient... qu'ils tuaient des femmes et des enfants... ils leur tiraient dans le dos pendant qu'ils tentaient de s'échapper... J'ai été pris de panique. Je me suis enfui. J'ai abandonné les soldats dont je devais être le directeur de conscience, j'ai abandonné les victimes livrées à leur sauvagerie... J'ai perdu courage... et j'ai perdu la foi.

— Bon Dieu de bon Dieu, murmure Susie. Moi qui allais lui trancher la gorge, lui couper les parties et les garder avec son scalp pour en faire notre premier trophée de guerre... Et je sais que tu pensais comme moi... Quand même, les couper à un aumônier, ça serait un peu minable, pas vrai, frangine ?

— De toute façon, Hawk a décidé qu'il en ferait ce qu'il voulait, je réponds. Ce n'est pas à nous de prendre la décision.

Pendant ce temps, les cornes vertes se sont approchées avec leurs chevaux, assez près pour nous entendre, et elles nous regardent avec de grands yeux. Molly et l'Anglaise, lady Ann Hall, discutent entre elles et elles nous rejoignent à pied.

— À l'unanimité, nous pensons qu'il faut épargner ce jeune homme, dit lady Hall avec son accent de la haute.

— Ah, c'est-y pas mignon, ça, Meggie ? fait Susie. Les pieds-tendres ont décidé de lui sauver la vie. Seulement voilà, milady, votre unanimité, tout le monde s'en fiche et vous n'avez pas votre mot à dire. Vous êtes peut-être une suffragette chez vous, mais ici vous n'avez pas le droit de vote. C'est Hawk qui commande et il fera ce qu'il voudra. On ne s'en mêle pas. Ça marche comme ça avec nos gars, comprenez ?

— Vous jouez les dures, répond Molly, mais je ne pense pas que ça vous plairait tant qu'il soit exécuté.

Elle continue en le regardant.

— Un miracle qu'il ait survécu seul ici pendant trois mois, ce pauvre garçon.

— C'est vrai qu'il fait pitié, dit Susie. Comment tu t'appelles, fiston ?

— Christian.

— Fallait s'en douter. Et ton nom de famille ?

— Goodman.

— Christian Goodman[1] ? Allons donc !

— Mais si. C'est un nom de famille ancien, courant chez les protestants.

— Je vais demander son avis à Hawk, fait Molly. Je veux bien m'en mêler, moi. Puisqu'on est des pieds-tendres, comme vous nous le répétez, les usages, on ne connaît pas, nous...

On n'est pas contre, Susie et moi. On est même contentes qu'elle s'en charge à notre place, parce qu'elle a raison, ça grandirait personne de tuer ce misérable bougre. Nous lui donnons un seul conseil : il faut dire à Hawk que c'est un homme saint, qu'il a une très bonne médecine. On sait que ça les impressionne, les Cheyennes. C'est pour ça qu'ils avaient épargné frère Anthony quand il est arrivé chez nous.

— Dis-lui aussi qu'il a déserté parce que l'armée tirait sur les petits Cheyennes, j'ajoute. Qu'il a vécu pendant trois mois dans une caverne, qu'il cherchait sa vision[2]. Et qu'il veut aider notre peuple. Pas vrai, morveux ?

— Mais si, mais si, il répond. Je ne sais pas ce que vous appelez une vision, mais j'ai prié Dieu chaque jour depuis que je suis là pour qu'il me montre la voie.

— C'est presque pareil. Tu dis tout ça à Hawk, hein, Molly ?

Elle part à pied rejoindre Hawk qui s'est accroupi devant la rivière, pendant que son cheval boit un bon coup. Elle s'assoit tout près de lui, c'est juste si elle le touche pas, comme si c'était des vieux copains. Les nouvelles ont encore pas mal à apprendre sur les convenances d'ici, parce que ça se fait pas, pour une femme, d'être insolente comme ça avec un gars qu'elle connaît

---

1. Christian («chrétien») Homme bon.
2. *Vision quest*: rite de passage dans certaines cultures amérindiennes.

pas bien. N'empêche, faut admettre qu'elle est culottée, cette fille.

Et puis... mais ça, on lui dirait pas en face... on pense qu'elle a un faible pour lui. Elle est là tout le temps à le chercher du regard. Lui, par contre, il ne lui prête pas attention... Oh, sûrement qu'elle veut sauver la peau du petit aumônier, mais enfin, si elle a décidé si vite d'aller plaider sa cause, c'est sans doute un prétexte pour voir le bel Indien.

Parce qu'il a fière allure, ce Hawk, pour sûr. Il a le meilleur des deux races, cet homme-là, des Cheyennes et des Blancs. Un visage noble, de la dignité... un peu comme Molly, d'ailleurs. Il est plus grand que la plupart des siens, avec une belle peau brune comme une selle toute neuve, et des beaux cheveux châtains. Et cette démarche souple et légère, qu'il a, que s'il avait des ailes, il s'envolerait.

Quand la tribu leur fait faire la course, aux guerriers, pour voir qui est le plus rapide, il gagne presque toujours s'il veut. La seule qui l'ait jamais battu une ou deux fois, c'était notre Phemie. Aye, c'est qu'elle en avait dans les jambes ! Dieu ait son âme, la pauvre... Ou ils arrivaient en même temps, faits du même bois, ces deux-là, la Négresse et l'Indien, tous les deux blancs pour moitié, mais exceptionnels pour tout : la course, le cheval, la chasse, ou la guerre... Bien sûr, ils se faisaient pas la guerre entre eux, ça les amusait d'être rivaux, c'est tout.

Susie et moi, on saurait pas bien l'expliquer, mais ça se voit chez d'autres membres de la tribu, les sang-mêlé comme les autres, et Little Wolf est un bon exemple. C'est des hommes et des femmes qui trouvent leur place si facilement dans la nature, une harmonie dans un monde sauvage où la loi, avec les autres animaux, c'est de manger ou d'être mangé, de tuer ou d'être tué... Ils ne peuvent pas supporter l'autre monde, celui dans lequel les Blancs essayent de les enfermer, d'en faire des esclaves, de les boucler dans les réserves et de jeter la clé. Je suppose que, dans un sens, c'était un peu pareil pour Susie et moi, on était faites pour se débrouiller dans les rues... avec des différences, bien sûr...

Pour l'instant, Hawk est encore trop jeune pour être un chef, même s'il a du panache. Il a démontré ses qualités de guerrier et il inspire le respect. On comprend bien pourquoi il plaît à Molly, surtout après tout le temps qu'elle a passé en prison. Maintenant, on ne peut pas deviner les blessures qu'elle cache, et peut-être qu'on se raconte des histoires, Susie et moi, qu'on imagine des petits béguins pour réchauffer nos cœurs desséchés, parce que, pour nous, tout ça est loin maintenant...

Et c'est vrai, ce qu'elle a dit de nous, Molly. Tiens, c'est drôle... depuis le temps qu'on rêve de traquer les soldats qui ont massacré notre village et de nous venger. Et le premier qu'on trouve, justement il était là, et c'est un pacifiste, un mennonite, Christian Goodman, un aumônier tout maigrichon... et sacré nom d'une pipe, il a pris ses jambes à son cou tellement il a eu peur, ce jour-là. Ben non, nous non plus, on tient pas à le voir mourir. Ça serait bien de parler de tout ça à frère Anthony. Mais je sais ce qu'il dirait. Il nous dirait que Dieu a choisi ces voies-là pour se révéler à nous. Aye, Susie et moi, on le croira une autre fois. Parce qu'il aurait pu se révéler en sauvant nos bébés, son Dieu, et que ça, il a pas su faire, hein ?

Pour passer le temps en attendant qu'elle revienne, on demande à ce Goodman comment il a réussi à survivre si longtemps en plein milieu de l'hiver. Il nous explique que les mennonites sont des gens simples, des gens de la terre, qu'ils la cultivent, qu'ils élèvent des animaux et qu'ils chassent. Que sa seule arme est un couteau de l'armée, en plus d'une fourchette, d'une assiette et d'une tasse en fer. Il avait aussi dans ses sacoches un petit sac de sel, quelques biscuits et du lard, qu'il a terminés depuis longtemps. Notre gars ne pourrait pas dire combien de jours il a voyagé après avoir déserté. Il rationnait sa nourriture, en gardait toujours pour le lendemain, ne savait même pas où il se dirigeait, et d'ailleurs il s'en fichait. En chemin, il a découvert une caverne bien cachée dans la roche, à flanc de falaise, où il a pu s'abriter du mauvais temps et faire du feu. Son cheval était à moitié mort de faim, puisqu'il ne trouvait rien à manger sur le sol glacé, recouvert de neige. Alors il a fini par l'abattre, le découper, et il a pu conserver la viande un bon moment parce qu'il faisait très froid. Il a fabriqué des collets avec des bandes de cuir et réussi à prendre des petits rongeurs, des lapins et d'autres animaux qu'il chassait à coups de pierre. Et il avait l'intention de rester au même endroit jusqu'à ce qu'il meure, ou que Dieu lui parle, lui montre d'une façon ou d'une autre comment se repentir de ses péchés, de sa lâcheté, puisqu'il avait perdu la foi, qu'il n'avait pas tenté d'empêcher les soldats de faire un massacre.

— Je n'avais pas encore vu la guerre de mes yeux, il dit. Nous sommes des gens pacifiques, nous. Je n'avais jamais été confronté à la violence, jamais vu des êtres humains se comporter de cette façon. Ces hommes, ces femmes et ces enfants, assassinés... Je n'ai pas fui parce que j'avais peur pour ma vie, j'ai fui parce que je ne supportais pas d'assister à ces crimes. Des crimes contre l'humanité, contre Notre-Seigneur Jésus-Christ. Et pourtant, en fuyant, je suis devenu complice de cette horreur. J'aurais dû rester, tenter d'arrêter les soldats, sauver les enfants et les âmes de leurs meurtriers. Mais je ne l'ai pas fait... je ne l'ai pas fait...

— Si ça peut te consoler, mon petit gars, tu n'y serais pas arrivé.

— Comment le savez-vous ? J'aurais pu au moins essayer.

— On le sait parce qu'on était là. Nous vivions dans ce village. L'armée croyait que c'était celui de Crazy Horse, mais elle s'est trompée. C'était le village d'hiver du grand chef cheyenne Little Wolf. Notre village à nous.

— Vous... vous étiez là ?!

On hoche la tête, Susie et moi.

— Alors c'est comme si je revenais à mon point de départ. Je sens la présence de Dieu et j'entends sa voix. Cela n'est pas une coïncidence si vous êtes tombées sur moi. Tout cela est sa volonté, c'est une offrande qu'il nous fait. J'ai eu si peur quand vous m'avez capturé, car je m'étais détourné de son amour. À présent, j'ai retrouvé ma sérénité. Je n'ai plus peur de mourir, si c'est le souhait des Cheyennes. Peut-être ceux-là mêmes à qui j'ai porté tort et qui me feront expier mes péchés. Peut-être aussi trouveront-ils dans leur cœur le pardon du Seigneur. Excusez-moi, je dois prier et remercier Dieu pour son infinie miséricorde.

Assis en tailleur, il ferme les yeux et commence à réciter ses prières si doucement qu'il est impossible de comprendre un mot.

Susie, moi et les autres filles, nous conduisons les chevaux à la rivière, avec celui de Molly, à distance de l'endroit où elle parlemente avec Hawk. Elle reste encore un bon moment avec lui, puis il se lève et s'éloigne. Toutes, nous mourons d'envie de savoir comment ça s'est passé. Elle nous rejoint bientôt et lady Hall lui pose la question.

— Il va réfléchir, répond Molly.

— Mais qu'a-t-il dit ? demande Carolyn Metcalf. Il n'a pas donné une indication, un signe de ce qu'il pense au fond de lui ?

— Il n'a rien dit. Il m'a écoutée sans parler, sans réagir. C'est sa façon d'être.

— Molly, tu es vraiment sûre qu'il comprend l'anglais ? insiste Susie. Tu es pleine de bonnes intentions, d'accord, seulement on en doute un peu, nous. C'est peut-être pour ça qu'il n'a pas réagi. Tu racontes qu'il réfléchit, mais tu n'en sais rien.

— Je vous ai déjà dit qu'il me comprend. Il m'a parlé, l'autre fois. Il parle anglais aussi bien que vous... peut-être mieux encore. Vous croyez que je me laisse emporter par mon imagination ?

— D'accord, d'accord, on te croit. Te mets pas dans tous tes états...

C'est bientôt la fin de l'après-midi et les Cheyennes commencent à s'installer pour la nuit. On est aussi bien là qu'ailleurs, il y a de l'eau vive et du bois mort à ramasser sur la rive pour faire le feu. Nous montons nous aussi notre camp. Hawk n'est pas encore revenu, mais à la nuit tombante, on entend de nouveau un sifflement rauque au-dessus de nos têtes. Nous levons les yeux à temps pour apercevoir un faucon qui s'élance dans le ciel et suit la cime des arbres le long de la rivière. C'est de là que provient son nom, à Hawk, les Cheyennes le tiennent pour un changeur de forme, il sait se changer en faucon, ils disent qu'il fait ça depuis tout petit. Susie et moi, on a du vieux sang irlandais, ça remonte aux tribus de chez nous, il y a des siècles, alors les superstitions, on connaît. Donc on ne dit pas que c'est vrai, mais on ne peut pas non plus dire que c'est faux. Aye, et quand il se met à siffler comme ça, on croit vraiment que c'est un faucon, personne ne voit la différence.

Pendant ce temps, l'aumônier n'a pas bougé d'un pouce. Toujours au même endroit, il continue de bougonner ses prières tout seul. On le laisse tranquille, sûrement qu'il viendra près du feu quand il sentira la bonne odeur de l'antilope qu'on fait cuire pour le dîner. Mais non, il n'a toujours pas bougé quand on se met sous les couvertures. Il fait bigrement froid, à cette époque, une fois que le soleil s'est couché, alors Molly va lui mettre une cape de bison sur les épaules. Il n'ouvre pas les yeux, il ne lui parle pas, perdu dans ses fichues prières. Il est ailleurs, le gars. Avant de s'endormir, on espère qu'il ne mourra pas de froid. Peut-être que, demain matin, Red Fox lui aura réglé son compte, ou qu'il sera reparti dans sa caverne.

17 avril 1876

Eh, sacré nom d'un chien, à l'aube il est encore au même endroit, le maigrichon! Avec le froid qu'il fait, on se voit respirer et une couche de givre brille par terre. Hawk et ses gars sont déjà en train de tout remballer, ils n'ont même pas rallumé leur feu.

Pretty Nose vient nous avertir qu'il faut se mettre en route dès que possible. Les éclaireurs ont repéré un groupe de Blancs en amont de la rivière, elle dit. Ils ont des guerriers crows et shoshones avec eux, qui doivent leur servir de guides et on ne sait pas ce qu'ils cherchent. Hawk a sans doute des choses plus importantes en tête que l'aumônier Goodman, et s'il est encore vivant, celui-là, que Red Fox a pas touché à son scalp, c'est que le bonhomme est hors de danger.

On réveille les autres pour les mettre au courant et on rassemble aussitôt nos affaires. Puis on va voir le mennonite, avec Susie et Molly.

— Faudrait se réveiller, fiston, je lui dis. On s'en va. Tu peux retourner dans ta caverne, si tu veux.

Il ouvre les yeux, cligne plusieurs fois comme s'il sortait enfin de son engourdissement.

— Dans ma caverne ? Ils ne vont pas me tuer, alors ?

— Au cas où tu aurais pas remarqué, tu es toujours vivant, lui fait Susie. S'ils avaient voulu te tuer, ton scalp pendrait à la ceinture de Red Fox à l'heure qu'il est.

— J'aimerais mieux ne pas retourner là-bas. Et si je vous accompagnais ? Peut-être pourrais-je remplir parmi vous la mission que Dieu m'a assignée. Mais d'abord, je dois aller récupérer mes affaires.

— Si tu veux nous suivre, mon gars, tu n'auras pas le temps.

— Je ne peux pas partir sans ma bible. Ce n'est pas loin, ça ne prendra que quelques minutes.

— Alors, dépêche ! Parce qu'on t'attendra pas, on file avec les Cheyennes ! Si tu ne nous vois pas en revenant, tu t'arrangeras pour nous rattraper. Il faut que tu saches qu'un groupe de Blancs campe dans les environs. Ils ont des Crows et des Shoshones avec eux, qui sont de vieux ennemis des Cheyennes. Qui ils sont et ce qu'ils font là, on n'a aucune idée, mais si nos chemins se croisent, le sang va couler, c'est sûr.

— Je vous emmène à cheval chercher votre bible, lui dit Molly. On ira plus vite.

— Non, Molly ! fait Susie. Tu restes avec nous ! Il n'a qu'à se débrouiller.

Mais elle court vers le petit corral de corde où l'on rassemble les chevaux pendant la nuit. Elle détache sa jument, lui passe la bride, fixe bien la selle et se hisse dessus.

— Vous pouvez monter derrière moi ? elle demande à Goodman en revenant.

— Bien sûr. J'ai grandi dans une ferme, avec les chevaux, il répond en faisant ce qu'elle dit.

— Nom de Dieu, ma fille ! lâche Susie. Tu vas risquer ta vie bêtement pour une bible ?

Molly galope déjà vers la rivière, le petit gars accroché à sa taille. Je jette un coup d'œil vers le camp des Cheyennes, prêts à se mettre en route, et je vois Hawk qui la regarde alors qu'elle passe sur l'autre rive. Il a l'air inquiet, même un rien perplexe. Évidemment, il se demande où elle s'en va comme ça.

Il nous faut dix minutes pour plier nos affaires et préparer les chevaux. On dirait que Hawk traîne un petit peu, seulement il ne peut pas se le permettre puisqu'il est responsable de la bande, et ça y est, ils partent. On commence à se faire vraiment du souci pour Molly. Faudrait pas qu'on se mette en retard, nous non plus. C'est pas un choix facile, mais on est obligées : on suit les Cheyennes en espérant qu'elle nous rattrapera avec l'aumônier.

Cap à l'ouest, on longe à bonne allure le tracé des rivières pendant plus d'une heure. Hawk nous devance avec les éclaireurs, alors il nous a laissés aux ordres de Red Fox. On se dirige sûrement vers les contreforts des Bighorn Mountains, à peine visibles sous la brume à l'horizon. Là-bas, on aura les forêts pour se mettre à couvert. Nous passons par des endroits qui regorgent de gibier. Il y a beaucoup d'élans groupés la nuit au bord de la rivière, et qui prennent peur en nous voyant. De la buée sort de leurs naseaux. Toujours vigilants, ils se redressent, un peu maladroits, et s'en vont à petits bonds en chiffonnant les broussailles. Nous devons quitter les rivières et traverser quelques plaines. Des troupeaux de bisons, pas bien grands, sont en train de brouter. Mais les chasseurs n'y touchent pas, ni aux uns ni aux autres, comme ils le feraient d'habitude, car Red Fox est pressé de s'éloigner le plus possible de ces Blancs avec leurs Crows et leurs Shoshones.

Le temps passe et ils sont bien loin maintenant, Molly et l'aumônier, qui ne rappliquent toujours pas, et on est forcées d'imaginer le pire. On ne dit rien, car on sait toutes à quoi on pense. L'une après l'autre, on se retourne souvent pour regarder derrière en espérant qu'ils vont réapparaître par miracle. Hawk a fait le seul choix possible : s'il faut sacrifier un membre de notre groupe pour la survie des autres, eh bien il faut. C'est comme ça dans ce pays sauvage. Molly a décidé toute seule de faire bande à part, imprudente comme elle est, pas sérieuse, mais quelle idiote ! Si elle tombe dans les mains de sales individus, elle passera un mauvais quart d'heure, la jolie blonde. Aye, et elle ne pourra s'en prendre qu'à elle-même. Mais bon Dieu, on l'a tout de même prévenue, Susie et moi, de pas fiche le camp comme ça !

Ce soir, c'est le bivouac le plus simple et interdiction de faire du feu. Nous n'avons même pas pu monter nos petites tentes de l'armée. On s'enroule juste dans la toile les unes contre les autres. Personne n'a très envie de parler. Nous sommes encore plus inquiètes depuis que les éclaireurs sont revenus à la nuit tombée et qu'ils ont discuté avec Red Fox. Hawk n'était pas avec eux. Il fait trop sombre pour continuer à écrire. En guise de dîner, on a mâchonné un peu de viande de bison séchée et maintenant on va essayer de dormir.

Les Journaux de Molly McGill

QUATRIÈME CARNET

Femme peinte en rouge

« J'ai jeté un coup d'œil à l'Indienne sur son âne. Elle portait un manteau de bison sur une robe droite en daim, des jambières et des mocassins, et elle avait la figure couverte d'une sorte de graisse rougeâtre, certainement mélangée à cette argile qu'on trouve ici, de la même couleur que les stries des falaises au-dessus de la rivière. Ses joues étaient barrées de trois traits parallèles de peinture noire, qui lui donnaient une allure féroce et belliqueuse. Le regard fixe, les yeux rivés au-devant d'elle, elle semblait engourdie dans une sorte de torpeur. »

(Extrait des journaux intimes de Molly McGill.)

16 avril 1876

Quand nous nous sommes arrêtés pour faire boire les chevaux, cet après-midi, les éclaireurs ont capturé un jeune soldat qui était en train de remplir sa gourde à la rivière. Ils l'ont traîné à cheval jusqu'au camp, attaché à une corde. Ce pauvre homme, terrifié, n'a que la peau sur les os. En recouvrant ses esprits, il nous a appris qu'il était déserteur et qu'il s'appelait Christian Goodman. C'est en fait l'aumônier du régiment de cavalerie qui a attaqué le village de Little Wolf en février. Il a assisté au massacre et, saisi d'épouvante, il s'est enfui. Nous l'avons pris en pitié. Il paraît si jeune, si sincère, croyant et repentant. Pendant près de trois mois, il a réussi à survivre dans la nature, dormant dans une caverne, mangeant son propre cheval et tout ce qu'il a pu chasser ou attraper, même des rongeurs ! À le voir, je dirais plutôt qu'il meurt de faim.

Même Meggie et Susie, avec leur cœur endurci et leur soif de vengeance contre les militaires, ont pensé que les Cheyennes devraient l'épargner. J'ai pris l'initiative d'aller en discuter avec Hawk. Je suis descendue au bord de la rivière où il faisait boire son cheval et me suis assise à côté de lui. Nous n'avions plus été en présence l'un de l'autre depuis notre départ et, curieusement, je me suis sentie mal à l'aise.

— Ce n'est pas vraiment un militaire, vous comprenez, lui ai-je dit. C'est un aumônier, un saint homme, qui ne porte pas d'armes. Pour lui, la vie d'un être humain est sacrée. Il a déserté car les soldats de son régiment tuaient votre peuple, tuaient vos jeunes enfants. Il a pris peur et s'est enfui, voilà tout. S'il vous plaît, nous vous demandons de ne pas l'exécuter.

Hawk ne m'a pas regardée pendant que je lui parlais, et ne m'a pas répondu. Il contemplait un point sur l'autre rive. Nous sommes restés là un moment... Je ne sais pourquoi exactement, mais je me suis rapprochée de lui et nos épaules se sont frôlées... Bien sûr que si, je sais... J'avais simplement envie de le toucher. Il ne s'est pas détaché de moi... Se levant finalement, il s'est éloigné en tirant son cheval par les rênes. Toujours sans un regard.

Quand j'ai retrouvé les autres femmes, l'aumônier était assis en tailleur sur le sol, les yeux fermés, en train de prier à voix basse. Les Cheyennes avaient décidé d'établir ici nos camps pour la nuit et Goodman n'a pas bougé de la fin de l'après-midi jusqu'à la nuit. Quand le soleil s'est couché, je lui ai jeté une peau de bison sur les épaules. Nous avons dîné, monté les tentes, et il était toujours au même endroit, toujours en train de prier.

— Soit il sera mort et scalpé demain matin, soit il aura disparu, a dit Meggie. Nous ne pouvons rien faire de plus pour lui.

21 avril 1876

Plusieurs jours ont passé, et je dois tout de même rapporter cette affaire pénible qui a failli me coûter la vie. Les sœurs Kelly me reprochent mon imprudence, m'accusent de nous avoir toutes mises en péril... et elles ont certainement de bonnes raisons.

Le jour suivant mon « entrevue » avec Hawk, nous levions le camp en toute hâte, tôt le matin, car nos éclaireurs avaient aperçu un groupe de Blancs, accompagnés d'Indiens crows, installés en amont de la rivière. L'aumônier, Christian Goodman, était toujours en vie – soit que Hawk ait accédé à mes vœux, soit que la découverte de cet autre camp ait eu priorité à ses yeux, je n'ai pas moyen de le savoir. Goodman nous a annoncé qu'il souhaitait rester avec nous, mais il tenait d'abord à récupérer sa bible dans sa caverne. Afin de gagner du temps, je lui ai proposé de l'emmener à cheval, contre l'avis de Meggie et Susie qui se demandaient bien pourquoi je risquerais ma vie pour une bible... Une question pertinente puisque, après le décès de ma fille, j'ai perdu le peu de foi religieuse qu'il me restait encore. Sans tenir compte de leurs objections, j'ai aussitôt cherché ma jument, et l'aumônier, reconnaissant, a pris place derrière moi. J'ai talonné gentiment les flancs de Spring et nous avons traversé la rivière dans un grand éclaboussement.

Sa caverne se trouvait dans la rocaille, à quelques minutes de la rive et à mi-hauteur d'une falaise.

— Laissez-moi descendre là, m'a demandé Goodman quand je me suis arrêtée en dessous. Je prends ma bible et mes sacoches, je n'en ai que pour un instant.

— Dépêchez-vous ! lui ai-je dit.

Cachée par de gros rochers, l'entrée de la caverne était invisible depuis le sol. Agile comme un singe, l'aumônier s'est mis à grimper, et moi à l'attendre avec une sorte de pressentiment qui, rétrospectivement, aurait dû m'avertir d'un danger imminent. Goodman prenait plus de temps que prévu.

Peut-être était-ce le murmure de la rivière ou la légère brise du matin qui baignait mon visage, toujours est-il que je n'ai entendu personne arriver. Spring a levé la tête, henni doucement et, quand je me suis retournée, ils étaient derrière moi : un homme, bien que le terme paraisse impropre, monté sur un cheval pie à tête busquée, et qui menait au bout d'une corde une Indienne sur un âne.

En se rapprochant de moi, il a levé un bras qui se voulait amical.

— Eh, bonjour, belle fille, a-t-il dit en français. En voilà une jolie femme à cheval par cette charmante matinée ! Quel plaisir de te rencontrer ! Un jour de chance pour ce vieux Jules !

Il portait un uniforme en loques de la cavalerie américaine – veste marine à galons jaunes sur les manches, pantalon bleu clair, sale, garni de chaque côté d'une bande jaune également, bottes de cheval montantes en cuir marron, aux coutures déchirées en haut de la tige. Il avait coiffé de travers son chapeau de l'armée, au large bord relevé, si bien que le gland cousu au ruban doré pendait sur le côté. Les longs cheveux, noirs et frisés, qui lui tombaient sur le dos et les épaules, avaient laissé des taches graisseuses sur sa veste. Il avait le teint basané – que ce soit la couleur naturelle de sa peau ou à cause de sa couche de crasse, je n'aurais su dire – et sans doute du sang indien, à en juger par ses traits. Spring s'est ébrouée, ombrageuse, reculant à mesure qu'il avançait.

Nous étions bientôt côte à côte et j'ai senti son odeur. Si le diable en avait une, ce serait celle-là, à mi-chemin entre la charogne et l'excrément.

— Permets-moi de me présenter, mademoiselle, a-t-il continué en retirant son chapeau, qu'il a baissé jusqu'à la taille d'un geste qui se voulait galant. Je suis le sergent de première classe Jules Seminole, chef éclaireur indien du 5ᵉ régiment de cavalerie, sous les ordres du général Crook. Mais je vois que tu voyages seule, ma petite. N'aie aucune crainte, Jules veillera à ta sécurité sous l'aile protectrice du gouvernement américain.

Il m'a fait un sourire pervers, en révélant une bouche aux dents cariées pour une bonne moitié.

Je connaissais son nom. Gertie et les sœurs Kelly m'avaient parlé de cet individu et je commençais à avoir des sueurs froides.

— Je n'ai pas peur et je ne suis pas votre « petite », lui ai-je répondu. Je vous remercie beaucoup, mais je n'ai pas besoin de votre protection, ni de celle du gouvernement.

— Bien sûr que tu en as besoin, ma jolie, a-t-il insisté. Tu ne le sais pas encore, tout simplement.

J'ai jeté un coup d'œil à l'Indienne sur son âne. Elle portait un manteau de bison sur une robe droite en daim, des jambières et des mocassins, et elle avait la figure couverte d'une sorte de graisse rougeâtre, certainement mélangée à cette argile qu'on trouve ici, de la même couleur que les stries des falaises au-dessus de la rivière. Ses joues étaient barrées de trois traits parallèles de peinture noire, qui lui donnaient une allure féroce et belliqueuse. Le regard fixe, les yeux rivés au-devant d'elle, elle semblait engourdie dans une sorte de torpeur.

— Vous ne me présentez pas votre compagne ?
— Ah oui, pardon, mademoiselle, Jules est si malpoli... Mon épouse, Vóese'e, ce qui veut dire Happy Woman[1]. C'est moi qui l'ai appelée ainsi, car nous sommes très heureux ensemble.

Il s'est retourné vers elle avec une expression feinte de tendresse et de dévouement.

— N'est-elle pas magnifique ? Nous sommes si amoureux...
— Elle ne me paraît pas très heureuse. Elle aurait plutôt l'air d'être votre prisonnière.

---

1. Femme heureuse.

– Pas du tout, a-t-il répliqué, faussement vexé. Ou alors est-elle la prisonnière de mon cœur, penses-tu ? Car elle est tombée follement amoureuse de Jules, à peine avait-elle posé les yeux sur lui. Ce que tu dois comprendre toi-même, ma petite, cela arrive souvent quand une femme rencontre Jules... Elles ne peuvent résister à ses charmes. Le coup de foudre ! D'ailleurs... n'ai-je pas l'impression... Oui, n'est-ce pas... Ne serait-ce qu'un petit peu... Tu es déjà...

Il a réuni le pouce et l'index, laissant à peine un espace entre les deux.

– ... amoureuse de Jules, n'est-ce pas, ma chérie ?

– Est-elle droguée ? Pourquoi ce regard fixe ? Et pourquoi ne dit-elle rien ?

– Elle est extrêmement timide avec les gens qu'elle ne connaît pas. Elle ne parle qu'à Jules. La nuit surtout, quand elle me susurre ses mots d'amour... « Non, je t'en prie, pas ça, pas ça, ne me fais plus mal », pleure-t-elle, la pauvre... Elle me supplie, elle gémit... C'est qu'elle sait réveiller les plus sombres penchants de son homme...

Du coin de l'œil, j'ai aperçu l'aumônier, caché derrière la roche, qui nous épiait depuis la falaise. Au même instant, Seminole a dû percevoir un mouvement là-haut car, descendant aussitôt de cheval, il s'est brutalement emparé des rênes de Spring. Elle a reculé, s'est ébrouée en hennissant, mais il la tenait fermement.

– À terre ! m'a-t-il ordonné. Tout de suite !

Sans perdre un instant, il m'a saisi le bras et obligée à lui obéir. Il avait une certaine force et, lorsqu'il m'a tirée vers lui, nos visages se touchaient presque. J'ai bien cru vomir tant son haleine était fétide... un cloaque...

– Je croyais que tu étais toute seule, ma petite. Tu as menti à Jules... Jules est très déçu... Il n'aime pas que ses femmes lui mentent.

– Je n'ai jamais dit que j'étais seule.

– Mais tu n'as pas dit le contraire, ce qui revient au même.

Il a dégainé son revolver militaire d'une main, m'a serrée fort contre lui avec l'autre et il a posé le canon de l'arme sur ma tempe.

— Vous là-bas ! Montrez-vous ou je descends cette charmante jeune femme !

Puis il a pressé sa bouche contre la mienne. Le cœur au bord des lèvres, j'ai poussé des hoquets. Je sentais son membre durci contre ma jambe.

— Jules les aime bien mortes aussi, a-t-il murmuré. Elles remuent encore un peu, parfois, mais elles se débattent moins que les autres.

— S'il vous plaît, ne lui faites rien ! a crié l'aumônier depuis la falaise. J'arrive !

Il avait sanglé une couverture de l'armée, enroulée sur elle-même, sur l'une des deux sacoches qu'il portait en bandoulière. Ainsi accoutré, il est prudemment redescendu de rocher en rocher. Seminole m'a lâchée. Incapable de me retenir plus longtemps, je me suis mise à vomir, courbée vers le sol.

— Mais, mais... c'est bien toi ? s'est exclamé l'immonde personnage quand l'aumônier nous a rejoints. Ce bon Christian Goodman ! Jules a donc une chance inouïe, aujourd'hui ! D'abord une jolie femme tombe sous son charme... Oui, ma belle, n'aie crainte, tes rêves d'amour vont vite se réaliser... Tu seras la deuxième épouse de Jules et, à nous trois, nous en aurons, des nuits chaudes... Et en même temps, je capture un infâme déserteur ! Dois-je caresser l'espoir d'être amplement récompensé par mon général ? Peut-être vais-je prendre du galon et recevoir la médaille d'honneur pour mes bons et loyaux services. Mais oui, nous voilà bientôt lieutenant Jules Seminole !

— Sergent Seminole, a dit l'aumônier. Je vous en prie, au nom du Seigneur, faisons comme si nous ne nous étions jamais retrouvés. Nous ne vous voulons aucun mal. Laissez-nous poursuivre notre chemin paisiblement, je vous en supplie.

— Ah mais, cher monsieur Goodman, vous savez bien que c'est impossible. Vous êtes un lâche, vous avez déserté en plein combat et le devoir exige que je vous livre aux autorités. Vous serez traduit en cour martiale et vous aurez droit au peloton d'exécution.

Au même instant, le cri rauque d'un faucon a retenti au-dessus de nous. Tandis que Seminole, surpris, levait les yeux, j'ai recouru, par réflexe, à la seule tactique efficace que j'employais contre mon mari, lorsqu'il était ivre et qu'il recommençait à me frapper. De toutes mes forces, j'ai asséné un coup de pied à Seminole entre les jambes, droit au but. Il a poussé un grognement et s'est plié en deux, momentanément hors d'état de nuire. J'ai ramassé par terre le revolver qui lui avait échappé des mains et j'ai ordonné à Goodman : « Prenez son cheval ! »

Tandis qu'il se hissait sur la selle, j'ai saisi la longue corde qui retenait l'âne et j'ai enfourché Spring. L'Indienne continuait de regarder devant elle, apparemment insensible aux événements. De nouveau, le cri du faucon a retenti dans le ciel, quoique, cette fois, à quelque distance devant nous. Nous avons foncé vers la rivière et l'avons traversée. Avec ses petites pattes, l'âne s'efforçait d'avancer à la même allure que les chevaux. Nous entendions maintenant Seminole hurler dans notre dos, nous sommer de nous arrêter en lâchant des bordées de jurons que je me passerai de transcrire ici. Je me suis retournée pour vérifier que la fille, prisonnière de sa torpeur, n'était pas tombée en chemin, mais non, elle s'accrochait de son mieux au cou de l'âne, qu'elle serrait des deux bras. On pouvait lire une tout autre expression sur son visage peint, une sorte de concentration intense, comme si, brusquement réveillée, elle se rendait compte qu'elle s'échappait.

Au-delà de la rivière, nous avons rapidement atteint le lieu où nous avions campé, mais il n'y avait plus personne. Comme nous en avaient avertis les sœurs Kelly, tout le groupe s'était mis en route. Quelle distance avait-il parcourue et dans quelle direction, je ne pouvais le deviner. Sans réfléchir, j'ai simplement poursuivi au galop, autant que me le permettait l'âne que je tirais toujours par sa corde et qui devait tenir le rythme. Le petit animal se révélait étonnamment rapide, comme lui-même décidé à se sauver des griffes de l'odieux Seminole. Légèrement en retrait, l'aumônier gardait bonne allure lui aussi. Nous avons continué et continué... par les chemins *a priori* les plus aisés, le long des ravines et des ruisseaux, en suivant les coulées du gibier et les contours naturels du terrain. Nous voulions nous éloigner autant que possible de l'horrible scélérat. Je ne sais combien de temps nous avons couru ainsi avant que je m'aperçoive que nous étions perdus. Je me suis arrêtée et l'aumônier m'a imitée.

— Savez-vous où nous sommes ? lui ai-je demandé.

Il a regardé le soleil, encore bas au-dessus de l'horizon.

— À peu près, oui.

— Mais où nous dirigeons-nous ? Comment allons-nous retrouver les autres ?

— Après avoir traversé la rivière, il aurait fallu relever leur piste.

— Nous ne l'avons pas fait.

— En effet. Nous n'avions pas le temps. Je vous ai simplement emboîté le pas.

— Alors nous sommes perdus.

— Peut-être un peu, oui...

— Un peu, cela ne veut rien dire. Soit on est perdu, soit on ne l'est pas.

— Vous rappelez-vous quelle direction vous aviez prise, avec la bande ? Si nous essayons de garder plus ou moins le même cap, nous devrions tomber sur eux, a supposé Goodman.

— Nous allions le plus souvent vers l'ouest, parfois légèrement au nord. En louvoyant souvent. Selon Meggie et Susie, nous voulions nous rapprocher de la Tongue River.

J'ai indiqué la silhouette imprécise des Bighorn Mountains dans le lointain.

— Par là.

— C'est déjà ça, a-t-il dit. Mais cela fait pas mal de chemin à parcourir.

— Que suggérez-vous, pour l'instant ?

— Je propose de continuer et de nous fier à Dieu pour qu'il nous mette sur la bonne voie.

— Je ne crois pas en Dieu.

— Oui, mais moi si.

Nous nous sommes donc remis en route, menant nos chevaux au pas, filant parfois au trot, vers l'ouest et le nord, sans vraie destination, sans savoir si nous retrouverions jamais mes amies et les Cheyennes... et en craignant d'être suivis. Seminole devait faire partie du groupe que nos éclaireurs avaient découvert en amont de la rivière. Le fait de le savoir à pied, pendant quelque temps du moins, nous a rassurés. Cela étant, nous ignorions à quelle distance il se trouvait des autres Blancs quand nous l'avons malheureusement rencontré.

Nous ne nous sommes arrêtés que pour faire boire et reposer les chevaux. Nous n'avions pas de vivres et nous n'avons pas cherché à chasser du gibier. J'en suis bientôt venue à croire que nous allions périr et j'ai découvert, à ma grande surprise, que je n'avais plus du tout envie de mourir.

L'Indienne grimée, comme je l'ai bientôt surnommée, était retombée dans sa torpeur. Bien droite sur son âne, elle n'a en aucune façon réagi quand nous lui avons parlé. Pas un mot de sa part. Peut-être ne comprend-elle pas l'anglais ? Il faut cependant imaginer quelles humiliations, quelles perversités elle a subies entre les mains de cet homme. Sans doute, la seule façon pour elle de surmonter l'épreuve consiste-t-elle à se réfugier en quelque endroit au fond d'elle-même, où l'on ne peut l'atteindre ou la toucher. J'ai connu des femmes en prison, victimes de coups et de viols, qui disparaissaient ainsi on ne sait où. Des fantômes, en quelque sorte. J'en avais presque fait autant...

Nous nous sentions minuscules, sans défense et désespérés de jamais retrouver le reste de la bande dans cet immense territoire, aussi vide que vaste, pareil à une mer houleuse.

Le bord d'un ruisseau nous parut un endroit propice pour passer la nuit. Nous n'avions aucune provision, cependant Goodman avait dans ses sacoches du fil de pêche ainsi qu'un hameçon. Il a découpé une branche de saule verte pour y attacher une longueur de fil et, pour servir d'appâts, il a prélevé toute une quantité de vers dans la terre noire et molle de la rive. Avec sa canne improvisée, il a pêché une demi-douzaine de truites en un rien de temps. Je dois admettre qu'il ne manque pas de ressources, cet aumônier, ni de ressort. Nous nous sommes accordé un petit feu et nous avons fait griller le poisson, embroché sur des rameaux de saule. Goodman disposait également d'un sachet de sel, qu'il a retiré de ses sacoches avec le respect qu'on voue à un objet sacré.

— Depuis que je suis livré à moi-même, m'a-t-il appris, je n'en ai utilisé qu'une pincée aux grandes occasions, avec l'idée de le faire durer. Je suis heureux de le partager avec vous.

— Tout seul dans votre caverne... De quelles grandes occasions peut-il s'agir ?

— Eh bien... Rien de grandiose, bien sûr... Si, par exemple, j'arrivais à braconner un peu de viande fraîche... Autre chose que des rongeurs.

La fille grimée mangea goulûment sa truite. À l'évidence, elle n'avait pas perdu son instinct de survie. Nous n'avions qu'une couverture de l'armée pour nous trois et, la fraîcheur venant avec la nuit, je la lui ai jetée sur les épaules. Nous nous sommes demandé au début comment nous allions dormir. Comme nous n'avions que cette couverture, nous aurions besoin de nous réchauffer mutuellement, l'un près de l'autre, cependant nous nous étions aperçus dans le courant de la journée que cette fille, de façon bien compréhensible, ne supportait aucun contact physique, tout particulièrement avec l'aumônier. Nous avons donc fait un lit d'herbes sèches et il s'est placé vers le dehors, moi au milieu, et l'Indienne de l'autre côté. Elle a d'abord évité de me toucher, avec pour résultat de n'être plus couverte. Toutefois, elle s'est vite endormie et, constatant que son souffle était régulier, je l'ai prise doucement dans mes bras pour la tirer vers moi et la couvrir de nouveau. Plus tard dans la nuit, je crois qu'elle s'est sentie à l'aise contre moi, que la douce étreinte d'une femme lui rappelait peut-être un lointain passé, quand, petite fille, elle se blottissait dans ceux, rassurants, de sa mère. Voilà qui a réveillé de douloureux souvenirs, car mère, je l'ai été... Cette fille est si maigre, avec ses os saillants... que j'ai éprouvé le besoin de la protéger, même si je ne la connais pas. Ce que je n'ai pas réussi à faire avec mon propre enfant.

Avec la sensation de rêver, nous avons été réveillés aux premières lueurs de l'aube par le cri d'un rapace dans le ciel. En roulant sur moi-même, j'ai vu l'oiseau aux ailes déployées qui tournoyait au-dessus de nous. Au même instant, nous avons entendu un bruit de sabots et de broussailles froissées. Craignant le pire, Goodman et moi nous sommes relevés en hâte. Flairant le danger, l'Indienne, affolée, s'est mise à reculer sur le dos.

C'était en fait le guerrier cheyenne, Hawk en personne, qui nous rejoignait. L'aumônier ne pouvait le reconnaître, ni savoir s'il était membre d'une tribu amie ou ennemie, et cependant...

— Bienvenue, l'ami ! a-t-il lancé. Bienvenue dans notre humble bivouac !

— N'ayez pas peur, Christian. Cet homme est des nôtres... ou plutôt nous sommes avec lui. Nous l'étions, du moins.

— Je n'ai pas peur, a-t-il affirmé. Je suis toujours heureux de recevoir un visiteur ! C'est une tradition chez les mennonites. Je vais rallumer le feu pour vous réchauffer, monsieur, et pêcher quelques truites pour petit-déjeuner. Il y en a en abondance, grâce à Notre-Seigneur bien-aimé. Et j'ai du sel !

— Vous venez à notre secours, Hawk, ai-je dit à celui-ci, reconnaissante.

Comme à son habitude, il ne m'a pas répondu, ne m'a pas regardée. Il est descendu de cheval, s'est approché de la fille et lui a parlé en cheyenne. Elle n'a pas prononcé un mot, mais elle gardait les yeux braqués sur lui. Hochant la tête, il lui a effleuré la joue du bout des doigts de la main droite et lui a parlé encore. J'ai eu la très nette impression qu'ils se connaissaient.

Pendant ce temps, l'aumônier s'affairait. Il a ramassé du bois mort et, soufflant sur les braises encore luisantes sous la cendre, a réussi à ranimer une petite flamme qu'il a nourrie de fines brindilles de saule. Quand le feu a repris suffisamment, il est allé au ruisseau pêcher de nouveau toute une flopée de truites, qu'il a vidées avec son couteau.

Nous avons mangé et, comme nous avions peu d'affaires à rassembler en sus de sa couverture, nous étions prêts à partir au moment où le soleil est apparu à l'est au-dessus des collines. Je m'étais rendu compte que je n'avais pas besoin de conduire l'âne, qui nous suivait tout seul, aussi ai-je simplement noué la longue corde autour de son cou et il est reparti avec son allure joyeuse, alerte et les oreilles dressées.

Confrontée la veille à un terrible sentiment d'impuissance, j'éprouvais à présent une grande tranquillité d'esprit sous la protection de Hawk. Comme Goodman, je suppose, bien qu'il imputât à Dieu l'arrivée de notre sauveur. Il se mit à bavarder gaiement en chemin avec nous trois, comme si, en trois mois de solitude dans sa caverne, il avait emmagasiné des torrents de paroles qu'il pouvait enfin libérer. Il ne semblait pas du tout gêné que je sois la seule à lui glisser un mot, et encore, une fois de temps en temps.

L'après-midi était bien entamé quand nous avons enfin rattrapé toute la bande, qui était en train de monter le camp pour la nuit. Les filles étaient fort soulagées de nous revoir, il y eut bien des embrassades et des larmes versées... Sauf en ce qui concerne les sœurs Kelly.

— Mais qu'est-ce que vous avez fichu, là-bas ? m'a demandé Meggie, contrariée. Et qui est-ce que tu ramènes avec toi ?

— Nous avons été retenus par votre charmant ami Jules Seminole, ai-je expliqué. Je ne sais pas qui est cette fille. Il prétendait que c'était sa femme. Je l'ai emmenée quand nous nous sommes échappés car, à l'évidence, elle ne l'accompagnait pas de son plein gré. Comme vous pouvez le constater, elle est dans un état déplorable.

— Seminole ! Oh, nom de Dieu ! se sont exclamées les jumelles d'une même voix.

— Je parie qu'il sert d'éclaireur à ces Blancs qui campaient là-bas ? a dit Susie.

— Je n'en sais rien. Il était seul avec elle quand il m'a agressée.

— Sûr qu'il va nous poursuivre, maintenant, a jeté Meggie. Vous auriez mieux fait de la laisser entre ses mains.

— L'aumônier a pris le cheval de Seminole. Il aura donc poursuivi son chemin à pied pendant un certain temps.

— Comment avez-vous réussi à lui fausser compagnie ? En lui volant, en plus, son cheval et sa femme...

— C'est un faucon dans le ciel qui a fait diversion... Quand Seminole a levé la tête, je lui ai flanqué mon pied dans... les couilles, comme vous dites. Un bon coup ! Et nous avons pu fuir.

— Tu nous mets tous en danger, Molly, avec cette sale affaire, a relevé Susie. Quand Hawk est parti à votre recherche, nous aurions pu le perdre, lui aussi.

— Ce n'est pas le cas, ai-je observé.

— Et tu as enlevé la femme de Seminole, a-t-elle ajouté. On sait qui c'est, ce gars-là... Il va nous le faire payer cher, crois-moi. Il nous suivra jusqu'en enfer pour récupérer son bien.

— Je ne l'ai pas enlevée, je l'ai délivrée. D'accord, c'était sans doute une bêtise de ma part d'avoir accompagné Goodman. Je vous prie de m'excuser. Mais Seminole ne nous aura pas si facilement, et je ne doute pas que Hawk parviendra à l'éviter. Il nous protégera comme il l'a fait jusqu'à présent.

— Il faut que tu saches une chose, a dit Meggie. J'en ai parlé avec Susie et on a décidé que, si tu revenais... on commençait à en douter... enfin, que lady Hall te remplacerait. Elle fera un chef un petit peu plus sérieux et un petit peu plus prudent.

— Ça me convient très bien, les filles. Je suis de votre avis. Je ne tenais pas à rester chef, de toute façon. Vous avez raison, je ne suis pas faite pour ça.

— Sottises! a jeté lady Hall. Je ne veux pas en entendre parler! Je trouve que miss Molly s'est distinguée par un acte aussi remarquable que courageux. Grâce à elle, l'aumônier a échappé à un épilogue certainement tragique et...

— Oui, Seminole voulait me livrer à l'armée, l'a interrompue Christian. Il me promettait la cour martiale et le peloton d'exécution. Molly m'a sauvé la vie.

— ... et elle a sorti cette pauvre fille des griffes d'un monstre, a poursuivi lady Hall. Alors, pour citer le grand Shakespeare, je dirais que tout est bien qui finit bien.

Meggie s'approcha de la fille grimée qui, plantée sur son âne, était de nouveau plongée dans sa torpeur.

— Susie, viens par ici, a-t-elle demandé à sa sœur, tandis qu'elle étudiait l'Indienne avec curiosité. Apporte ta gourde et un bout de chiffon.

Susie s'est exécutée et Meggie a commencé à nettoyer le visage de la fille.

— Aye, je m'en doutais bien que c'était pas une Indienne. Il suffit de frotter un peu pour voir qu'elle est blanche sous sa couche de graisse.

— Et elle sent pas très bon, hein? a ajouté sa sœur. C'est de l'argile mélangée à de la graisse d'ours. Il n'y a rien qui pue autant que ça.

Meggie a remis un peu d'eau sur son chiffon et continué à frotter. Puis elle s'est brusquement arrêtée.

— Sacré nom d'une pipe, a-t-elle murmuré. Tu vois ce que je vois, frangine ?

— Aye, Meggie, a fait sa jumelle, à voix basse elle aussi. Je vois ça, oui...

— Mais ça n'est pas possible ! C'est toi ? C'est vraiment toi ? a dit Susie à la fille, qui n'a pas bronché.

La moitié du visage à nu, l'Indienne braquait toujours son regard fixe devant elle.

Meggie l'a secouée vigoureusement, l'a fait descendre de son âne et elle a recommencé.

— Réveille-toi, ma fille, parle-nous !

Toujours pas de réaction. Meggie a fini par crier.

— Mais bon sang, Martha, est-ce que c'est toi ? Est-ce que c'est toi ?

Et elle l'a giflée sans ménagement.

— Allons, secoue-toi ! lui a-t-elle ordonné.

Cette fois, la fille a paru tenter de se ressaisir. Clignant des yeux, elle a observé tour à tour chacune des jumelles.

— Ne me frappez pas, a-t-elle dit d'une voix minuscule et désespérée. Je vous en prie, ne me faites plus de mal...

Et elle s'est mise à pleurer.

— Oh, Seigneur, a gémi Susie, qui a commencé à pleurer elle aussi, en même temps que sa sœur. Seigneur, Jésus, Marie...

Elles ont pris la fille entre leurs bras et elles sanglotaient à présent toutes les trois.

— Non, non, Martha, ne pleure pas, je t'en prie, lui a dit Susie en larmes. Nous ne te ferons aucun mal... Nous allons te soigner... Tu es revenue chez toi... Aye, tu vois bien que tu es avec nous, tu es hors de danger maintenant...

25 avril 1876

Guère le temps de m'épancher, ces derniers jours... Nous avons poursuivi notre voyage en toute hâte, à cause de cette rencontre avec ce monsieur Seminole. Nous partons dès l'aube sans allumer de feux, nous ne mangeons que des tranches de bison séché, quelques racines et, pour tout légume, des feuilles de pissenlit que nous cueillons au bord des ruisseaux. Au bout de quelques jours, cependant, les éclaireurs ont pu établir que nous n'étions pas suivis et ils ne décèlent aucune trace du groupe de Blancs. Hawk nous a alors permis de faire rapidement du feu. Mais, à peine le temps de préparer à manger et de se réchauffer un peu, il faut déjà tout éteindre.

Du fait que j'ai délivré leur amie Martha, les sœurs Kelly m'ont finalement remerciée avec effusion de m'être « absentée », l'autre matin, avec l'aumônier. Elles ont proposé de me rétablir à ma place de chef de notre petite troupe, ce que j'ai refusé. Je leur ai répondu que lady Hall était de loin plus fiable et plus capable de tenir ce rôle. De fait, je suis impulsive... entêtée... imprudente... irréfléchie... N'est-ce pas les termes qu'elles avaient employés pour me décrire ? En outre, je ne dois qu'au hasard d'avoir retrouvé leur amie Martha et je n'en tire aucune gloire. Les choses auraient pu connaître un dénouement moins heureux.

Selon Meggie et Susie, ce groupe de Blancs serait composé de chercheurs d'or, de spéculateurs, d'éleveurs de bestiaux ou d'une alliance des trois. La plupart des tribus étant maintenant soumises, repliées au sein des agences indiennes, ils ont certainement engagé Seminole et ses éclaireurs pour les guider dans cet immense territoire et les protéger des bandes hostiles qui peuvent s'y trouver encore – la plupart comme nous en train de se cacher ou en fuite.

Au bout de quelques journées en notre compagnie, Martha n'est en aucune façon « guérie ». Il faudrait sans doute un miracle pour qu'elle se remette de l'épreuve épouvantable que, à l'évidence, elle a subie. Elle semble si affligée, si terrifiée que nous nous demandons si elle se rétablira jamais. Régulièrement, à un moment ou à un autre, elle retombe dans sa léthargie, un état proche du coma, comme si là seulement se trouvait la paix ou une issue à ses souffrances. Depuis que nous voyageons ensemble, elle fait de terribles cauchemars, pleure dans son sommeil, se réveille en proie à la plus vive agitation. Nous nous relayons pour l'assister, la tenir dans nos bras, lui donner le sentiment qu'elle est avec nous en sécurité, mais elle reste inconsolable et ne nous parle pas.

Les jumelles essaient de résoudre une double énigme : comment Seminole a-t-il réussi à mettre la main sur elle ? Et qu'est-il arrivé à son enfant ? Martha, qui n'a rien révélé à ce sujet, paraît si fragile qu'elles n'osent pas l'aborder avec elle. Au dire de Gertie, le capitaine Bourke devait organiser son rapatriement à Chicago avec son nourrisson, le fils du guerrier cheyenne Tangle Hair. Nous repoussons toutes certaines pensées sombres... Seminole l'aurait-il capturée en chemin... auquel cas on ne peut qu'imaginer ce qu'il est advenu du bébé... Une éventualité insupportable...

Le matin, nous faisons en sorte d'être au moins quelques-unes pour accompagner Martha à la rivière, où elle confectionne son mélange de terre et de graisse d'ours. Elle transporte cette dernière dans une poche de cuir qu'elle fourre sous une de ses jambières. Puis elle s'enduit le visage comme d'autres revêtiraient un masque pour la journée. Nos femmes cheyennes l'ont surnommée Ma'etomoná'e, ce que les jumelles traduisent par Red Painted Woman[1]. Elles nous ont appris qu'elle portait auparavant le nom de Falls Down Woman[2], parce que, maladroite, elle trébuchait tout le temps. Il paraît que nous aurons toutes un nom cheyenne... Et hier, nos Irlandaises m'ont révélé avec un petit sourire complice que j'avais déjà le mien.

— Ah ! Et alors ?

— Eh bien... Ils savent tout de ton aventure avec Jules Seminole... a dit Meggie. Alors ils t'appellent Mé'koomat a'xevá. Ça n'est pas joli joli en cheyenne...

— Et en anglais ?

---

1. Femme peinte en rouge.
2. Celle qui tombe par terre.

Leurs regards se sont de nouveau croisés et elles cachaient à peine leur joie...

— Pas beaucoup plus, Molly, a répondu Susie.

— Vous me faites languir !

— À peu de chose près, cela veut dire Woman Who Kicks Men in Testicles[1].

Et elles sont parties d'un rire inextinguible, vite imitées par toutes les autres.

— Espérons que tu ne cherches pas de mari chez les Cheyennes, a bégayé Meggie entre deux hoquets. Parce que, avec un nom pareil, tu aurais du travail...

Redoublant d'hilarité, elles ont fait quelques pas d'une gigue irlandaise.

— Le bon côté des choses, a ajouté Susie, riant encore comme une folle, c'est que tu ne seras pas poursuivie par une foule d'amoureux !

Je n'ai pu que rire avec elles. Il faut reconnaître que cela n'est pas si fréquent dans notre situation.

26 avril 1876

Quelques mots maintenant à propos de certains membres de notre groupe. Compte tenu des derniers événements, je ne leur ai pas consacré beaucoup de temps dans ces pages. Pourtant les journées à cheval sont longues et nous avons souvent l'occasion de bavarder en tête à tête ou à plusieurs. Ce territoire si grand, dans lequel nous nous sentons si petites, si dérisoires, est finalement propice à une forme d'intimité qui nous était interdite alors que nous étions confinées dans le train ou dans le village de Crazy Horse. Les femmes sont ici plus enclines à se confier ouvertement, sans faux-semblants. Comme quoi ces vastes espaces, pour intimidants qu'ils soient, apportent aussi une part de délivrance.

---

1. Celle qui donne des coups de pied dans les testicules.

J'en ai donc appris davantage sur elles. Notre Norvégienne, Astrid Norstegard, est peut-être la plus taciturne d'entre nous, la plus stoïque également. Très réservée, elle ne se plaint jamais et ne se livre guère. Je me demande si ce n'est pas une caractéristique du pays d'où elle vient. Enfin, disons que ce n'est pas une personnalité très enjouée, plutôt quelqu'un d'austère, apparemment.

Nous étions ce matin côte à côte. Comme il arrive souvent, le vent s'était levé sur la prairie et de gros nuages noirs de pluie s'amassaient à l'horizon.

— Vous savez, a-t-elle soudain déclaré, si je plisse les yeux un instant, en me laissant bercer par l'allure du cheval, avec le vent dans la figure... j'aurais presque l'impression d'être sur un bateau de pêche dans la mer du Nord. Et ces collines, ces blocs de roche qui s'élèvent au loin me font penser à nos caps, nos péninsules, au décor dans lequel ma famille a vécu. Je suis issue de plusieurs générations de pêcheurs.

— Vous êtes bien loin de chez vous. Comment êtes-vous venue jusqu'ici, Astrid ? Vous ne nous en avez jamais parlé.

— J'étais l'épouse de Nils Norstegard, m'a-t-elle répondu. Un homme très bien, qui rêvait d'émigrer en Amérique. Nous avions entendu beaucoup de choses à propos des Grands Lacs, le lac Supérieur notamment, par des parents qui étaient partis à Duluth et travaillaient comme pêcheurs sur la rive nord. La vie en Norvège était très dure, nous étions très pauvres, mais nous étions jeunes, nous avions l'esprit d'aventure. Alors nous sommes partis à notre tour...

« Le voyage a été long et pénible, mais une fois sur place, quand nous nous sommes installés, nous étions heureux d'exercer notre métier, le même que nos familles depuis toujours avant nous. Nous avons bâti une cabane très simple au bord du lac, et Nils s'est construit un bon bateau de pêche. Quant à moi, je confectionnais et je ramendais les filets. Il y a du poisson en abondance dans le lac Supérieur : des truites, des ombles, des esturgeons, des corégones et d'autres encore.

« Un jour, moins de six mois après notre arrivée, on a retrouvé le bateau de Nils... vide... à un demi-mile du rivage. Peut-être était-il tombé par-dessus bord, mais je ne crois pas, car c'était un marin expérimenté. Je pense que quelqu'un l'a fait basculer et... En revanche, on n'a jamais retrouvé son corps. Je ne saurai jamais ce qui s'est passé.

Marquant un temps, Astrid a levé la tête pour regarder les plaines. Elle a voulu reprendre son air impassible, mais la douleur se lisait sur son visage.

— Nous n'avions pas encore eu d'enfants, a-t-elle poursuivi. Ce qui est une bonne chose, je suppose. On m'a embauchée à la pêcherie, je réparais les filets d'autres pêcheurs, mais cela me faisait juste de quoi vivre. Les prétendants ne manquaient pas, eux : de vieux veufs qui avaient besoin d'une femme chez eux, des compatriotes, célibataires, qui venaient de rejoindre la rive nord. Mais je n'étais pas prête pour me remarier et j'avais peur d'épouser encore un pêcheur. Trop d'hommes dans ma famille avaient péri en mer depuis trop longtemps, mon époux étant le dernier d'une longue série.

« Et puis j'avais des soupçons, sans doute quelqu'un était-il responsable de sa mort. Un homme en particulier m'avait fait des avances de son vivant. Un goujat qui a recommencé, bien avant les autres, alors que j'étais encore en plein deuil. Je me méfiais de cet homme, je ne voulais plus rester là-bas car il m'observait sans cesse, il venait me déranger dans ma cabane et il fallait supporter ses insinuations. Je ne voulais pas non plus écailler des poissons jusqu'à la fin de ma vie. Seulement je n'avais pas d'endroit où aller et il fallait de l'argent pour partir. Un jour, j'ai vu l'annonce dans le journal... on demandait des femmes jeunes, libres, pour un travail dans l'Ouest... J'ai répondu et me voilà...

— Au moins, si vous vous remariez ici, vous n'aurez pas besoin de craindre que votre mari disparaisse en mer.

— Oui, Molly, a-t-elle reconnu en souriant, j'y avais pensé. Les Cheyennes ne risquent pas beaucoup de se noyer. Cela étant, a-t-elle ajouté en indiquant les plaines d'un grand geste de la main, comme vous l'avez compris vous-même, d'autres dangers nous attendent dans ce pays, ce qui ne rend pas les choses si différentes. Il y a bien d'autres façons de perdre un mari.

LA VENGEANCE DES MÈRES

27 avril 1876

Nous sommes peut-être des pieds-tendres, mais il me semble tout de même que, les unes comme les autres, nous nous adaptons fort bien aux circonstances. Notre comédienne, danseuse et chanteuse Lulu Larue, par exemple, se met en quatre pour assister la pauvre Martha. Pour l'aider à s'endormir, elle la prend dans ses bras et lui chante des berceuses en français. Nous sommes quelques-unes à avoir retenu les paroles et nous reprenons maintenant certains de ces refrains en chœur.

Ce matin, pendant que je chargeais les chevaux avant le départ, une femme cheyenne qui, m'a-t-on dit, porte le nom de Singing Woman, s'est présentée dans notre camp en tenant une jeune fille par la main.

Elle s'est entretenue un instant avec Meggie et Susie, en cheyenne bien sûr, et la petite est venue me voir alors que je sellais Spring. Nu-pieds, vêtue d'une simple robe droite en peau, elle est jolie, svelte, élancée. Elle a le teint mat, des cheveux noirs, un visage rond et ouvert. En me regardant d'un air très grave, elle a tendu la main vers moi avec quelque chose d'hésitant et d'implorant à la fois. M'agenouillant près d'elle, je lui ai posé la mienne sur la joue.

— Qu'y a-t-il, ma chérie ? lui ai-je demandé.

— Elle s'appelle Hóhkééhe, m'a appris Susie. Cela veut dire Mouse. Elle est orpheline. Ses parents ont été tués par les soldats de Mackenzie.

— Que veut-elle ?

— Elle n'avait jamais vu de femme blonde avant toi. Singing Woman dit que tu la fascines depuis le début du voyage, et Mouse voudrait toucher tes cheveux.

— Aye, Mol, elle pense que c'est des faux ! a expliqué Meggie en riant. Elle croit que tu as de la paille sur le crâne !

J'ai ri aussi. Mes cheveux ont beaucoup poussé, ces derniers mois, et, plutôt que me faire des nattes, je les laisse détachés, comme aujourd'hui. J'ai séparé du reste une mèche qui me tombait sur l'épaule et l'ai tendue à la petite.

— Bien sûr que tu peux les toucher.

Je savais qu'elle ne comprenait pas ma langue, mais le geste et le ton que j'employais suffisaient. Avec un sourire timide, elle a effleuré mes cheveux du bout des doigts, comme si elle avait peur de se brûler. Elle s'est enhardie et les a frottés doucement entre le pouce et l'index. En la regardant, j'ai senti mes yeux se remplir de larmes... Je me suis aperçue que je n'avais pas touché un enfant, et réciproquement, depuis la mort de ma fille... et cette petite Mouse toute brune doit avoir le même âge qu'avait Clara. J'ai eu la sensation étrange de la voir dans ses yeux. J'ai pris sa menotte dans ma main et je l'ai embrassée. Quand elle a finalement lâché ma mèche de cheveux, je l'ai enroulée plusieurs fois autour de mes doigts et j'ai sorti de son fourreau le couteau que je porte à la taille pour la couper sur environ quinze centimètres. Puis j'ai tranché un petit bout de la lanière avec laquelle j'attache à ma selle la natte sur laquelle je dors et je l'ai noué autour de la mèche. Je me suis agenouillée de nouveau pour la donner à Mouse, qui a souri fièrement et l'a portée à son nez pour la sentir.

— Une drôle de bonne idée, a commenté Susie. Ça lui fait un trophée à montrer aux autres enfants. Tu t'es fait une amie pour la vie, Molly.

— Il faut lui dire que, moi aussi, je voudrais une mèche de ses cheveux...

Après le départ, Meggie et Susie m'ont rapporté que Singing Woman était venue nous voir avec une autre intention. Les femmes cheyennes nous ont entendues fredonner plusieurs soirs de suite, et ces airs les séduisent. Elles aimeraient qu'on leur apprenne nos chansons et nous ont envoyé Singing Woman puisque, comme son nom l'indique, elle est censée avoir une jolie voix. Nous avons toutes pensé que l'idée était excellente. Compte tenu des nombreuses corvées dont il faut s'acquitter chaque jour – la chasse, la cueillette, les repas, le camp à monter et démonter –, nous n'avons guère le temps de nous rendre visite et de lier connaissance.

Et donc, aujourd'hui, nous nous sommes jointes à ces dames pour faire un bout de chemin. Nous avons chanté quelques-unes de nos chansons, tenté de nous familiariser avec leur langue, et elles avec la nôtre. Depuis au moins deux générations, les

Cheyennes entretiennent des relations avec les trappeurs et les négociants canadiens, dont certains ont fini par épouser des femmes de la tribu. C'est pourquoi elles baragouinent un patois proche du français. Voilà qui permet de leur apprendre plus facilement les chansons de Lulu, et nous nous sommes bien amusées. La musique, langage universel s'il en est, nous rapproche certainement.

Nous étions sur le point de partir quand Mouse, ma nouvelle et jeune amie, est venue me trouver avec une mèche de ses cheveux à elle. Elle avait noué la mienne à une de ses nattes brunes, ou peut-être une des femmes l'a-t-elle fait pour elle, et j'ai fait de même avec la sienne. En cheyenne, avec l'air de me demander quelque chose, elle a touché Spring, puis sa poitrine, puis ma jambe au-dessus de l'étrier, et j'ai compris qu'elle souhaitait monter sur mon cheval. Je l'ai aidée à se hisser et, légère comme un esprit, Mouse s'est installée sur le garrot. Nous nous sommes mises en route toutes les deux, son petit corps mince, réchauffé par le soleil, adossé au mien. D'une voix douce et aiguë, elle a commencé à chanter avec nous. Je la retenais doucement d'une main et cette proximité avait de quoi nous réconforter, elle l'orpheline, et moi, la maman que j'ai été. Une familiarité qui m'avait tant manqué...

De leur côté, les femmes nous enseignent le langage des signes qui permet à plusieurs tribus des plaines de « se parler ». C'est grâce à lui que les sœurs Kelly et leurs amies ont réussi, au début, à dialoguer avec les natifs. Avec leurs gestes et leurs mimiques, ils parviennent à se faire comprendre aussi vite qu'avec la langue orale, ce qui en fait un mode d'expression très valable.

J'écris ces mots à la lumière du feu que nous avons allumé, ce soir. Suivant l'exemple de Lulu, Maria Gálvez, la Mexicaine, s'est mise à son tour à chanter les airs du folklore qu'elle a appris, petite fille, dans son hameau des montagnes du Sonora. Aucune d'entre nous ne comprend l'espagnol, mais il est facile d'imaginer, en suivant le rythme et les modulations de sa voix, qu'il s'agit pour certaines de chansons d'amour. D'autres, semble-t-il, dépeignent une vie difficile et souvent tragique dans un pays hostile.

Maria nous parle des Apaches et des expéditions qu'ils mènent, la nuit, dans les villages du Mexique, où ils enlèvent femmes et enfants. Elle nous raconte de sombres légendes de la Sierra Madre qui, à l'en croire, est un endroit effrayant. Née au sein d'une famille très pauvre, elle n'avait que douze ans quand ses parents l'ont vendue à Chucho el Roto, un bandit de Mexico tristement célèbre. Ces chansons étaient pour elle tout ce qui restait de son enfance et l'ont aidée à ne pas perdre espoir pendant de longues journées et nuits de solitude, qui devinrent les semaines, les mois et les années d'une vie de prisonnière.

Même Astrid, d'ordinaire si prudente et réservée, s'est prêtée au jeu et a interprété pour nous ces chants lancinants de la mer du Nord dans lesquels on entend le vent gémir, tandis que les vagues s'élèvent sur la proue des bateaux de pêche... On croit voir au lointain les côtes escarpées de son pays natal.

Séduite, la petite Hannah Alford a surmonté sa timidité et s'est souvenue de quelques airs de Liverpool, gais et entraînants. Sa voix agréable et son accent particulier ne font qu'ajouter au charme. Il s'agit de chansons à boire, nous dit-elle, que son père entonnait en rentrant le soir, après une pinte ou deux au pub, à la fin de sa journée de travail au dépôt des trains.

Chacune apporte ainsi un petit quelque chose de son histoire, de ses origines, quelque chose d'intime et de familier qui nous aide à affronter ces plaines apparemment sans fin, ce ciel immense et parsemé d'étoiles. Lorsque je le regarde, allongée sur le dos, il me donne le tournis et semble prêt à m'engloutir.

Seule Carolyn Metcalf ne s'est pas jointe à nous. Son pasteur de mari ne tolérait d'autre musique que celle des cantiques. Après ce qu'ils lui ont fait subir, lui et son diacre, elle n'a guère le cœur à chanter. D'autant moins que l'organiste de la paroisse habite maintenant chez elle.

LA VENGEANCE DES MÈRES

28 avril 1876

Nous avons toutes constaté la même chose, à propos de Martha : elle est très attachée à son âne. Cet animal aura sans doute été son seul ami pendant sa captivité. Compte tenu de l'empressement avec lequel il nous a suivis dans notre fuite, sans hésiter, comme si sa vie en dépendait, nous pensons que Seminole l'a également maltraité. Jamais je n'ai vu un âne courir si vite avec ses petites pattes ! Bien qu'elle ne nous parle pas, Martha nous a fait comprendre clairement qu'elle tenait à ce qu'il soit toujours au pied de sa tente. Lorsqu'elle se réveille, la nuit, elle sort parfois pour le caresser et prendre son cou entre ses bras.

À la ferme, mes parents employaient des ânes comme bêtes de somme et j'ai toujours aimé ces animaux. Ils ont la réputation d'être têtus, imprévisibles, et n'hésitent pas à ruer quand l'occasion se présente, pourtant je trouve que ce sont des créatures assez intelligentes, en tout cas plus que les chevaux. Je dois admettre que celui de Martha est un spécimen sympathique... toutes proportions gardées, bien sûr... avec son pelage gris-brun, sa crinière marron, son museau et son ventre blancs, et son arrière-train moucheté de taches claires. Il a un caractère enjoué, certains diraient même effronté, et il progresse à vive allure tout au long de la journée. Prêt à mordre ceux qui s'y risqueraient, les chevaux notamment, il ne tolère pas qu'on s'approche trop près de lui. Le plus souvent, en guise d'avertissement, il se contente de montrer ses grandes dents, ce qui lui donne un air comique et nous fait rire. N'empêche, il sait se faire respecter. C'est certainement bon signe que Martha soit attachée à sa monture. Après tout, si elle éprouve des sentiments pour cet animal, peut-être un jour sera-t-elle aussi capable d'en éprouver pour les hommes et les femmes. Elle ne sort guère, pour l'instant, de ses torpeurs. Nous essayons d'engager la conversation avec elle, de lui poser des questions, et parfois nous discutons simplement entre nous, dans l'espoir que nos propos l'atteignent d'une façon ou d'une autre, ou à défaut, nos bonnes intentions.

Hier matin, lady Hall a fini par lui demander en chemin :

— Martha, dites-nous, lui avez-vous donné un nom, à ce charmant petit âne ?

À notre grande surprise et pour notre plus grand plaisir, Martha, pour la première fois, a parlé.

— Dapple, a-t-elle répondu.

— Dapple ! a répété lady Hall avec enthousiasme. Ce doit être une référence littéraire, car, si ma mémoire est bonne, c'est le nom de l'âne de Sancho Panza dans *Don Quichotte*[1]. Est-ce que je me trompe, Martha ?

Pour l'instant, elle ne nous dira rien de plus. Nous continuons cependant d'espérer qu'elle recouvrera ses esprits.

Un mot encore à propos de cet âne, Dapple… et de cette manie contrariante qu'il a, dangereuse même, évidemment propre à son espèce. Une ou deux fois par jour, sans raison apparente, il lève la tête et pousse un braiment aigu, audible à des miles alentour. Lady Hall, savante en matière d'équidés, nous a expliqué qu'avant d'être domestiqués et de se répandre autour du monde, les ânes sont au départ une espèce indigène de l'Inde. Contrairement aux chevaux sauvages, ils ne se déplacent pas en bande, ne forment pas de troupeaux, mais restent des animaux solitaires. C'est pourquoi les mâles braient si bruyamment, afin de signaler leur présence aux femelles qui peuvent se trouver dans le voisinage et leur servir de partenaires pour la reproduction.

Cet après-midi, Red Fox, l'un des éclaireurs, est revenu pour apprendre à Hawk qu'ils avaient repéré un détachement de cavalerie dans les environs. Hawk s'est rapproché de Meggie et de Susie pour les avertir que nous allions faire un grand détour afin d'éviter les militaires, et donc dévier de notre route. Malheureusement, Dapple a choisi ce moment pour pousser un de ses fameux braiments, et quelque part, certainement pas si loin que ça, un autre âne lui a répondu de même ; sans doute un animal de charge, affecté par les soldats au transport de leur matériel. Aussitôt, Hawk a sermonné les jumelles, très

---

[1]. L'âne de Sancho Panza s'appelle en français Grison. En anglais, *dapple* signifie gris pommelé.

sèchement. Elles ont rétorqué sur le même ton et ils se sont disputés. Si nous ignorons la teneur exacte de leurs propos, ceux-ci concernaient évidemment l'âne de Martha, vers lequel Hawk faisait de grands gestes.

Lady Hall et moi nous sommes avancées vers eux.

— Mesdames, et monsieur, a demandé l'Anglaise, que se passe-t-il donc ?

— Il veut tuer l'âne de Martha, a dit Meggie. Comme quoi il va révéler que nous sommes dans les parages. Comme toujours, les soldats voyagent avec des éclaireurs indiens et ils ne vont pas tarder à savoir qu'on est là.

— Eh bien, monsieur, n'y pensez pas ! a déclaré lady Hall. Notre pauvre Martha n'y survivrait pas. N'a-t-elle pas déjà assez souffert comme cela ?

— Aye, exactement ce qu'on essayait de lui dire, Meggie et moi, a fait Susie. Qu'il touche à cet âne, et il aura affaire à nous ! Il faudra qu'il nous tranche la gorge, à nous aussi !

— Très bien, mesdames ! a approuvé lady Hall. Vous devrez également vous mesurer à moi, monsieur. Et vous pouvez me croire : nous serons des adversaires coriaces. Vous ne connaissez peut-être pas les trois Furies de la mythologie grecque ? Non, il ne faut pas trop en demander...

Sans lui prêter attention, Hawk a lancé son cheval avec l'intention manifeste de mettre sa menace à exécution.

J'ai retiré de ma sacoche de selle le Colt 45 de Seminole, que j'ai armé et pointé sur lui. Il s'est arrêté net devant moi.

— Laissez cet âne tranquille, Hawk. Cette fille a vécu un enfer et cet animal est tout ce qu'elle a. On ne vous laissera pas la briser davantage. Si vous craignez tant que les éclaireurs nous trouvent, arrêtons ces palabres et mettons-nous en route.

Il a posé sur moi un regard interrogateur, comme s'il essayait de savoir si j'allais vraiment lui tirer dessus à cause d'un âne. Puis son attitude m'a surprise... Avec un grand sourire, il a hoché la tête d'un air incrédule et il s'est mis à rire ! Jamais encore je ne l'avais entendu rire... Il a fait faire demi-tour à son cheval, lui a talonné les flancs avec ses mocassins et il a repris sa place à l'avant de notre colonne imparfaite.

— Bon Dieu, Molly ! a lâché Meggie, stupéfaite. Tu allais lui tirer dessus ?

— Bien sûr que non ! Et il le savait très bien. C'est pour ça qu'il a ri.

— Ça alors ! a dit Susie. Notre Hawk a le sens de l'humour, maintenant ! En voilà une bonne nouvelle ! Ç'aurait été moins drôle s'il avait fait la peau au grison ! Sans compter qu'on pouvait y passer aussi, moi, Meggie et lady Hall...

Nous l'avons vu discuter un instant avec Red Fox, qui est reparti en reconnaissance. Puis il a donné le signal du départ, cap au sud-ouest, et nous avons filé à toute vitesse. Meggie, Susie, lady Hall et moi avons suivi au petit galop, aussitôt imitées par les autres filles, à présent toutes plus ou moins à l'aise en selle.

Nous avons continué ainsi pendant plusieurs heures, à différentes allures, nous arrêtant seulement pour abreuver les chevaux. Les deux garçons de Red Fox et de Singing Woman prennent place tour à tour sur le cheval de leur mère. Celui qui reste au sol marche d'un bon pas pour se maintenir au même niveau qu'elle. Ils en avaient un pour eux jusque-là, mais il s'est mis à boiter hier et il a fallu l'abattre. Jamais ils ne se plaignent. Franchement, la robustesse de ce peuple ne cesse de m'étonner, on croirait une espèce à part. Nous allions à peine aussi vite qu'eux !

Je me rends compte finalement qu'ils passent une grande partie de leur temps à courir et à fuir, dans le but somme toute modeste de rester libres. Ces derniers jours, nous avons eu nous aussi l'impression d'être des fugitives, soumises à cette réalité inéluctable que pratiquement toute personne en dehors de notre petite bande est un ennemi mortel : les colons, les chercheurs d'or, les soldats et les Indiens qui les guident, prêts à nous nuire de bien des façons. Et même s'il nous est encore difficile de communiquer avec la tribu, il nous est apparu que nous en faisons partie... étrange sensation... nous contre le reste du monde...

Nous nous sommes arrêtés juste après le coucher du soleil pour monter le camp. Hawk a visiblement réussi à contourner la cavalerie. Il est toujours parvenu jusque-là à nous préserver des mauvaises rencontres. À l'évidence, il connaît parfaitement ce pays, il sait se déplacer sans se faire voir et avec la plus grande célérité. Et pourtant il nous cause de nouvelles inquiétudes.

— Ne vous étonnez pas si, un matin, nous trouvons Dapple baignant dans une mare de sang, nous a prévenues Meggie alors que nous nous installions pour la nuit. Même s'il disparaît tout simplement... Les Cheyennes l'auront découpé et mangé. Hawk sera venu ou il aura envoyé quelqu'un, et on ne se sera aperçues de rien. Ces gars sont plus insaisissables que des fantômes. Ils sont capables de voler une troupe de chevaux sans faire le moindre bruit. Ce matin, tu as pris Hawk au dépourvu et cela n'est pas un mince exploit avec ce genre d'individu. N'essaie quand même pas de recommencer... Au fait, où as-tu déniché ce pistolet ?

— C'était celui de Seminole.

— Bigre, ma fille ! a dit Susie en hochant la tête, alarmée. Tu lui as pris son cheval, sa femme... et son arme ! Espérons que tu ne le retrouves pas sur ton chemin. On ne t'apprendra pas qu'il est fou furieux, celui-là. S'il t'attrape, il t'étripera sans hésiter et te bouffera l'intestin tout cru. Bien dommage que tu l'aies pas descendu quand tu pouvais le faire.

— Je n'ai pensé qu'à une chose : lui échapper. Je ne suis pas une meurtrière.

— Tiens donc ? C'est pas ce qu'on croyait, a relevé Meggie. Il nous semblait que tu avais fait de la prison pour ça...

— Ce qu'on voudrait t'expliquer, a coupé Susie, c'est que, ce matin, tu as peut-être réussi à le faire changer d'avis, seulement il ne va pas mettre toute la bande en danger pour sauver un maudit baudet. Tu ne le sais sans doute pas, mais les Cheyennes interdisent à leurs enfants de pleurer à peine ils sont nés. Ils leur pincent le nez dès qu'ils se mettent à brailler. Tu vois, il arrive que les femmes, les enfants et les anciens doivent aller se cacher dans les hautes herbes ou dans les buissons à l'extérieur d'un village, quand il est attaqué et que les hommes se battent. Si un bébé pleure, la mère est obligée de lui mettre les mains sur la bouche, car autrement les soldats devineraient où ils sont. Aye, tu imagines le tableau ? Étouffer son propre enfant parce qu'il pleure ? Le contraire de l'instinct maternel, pas vrai ? Alors tu comprends bien que la vie d'un âne, ça pèse pas lourd pour nos gars.

— À propos, Molly, a jeté Meggie, on a idée que tu en pinces pour Hawk. Tu aurais pas le béguin ?

— Comment ? Mais non, c'est ridicule !

— Dis pas le contraire, ma fille, on voit comment tu le regardes. Et peut-être qu'il en pince un peu pour toi, lui aussi... Difficile à dire avec ce lascar, il n'y a pas plus impénétrable que lui. De toute façon, ne t'attends pas à un traitement de faveur. Au cas où tu aurais pas remarqué, ce qui compte ici, c'est les intérêts de la tribu, il faut la protéger. Tout ce qui ne va pas dans ce sens, que ce soit un âne ou un être humain, peut craindre pour sa vie.

— J'ai remarqué, croyez-moi. Mais je ne m'attends à aucun traitement particulier et Hawk ne s'intéresse pas à moi. Il ne m'a regardée qu'une seule fois, quand j'ai pointé une arme sur lui, et ça l'a fait rire !

— Bah, ça se voit comme le nez au milieu du visage, a insisté Susie. Tu aimerais bien qu'il fasse plus attention à toi, hein ?

Et voilà que les deux sœurs se tournent l'une vers l'autre et partent d'un rire entendu.

J'avoue que j'ai rougi, embarrassée, et faute d'une repartie toute prête, je suis allée m'installer plus loin. Au diable ces jumelles, toujours à mettre leur nez dans les affaires des autres ! Mais elles ont ouvert cette boîte de Pandore, pleine de mes sentiments complexes, et je ferais aussi bien de rapporter ici, dans l'intimité de ce journal, ce que j'ai tenté jusque-là d'ignorer... de cacher... apparemment en vain.

Quand Hawk nous a finalement retrouvés, l'aumônier et moi, qu'il nous a reconduits auprès du reste de la bande, il ne m'a pas adressé la parole, pas accordé un regard. Je me suis demandé s'il était en colère contre moi, puisque je m'étais éloignée de ma propre initiative, et j'ai soudain pris conscience que, depuis quelques jours, j'étais troublée de ne plus avoir sa considération. De fait, il ne m'avait plus dit un mot depuis notre entretien au bord de la rivière.

Les jumelles ont vu juste et je me suis empourprée comme

une écolière. Alors je dois bien admettre que oui, j'aimerais qu'il fasse attention à moi, qu'au moins il daigne me regarder une fois de temps en temps. J'éprouve depuis peu des sentiments étranges... de vagues frémissements que j'aurais crus enfouis, disparus... et j'en ai profondément honte. Hawk a perdu récemment sa femme, sa mère et son enfant. Ses blessures sont plus fraîches que les miennes. Comment pourrais-je espérer, dès lors, qu'il se préoccupe de moi ? Quel égoïsme de ma part ! Il semble aussi que mes pensées trahissent mon propre chagrin, le deuil de ma fille qui n'en finit pas. Les choses étaient curieusement plus faciles quand j'étais en prison, dans la solitude de ma minuscule cellule où je m'étais murée au monde, à toute forme d'émotion, à tout espoir d'avenir, sans autre désir que celui de mourir.

Aujourd'hui engagée dans cette singulière aventure, enfin libre dans cet immense pays, en compagnie de femmes qui me parlent de leur existence, de leurs luttes – et où j'apprends aussi l'histoire d'un peuple pourchassé, mené comme un troupeau dans les agences de l'État –, j'ai l'impression de revenir à la vie. L'idée m'a traversé l'esprit alors qu'il me fallait échapper à cet horrible Seminole. À cet instant, j'ai eu peur, horriblement peur, si bien que, soudain, la vie a comme repris ses droits. Dois-je y voir à nouveau quelque espoir dans l'avenir, ou bien n'est-ce qu'un instinct de survie, commun à tous les animaux ? Je ne saurais répondre à cette question.

Tout ce que je sais... et même dans le secret de ce journal, j'ai honte de l'écrire... c'est que je brûle d'envie d'être dans les bras de cet homme... Hawk... et je ne parle pas d'appétit charnel, quoique... Non, c'est un simple besoin d'amour et de protection, tel qu'il ne s'était encore jamais manifesté depuis que j'ai atteint l'âge adulte. Bon Dieu, il faut redoubler de vigilance, garder ces pages à l'abri des regards indiscrets... Ah, ces terribles jumelles... Si elles parvenaient à les lire, j'en mourrais d'embarras.

Voilà... je me suis libérée de ces pensées... Peut-être arriverai-je maintenant à les oublier quelque temps.

1ᵉʳ mai 1876

Nous avons atteint la Tongue River, mais après tant de détours, il semble que, si nous nous dirigions au départ vers le nord, nous n'ayons pas beaucoup progressé dans cette direction. Selon les sœurs Kelly, Hawk a emprunté cet itinéraire long et tortueux, depuis plusieurs semaines, non seulement pour éviter toute mauvaise rencontre, mais aussi pour sillonner le pays dans l'espoir de croiser la route de Little Wolf. Hawk, excellent éclaireur, a grandi dans sa bande, de sorte qu'il connaît ses terrains de chasse traditionnels et les sites où il a l'habitude de camper. Tout en nous préservant d'éventuels ennemis, Hawk et les siens cherchent des traces de leur peuple. Pour nous qui nous sentons perdues dans cette immensité, cela représente un travail considérable et il paraît presque impossible que nous arrivions un jour à localiser les autres Cheyennes. Nous nous posons donc des questions. Sommes-nous vouées à parcourir ces plaines indéfiniment ? Nous avons cependant appris que Hawk, encore adolescent, avait retrouvé le village de sa mère, à des milliers de miles de son école de jésuites dans le Minnesota. Alors il faut lui faire confiance... quel autre choix avons-nous ?

À chaque fois que cela est possible, nous nous efforçons, pendant la journée, de nous joindre aux femmes cheyennes. Comme avec Mouse, j'ai commencé à nouer des liens appréciables avec Pretty Nose, l'Indienne arapaho. Lorsqu'elle ne part pas en éclaireur, nous cheminons souvent ensemble. Son père était un négociant français, qui parlait les deux langues, et donc elle aussi. Entre l'anglais et le français, nous n'avons pas de mal à nous comprendre. Elle a épousé un Cheyenne et vécu dans les deux tribus. Ils se trouvaient chez Little Wolf quand Mackenzie a attaqué le village d'hiver, et depuis elle est restée chez les Cheyennes. C'est une charmante jeune femme au visage rond, à la peau brun clair, qui a des yeux en forme d'amande, des pommettes hautes et des lèvres pleines. Comme son nom le suggère, son nez est finement dessiné. On croirait l'œuvre d'un maître sculpteur. En dépit de sa grande beauté, il émane d'elle quelque chose de sombre, de mélancolique, comme si elle portait un invisible fardeau. Elle n'en dit rien, alors j'ai finalement interrogé Susie et Meggie à son propos, et voici ce qu'elles m'ont révélé. Le matin de l'assaut, au lieu de s'enfuir avec la plupart des femmes et des enfants, elle s'est battue contre les soldats, les armes à la main. Elle en a tué plusieurs et, grâce à son courage, a sauvé de nombreuses vies en protégeant ceux qui s'échappaient. Elle s'est battue avec un tel acharnement, ce jour-là, et une telle puissance que les deux tribus, cheyenne et arapaho, lui attribuent des pouvoirs spéciaux. Pretty Nose est considérée comme chef de guerre, une distinction très rare pour une femme chez eux.

— Et elle n'avait jamais livré combat auparavant ? ai-je demandé aux jumelles.

— Jamais, ont-elles répondu à l'unisson.

— Mais comment expliquez-vous cela ? Où a-t-elle trouvé des armes ? Comment savait-elle s'en servir ?

— On ne l'a pas vue faire, a dit Meggie. Mais à la fin, elle a grimpé dans la montagne avec Little Wolf et nous et les autres survivants. À ce qu'on a appris, son mari et sa fille de trois ans ont été tués dès le premier assaut. À ce que raconte Gertie, l'armée a compris que l'aube est le meilleur moment pour attaquer un village, parce que tout le monde dort encore. Les soldats ont l'ordre de tirer près du sol dans les tipis, pour surprendre les Indiens au lit. C'est comme ça que la fille de Pretty Nose et son mari ont disparu, morts avant le lever du jour...

« Alors on nous a dit que, folle de rage et de chagrin, elle a pris le tomahawk de son homme et elle a couru hors de la tente. Un soldat passait devant et elle a bondi derrière lui sur son cheval en poussant un cri à glacer le sang, et elle lui a fendu le crâne. Elle a arrêté le cheval, elle est descendue pour ramasser le pistolet du soldat et son épée dans son fourreau. Elle est remontée et il y avait encore le fusil dans la gaine attachée à la selle. Comme elle était armée, maintenant, elle s'est battue toute la matinée comme une furie, comme une mère et une épouse déterminée à se venger.

« Aye, Molly, c'est pour ça qu'elle a un air triste, tu vois... C'en est un vrai, de fardeau, qu'elle porte...

4 mai 1876

Trois journées de pluie et de froid. Des conditions difficiles pour voyager, le camp est trempé le soir, et le moral au plus bas. Il ne faut pas trop se plaindre après l'atmosphère somme toute printanière des dernières semaines. Le ciel était dégagé quand nous nous sommes réveillées, ce matin, mais le froid est plus sensible encore sans les nuages.

Je couche rapidement ces mots à la lumière de notre feu, au bord de la Tongue River. La journée a été très éprouvante. Il est maintenant clair que Hawk avait une raison supplémentaire de ne pas nous mener plus au nord. Nous sommes arrivés, cet après-midi, sur le théâtre de l'assaut mené par l'armée cet hiver contre Little Wolf. Hawk n'en avait rien dit aux jumelles qui, jusqu'au dernier moment, ne se sont doutées de rien. Elles ont compris quand, à l'approche du village calciné, les femmes cheyennes ont poussé leur chant funèbre, une sorte de ululement primitif, empreint de chagrin, qui semblait s'adresser directement aux fantômes de leurs défunts. Nous en avions des frissons dans le dos.

— Jésus, Marie, a fait Susie d'une voix brisée, tandis qu'elles reconnaissaient l'endroit où tant de leurs amis ont péri, ce lieu qu'elles ont fui avec leurs enfants, terrorisées, par un matin d'hiver glacial, il y a trois mois de cela. Regarde où nous sommes, Meggie... Regarde où il nous a conduites...

— Aye, frangine, a répondu Meggie d'une voix sourde et cassée elle aussi. Nous sommes revenues à notre point de départ... Là où tout a commencé... où tout s'est terminé.

À leur tour, les jumelles ont commencé à gémir et leur plainte s'est fondue dans celle des autres femmes. Elles sont devenues aussi cheyennes que celles-ci et rien n'aurait permis de les distinguer.

À notre grande surprise à toutes, Martha s'est mise à gémir sur son âne. Des larmes coulaient sur ses joues. À l'évidence, elle avait compris et ses hurlements de chagrin, débordants, s'ajoutèrent à ceux de ce chœur effroyable, le tout formant le plus lugubre spectacle auquel il nous ait jamais été donné d'assister.

Bon Dieu, qu'avons-nous fait à ce peuple ?

Les Journaux de Margaret Kelly

CINQUIÈME CARNET

Le cimetière

« *Sainte Marie mère de Dieu... Maudit sois-tu, Hawk, de nous avoir ramenées ici... Pourquoi, pourquoi cet endroit-là plutôt qu'un autre ?* »

(Extrait des journaux intimes de Margaret Kelly.)

30 avril 1876

Susie et moi, on sait pas quoi en faire de cette fichue Molly. Elle est têtue comme une mule, elle en fait qu'à sa tête ! May était une forte femme, d'accord, une vraie chef, mais au moins elle était sérieuse, et si elle cherchait la bagarre, c'est qu'elle avait bien réfléchi. Alors que cette Molly, c'est comme si elle avait peur de rien et elle pense pas aux conséquences. Et ça, dans ce pays, ça peut vous attirer des ennuis vite fait.

On a bien failli en avoir, d'ailleurs, quand elle a filé avec l'aumônier, l'autre matin à Chokecherry Creek. Elle revenait pas, on s'est rongé les sangs, et on était drôlement en colère, avec Susie. Voilà-t-y pas en plus qu'elle tombe sur cet infâme trou du cul de Seminole, celui qui nous vaut toute notre misère. Faut croire qu'il servait de guide à ces Blancs que nos éclaireurs avaient découverts dans le coin. Molly et Goodman ont eu bien de la chance de s'en tirer comme ça. N'empêche, il a fallu que Hawk retourne les chercher, ça lui a pris une bonne journée et on s'en faisait encore plus, du mouron, on pensait qu'il filait un mauvais coton avec eux. Quand ils ont fini par revenir, bien sûr qu'on était soulagées, mais on l'a bien engueulée, la Molly, de nous avoir fait courir des gros dangers à tous... Aye, seulement il se trouve qu'elle a ramené notre Martha, alors on est bien obligées de lui pardonner.

Comment elle a fait, Martha, pour tomber dans les mains de Seminole, alors ça, on se le demande. En tout cas, c'est plus celle qu'elle était, mais ça n'est peut-être pas si surprenant, quand on sait de quoi il est capable, ce scélérat. Combien de temps elle est restée avec lui... et qu'est-ce qu'il lui a fait... Oh là là, c'est terrible à imaginer, quelle horreur ! Elle est brisée, la pauvre, et on sait pas si elle guérira jamais. Elle veut même pas nous parler.

Faut reconnaître que, si elle était pas partie avec Goodman ce matin-là, Molly, Seminole aurait fini par la tuer, Martha. Il y est presque arrivé, tiens ! Elle a plus sa tête, il y a plus rien, là-dedans. On en a vu, des estropiés de la cervelle, avec Susie, mais au point qu'elle en est, Martha, jamais. C'est même pas l'ombre d'elle-même, une espèce de fantôme, et de toutes celles qu'on était au départ, dans notre groupe, c'était la moins forte pour supporter des horreurs comme ça. Dire qu'on croyait qu'elle avait de la chance, parce qu'elle était entière après l'attaque de notre village, qu'elle devait rentrer à Chicago vivre une vie normale... Comme si ça existait encore pour des filles comme nous... Je ne sais même pas si on se rappelle ce que c'est, Susie et moi, une vie normale.

Mais son bébé, elle l'a plus, alors qu'est-ce qui lui est arrivé ? Martha est pas capable de nous le dire... Ça comme le reste, d'ailleurs, à part que son âne s'appelle Dapple, ce maudit baudet qui a failli nous mettre dans le pétrin... mais c'est une autre histoire. On essaie de pas penser au pire, seulement quand il y a Seminole derrière, ça n'est pas très facile. Le pire, chez lui, ça dépasse tout !

Hier, Molly nous a encore épatées. Elle a braqué un pistolet sur Hawk ! Aye, quand on dit que c'est une vraie casse-cou... parce que des pitreries comme ça devant un gars comme lui, ça vous expédie au cimetière en un tournemain. Faut réfléchir avant ! Hawk voulait trancher la gorge au grison, à cause qu'il est capable de révéler notre présence avec ses braiments. Moi et Susie et lady Hall, on s'est mises en travers de son chemin, comme quoi il faudrait d'abord qu'il nous passe sur le corps. Bien sûr, on savait qu'il perdrait la face devant ses gars s'il devait se colleter avec trois femmes. On y est allées au culot et il voulait sûrement pas vraiment le tuer, ce pauvre âne.

Mais voilà, avant qu'on en soit sûres, ce diable de Molly le met en joue avec son pistolet ! Elle se doute pas que, s'il avait voulu, il lui aurait fendu le crâne d'un bon coup de tomahawk entre les deux yeux, et elle aurait même pas eu le temps d'appuyer sur la détente. De toute façon, elle l'aurait pas fait. Elle aussi, elle jouait la comédie, et Hawk avait compris. D'ailleurs, il a ricané et il a filé sans un mot. Une chance qu'il ait le sens de l'humour... Il faut qu'elle se surveille, cette fille, qu'elle réfléchisse un peu avant d'agir. D'accord, pour être juste et voir les choses de son côté, elle a dû apprendre ça en prison, nous aussi on connaît. Quand il faut se protéger, des fois on fait ce qu'il faut d'abord, et les conséquences, on y pense après.

On a mis le cap au sud-ouest, et pour échapper aux militaires, on traîne pas. Avec Susie, on se demande si on retrouvera jamais Little Wolf, et peut-être bien que Hawk se pose la question, lui aussi. Ça commence à être fatigant de ne jamais s'arrêter, et on est vulnérables parce que ça grouille partout d'ennemis, prêts à nous sauter dessus. En tout cas, bravo aux cornes vertes, qui tiennent bien le coup, ces poulettes. Elles lambinent pas et elles se lamentent pas, comme on aurait bien cru qu'elles feraient.

4 mai 1876

Cet après-midi, on longeait une falaise, au bord d'un canyon creusé par la Tongue River... et peu à peu, le canyon devient une vallée étroite, puis une prairie plus large, très verte à cause du printemps, et c'est vraiment joli de regarder tout ça d'en haut... Comme d'habitude, les Indiennes nous devançaient d'une centaine de mètres, et on comprend pas pourquoi elles se mettent tout d'un coup à brailler, les filles. Elles poussent ces cris aigus qui ressemblent à rien de ce qu'on connaît chez les Blancs. Susie et moi, c'est pas la première fois qu'on les entend faire, mais on voit bien que les nouvelles, elles en ont des frissons dans le dos, comme au début on en avait toutes. Notre May, qui était instruite et distinguée, elle disait que c'était « l'expression d'un chagrin brutal, réduit à sa forme la plus simple », que ça venait des temps « primitifs », avant qu'on invente le langage.

Susie et moi, on reconnaissait pas encore le coin, mais en continuant, on a aperçu le village brûlé en bas près de la rivière... aye, et on comprend que c'est notre village à nous, que l'armée a mis en pièces, il y a quelques mois... là où sont nées nos petites... où nos amies sont mortes avec leurs enfants. Tout d'un coup, ça nous gèle les sangs, comme ce matin d'hiver qu'on avait tellement froid, et ça nous retombe dessus comme une tempête, cette journée de terreur. Alors on crie avec les autres femmes, aye, c'est à ça que ça sert, à faire sortir l'horreur et le chagrin qu'on pourrait pas avec des mots. C'est le cœur qui parle, qui gémit et qui hurle. Et Martha nous imite sur son petit âne quand elle reconnaît l'endroit à son tour.

En se rapprochant, on voit les squelettes carbonisés des tipis en travers de la vallée. Certains tiennent encore debout, leurs perches noircies par les flammes, et d'autres, c'est rien que des tas de charbon. Il y a de l'herbe qui pousse au milieu depuis le printemps, et c'est obscène parce que, pour nous, ça sera toujours l'hiver ici, rien ne peut plus jamais pousser au milieu de tout ça.

Aye, les Cheyennes croient que tout ce qui s'est passé quelque part continue d'exister dans la terre... depuis les premiers cris des bébés qui ont ouvert les yeux jusqu'aux derniers chants de mort des mourants... Toutes les joies et les peines de la vie et de la mort, tout le sang versé dans le sol pendant des générations, la terre est imprégnée de la longue histoire du Peuple. Quand on descend de la colline et qu'on entre dans le village, c'est comme si on entendait charger la cavalerie, les coups de feu et les cris, on voit presque les fantômes des mamans à peine habillées, leurs bébés dans les bras, quitter à toute vitesse les débris de leurs tipis, et les enfants, les anciens et d'autres femmes, qui courent, terrorisés, sans savoir où aller, ils tombent sous les balles et les coups d'épée. On était là, Susie et moi, on voit nos propres fantômes glisser au milieu des autres, avec nos porte-bébés attachés à la poitrine, fuyant les soldats déchaînés... Sainte Marie mère de Dieu... Maudit sois-tu, Hawk, de nous avoir ramenées ici... Pourquoi, pourquoi cet endroit-là plutôt qu'un autre ?

Nous traversons lentement les ruines, bientôt sans voix, à bout de chagrin, accablées par tant de désolation, dans un silence de mort brisé par les sabots de nos chevaux qui retournent la terre et répandent l'odeur âcre des cendres froides.

On chemine pendant une longue demi-heure dans ce qui était un camp très étendu. Nous avions au moins trois cents tipis ici. Plusieurs bandes cheyennes s'étaient rassemblées pour l'hiver, nous avions des provisions de nourriture, de vêtements, de peaux, tout le nécessaire pour résister à de longs mois de froid et de neige. Et tout ça est détruit. On essaie de se repérer, Susie et moi, de trouver ce qui reste de notre loge, mais les lieux ont tant changé que c'est impossible. Il n'y a plus rien...

À l'extrémité du village, une série de constructions s'élève devant nous dans la lumière légère de la fin d'après-midi. Des charpentes funéraires, bâties avec des poteaux de peuplier et des branches de saule. Voilà où nous conduit Hawk. Le vent s'engouffre là-dedans en gémissant, les pieux branlent et grincent, on dirait les voix des morts qui nous parlent.

– Mais qu'est-ce que c'est ? demande Lulu tout bas, inquiète, comme si elle entendait leurs âmes perturbées.

– Un cimetière cheyenne, Susie lui répond. Les Indiens n'enterrent pas les gens comme nous, ils les installent sur ces plateformes pour que leurs esprits s'élèvent vers les cieux. Tu vois ces ballots en haut, enveloppés dans des peaux de bison ou des couvertures ? C'est leurs dépouilles. Et les objets posés à côté d'eux ? Un tomahawk, un arc avec des flèches, une jarre, une marmite ou un collier de petites perles ? C'est pour emmener avec eux à Seano. Pas vrai, Meggie ?

– Aye, frangine. C'est comme ça, les filles, ils laissent ces choses-là près de leurs parents et de leurs amis pour qu'ils arrivent pas les mains vides dans leur paradis à eux. Seano, ça veut dire le pays du bonheur, et pour y aller, les esprits doivent suivre la Voie lactée, que les sauvages appellent la route suspendue dans le ciel. Là-bas, le Peuple recommence à vivre comme ici sur terre, avec ceux qui sont partis avant. À Seano, ils chassent, ils jouent, ils dansent, ils tiennent leurs cérémonies, ils font des repas et des fêtes comme ici. Ils partent même en guerre contre leurs ennemis. Les guerriers se parent de leurs plus belles tuniques, ornées de perles, de leurs coiffures de plumes, les hommes-médecine peignent des images sur leur corps et sur leurs chevaux, qui doivent leur porter chance. La seule différence avec la guerre sur terre, parce que tout le monde là-bas est déjà mort, c'est qu'ils ne peuvent plus se tuer. Ils font juste des touchers : ça consiste à toucher son ennemi le premier, avec la main ou un bâton spécial. C'est comme un jeu.

– En voilà une idée intelligente, remarque la petite Hannah Alford. Pourquoi les hommes ne feraient pas la même chose sur terre, avant de mourir ?

– Aye, c'est bien ça, l'ennui, répond Susie. Parce que c'est vrai, c'est la sagesse même d'en faire juste un jeu. À quoi bon quand on est déjà mort, hein ? Les hommes sont des animaux stupides, non ?

– Qui a bâti ces échafaudages ? demande Molly. Qui a placé les dépouilles et tous ces objets ? Je croyais que les survivants avaient tous quitté le village.

– Moi et Susie, on se pose aussi la question. Elles sont pas bien vieilles, ces charpentes, les ballots non plus. Sans doute que Little Wolf et sa bande sont repassés ici après qu'ils ont fichu le camp de Red Cloud. Parce que c'est pas une bonne chose de pas préparer ses morts pour le voyage à Seano, ils risquent de se perdre en chemin. Entre autres, c'est peut-être pour ça que Hawk nous a emmenés là. Il devait savoir que Little Wolf reviendrait et qu'il pourrait relever sa piste. Ou alors, tout simplement, Hawk et ses compagnons ont aussi des morts ici et ils veulent leur rendre les derniers honneurs.

Les Cheyennes se sont déjà dispersés entre les plateformes, ils regardent bien au cas où elles contiendraient des objets de leur famille.

– Dites-moi, les jumelles, veut savoir lady Hall. Serait-il possible, à votre avis, que Helen Flight, ma compagne bien-aimée, se trouve sur une de ces charpentes ?

– Bien possible, oui, milady.

– Alors je dois la chercher, elle dit en s'éloignant.

Susie et moi, on a personne à chercher, et d'ailleurs c'est pas une bonne idée de déranger les morts, alors on se regroupe avec les cornes vertes. Elles font pas de bruit sur leurs chevaux, toutes serrées ensemble, comme pour empêcher la tristesse de les noyer. Aye, ça leur fait un aperçu de ce qu'on a enduré et c'est sûr qu'elles ont peur.

De temps en temps, les Cheyennes reconnaissent un de leurs parents et leurs plaintes se suivent dans le vent. On voit soudain lady Hall descendre de cheval, s'agenouiller devant une charpente, et la tête dans les mains, elle se met à sangloter. Alors on regarde ailleurs, toutes en même temps, parce qu'il faut respecter le chagrin des autres. Eh oui, elle l'a trouvée, la dernière demeure de sa douce compagne, notre amie Helen Flight.

Quand elle revient vers nous au bout d'un moment, elle tient dans ses bras une peau de daim enroulée.

– Voilà, elle dit et elle reprend contenance comme si de rien n'était. J'y serai arrivée, finalement. Elle était là, ma chère Helen.

Elle déroule la peau de daim qui enveloppait la carabine de Helen, toute noircie, avec son canon double.

– Comme ça dépassait de son ballot, forcément j'ai compris que c'était elle. Elle était très fière de cette carabine, fabriquée par Featherstone, Elder et Story, les armuriers de Newcastle upon Tyne.

Elle bafouille, sa voix tremble et les larmes lui gonflent les yeux. Mais elle se reprend à nouveau, au prix d'un grand effort.

– Celui qui lui a construit sa tombe a dû la dégager des décombres et la placer là pour qu'elle l'emporte avec elle à Seano. C'était une fine gâchette, vous savez, une des meilleures d'Angleterre. Regardez ce qu'il y avait aussi.

Elle déroule entièrement la peau de daim pour bien nous la montrer. Dessus est peint un aigle royal, avec les pigments naturels que Helen fabriquait elle-même.

– Il a dû échapper au feu, dit lady Hall. Je suppose qu'il ne reste rien d'autre de son œuvre ici... N'est-il pas magnifique ? Si elle avait vécu, et qu'on avait publié ses études des oiseaux d'Amérique, je suis certaine qu'on aurait vu en elle un peintre naturaliste de la même stature que Jean-Jacques Audubon.

– Il faut que vous sachiez, milady, je lui explique. Ça n'est pas bon de voler les affaires des morts. Les Cheyennes pensent que c'est une très mauvaise médecine de toucher aux charpentes funéraires. Vous devriez remettre tout ça là-bas, sinon ils vont vous causer des ennuis.

– C'est absurde ! Et je ne suis pas superstitieuse.

– Comment elle fera, Helen, pour chasser le gibier à Seano ? demande Susie.

– D'accord, je vais replacer la carabine. Mais je garde l'aigle. Helen aurait aimé qu'il me revienne. Elle n'était pas non plus superstitieuse.

– Vous seriez étonnée, je lui dis, si vous aviez vu comment elle fignolait les figures qu'elle peignait sur les guerriers et leurs chevaux. À la fin, elle s'est mise à croire qu'elles les protégeaient vraiment pendant les combats, parce que, eux, ils y croyaient dur.

Martha descend de son petit âne et s'approche d'un pas hésitant, soudain très agitée.

– Où est frère Anthony ? elle demande, et on est toutes ébahies de l'entendre parler. Où est le capitaine Bourke ? May est blessée, elle a reçu un coup de feu, elle dit en indiquant les collines au-dessus de la rivière. Il faut aller la voir. Elle est dans une caverne avec son bébé Little Bird. Elle a besoin de nous, il faut y aller !

Martha tourne ses paumes vers le ciel et elle les étudie comme si elle les avait jamais vues.

– Mais où est Little Tangle Hair[1] ? elle supplie avec ses mains vides. Où est mon bébé ?

À genoux, elle pleure et pleure sans pouvoir s'arrêter.

– Mon petit garçon, où es-tu ? elle gémit dans ses larmes. Oh non ! J'ai perdu mon petit !

On descend de cheval, avec Susie, et de chaque côté d'elle, on la prend dans nos bras.

– Ne pleure pas, Martha, je lui dis. Tu ne l'as pas perdu, on va le retrouver.

Je me rends compte que, pour la première fois depuis qu'on l'a récupérée, elle me regarde droit dans les yeux.

– Ah bon ? C'est vrai ? On le retrouvera ? Vous êtes sûres ? Ah oui, peut-être que je l'ai laissé avec May dans la caverne. Oui, c'est ça. May s'occupe de lui... mais... mais... elle est blessée, dit Martha, comme si elle s'en souvenait brusquement. May est blessée ! elle répète en se relevant. Vite, elle a besoin de nous, elle a très froid. Suivez-moi, je vais vous montrer où c'est ! Je vous en prie, dépêchez-vous !

Et elle se met en marche vers les collines.

---

1. Petit Cheveux emmêlés, fils de Cheveux emmêlés, le mari cheyenne de Martha (cf. *Mille femmes blanches*).

— Bon Dieu, Meggie, murmure Susie, elle est devenue folle. Qu'est-ce qu'on fait, maintenant ?

— Je sais pas, frangine. Il faut aller avec elle, que veux-tu faire d'autre ? Peut-être que, si elle retrouve cette caverne et qu'elle est vide, elle retrouvera sa tête en même temps.

— J'ai peur qu'elle l'ait perdue pour longtemps.

— Moi aussi. Mais au moins elle parle, maintenant. C'est quand même bon signe.

Alors on descend de cheval, Molly aussi, et toutes les quatre, nous suivons Martha à pied. Le matin de l'assaut, c'était la débandade, tout le village s'est dispersé comme une compagnie de tétras pourchassée par les renards. Avec nos petites, Susie et moi étions parties vers les collines, dans une autre direction que May, et donc on n'a aucune idée de l'endroit où elle peut être, cette caverne où notre amie a vécu ses dernières heures. Frère Anthony nous a appris que John Bourke avait emporté son corps à Camp Robinson pour l'enterrer au cimetière militaire. C'est pas là qu'elle aurait souhaité finir, May... avec des os de soldats tout autour d'elle... Elle aurait préféré une de ces plateformes qu'on a ici. Enfin, espérons qu'elle repose en paix.

Avec son esprit dérangé, après tout ce qu'elle a dû supporter, on doute que Martha soit capable de nous mener quelque part. Mais elle grimpe dans la caillasse bien sûre d'elle, d'un pas très décidé.

— May est blessée, qu'elle répète sans arrêt. Elle a très froid, il faut qu'on l'aide. C'est par ici, venez.

On avance le long d'une petite coulée de gibier qui tourne et vire au bord de la falaise. Il faut se faufiler entre de gros rochers, monter sur des saillies au-dessus de la rocaille, et voilà pas que, au bout de vingt minutes, Martha nous montre l'entrée d'une caverne. Nous aurions pu facilement la rater, c'est à peine une fente sous une corniche, et il faut se mettre à plat ventre pour s'y introduire.

— On arrive ! Tiens bon, ma chérie ! crie Martha.

Ça nous donne des frissons, Susie et moi, de l'entendre parler comme ça, parce que c'est sans doute exactement ce qu'elle a dit à frère Anthony, il y a des mois, quand elle l'a conduit ici. C'est comme si elle revivait tout ce qui s'est passé, et nous avec.

À l'intérieur, c'est une grotte peu profonde, avec un trou en haut dans la roche qui laisse passer la lumière, juste assez pour qu'on y voie un peu. Il y a au centre un foyer pour le feu, certainement vieux, et l'ouverture au-dessus a dû servir de cheminée. Le foyer contient des cendres et des os d'animaux noircis. Des voyageurs se sont sûrement abrités ici depuis l'époque où les premiers hommes ont marché sur cette terre.

— Où sont-ils ? crie Martha en se rendant compte qu'il n'y a personne. Où est May ? Où est Little Bird ?

Elle écarte les bras et, à nouveau, elle regarde ses paumes.

— Où est mon petit garçon ? Mon Dieu, mon bébé n'est plus là !

Elle se remet à sangloter.

— Essaie de te rappeler, lui dit Susie. Tu es déjà revenue avec frère Anthony. May était bien là, mais la pauvre était morte. Quiet One, Feather on Head et Pretty Walker ont emmené Little Bird[1] avec elles. Elles ont rejoint Little Wolf et le reste de la bande, partis pour une longue marche dans les montagnes jusqu'au village de Crazy Horse. Meggie et moi, on était avec eux. Et avec nos petites filles, qui n'ont pas survécu au froid... Tu comprends ? On a pas réussi à leur tenir assez chaud... La fille de May, elle s'en est sortie, elle, parce qu'elle avait trois mamans pour la réchauffer. Elle est sûrement encore avec Little Wolf. On les retrouvera bientôt, tu verras.

Molly a pris Martha dans ses bras et essaie de l'apaiser.

— Où est mon bébé ? répète Martha en larmes. Il n'est plus là, il n'est plus là...

— Je sais pas, Martha, je lui réponds. On sait pas ce qui lui est arrivé. On espérait que tu saurais nous le dire.

Mais, dans les bras de Molly, Martha se replie de nouveau au fond d'elle-même. Ses yeux ne brillent plus, elle ne semble plus nous voir. Cette pénible journée, ses tristes illusions, le désordre de son esprit... elle ne supporte plus...

— Martha ? dit Susie. Martha, reste avec nous, ma fille !

---

1. La silencieuse, Plume sur la tête, Celle qui marche gracieusement, Petit oiseau.

Trop tard, elle n'est plus là, elle s'en retourne à cet endroit où rien ne parvient à la toucher.

Par respect pour May, nous gardons toutes le silence un instant dans cette grotte sinistre, sombre, glaciale. Molly tient Martha dans ses bras... Nous imaginons les dernières heures qu'a passées May... gelée, blessée... elle savait qu'elle allait mourir et la vie de son enfant comptait bien plus pour elle. C'est pour lui qu'elle avait peur. Quiet One, Feather on Head, les deux autres femmes de Little Wolf, et sa fille Pretty Walker étaient là, elles nous l'ont dit, et May a insisté pour qu'elles aillent le rejoindre et qu'elles prennent sa fille, Little Bird, avec elles. Elle craignait de mourir avant que Martha revienne avec frère Anthony ou le capitaine Bourke, ou même que Martha ne revienne pas du tout. Elle ne voulait pas leur demander de risquer leur vie en attendant avec elle, ni risquer elle-même de mourir après leur départ, avec son bébé dans ses bras. Alors ils lui obéirent. Quel enfer cela a dû être de finir comme ça, toute seule dans cette caverne. Aye, c'était une femme courageuse, May... Paix à son âme.

Au dernier moment, Molly aperçoit un bout de papier par terre dans un coin obscur. Elle le ramasse, le regarde et me le donne. Je vois tout de suite que c'est une page du carnet de May et c'est son écriture. Mais il fait trop sombre pour la lire ici, alors je la plie et je la range dans la petite bourse en cuir, bordée de perles, que je porte à la taille.

Quand nous ressortons, le soleil s'est couché et la nuit tombe. Il faut faire attention en redescendant sur les rochers. Cette fois, c'est nous qui guidons Martha. Elle nous suit docilement sans dire un mot. Les Cheyennes ont monté le camp au bord de la rivière, un peu à l'écart du village et du cimetière, car personne ne pourrait dormir à cause des esprits troublés qui tourbillonnent dans l'air comme des diables de poussière, et des plaintes silencieuses qui montent du sol.

Les filles se sont installées à côté, plus près d'eux que d'habitude, car elles aussi sentent la présence des esprits. Elles ont attaché nos chevaux et l'âne de Martha avec les leurs. Nous allons bientôt les rejoindre quand Dapple reconnaît Martha. Il lève son museau, retrousse ses babines et pousse un braiment pour l'accueillir. Martha court aussitôt prendre son cou dans ses bras. Au moins, elle a quelque chose à quoi se raccrocher. Ensuite, on l'emmène à la rivière, Susie et Molly et moi, on se débarbouille avec elle et on lui retire, comme chaque soir, sa couche d'argile sur les joues. Elle n'aura bientôt plus beaucoup de graisse d'ours et c'est tant mieux. Quand ça sera fini, qu'elle ne pourra plus se cacher dessous, peut-être qu'elle regardera les choses en face... Quoi exactement, je sais pas encore, mais en tout cas, elle sentira meilleur.

Pendant ce temps, les Cheyennes ont allumé un grand feu. À notre retour, Pretty Nose vient nous inviter à dîner avec eux. Ils ont rapporté deux antilopes de la chasse cet après-midi, et comme lady Hall les a accompagnés, elle nous raconte tout. Leur groupe est parti à pied et ils portaient chacun une cape en peau d'antilope avec tous ses poils. Quand ils ont repéré une harde à peu de distance, les chasseurs ont remonté leurs capes sur la tête pour être entièrement couverts, et ils se sont mis à tourner en rond, comme ça, à quatre pattes. Les antilopes, qui sont des animaux curieux, se sont rapprochées peu à peu, croyant qu'il s'agissait d'une espèce de leur genre. Quand elles ont été à portée de tir, les chasseurs ont sorti leurs arcs. Lady Hall, qui est nerveuse et tout en muscles, est devenue bonne tireuse, et elle a décoché une flèche qui s'est plantée dans le flanc d'une bête, juste derrière la patte de devant. En plein dans le « point faible », comme elle dit, là où il y a le cœur et les poumons. L'animal a encore couru vingt mètres avant de tomber raide mort.

Quand on arrive pour le dîner, les deux antilopes sont en train de rôtir et les Cheyennes assis autour du feu. C'est le moment où les deux chasseurs victorieux dansent leurs exploits sur la musique du tambour. Ils commencent voûtés, près du sol, tiennent leurs capes au-dessus de la tête avec les deux mains et il faut reconnaître qu'ils imitent bien. Soudain, ils se lèvent tous les deux, laissent les capes tomber par terre, et sans arrêter de danser, ils miment le geste de tirer avec l'arc et les flèches. Quand ils ont fini, toujours en dansant, ils se rapprochent de lady Hall, assise avec nous devant le feu, et lui font signe de se lever.

– Oh là là, non ! qu'elle proteste. Je danse comme un veau ! Je ne suis pas douée du tout !

Bien sûr, ils ne comprennent pas un mot, seulement qu'elle est timide. Alors ils la prennent chacun par un bras et ils la mettent debout.

– Misère ! elle s'exclame. Bonté divine !

L'un d'eux lui jette sa cape sur les épaules et sautille devant elle.

– Bien, bien... Puisque vous insistez... elle dit en se couvrant la tête de la même façon. Comme aimait répéter mon amie Helen : « À Rome, fais comme les... »

Et, à son tour, elle se met à danser, hésitante et maladroite. Aye, elle avait raison, ça n'est pas son fort et ça ne ressemble pas du tout aux mouvements d'une antilope. Et nous, on ne peut pas s'empêcher de rire. Elle se détend un peu et elle continue avec... eh bien, on ne dira pas beaucoup de grâce, mais... enfin, elle a de l'énergie, ce qui nous fait rire encore plus. Surtout quand elle mime sa propre chasse, bien cachée sous sa cape, puis qu'elle se redresse et qu'elle la fait tomber comme un acteur de théâtre, alors elle bande un arc imaginaire, elle lâche la flèche, elle montre avec le doigt de la main droite dans quel sens elle part, puis elle ouvre la paume de l'autre main et elle tape dedans avec son doigt pour expliquer qu'elle a atteint sa cible. Là, nous sommes toutes tordues de rire, même Hannah, la servante de miss Hall, qui se gondole en la regardant avec des yeux comme des soucoupes. Les Cheyennes aussi s'esclaffent... mais ils ne se moquent pas, c'est juste que le spectacle les amuse.

Épuisée par son numéro, lady Hall revient lourdement s'asseoir parmi nous.

– Oh là là ! elle dit, essoufflée. Le compte rendu de la chasse est bien plus fatigant que la chasse elle-même ! Mais je m'en suis bien tirée, ne trouvez-vous pas ? Pour quelqu'un qui... danse comme un veau. Helen me reprochait toujours d'être guindée. Je crois qu'elle serait fière de moi.

– Mais oui ! approuve Susie, en essuyant des larmes de rire. Vous avez été parfaite, milady !

– *Tout à fait,* ajoute Lulu. Il faut venir dans ma revue de cancan !

Nous apprendrons plus tard que les Cheyennes ont donné à miss Hall le nom honorable de Vó'aa'e'hané, qui veut dire Kills Antelope Woman[1].

Puis nous dînons de ces bonnes antilopes rôties, et c'est une bonne façon de terminer cette rude journée, pleine de chagrin, de larmes et de souvenirs cruels. Sans doute que c'était nécessaire de retourner ici pour faire de vrais adieux à nos amies et à tous ceux que nous aimions, pour permettre à leurs âmes de trouver le repos, même si elles n'y arriveront pas, et jamais nous ne les oublierons... Pourtant nous avons ri malgré tout... Ils seraient contents de le savoir, et peut-être qu'ils le savent, peut-être que leurs esprits ont ri avec nous. Aye, ça nous fait plaisir de le penser. Pour le pire et pour le meilleur, avec ses épreuves et ses douleurs, la vie continue...

8 mai 1876

Quatre jours que Hawk nous garde près du vieux village d'hiver. Ça fait un répit bienvenu pour nous et pour les chevaux fatigués. Les éclaireurs ont fait des sorties tous les jours, alors il doit savoir qu'on n'est pas suivis, et d'ailleurs l'armée ne s'embêterait pas à revenir quelque part où elle a tout détruit. Comme il y a beaucoup de bon gibier dans la vallée, les hommes ont chassé et renouvelé des provisions qui commençaient à manquer.

Ceux d'entre nous qui étaient là pendant l'attaque ne peuvent pas faire autrement que se rappeler le village comme il était avec toutes ses richesses, et bien pourvu pour l'hiver aussi. Nos nouveau-nés contents et bien au chaud, emmaillotés dans leurs fourrures de bison, et nous qui voulions vivre en paix, tranquillement... mon Dieu, tout ça dévasté par les militaires. Aye, en revenant ici, on a pas oublié nos cœurs de pierre, moi et Susie, ils sont peut-être encore plus durs qu'avant...

---

1. Celle qui tue l'antilope.

Pendant trois jours et trois nuits, Hawk est resté assis en tailleur sur la charpente funéraire de son épouse Amé'ha'e, Flying Woman[1] dans notre langue, et de sa fille de cinq ans, Mónevàta, Youngbird[2], partie à Seano par ce matin glacial dans les bras de sa maman. Il y a sur celle d'à côté la mère de Hawk, Yellow Hair Woman, qui les a rejointes au bout de la route suspendue dans le ciel.

Susie et moi et les autres filles de notre groupe, nous connaissions bien la famille de Hawk. Yellow Hair Woman avait une vraie tête de Blanche, mais elle était aussi cheyenne que les Cheyennes. On avait été très surprises de voir une Blanche avec eux quand on est arrivées, et on avait espéré qu'elle nous aiderait à trouver notre place. Mais elle nous a jamais dit un mot d'anglais, elle a jamais fait comme si nous étions de la même race. Elle nous a traitées comme ont fait toutes les autres Cheyennes, comme des étrangères, puisque de toute façon c'est ce qu'on était.

Mais au fil du temps, les femmes sont devenues plus gentilles, surtout quand on est tombées enceintes et après, quand on a accouché, parce que c'est des choses qui rassemblent les femmes, ça, naturellement, peu importent leur race, la couleur de leur peau ou la langue qu'elles parlent...

On pense que Hawk était à la recherche d'une vision, ces trois jours, planté là-haut, même s'il avait les yeux fermés, parce qu'il a pas pu dormir tout ce temps. Quand on dort, on se tient pas raide comme ça. Et autre chose qu'on a dû remarquer, c'est que, très haut dans le ciel, au-dessus du cimetière, il y a trois faucons qui tournoient.

C'est bien qu'on ait lady Hall avec nous, parce qu'elle a écrit les légendes pour les livres de Helen Flight, et qu'elle s'y connaît en ornithologie. Un mot qu'on a retenu, Susie et moi, c'est Helen qui nous l'a dit, sinon on saurait pas. Et lady Hall nous a expliqué que le plus gros des trois faucons, c'est le bébé, l'oisillon ça s'appelle, et que les deux autres, c'est son papa et sa

---

1. Femme qui vole.
2. Jeune oiseau.

maman qui lui apprennent à voler. Elle dit que, si le bébé est le plus gros des trois, c'est parce que ses parents l'ont bien nourri et qu'il n'a pas encore beaucoup volé, mais après il brûlera toute sa graisse quand il aura l'habitude.

Ça, on y aurait jamais pensé... et ce que ça veut dire, ces trois faucons, on n'est pas bien sûres non plus. On pourrait avancer des tas de choses, mais les Cheyennes font pas ça. Pour eux, ce qui ne s'explique pas sur terre, ça appartient à l'autre monde qui se cache derrière le nôtre, et ils savent que Hawk et ses compères passent facilement de l'un à l'autre. Ça rend la vie plus facile de pas chercher à percer le mystère, et on finit par penser comme eux, Susie et moi. N'empêche, on se demande tout de même si c'est pas Hawk qui tournoie dans le ciel avec sa femme et sa fille...

Quand il a terminé avec sa vision, on démonte le camp le lendemain matin et on se remet en route. Tout le monde se sent mieux après un peu de repos et on est contents de repartir, de quitter cet endroit désolé en espérant que Hawk arrivera à trouver le nouveau village de Little Wolf.

Depuis l'autre soir, Martha est toujours repliée sur elle-même. Elle nous dit plus rien, elle n'a pas l'air de nous entendre, exactement comme quand Molly nous l'a ramenée. Elle reste ailleurs toute la journée, quand elle mange, qu'elle fait ses besoins, qu'elle se met sa graisse le matin, même quand elle dort. Elle fait tout comme un somnambule.

Au bout d'une heure de voyage, Molly décide toute seule, une fois de plus, de se séparer de nous et de galoper jusqu'à la tête de notre petite colonne. Elle arrête son cheval au même niveau que celui de Hawk. Franchement, elle n'a aucun sens des convenances, cette drôlesse, car les femmes ne se déplacent pas de front avec les hommes. Ça se voit qu'elle lui parle et on n'a aucune idée de ce qu'elle lui dit.

De temps en temps, Hawk tourne la tête vers elle pendant qu'elle cause, mais impossible de savoir s'il lui répond. Leurs parlotes, ou ses parlotes à elle, ne durent que dix minutes, puis elle reste encore près de lui une bonne demi-heure et Hóhkééhe, qui a l'air de l'adorer maintenant, descend du cheval de Good

Feathers et part en courant monter sur le sien.

Molly finit par laisser Hawk tranquille, elle revient donner Mouse à Good Feathers et elle nous rejoint.

– Alors, qu'est-ce qui se passe ? lui demande Susie.

– Ça ne vous regarde pas, qu'elle lui dit.

– Tant qu'on s'occupe de vous, les cornes vertes, forcément que ça nous regarde, je lui fais remarquer.

– Je vous l'ai déjà dit, je m'occupe de moi toute seule.

– On avait compris, fait Susie. Ou du moins tu essaies... Seulement on voudrait pas que tu nous attires des ennuis avec Hawk ou les autres Cheyennes. Ça va vite, de faire une bourde.

– Je ne cause d'ennuis à personne. C'est une affaire privée entre lui et moi.

– Oh, une affaire privée... Tu entends ça, Susie ? C'est-y pas mignon ? Les tourtereaux ont eu leur petit...

Je me retourne sur ma selle pour demander tout fort à Lulu Larue, un peu plus loin derrière nous :

– Lulu, quel est le mot que tu emploies en français, quand deux amoureux veulent parler tranquilles ?

– *Un tête-à-tête !* elle répond.

– Voilà ! Alors, ma fille, on a eu son petit tête-à-tête avec Hawk, hein ?

– C'est une façon de présenter les choses. Si vous tenez tant à le savoir, je lui ai demandé de m'épouser.

Molly sourit, fait demi-tour sur son cheval et file vers ses amies à l'arrière.

– Elle nous fait marcher, pas vrai, Meggie ? je dis à ma sœur.

– Difficile de savoir. Avec cette poupée-là, il faut s'attendre à tout...

11 mai 1876

Depuis trois jours, nous nous dirigeons surtout vers le nord, en suivant de près les contours des Bighorn Mountains, encore toutes blanches au sommet. La terre est riche ici, il ne manque pas d'herbe dans les prairies, partout traversées par les ruisseaux et les rivières qui grossissent à cause de la fonte des neiges, avec une eau bien claire qui pour l'instant ne déborde pas sur les berges. On avait un peu oublié notre aumônier dans ces pages, c'est un sacré pêcheur, il nous rapporte tout le temps des truites, à nous et aux Cheyennes. Astrid, la Norvégienne, l'accompagne quand il part taquiner les poissons, elle est d'une famille qui vit de la pêche depuis des générations. Et puis c'est incroyable ce qu'il y a comme gibier dans la région. Entre la plaine, la prairie et les collines basses, partout des moutons, des cerfs, des élans, des antilopes, des wapitis, et des ours, des bisons, des tétras, des dindes, des canards, des oies... Tous les animaux sauvages qu'on peut imaginer.

Ce bon monsieur Goodman ! Il est joyeux, optimiste, adroit, et il a l'air de très bien s'habituer à notre vie de nomades. Ça lui plaît ! Susie et moi, on a été élevées chez les catholiques, à l'orphelinat St. Mary de Chicago, d'où on est souvent sorties pour y revenir... C'était gouverné par des sœurs qui ne riaient jamais, sévères et même vraiment cruelles, quand elles s'y mettaient. Elles étaient presque toutes comme ça et elles obéissaient à un curé encore plus triste et autoritaire, le père Halloran... ah, ça, il avait pas le sens de l'humour, celui-là. On nous l'apprenait pas, la religion, là-bas, c'était comme un règlement et il fallait obéir, c'est tout. Il y avait beaucoup de bâtards parmi les pensionnaires, des enfants pas légitimes, et même s'ils l'étaient, on les traitait de la même façon. On devenait pas croyant parce qu'on l'aimait, leur Dieu, mais parce qu'on en avait peur. Ils nous éduquaient dans la foi chrétienne en nous tapant dessus et en nous menaçant de brûler en enfer jusqu'à la fin des temps... Alors, bien sûr, les enfants, ils étaient obligés d'écouter.

Dans les familles qui nous adoptaient, c'était pareil, tous des catholiques, et le catéchisme, ça restait une affaire sans joie. Dans les églises où on nous traînait, les vitraux et les peintures affreuses, sur les murs, du Christ souffrant le martyre sur sa croix, ça nous fichait une trouille terrible, à Susie et à moi. On a fini par penser que les jeunes devraient jamais mettre les pieds dans ce genre d'endroit, parce que ça sert qu'à vous flanquer des cauchemars jusqu'à la fin de votre vie. Nous aimons bien mieux la religion des sauvages, qui vénèrent la Terre mère, les Grands Esprits, les cieux et les animaux.

Tout ça pour dire que le jeune aumônier a du succès chez nous, avec sa foi simple, comme frère Anthony. Goodman a du mérite parce qu'il n'essaie de convertir personne, pas plus nous que les Cheyennes. Pas comme ce pédéraste de révérend Hare qu'on nous avait imposé, au début, quand on est arrivées dans le pays. Ah, il était pénible, et entêté, le missionnaire. Alors quand il a été chassé du village par des parents furieux qui l'avaient pris en train de faire des saletés avec un petit, que ça existe pas chez les Cheyennes, on était toutes soulagées.

L'aumônier, il se la garde pour lui, sa religion. Il veut convaincre personne, il donne seulement le bon exemple, au lieu de parler à tout bout de champ de l'Évangile et des feux de l'enfer. De toute façon, Susie et moi, depuis longtemps on ne croit plus que le bon Dieu sauvera nos âmes damnées, et ce qui nous est arrivé ne sert qu'à le confirmer.

Trois éclaireurs, qui s'en reviennent de plusieurs endroits, ont fait leur rapport à Hawk et repartent ensemble au grand galop. Hawk nous lance à leur suite, à bonne allure, vers le nord et l'ouest au pied des montagnes. On sait pas encore bien quoi, mais c'est sûr, il va se passer quelque chose, et on espère que personne est sur notre piste.

On s'enfonce dans les bois, les sapins et les trembles, et il fait frais là-dedans. Il y a encore beaucoup de neige sur le sol. Nous continuons comme ça encore une heure dans les collines, puis le long d'un sentier étroit qui nous mène au sommet, et de là, on redescend de l'autre côté. Depuis les autres collines autour de nous, on entend les petits cris des sentinelles qui imitent les oiseaux si bien qu'il faut avoir vécu avec les Indiens pour faire la différence, et encore nous n'y arrivons pas toujours. On a soudain froid dans le dos, Susie et moi, parce qu'on a peur de se jeter droit dans une embuscade, tendue par une tribu ennemie, qui nous tirerait dessus de tous les côtés à la fois.

Mais Hawk répond avec son cri de faucon et les éclaireurs ont leurs cris à eux, aussi, et dans la vallée en bas, on aperçoit un village, quarante ou peut-être cinquante tipis, avec de la fumée qui s'élève au-dessus de quelques-uns, des petits groupes de femmes assises en train de travailler, et les enfants qui jouent au soleil, et les chiens qui aboient. Les femmes ont entendu comme nous Hawk et les sentinelles, elles se lèvent et d'autres ouvrent les rabats de leurs tipis, et toutes elles poussent leurs beaux trilles mélodieux, un trémolo qui vient de la poitrine, qui remonte dans la gorge et qu'on fait rouler avec la langue. Il y a autant de joie là-dedans que de chagrin dans leurs chants funèbres. Susie et moi, on n'a jamais vraiment réussi à apprendre. Mais on a la chair de poule, on est tellement soulagées de savoir que nous sommes enfin à la maison.

Les trilles ne s'arrêtent pas pendant que nous entrons dans le village. Le Peuple, notre peuple, les hommes, les femmes, les anciens nous souhaitent la bienvenue, certains avec un grand sourire, d'autres en nous observant avec la même tête que les badauds le jour de la revue. Les plus jeunes enfants font des touchers sur les cornes vertes, sur leurs pieds, leurs jambes, et ils rejoignent aussitôt leurs parents en couinant. Nos petites nouvelles sont un peu ébahies de les voir faire, mais pas mécontentes, elles sourient aussi, plus étonnées qu'autre chose, car il n'y a pas de raison d'avoir peur des enfants.

Ah, mais il y a une chose qu'on avait pas prévue, Susie et moi, c'est que Goodman porte toujours son uniforme de l'armée... faute de mieux... il est tellement déchiré qu'on dirait un épouvantail. Alors, quand le Peuple remarque l'aumônier parmi nous, ils croient que c'est un prisonnier. La coutume est de livrer les prisonniers aux femmes et aux enfants pour qu'ils en fassent ce qu'ils veulent... ce qui n'est pas beau à voir. Des fois, ils les tuent lentement à coups de bâton, de pierre, de couteau, de tomahawk... par petits bouts, si vous voyez ce qu'on veut dire.

Quelques femmes lorgnent l'aumônier d'un air mauvais, rouspètent entre elles et se mettent ensemble. On comprend qu'il va y avoir de la bagarre. Goodman est sur son cheval au milieu des nouvelles. Les Cheyennes se faufilent jusqu'à lui et l'une d'elles, c'est Méona'hané'e, une grosse gaillarde à qui il faut pas chercher noise, le tire par la veste et le désarçonne.

Son nom veut dire Kills in the Morning Woman[1]. Ensuite les autres lui tombent toutes dessus avec leurs bâtons, comme une bande de furies qu'elles sont. Christian se protège la tête avec les mains, mais il ne se débat pas, ne se défend pas, il ne pousse même pas un cri. Alors Molly descend de cheval, court vers elles et attrape Méona'hané'e par la peau du cou, comme on fait avec des chiens qui se mangent le nez. Elle la sépare de l'aumônier et elle fait une chose incroyable, que ça existe pas chez les sauvages... Elle lui fiche son poing dans la mâchoire et Kills in the Morning Woman se retrouve par terre ! Susie et moi, on aimait bien les combats de boxe à Irish town[2]. On a même fréquenté des boxeurs, une fois ou deux, mais une droite comme ça, on n'en avait pas vu depuis le jour où Paddy McClintock a assommé Denny O'Connor à la cinquième reprise. On avait parié cinq cents et gagné cinq dollars.

Bien sûr, elle attire l'attention de tout le monde et ça chuchote dans tous les coins. Les autres furies battent en retraite, reculent devant la grande blonde... elles n'avaient encore jamais eu affaire à des Blanches de ce genre-là. Christian, lui, se relève et s'époussette un peu.

– Goodman ! je lui dis de loin. Avec Susie, on avait oublié de t'avertir que c'est pas une bonne idée d'arriver dans un village indien en uniforme de l'armée...

Alors il va s'agenouiller près de Méona'hané'e, il lui glisse une main sous la nuque et il lui redresse doucement la tête. Quand elle revient à elle, elle sait plus très bien où elle est et ce qui lui est arrivé. C'était sûrement le premier coup de poing qu'elle a pris dans la figure... Ensuite il lui passe un bras dans le dos pour l'aider à s'asseoir et il la maintient comme ça, les jambes écartées par terre, avant de la relever entièrement. Il la soutient par le coude et il l'emmène du côté des autres furies. Maintenant, c'est lui qui s'assoit par terre et il retire ses bottes. Il se remet debout et, cette fois, il enlève sa veste de l'armée, sa chemise et sa culotte de cheval. Il plie ses vêtements bien comme

---

[1]. Celle qui tue le matin.
[2]. Quartier irlandais de Chicago.

il faut, il pose ses bottes par-dessus et il donne le tout à Kills in the Morning Woman, en lui faisant une petite révérence. Bien entendu, il est en caleçon long avec ses chaussettes sales, alors on entend des murmures approbateurs, même quelques rires bon enfant parmi le Peuple. Même Méona'hané'e, cette sacrée dure à cuire, elle fait un petit sourire penaud et se met à rire avec les autres. Des fois, un geste comme il vient de faire, Goodman, ça suffit à se faire accepter par ces gens, parce qu'il se montre tel qu'il est. Il est trop tôt pour dire ce qu'ils penseront du coup de poing de Molly, mais après tout, elle défendait simplement son ami. Elle lui a déjà sauvé la vie et il faudra peut-être qu'elle garde toujours un œil sur lui, c'est comme ça que ça se passe chez les sauvages. Quand ils sauront comment elle s'est débarrassée de Jules Seminole, il y a des chances qu'elle gagne le respect de tout le monde... si c'est pas déjà le cas.

Après ce petit remue-ménage, nous traversons le village, on salue toutes les deux en chemin les Cheyennes qu'on connaît et qui nous souhaitent la bienvenue. Il y a quelques têtes nouvelles dans le tas, des membres d'autres bandes qui ont rejoint celle de Little Wolf.

Même si on est contentes d'être là, c'est un retour plein d'amertume parce que, des têtes, y en a qui manquent. Comme souvent, la tristesse d'avoir perdu nos amies et nos enfants se réveille, et c'est toujours un coup de couteau dans le ventre, et pendant qu'on les étudie bien, ces visages...

— Aye, non, Susie, c'est pas possible, je lui dis tout bas.

— Fais pas attention, frangine, elle me répond. C'est un fantôme. Regarde ailleurs un moment, et tu verras qu'après elle sera plus là.

Susie et moi, on connaît leurs trucs, aux fantômes, alors on regarde plutôt la famille de Standing Elk[1], des copains qui sont là devant leur tipi et qui nous disent bonjour : la maman, le papa, un petit garçon et une fille plus petite encore. On leur sourit, on leur fait signe, et eux pareil. Mais on peut pas résister plus longtemps, et quand on tourne la tête dans l'autre sens, elle

---

1. Élan debout.

est toujours là, avec son sourire espiègle. Aye, non, ça n'est pas un fantôme, c'est notre vieille amie Euphemia Washington... revenue de chez les morts !

Nous bondissons à terre et courons vers Phemie qui nous prend toutes les deux dans ses grands bras bruns. On a l'impression d'être des enfants retrouvant une maman qu'ils n'ont jamais connue.

– Ah, Phemie, dit Susie, notre chère Phemie, vivante !

– Tout le monde te croyait morte sous les balles des soldats. Même frère Anthony. Que s'est-il passé ? Tu as réussi à t'échapper, alors ? Où étais-tu cachée ? Comment es-tu arrivée ici ?

– Je vous expliquerai tout plus tard, les filles, elle répond de sa voix calme et musicale, qui était toujours si rassurante et que nous sommes tellement heureuses d'entendre à nouveau. Quel bonheur ! Mais d'abord... j'ai besoin de savoir... N'est-ce pas Martha, là-bas sur cet âne, barbouillée d'argile rouge ?

– Aye, Phemie, dit Susie, bien sûr que c'est elle. Tu as eu vite fait de la reconnaître. Encore une histoire qu'on doit te raconter.

– Sait-elle que son enfant est ici ?

– Quoi ?! on fait toutes les deux. C'est pas possible ?! Mais non, elle ne sait pas. On ne savait pas non plus. Elle ne sait plus rien, Martha, c'est tout juste si elle parle. La grande blonde qui a assommé Méona'hané'e s'appelle Molly. C'est elle qui l'a tirée des griffes de Jules Seminole. Pourquoi il l'avait capturée, mystère... Il a quand même réussi à lui brouiller la cervelle. Où est son fils ?

– Chez son père, Tangle Hair, et sa deuxième femme, Mo'ke a'e, Grass Girl[1]. Il était à l'agence Red Cloud et ils l'ont amené ici quand Little Wolf s'en est enfui. Il paraît que les militaires l'ont enlevé à Martha avant qu'ils la mettent dans le train, et qu'ils l'ont confié à Tangle Hair. Pourquoi, je l'ignore. Mais au fait, qui est cette Blanche, et les autres avec elle ? Ce sont des prisonnières ?

– Pas vraiment... On t'expliquera aussi plus tard, Phemie, dit

---
1. Femme de l'herbe.

Susie. Il faut d'abord les installer quelque part. Mon Dieu, on a tant de choses à se raconter.

Nous saluons vite Phemie et repartons à cheval, jusqu'au bout du campement où Hawk a conduit les nouvelles pour qu'elles montent leur camp. Les autres membres de sa bande ont rejoint leurs familles dans le village.

On est aussi surprises d'avoir retrouvé Phemie que d'apprendre que le fils de Martha est ici. Nous avons hâte de tirer les choses au clair et décidons de faire un pow-wow avec Molly et lady Hall.

– Dis donc, Molly, lui demande Susie, d'où tu le sors, ton crochet du droit ?

– Quand mon mari me battait lorsqu'il était saoul, il fallait bien que je me défende.

– Ah. Bon...

Inutile de lui poser trop de questions, Molly se déboutonne pas comme ça.

On leur dit que le bébé de Martha est là, mais que, fragile et perdue comme elle est, on a peur que le revoir lui fasse un choc qu'elle pourrait pas supporter. Avant de lui annoncer la nouvelle, peut-être qu'il vaudrait mieux attendre un peu, qu'elle se repose, qu'elle reprenne des forces.

– Au contraire, mesdames, assure lady Hall. Je crois qu'une émotion forte, d'une nature positive comme celle-ci, ce dont je ne doute pas... lui permettrait sûrement de sortir de sa torpeur. C'est exactement ce qu'il lui faut.

– Je suis d'accord avec lady Hall, fait Molly. Je n'attendrais pas une seconde de plus pour l'emmener chez son fils. Nous avons été mères, vous les filles et moi-même... Pensez donc... séparées de nos enfants, notre désir n'est-il pas de les savoir sains et saufs... de les prendre dès que possible dans nos bras ? Y a-t-il plus grande joie au monde que celle-là ?

– Aye, bon Dieu, Molly ! marmonne Susie d'une petite voix brisée. Enfin, nous dire des choses comme ça... Bien sûr qu'il n'y a pas de plus grande joie... sur terre... ou même au ciel.

Alors on se renseigne pour aller dans la loge de Tangle Hair et on emmène Martha. Elle marche entre nous deux, docile comme un mouton, sans faire attention à tous ceux qu'on croise, pourtant on sait bien qu'elle les connaît, puisqu'on a vécu un an avec eux. Y en a qui lui parlent gentiment, qui se rappellent son nom cheyenne, Falls Down Woman, mais elle réagit pas, elle les regarde pas. Alors vite ils se rendent compte qu'il lui est arrivé quelque chose.

Susie gratte sur la toile de tente et une jeune femme qui doit être Grass Girl nous regarde elle et moi. Elle hoche la tête en nous étudiant bien. On peut pas dire qu'elle soit chaleureuse, mais on peut pas dire qu'elle soit froide non plus. Ensuite elle regarde Martha. Il lui faut un moment pour comprendre qui c'est, surtout que Martha a sa couche de graisse sur les joues, mais Grass Girl n'est pas idiote et elle revient à l'intérieur.

Dedans, ils parlent à voix basse et au bout de deux minutes, c'est Tangle Hair qui passe la tête dehors. La tête et tout son corps qu'il dresse au soleil. C'est un grand bonhomme à la tignasse ébouriffée, un sacré personnage, un grand guerrier qui inspire la terreur à ses ennemis. Il regarde Martha qui le regarde pas. Il lui parle et elle lui parle pas. Alors, il replie le rabat sous son bras et il nous invite à entrer. On baisse la tête et on le suit, Martha derrière nous, obéissante comme un petit chien.

Il a un grand tipi, Tangle Hair, parce que c'est pas n'importe quel guerrier. Il en a fait, des touchers, et il en a pris, des chevaux, pendant les raids. Pour les Cheyennes, c'est un riche, et c'est un homme généreux, une des qualités qui comptent le plus chez les sauvages. Le camp qu'on a aujourd'hui paraît modeste, comparé à notre village d'hiver, mais quand même, en peu de temps, ils ont déjà entassé pas mal de provisions, grâce au gibier abondant dans la région.

On a besoin d'un moment pour s'habituer, parce qu'il fait sombre à l'intérieur. La tente est faite en peau de bison, c'est pour ça que la lumière dedans est un peu jaune. Un petit feu est allumé au centre et ça sent comme dans tous les tipis : la fumée du feu, le cuir, la fourrure, l'odeur de ceux qui y habitent, les jeunes, les vieux et les moins vieux, et par-dessus ils font brûler de l'encens aux herbes pour purifier l'air. C'est pas une mauvaise odeur, il faut juste s'y habituer et elle nous a toujours mises à l'aise, moi et Susie.

Il est là, le petit garçon, installé sur un porte-bébé, calé presque à la verticale contre un dossier de lit, pour qu'il puisse regarder autour de lui. Comme ça, les tout-petits apprennent beaucoup de choses du monde qui les entoure, et de ce qui se passe dans la loge, les bruits, les mouvements, ceux qui rentrent et qui sortent. Ça les garde éveillés. Il est tellement calme, attentif et souriant que Susie et moi... non, on peut pas dire qu'on soit jalouses, c'est un sentiment bien plus profond que ça.

Martha reste debout entre nous pendant qu'on s'agenouille devant le bébé, avec autant de respect que les mages venus adorer l'Enfant Jésus. On ne savait pas ce qui se passerait, mais quand même on est déçues parce que Martha ne réagit pas, elle est toujours ailleurs, elle a même pas l'air de le voir, son fils.

Au bout d'un moment, elle jette un coup d'œil autour d'elle, comme si elle se rendait compte qu'elle est dans un tipi. Et, finalement, elle regarde le petit. Il y a quelque chose qui brille dans ses yeux, et peut-être qu'elle le reconnaît. Elle se frotte un doigt sur la joue, et puis elle l'examine d'un air curieux. Ensuite, elle se passe les deux mains sur le visage et elle observe ses paumes barbouillées de rouge, comme si elle les avait jamais vues. Et soudain elle se met à hurler en se griffant les joues, qu'elle a déjà du sang sur les ongles. Moi et Susie, il faut qu'on lui attrape chacune un bras pour qu'elle arrête de se faire mal. On n'est pas vraiment costauds, mais on n'est pas non plus des mauviettes, c'est tout du muscle, chez nous, et du nerf par-dessus, mais faut qu'on y aille vraiment fort pour la maîtriser. Martha est déchaînée, comme possédée par le diable. Aye, c'est bien ce qu'on craignait, lady Hall et Molly se sont trompées, voir le petit lui fait l'effet d'une tempête. On la retient de notre mieux, mais elle se débat comme une enragée.

– Lavez-moi ! Lavez-moi ! elle gémit et elle crie.

– On te lâchera pas tant que tu arrêtes pas de t'agiter, répond Susie. Et on peut pas te laver tant qu'on te tient par les bras. C'est toi qui décides, ma fille.

– Ressaisis-toi, Martha ! je lui dis. Allons, du calme ! En voilà une façon de se conduire ! Regarde, tu lui fais peur, au bébé.

C'est vrai, il pleure, maintenant. Sûrement que jamais personne s'est encore mis dans cet état devant lui.

On dirait qu'elle comprend et elle arrête un peu de se démener. Mais on ne la lâche pas encore. Affolée comme elle est, elle pourrait lui faire du mal, au bambin. Grass Girl est inquiète comme nous et elle pose le porte-bébé un peu plus loin.

– Je vous en prie, je vous en prie, ne me l'enlevez pas ! fait Martha en cheyenne, avec une toute petite voix.

Elle a les joues pleines de larmes et on sent qu'elle se ramollit. Alors on lui lâche les bras.

– Ne me l'enlevez pas, elle dit ensuite en anglais.

Elle se touche la joue, doucement cette fois, et elle regarde l'argile rouge mélangée à son sang.

– Lavez-moi, lavez-moi tout ça !

Nous demandons à Grass Girl de l'eau et un linge, et elle nous apporte la cuvette en fer qu'elle a près du feu et un bout de tissu qui viennent sans doute des comptoirs blancs. Martha reste tranquille pendant qu'on lui nettoie sa couche de graisse.

– C'est pas qu'on est curieuses, remarque Susie. Mais pourquoi c'est tellement important qu'on te lave ? Depuis que tu es revenue, on te demande tout le temps de ne plus t'enduire les joues avec ça. Alors pourquoi maintenant ?

– Je ne me rappelle pas quand je suis revenue, elle dit tout doucement.

– D'accord, mais qu'est-ce qui presse ?

Elle a l'air d'hésiter et elle bataille un moment pour trouver la réponse.

– Bon, je ne sais pas exactement... qu'elle dit lentement. Mais je crois que... j'aimerais que mon fils reconnaisse sa mère.

Les Journaux de Molly McGill

SIXIÈME CARNET

S'adapter ou périr

« *Nous avons été avisées qu'un festin et des danses vont avoir lieu en notre honneur, afin de nous accueillir officiellement dans le village et de permettre aux jeunes hommes de s'intéresser à celles d'entre nous qu'ils épouseront peut-être.*
– Disons que ce sera notre bal des débutantes chez les sauvages, a déclaré lady Hall quand nous avons appris la nouvelle. »

(Extrait des journaux intimes de Molly McGill.)

9 mai 1876

Je ne m'attarderai pas sur les quelques jours que nous avons passés à proximité du village cheyenne incendié dont j'ai parlé dernièrement, sinon pour dire que ce fut un moment extrêmement pénible. Nous avons toutes, dans notre groupe, été très perturbées par cet endroit effrayant, ces restes carbonisés qui attestent d'un épouvantable carnage. Ces gens ont été massacrés. Comme nous l'avons constaté, la douleur était encore intense et le spectacle insoutenable pour les sœurs Kelly et les Cheyennes. La scène nous a rappelé les dangers auxquels nous nous exposons et cela fait froid dans le dos.

Hawk s'est rendu sur la plateforme funéraire où reposent son épouse et sa fille, en face de celle de sa mère, et il ne l'a pas quittée de trois jours et trois nuits. Me réveillant plusieurs fois chaque nuit, je suis souvent sortie de la petite tente sommaire que je partage avec Carolyn Metcalf pour vérifier s'il n'avait pas fini par s'endormir. Mais il était toujours là-bas, sous les étoiles, dans la même position, assis en tailleur et le dos droit.

Nous nous sommes remis en route le quatrième jour. Je ne saurais expliquer pourquoi... mais j'avais l'impression que nous arriverions bientôt à destination, quelle qu'elle fût. Dans l'après-midi, au grand désarroi des jumelles, j'ai décidé d'aller lui parler. J'ai avancé jusqu'à la tête de notre procession pour cheminer un moment de conserve avec lui.

– Je suis navrée pour votre famille, lui ai-je annoncé. Non, non, pardonnez ces paroles insignifiantes, je ne voulais pas m'exprimer ainsi... J'en porte moi aussi la marque et je sais que certaines blessures, profondes et durables, ne se referment pas, ne guérissent pas. Les paroles, la compassion ne peuvent apporter de réconfort, car ces plaies-là restent constamment à vif. J'ai compris que nous avions cela en commun, je l'ai lu dans vos yeux quand nous nous sommes vus dans le train. Si l'on peut appeler ça une rencontre... Je comprends un peu mieux aujourd'hui vos souffrances, et peut-être un jour serai-je capable de vous toucher un mot de ma propre histoire. Je n'en ai encore rien dit à personne. En attendant, je voudrais que vous sachiez une chose. Quand nous trouverons le village de Little Wolf et que le moment viendra pour nous autres femmes blanches d'épouser des Cheyennes, je souhaite que vous me choisissiez. J'aimerais devenir votre femme.

Il s'est alors tourné vers moi et m'a regardée droit dans les yeux... pour la première fois, ai-je cru me rappeler, depuis ce fameux train. Il ne m'a pas répondu, mais n'a-t-il pas légèrement hoché la tête... ou aurais-je tendance, à nouveau, à prendre mes désirs pour des réalités ?

Nous avons gardé le silence un instant, côte à côte, nos chevaux marchant d'un même pas. J'ai pensé qu'il était absurde de tomber amoureuse d'un homme qui ne me dit mot... Pour la seule raison que, prisonnière, je me suis accrochée à lui pendant des heures alors qu'il m'emmenait sur son cheval ? Oui, la sensation de son corps contre le mien... et l'odeur de cet homme... Nous sommes embarquées dans cet étrange voyage où tout ce qui, autrefois, nous paraissait normal s'effondre brusquement sous nos pieds, et nous avons l'impression de tomber dans un gouffre... peut-être alors me suis-je retenue à lui pour ne pas atteindre le fond ? Ou simplement parce qu'après avoir perdu tout ce qui m'était cher, il ne me restait plus que cet homme ?

J'ai entendu Mouse m'appeler et, me retournant, je l'ai vue nous rejoindre en courant, svelte et rapide comme toujours. Curieusement, elle m'appelle Heóvá'é'ke, Yellow Hair Woman, le nom que portait la mère de Hawk et que les Indiennes ont dû lui apprendre. Me baissant un peu, je lui ai tendu le bras gauche. C'est ainsi que je l'installe devant moi lorsque je suis à cheval. Elle a saisi mon bras des deux mains en prenant son élan comme une caille prête à s'envoler et je l'ai assise sur le garrot, ce petit oiseau. Hawk a jeté un coup d'œil vers elle, lui a souri et dit quelques mots auxquels elle a répondu. Il faut vraiment que j'apprenne leur langue et que j'enseigne la mienne à Mouse.

– Quand nous nous marierons, ai-je dit à Hawk, j'aimerais que cet enfant vive avec nous.

Il m'a de nouveau regardée d'un air perplexe, comme le jour où je l'ai mis en joue. Il avait une ombre de sourire sur les lèvres et je me suis demandé s'il allait encore se moquer de moi. Nous avons poursuivi notre chemin sans rien dire pendant une demi-heure. C'est idiot, je le sais, mais je me suis prise à rêver que nous formions tous trois une famille heureuse et que nous nous promenions tranquillement dans la campagne.

Finalement, j'ai fait demi-tour pour ramener Mouse à Good Feathers et rejoindre mon groupe.

– J'espère qu'un jour vous me parlerez à nouveau, ai-je conclu avant de talonner Spring qui est repartie au trot.

J'étais consciente que les Kelly allaient me harceler de leurs questions et, pour changer, me faire la leçon sur le protocole cheyenne. Ce dont je me fichais bien. Je leur ai dit la vérité. Ça leur donnera du grain à moudre, aux petites futées.

14 mai 1876

Enfin ! Hawk nous a menées au village de Little Wolf, dans les contreforts des Bighorn Mountains. Il se trouve dans une ravissante vallée retirée, au bord d'un affluent de la Tongue River. Après des semaines passées à éviter toutes sortes de pièges, voir comment furent accueillis nos Cheyennes et les sœurs Kelly, avec tant de joie et de chaleur, avait de quoi vous réchauffer le cœur. Une scène qui nous en a rappelé une autre, alors inattendue... quand nous étions arrivées, il y a deux bons mois de cela, dans le camp de Crazy Horse, à cheval derrière nos ravisseurs... Avec cette différence notable que nous ne sommes plus prisonnières... ou peut-être le sommes-nous encore, de quelque façon.

Nous voilà ici depuis trois jours. Toute une matinée, nous avions grimpé dans les contreforts, traversant des forêts de sapins, et de trembles encore dépourvus de feuilles. Nos chevaux s'enfonçaient dans la neige jusqu'aux genoux, et nous restions bien enveloppées dans nos capes de bison et nos couvertures pour nous protéger de l'air froid des hauteurs. Nous avons atteint un col et commencé à redescendre en nous réchauffant au soleil. Alors les collines autour de nous se sont soudain peuplées de chants d'oiseaux, un concert inquiétant qui semblait provenir de partout à la fois, comme s'ils se répondaient les uns aux autres. Nous avons regardé Meggie et Susie, sur qui nous comptons bien souvent pour nous expliquer ce qui nous échappe dans ce monde nouveau. Ces chants d'oiseaux les troublaient manifestement.

– Préparez-vous, les filles, a dit Meggie.

Nous préparer à quoi ? Elle ne l'a pas précisé et nous ne pouvions deviner. Puis Hawk a répondu à ce curieux concert en poussant son fameux cri de faucon. Nos chevaux en alerte ont dressé les oreilles, tout en pressant l'allure sans que nous les y ayons invités. Nous avons gravi une pente herbeuse, verdie par quelques journées de beau temps, dont nos Cheyennes ont rapidement dépassé le sommet. Quand nous l'avons gagné nous-mêmes, nous avons aperçu, de l'autre côté, le village tapi dans la vallée, beaucoup plus petit que le camp d'hiver de Crazy Horse.

Comme s'ils nous attendaient, les habitants sont peu à peu sortis de leurs tipis. Les femmes assises devant leur loge, en train de travailler, se sont levées. Filles et femmes jetaient ces trilles presque impossibles à décrire... une sorte de modulation harmonieuse, un orchestre aux différents timbres et tonalités. En tout cas une fort jolie musique, accueillante et sûrement inspirée du chant des oiseaux. Comme ceux-ci au printemps, elle vous donne le sentiment d'appartenir à la nature et l'envie de remercier la vie.

Tandis que nous entrions dans le village, les jumelles se réjouissaient visiblement de retrouver leur peuple, souriaient et saluaient leurs amis. Un spectacle encourageant pour nous qui sommes des étrangères et qui nous a permis de nourrir quelque espoir pour notre propre avenir.

Puisque nous sommes des curiosités, au cas où nous l'aurions oublié... les jeunes enfants ont accouru pour poser leurs mains sur nos jambes, comme leurs semblables il y a deux mois dans le village lakota. Bruns et espiègles, ils respirent la santé, bavardent et ricanent comme d'étranges petits elfes. Cela s'appelle « faire des touchers », nous ont appris les jumelles. Il s'agit d'un acte de bravoure dont ils peuvent ensuite se vanter entre eux.

Nous avons craint le pire quand un groupe de femmes, prenant l'aumônier pour un soldat captif, l'ont tiré à terre pour le rouer de coups de bâton. J'ai réussi à le sortir de ce mauvais pas et tout s'est terminé, à la satisfaction générale, lorsqu'il a retiré ses bottes et son uniforme pour les offrir à la plus vindicative de ces femmes.

– Pourquoi n'avez-vous pas riposté ou essayé de vous défendre ? lui ai-je demandé lorsqu'il est remonté à cheval, sans autre vêtement que son linge de corps, une tenue qui amusa beaucoup les natifs.

Goodman a réfléchi un instant avant de répondre.

– Peut-être parce que je méritais ce traitement-là ? Ou que je n'aurais pas su m'y prendre, puisque je n'ai jamais eu à me battre contre des dames. Ni contre des hommes, d'ailleurs. Je suis un pacifiste.

Nous continuions d'avancer dans le village quand, soudain, bondissant à terre, Susie et Meggie ont couru vers une splendide femme noire, majestueuse, en costume d'Indienne, qui portait aux oreilles quatre ou cinq petites boucles de métal. Elle s'appelle Euphemia Washington, c'est une esclave fugitive qui faisait partie du premier contingent de... Blanches avec les sœurs Kelly. Selon celles-ci, elle s'était battue courageusement contre la troupe de Mackenzie, et on l'avait déclarée morte. En la voyant bien vivante, les jumelles étaient folles de joie. Leurs retrouvailles furent en tout point émouvantes.

Autre excellente nouvelle : le petit garçon de Martha est ici dans le village, dans la loge de son père, le guerrier Tangle Hair. Personne ne paraît en mesure d'expliquer cette situation. Le fils et la mère sont de nouveau ensemble, mais on ne peut pas dire, malgré cela, que Martha ait aujourd'hui les idées plus claires. Elle l'a tout de même reconnu d'emblée, ce qui semble, au moins, l'avoir sortie de sa torpeur.

15 mai 1876

Pour l'instant, nous sommes logées dans deux tipis légèrement à l'écart du village. Nous n'en ferons sans doute pas partie à proprement parler tant que les mariages n'auront pas été arrangés. Meggie et Susie se sont occupées de nous installer. Elles nous ont annoncé ensuite qu'elles resteraient dans leur partie du camp et que nous ne les verrions plus beaucoup pendant un moment.

– Quand notre groupe est arrivé, nous ont-elles dit, on ne parlait pas la langue non plus. On savait que pouic de leurs coutumes, il a fallu qu'on se mette toutes seules au courant. Maintenant, à vous d'en faire autant, les filles. Pas vrai, Meggie ?

– Exactement! a renchéri la jumelle. On ne vous servira plus de nounous. C'est au tour des Cheyennes. Vous êtes dans leur village, dans leur monde, ils vous apprendront tout ce que vous avez besoin de savoir... si vous ouvrez vos yeux et vos oreilles, bien sûr. Ça ira beaucoup plus vite si on est plus là pour vous tenir par la main. Nous vous rendrons visite de temps en temps, mais on a des choses à faire, de notre côté. On veut vous donner deux conseils, quand même. D'abord, mais ça, vous devez avoir compris à l'heure qu'il est, oubliez comment les choses fonctionnaient chez les Blancs. Vous pouviez compter sur des tas de choses là-bas qui ne serviront à rien ici. Plus vite vous aurez pigé ça, plus vous aurez la vie facile. Nous sommes dans un monde différent, avec des gens différents, qui ont d'autres croyances et qui font tout d'une autre façon. Quand ils vous auront prises en main, vous verrez que, vous aussi, vous aurez changé. Vous avez qu'à nous regarder, Susie et moi, si vous en doutez.

– Aye, et notre deuxième conseil, a continué la sœur, c'est ça : rappelez-vous que, pendant un bon moment, vous serez tenues pour des intruses, par les femmes surtout. Si vous voulez vous faire accepter, faudra les câliner un chouïa. C'est vrai que les hommes veulent pas d'elles quand ils tiennent conseil, parce que ces messieurs pensent que ça porterait tort à leur dignité... fiérots comme ils sont. Ils aimeraient bien croire qu'ils tirent les ficelles, mais pas du tout ! Vous le comprendrez vous-mêmes, c'est les femmes qui ont le dernier mot. Les maris demandent leur avis pour tout, la famille, la tribu... Et elles ont le droit de pas être d'accord. Elles discutent, elles les convainquent ou pas, elles les entortillent s'il faut, et à la fin, elles mettent le holà. C'est elles qui ont le pouvoir, oubliez pas ça non plus. Donc faites-vous des amies.

— Eh bien, je dois admettre que... nous les considérons souvent comme des sauvages, mais sur ce point, ils sont sûrement plus civilisés que nous, a commenté notre suffragette lady Hall.

Meggie s'est alors adressée à moi :

— Molly McGill, si on pouvait discuter entre quatre z'yeux, toi et Susie et moi...

Nous nous sommes écartées un peu.

— Même si tu n'es plus officiellement le chef de votre groupe, ce que lady Hall fera très bien, tu restes un peu la patronne quand même, si tu vois ce qu'on veut dire... Ça va être une partie de plaisir pour aucune d'entre vous.

— Rien n'a été facile jusque-là. Faut-il nous attendre à pire ?

— Pas le même genre d'ennuis. Les autres comptent sur toi parce qu'elles savent que tu es forte, et nous aussi, on le sait. Tu le resteras. Mais tu es têtue comme une mule et, sans vouloir te fâcher, Molly, tu ne supportes pas l'autorité. Alors, voilà, essaie plutôt de ne pas te révolter et n'encourage pas les autres sur cette voie. Les Cheyennes ont leur façon à eux de se conduire. Ça sera beaucoup plus simple pour toutes si vous faites comme eux, sans toucher à rien.

— Entendu, je m'y emploierai.

Après quoi elles ont pris congé.

17 mai 1876

Les femmes nous ont tout de suite mises à l'œuvre. J'ai moi-même grandi dans une ferme et je ne vois pas d'inconvénient à travailler au grand air. Je préfère de loin ce type d'activité à celles de la grande ville... qui, de toute façon, n'existent pas ici, comme le répètent les sœurs Kelly.

Ces deux dernières journées, il s'est agi surtout de faire des réserves de bois pour se chauffer. Nous partons dans les forêts qui coiffent les collines au-dessus de la vallée, pour ramasser des branches et des brindilles que nous fagotons à l'aide de sangles de cuir, avant de les rapporter au village sur notre dos. Pas si aisé que ça et j'ai la chance d'être grande et assez robuste. Cela présente en revanche des difficultés pour les plus petites et les plus frêles d'entre nous. Hannah Alford et Lulu Larue, par exemple, ne sont pas en mesure de porter des fagots aussi lourds que lady Hall ou moi-même. L'Anglaise, sans être un colosse, est une femme très musclée. Astrid Norstegard est une fille solide. Au bord de la mer du Nord comme autour des Grands Lacs, elle n'a jamais ménagé sa peine, toujours à tirer des filets et décharger des paniers de poissons. Compte tenu de sa petite stature, Maria Gálvez est d'une vigueur étonnante. Elle a du sang indien et s'est forgé un corps robuste pendant son enfance miséreuse dans la Sierra Madre. En revanche, Carolyn Metcalf, femme de pasteur, avait de son propre aveu mené jusque-là une existence très sédentaire, et c'est peut-être la moins vaillante de notre groupe.

Pour pallier ces inconvénients, nous avons décidé de composer des ballots de plusieurs grosseurs, qui correspondent à nos différentes tailles. Curieusement, les Indiennes ne recourent pas à ce type d'arrangement, exception faite des plus âgées, qui portent de moindres charges et seront bientôt exemptées de corvée de bois. Mais les autres, qui ne font aucune distinction entre elles, ont considéré nos fagots d'un air désapprobateur et réprimandé celles qui choisissaient les plus légers. Pas besoin de parler cheyenne pour comprendre qu'elles les traitaient de fainéantes.

Nous avons tenté d'expliquer notre idée avec le peu de langage des signes que nous possédons. C'est finalement lady Hall qui a réglé le problème et je m'en réjouis. En leur souriant, elle a déclaré aux Cheyennes, de ce ton franc et légèrement péremptoire qui est le sien : « Voyez-vous, mesdames, c'est ainsi que nous entendons faire. » Bien sûr, elles ne comprennent pas plus notre langue que nous la leur, mais grâce à l'autorité naturelle de notre Anglaise, il semble qu'elles aient finalement reconnu l'intérêt de notre organisation. Encore quelques grognements, et elles nous ont laissées faire à notre guise.

Nous étions toutes bien chargées, l'une derrière l'autre sur le chemin du retour.

– Lulu, a dit lady Hall, nous aurions bien besoin d'une petite chanson pour nous donner du courage. Auriez-vous quelque chose qui convienne à l'occasion ?

– Bien sûr, *madame*, a répondu Lulu. Lulu a des chansons pour toutes les occasions !

Elle s'est mise à chanter une charmante comptine française, *Promenons-nous dans les bois*, facile à apprendre, avec un refrain. Une affaire de jeunes enfants qui tentent de se rassurer, car le loup les attend peut-être quelque part dans la forêt. Peut-être voulions-nous également nous rassurer nous-mêmes. Comme les Cheyennes parlent un patois mi-français, mi-canadien, elles n'ont pas été longues à reprendre le refrain avec nous. Celles de notre groupe qui n'en connaissent pas un mot se sont débrouillées pour retenir les paroles, et bientôt toutes les femmes chantaient. Ce fut un moment agréable, nous nous sentions unies et, conjointement, nos gros fagots nous parurent plus légers.

18 mai 1876

Nous sommes allées rendre visite à Martha, aujourd'hui, dans sa loge. La voir de bonne humeur, en train de choyer son bébé, est tout à fait encourageant. Pourtant, elle ne nous a pas reconnues. Toujours très perturbée, elle semble à peine se rappeler ce qui lui est arrivé. Sans doute faut-il s'en féliciter, finalement. L'esprit trouve ainsi le moyen de mettre aux oubliettes trop de violences et de mauvais traitements. Grass Girl, qui n'a probablement guère plus de seize ans, a renoncé à servir de maman à ce petit garçon. C'est tout à son honneur. Elle jouerait plutôt maintenant le rôle d'une tante ou d'une nourrice.

Meggie et Susie m'avaient prévenue à ce sujet, et il est clair que les Cheyennes prennent très au sérieux les règles et les coutumes de leur tribu. Notamment la place qui revient aux hommes et aux femmes, ainsi que les responsabilités qui leur incombent. Je ne suis pas ici depuis bien longtemps, mais je comprends mieux que mes divers manquements aux convenances aient pu inquiéter les jumelles. Ce sont elles qui nous ont emmenées dans ce **village**, où nous vivrons avec leur peuple, et elles comptent sur nous pour adopter une attitude décente.

En sus de ramasser du bois, les Indiennes nous ont attribué une nouvelle tâche. Nous allons chaque matin chercher de l'eau. On nous a assigné à chacune un tipi, devant lequel il faut nous présenter à l'aube et nous munir de ces outres, faites à partir d'une panse de bison, posées là à notre intention. Nous les remplissons d'eau à la rivière, une eau que les Cheyennes appellent « vive », pour la différencier de celle, « morte », qui date de la veille et dont elles jettent le reste, chaque matin, sur le sol autour de leurs loges. Au retour, nous laissons les outres pleines devant l'ouverture de celles-ci. C'est un travail pénible, car ces récipients sont lourds et, bien évidemment, il est impossible de ne pas se mouiller en chemin. À plusieurs occasions, nous nous sommes demandé si ces femmes ne nous transforment pas en esclaves ? Peut-être nous préparent-elles à nos futurs devoirs de ménagères, mais, fort commodément, elles en tirent bien profit.

Il y a tant à apprendre dans ce monde nouveau. Nous nous efforçons de nous fondre dans ce peuple, de ne pas juger trop sévèrement certaines de ses coutumes qui paraissent incompréhensibles. Après tout, qu'avons-nous d'autre à faire ? Nous nous sommes même choisi une devise : « S'adapter ou périr ».

19 mai 1876

Nous avons été avisées qu'un festin et des danses vont avoir lieu en notre honneur, afin de nous accueillir officiellement dans le village et de permettre aux jeunes hommes de s'intéresser à celles d'entre nous qu'ils épouseront peut-être.

– Disons que ce sera notre bal des débutantes chez les sauvages, a déclaré lady Hall quand nous avons appris la nouvelle.

Plusieurs jeunes femmes de chez eux, qui participeront également à cette « soirée », nous apprennent les pas utiles pour la danse d'introduction. C'est très strict, formel et bondissant à la fois, il faut exécuter les mêmes mouvements simultanément. Selon les occasions, quelques variations peuvent être apportées au pas initial. J'admets que, pendant les premières leçons tout au moins, j'ai trouvé cela guindé et répétitif. Nous espérons que cette fête, si c'en est bien une, sera un peu plus vivante... ou comme dit notre Lulu, plus « entraînante ».

— Si vous le souhaitez, nous a-t-elle dit, je vous apprendrai à danser le cancan. Ils n'ont jamais dû voir ça !

— On peut raisonnablement le penser, a renchéri lady Hall.

— Seulement, il faudrait la musique qui va avec, a continué Lulu. Nous aurions besoin de cuivres, de trombones, d'un tuba. Et de tenues adéquates... robes, jupons, bas et chaussures à talons.

— Des raretés dans ces régions reculées, a remarqué lady Hall, qui, toujours prête à partager ses connaissances, a poursuivi ainsi :

— Si vous ne connaissez pas le quadrille parisien, plus communément appelé cancan, permettez-moi d'éclairer votre lanterne. C'est une danse de music-hall plutôt leste — certains diraient même indécente —, pratiquée au départ par les courtisanes... Ne vous offusquez pas, ma chère Lulu...

« De fait, ma chère amie Helen Flight et moi-même avons pu apprécier l'une des toutes premières productions du genre à l'Alhambra Palace de Leicester Square, à Londres, à l'automne 1870. Une troupe itinérante de danseuses françaises avait traversé la Manche pour présenter un ballet intitulé *Les Nations*, un titre bien ronflant, je le reconnais. Avec l'intention, je pense, d'entamer une tournée internationale, elles avaient choisi la Grande-Bretagne pour voir comment le public réagissait.

— Oui, oui ! s'est rappelé Lulu, ravie. Je les connais, ces filles. Finette, ma meilleure amie, était la vedette du spectacle. C'est aussi elle qui m'a appris à danser !

— Eh bien... certaines femmes tenaient des rôles masculins, a poursuivi lady Hall. Donc déguisées en hommes... Tandis que les autres portaient des jupes longues par-dessus une vraie mer de jupons à dentelles, ainsi que des bas et des talons hauts, comme le disait Lulu. Leur chorégraphie était ponctuée de singeries grivoises et de mouvements lascifs. Elles remontaient leurs jupes, lançaient leurs jambes en l'air jusqu'au menton, de sorte qu'elles montraient leurs jupons, leur culotte, et même, juste un instant, la peau nue de leurs cuisses, au-dessus du bas. C'était... eh bien, scandaleux.

– Comment se fait-il, lady Hall, lui ai-je demandé, que Helen et vous ayez assisté à une revue de cette sorte ?

– Voyez-vous, ma chère, nous étions là à titre... presque officiel, et à la demande de notre bon ami lord Chamberlain, chargé de faire respecter l'ordre public et la bienséance dans les théâtres de la ville et des environs. Ses collègues magistrats et lui-même avaient reçu diverses plaintes, dénonçant l'aspect licencieux de ce ballet, et il souhaitait nous employer, Helen et moi, comme témoins oculaires. Pour des raisons évidentes, il ne pouvait y assister lui-même. Il n'était pas admissible qu'un membre de la Chambre des lords soit reconnu dans l'assistance. Alors nous lui avons servi, pour ainsi dire, d'yeux et d'oreilles.

– Quel compte rendu lui avez-vous fait ?

Lady Hall a hésité un instant avant d'esquisser un sourire narquois.

– Puisque vous y tenez... Helen et moi avons trouvé ce spectacle tout bonnement fascinant... stimulant... exaltant ! Ces jolies femmes qui levaient la jambe avec exubérance, en révélant leurs dessous et la peau d'albâtre de leurs cuisses... Nous avons dit la vérité à lord Chamberlain. Oui, nous étions subjuguées ! À en juger par l'accueil très enthousiaste du public, celui-ci avait également apprécié. Après nous avoir écoutées, lord Chamberlain a fait interdire le spectacle dès le lendemain, et il a renvoyé la troupe en France sur-le-champ. En privé, il devait nous confier plus tard que, si le ballet nous avait emballées à ce point, c'est forcément qu'il portait atteinte à la morale publique !

– C'est que nous, les Français, sommes moins *bourgeois* que les Britanniques ou que les Américains ! a dit Lulu. Nous ne sommes pas hypocrites et on s'en moque un peu, de la morale publique ! Allons donc... interdire un spectacle pour la seule raison qu'on s'y amuse...

En actrice convaincue de ses talents, elle a pris une grosse voix de bureaucrate autoritaire et agité l'index d'un air sévère.

– Ah non, nous ne laisserons pas le public s'amuser comme ça ! C'est dangereux de s'amuser, très dangereux... Comprenez-vous, a-t-elle poursuivi de sa voix habituelle, tous ceux qui ont assisté à une revue cancan ont aimé ça, car le cancan exprime la joie et la libération. Si vous ne souhaitez pas l'apprendre, je le danserai toute seule pour divertir nos hôtes cheyennes.

Certaines d'entre nous n'ont pu se retenir de rire, tant cette Lulu a un caractère gai et enjoué. Nous nous reposons souvent sur sa bonne humeur pour nous remonter le moral quand il descend trop bas.

– Je suggère tout de même, a dit lady Hall, que nous demandions leur avis à Meggie et Susie. Il ne faudrait pas choquer nos hôtes alors qu'ils nous souhaitent la bienvenue par ces festivités.

– Si je puis me permettre, lady Hall, ai-je objecté, c'est exactement le genre de chose qu'elles aimeraient nous voir décider nous-mêmes. Elles nous l'auront bien fait comprendre. À condition de leur épargner « la peau d'albâtre de nos cuisses », comme vous le dites en termes si sensuels, je crois personnellement que les Cheyennes ne seront pas choqués par quelques pas d'une danse entraînante. Ce serait peut-être même une bonne façon de nous présenter. Et, bien sûr, personne n'est obligé de participer.

– Je danserai avec toi, Lulu, a déclaré la timide Hannah. J'adore danser et je serai ravie d'apprendre le cancan.

À l'exception sans doute de lady Hall, c'était bien la dernière de qui j'attendais pareille réaction.

– Moi aussi, leur ai-je dit.

– Les Mexicains aiment danser, a affirmé Maria Gálvez. Je me joins à vous... bien que mes cuisses soient plutôt brunes que blanches.

– Parfait ! s'est exclamée Lulu. Nous avons constitué notre petite troupe.

Elle nous regarde l'une après l'autre comme pour vérifier son compte.

– Seulement voilà... Il en reste trois qui vont faire... comment dit-on ? tapis ?

– Vous voulez dire tapisserie, ma chère, lui a répondu lady Hall. Eh bien, je ne resterai pas assise ! Après tout, je suis avec Lulu la seule personne ici qui ait assisté à un spectacle de cancan. Je dois avouer que, par la suite, Helen et moi avons tenté de lever la jambe, chez nous, devant la glace... Nous étions si maladroites et nous avons tant ri que nous sommes tombées à la renverse l'une sur l'autre.

– Vous voyez que c'est amusant ! a dit Lulu. Alors il n'y a plus qu'Astrid et Carolyn pour faire tapis... tapisserie.

– Les danses populaires sont une tradition de mon pays, a reconnu Astrid. Notre instrument de prédilection est le violon et nos pas sont très ordonnés, très réglés. En outre, nous restons bien habillés, la tête et les bras entièrement couverts. Je crains que le cancan soit un peu trop... français pour moi.

– Ah, les Norvégiens ! a commenté Lulu. Je vous vois bien en train de faire l'amour dans vos vêtements d'hiver... les mains glacées avec des moufles par-dessus.

Je rapporterai ici que, si nous apprécions toutes, ou la plupart, Lulu, son optimisme et son bon cœur, Astrid ne figure pas parmi ses plus ferventes admiratrices. Leurs caractères et leurs tempéraments sont en tout point opposés. Autant la première est gaie, bavarde, bien disposée, autant la seconde est réservée, chagrine, avec une tendance à broyer du noir. Si je les aime beaucoup toutes deux, il est apparu, dès le début de notre voyage, qu'elles ne sont guère attirées l'une par l'autre et même parfois en désaccord. Astrid juge Lulu superficielle, frivole et... comment exprimer cela poliment ? Eh bien, compte tenu de son dernier emploi, elle met en doute sa moralité. De son côté, Lulu trouve Astrid ennuyeuse, sinistre, pesante comme « un ciel bas et lourd », dit-elle. Je me suis demandé si le fait qu'elles proviennent de pays si différents, le pourtour méditerranéen pour l'une, et le Grand Nord pour l'autre, n'explique pas également leurs différences de personnalité.

– Et toi, Carolyn ? a dit Lulu. Te joindras-tu à nous ?

Carolyn manie l'humour avec causticité et, toujours réfléchie, a considéré la chose un instant.

– Voyez-vous, si l'une des folles avec qui j'ai été enfermée à l'asile, il y a de cela six mois, m'avait dit que je serais enlevée par des sauvages, qu'ils m'emmèneraient vivre dans un village indien du Wyoming, et qu'une fois arrivée, on me demanderait si je veux danser le cancan ou pas, j'aurais pensé que cette personne n'était pas internée sans raison. Et pourtant, nous sommes toutes là.

« Pour répondre à ta question, Lulu, je dois t'apprendre que notre Église nous interdisait de danser. C'était une ruse du diable, menant à la débauche, à la fornication, à l'adultère. Je n'ai donc jamais eu le loisir d'apprendre. Tout de même, j'éprouvais une vague curiosité pour cette forme d'art et j'ai demandé à mon mari, le pasteur, quel plaisir il y avait à danser le fox-trot. Il m'a répondu que, si j'entretenais des pensées impures de cette sorte, je risquais d'être condamnée à danser éternellement dans les flammes de l'enfer avec tous les autres pécheurs...

– Mon Dieu ! s'est écriée Lulu. Eh bien, j'aimerais mieux danser en enfer que prier dans ton église ! Et, quitte à finir dans les flammes, j'ai quelques pas à te montrer, plus intéressants que le fox-trot, que tu pourras répéter là-bas...

– Très bien, a dit Carolyn. Tu m'as convaincue, Lulu. J'essaierai moi aussi.

20 mai 1876

Hier soir, plusieurs Indiennes nous ont rendu visite dans notre loge, parmi lesquelles Quiet One, la première femme de Little Wolf, Feather on Head, la seconde, ainsi que sa fille, Pretty Walker. Elles nous ont offert à chacune un objet très particulier. Il s'agit d'une cordelette finement tressée, enroulée autour de deux autres. Nous fûmes ravies de constater que Quiet One et Feather on Head pratiquent assez bien l'anglais, certainement grâce à May Dodd, qui le leur aura appris. Ces dames n'ont pas mis longtemps à comprendre que nous ne savions que faire de ces appareils. Alors Pretty Walker a pudiquement ouvert sa jupe pour nous en révéler l'usage. La première cordelette est nouée à la taille à hauteur du ventre, comme une ceinture à laquelle sont reliées les deux autres. Celles-ci sont placées de chaque côté des organes intimes (eux-mêmes couverts par une sorte de pagne), avant d'être enroulées autour des cuisses presque jusqu'aux genoux.

— Voilà qui est épatant, a commenté lady Hall. Une ceinture de chasteté à la mode primitive ! Tout à fait charmant...

Les femmes se sont ensuite affairées à prendre nos mesures, nous étudiant chacune des pieds à la tête, nous retournant dans un sens ou dans l'autre. Parfois elles nous touchaient légèrement ici ou là, tout en bavardant entre elles. Bien sûr, nous n'avons rien entendu à leurs propos et nous nous demandions pourquoi elles nous examinaient ainsi.

— Peut-être pour nous coudre des costumes, a supposé Lulu.

— Avant de fréquenter miss Helen et de scandaliser la bonne société britannique, j'ai été mariée deux ans à M. John Hall de Dorchester. Alors, pour ce qui est de ma virginité, il y a longtemps que mon cheval a quitté l'écurie, a jeté lady Hall d'un air détaché, pendant qu'une des Indiennes prenait ses mesures.

— Quel cheval ? a demandé Lulu, tandis qu'une autre tournait autour d'elle.

— C'est une expression anglaise, ma chérie. Cela veut dire qu'on a déjà vu le loup...

— Si milady ne s'y oppose pas, lui a dit Hannah, je porterais volontiers un de ces cordons. Voyez-vous, mon... cheval est toujours dans l'écurie, et j'aimerais autant qu'il y reste.

— Mais certainement, ma chérie, lui a répondu sa maîtresse. Si vous tenez à vous faire trousser comme une volaille, ce n'est pas moi qui vous en empêcherai.

— Le mien a été volé quand j'avais à peine treize ans, a déclaré Lulu. Je ne l'ai pas revu depuis...

— C'est ainsi que les choses se passent, ma chère. Du jour où il est parti, ce cheval-là, on ne le retrouve plus.

Quand elles eurent fini, les Indiennes prirent congé de nous.

Et comme l'avait deviné Lulu, il s'agissait bien de couture, puisqu'elles sont revenues ce soir avec de très jolies robes de daim que nous porterons au « bal », délicatement brodées de perles de verre et de piquants de porc-épic. La confection, particulièrement soignée, est d'autant plus admirable que les Indiennes avaient fort peu de temps à leur disposition. En outre, ces robes, extrêmement confortables, épousent la forme de notre corps comme une seconde peau. Nous les avons essayées en nous admirant mutuellement avec la sensation d'être acceptées dans la tribu. Comment allons-nous remercier ces dames ?

Plus tard dans la soirée, Quiet One et Pretty Walker nous ont présenté Little Bird, la fille de May Dodd. Mon amie Pretty Nose, dont je n'avais pas de nouvelles depuis notre arrivée au village, les accompagnait dans notre loge. Little Bird, que May appelait Wren[1], comme nous l'ont dit les jumelles, est un très beau bébé. Nous étions toutes impressionnées par sa peau claire, ses cheveux châtains et ses yeux bleus. Little Wolf étant aussi brun qu'on peut l'être, elle tient, à l'évidence, de sa mère. J'ai demandé à prendre l'enfant dans mes bras et, quand Pretty Walker me l'a confiée, j'ai subitement fondu en larmes, sans m'y attendre aucunement. Emmitouflé dans sa couverture, ce petit corps léger et chaud réveillait le souvenir vif et douloureux de ma propre fille au même âge.

Les femmes cheyennes étant bien souvent impassibles, tout comme Pretty Nose, qui est arapaho, je me suis étonnée de voir celle-ci pleurer soudain à ma suite. Elle s'est détournée de nous en cachant ses yeux avec ses mains.

Doucement, j'ai rendu Wren à Pretty Walker et me suis approchée de Pretty Nose pour la serrer contre moi. Elle sanglotait si fort qu'elle en tremblait. Lorsqu'elle s'est apaisée un peu, j'ai recueilli son visage rond dans mes mains et ses larmes brûlantes ont coulé entre mes doigts. Bien qu'elle s'efforçât d'éviter mon regard, je ne pus que lire dans le sien un chagrin inconsolable. Pretty Nose ignorait que l'on m'avait raconté cette triste page de son histoire et nous n'avions pas abordé ces sujets-là pendant le voyage, tant d'événements pénibles que nous préférons taire. Elle a fini par me regarder droit dans les yeux, assez longtemps pour que nous sachions tout l'une de l'autre, et nous voilà unies comme deux mères bouleversées. Je n'ai pas

---

1. Roitelet.

desserré mon étreinte, ni elle la sienne, et nous sommes restées un long moment à pleurer.

22 mai 1876

Nous sommes toutes pleines d'appréhension à mesure que les festivités approchent. Pour ne rien arranger, nous avons ce soir reçu la visite d'une dénommée Dog Woman[1], un personnage chargé, semble-t-il, d'organiser les événements importants de la tribu. Pretty Walker est venue avec elle dans notre loge, ou peut-être faut-il dire avec lui, car Dog Woman est un *he'emnane'e*, ce qui signifie à moitié homme et à moitié femme. Nous le voyons souvent dans le village, car il serait doué de pouvoirs particuliers en matière d'intrigues galantes et l'on compte sur lui pour jouer les entremetteurs. Parfois habillé en femme, et parfois en homme, il présenterait les attributs des deux sexes, ce qui lui confère le rang d'esprit saint.

Ce soir, il s'est présenté avec des vêtements féminins. Grâce à l'anglais de Pretty Walker et à notre maîtrise limitée du langage des signes, nous avons compris que cette visite avait pour but de nous attribuer à chacune un cavalier adéquat parmi les jeunes hommes disponibles de la tribu, dans l'intention que les couples ainsi formés puissent se marier rapidement. Si, pendant notre voyage, nous avions contemplé de loin notre avenir d'épouses cheyennes, être maintenant confrontées à la réalité par cet intermédiaire d'un genre particulier avait un tout autre goût.

Dog Woman qui, je dois l'admettre, ne figure pas parmi les membres les plus séduisants de la tribu, portait une robe en coton à carreaux, de couleurs vives, qu'elle avait dû acquérir à un comptoir des ventes. Comme les dames cheyennes auparavant, elle nous a considérées de pied en cap, nous touchant ici et là sans raison apparente, grognant et marmonnant d'un air approbateur ou mécontent, hochant ou secouant la tête d'une manière étrange. Quand ce fut le tour de lady Hall, l'Anglaise

---

[1]. Femme-chien.

l'arrêta net en levant la main droite vers elle, paume tournée vers l'extérieur, un geste universel qui signifie « stop ».

– Madame, ne me touchez pas! lui a-t-elle dit de sa voix la plus impérieuse. Je ne me laisse pas tripoter par des inconnus, qu'ils soient mâles ou femelles.

Dog Woman l'a considérée un instant, elle a souri et hoché la tête une fois de plus, apparemment satisfaite, comme si elle venait de tirer quelque conclusion. Puis elle s'est tournée vers la suivante afin de poursuivre son semblant d'inspection.

Nous avons commencé à répéter le cancan. Nos gesticulations donnent suffisamment dans le ridicule pour atteindre au comique, avec le double effet de réduire nos craintes et de les aiguiser. Certes, nous nous moquons de nous-mêmes et les unes des autres, mais ne serons-nous pas la risée de l'assemblée, le soir de la « représentation » ? Lulu, pourtant une indécrottable optimiste, et seule professionnelle de cette troupe amateur, émet de sérieux doutes à propos de nos talents... modestes, sinon illusoires, il faut bien le dire.

– Mes chères filles, nous a-t-elle reproché d'un air triste lors de nos premiers essais, ce n'est pas un cancan que vous dansez. Vous ressemblez à des petites vieilles en train de flâner au square arc-boutées sur leur canne. Pourriez-vous lever la jambe un peu plus haut, avec un peu plus d'énergie ? Vous devez pointer les orteils vers le ciel. Ou, comme disait Finette, mon professeur, imaginer que vous donnez des coups de pied aux étoiles.

– Enfin, Lulu, ai-je objecté, donner des coups de pied aux étoiles, c'est un peu trop demander. Nous sommes toutes épuisées après ces journées de labeur, où nous courbons l'échine et ployons sous les charges. Imaginons plutôt que nous donnons des coups de pied aux chiens méchants qui rôdent dans le village. Ne serait-ce pas plus réaliste ?

Ils sont nombreux, ces chiens qui traînent dans le camp, gros et hirsutes pour une bonne part. À ce que nous avons appris, ils servent surtout de bêtes de somme pendant les migrations, lors desquelles ils transportent les parflèches, qui sont des sacs en peau de bison, et parfois aussi de jeunes enfants. Ce sont bien sûr des chiens de garde, cependant les Cheyennes ont un faible pour la chair tendre des chiots, bouillie ou rôtie sur la braise... Ils sont dans l'ensemble assez gentils, mais du fait, sans doute, que nous sommes encore tenues pour des étrangères, que notre odeur diffère de celle des natifs à laquelle ils sont habitués, certains grognent avec malveillance si nous approchons des loges devant lesquelles ils somnolent. Ils font quelquefois mine de nous mordre les talons et dans ce cas, rien ne vaut un bon coup de pied.

Astrid est celle qui se divertit le plus pendant les répétitions. Comme elle s'abstient de participer, elle a tout loisir d'observer nos âneries et de nous houspiller. Par ailleurs, les jumelles semblent avoir disparu. Nous n'avons pas de nouvelles d'elles, ni de Martha, ni eu le plaisir de revoir Euphemia, la négresse qu'ils appellent Nexana'hane'e, ou Kills Twice Woman[1], compte tenu de ses actes de bravoure. Nous l'apercevons seulement de temps à autre dans le camp et, franchement, elle est majestueuse.

Faute de trombones et de tubas, évidemment introuvables, nous nous sommes adjoint les services, par l'entremise de Pretty Walker, de deux flûtistes de la tribu, de deux tambours confirmés, d'un collègue qui, tels des hochets, manie des gourdes remplies de graines, d'un autre qui s'emploie aux sifflets, et enfin d'un troisième qui pratique la corne de bison. Voilà qui nous fait un étrange accompagnement, mais, comme pour tout le reste, il faut s'arranger avec ce qu'on a.

La flûte est l'instrument qui se prête au plus grand nombre d'usages. Les Cheyennes en jouent très souvent car ils apprécient sa sonorité, et c'est un accessoire prisé des séducteurs. Il se trouve dans le camp un excellent artisan flûtier qui a la réputation de conférer des pouvoirs à ses instruments, à savoir que toute femme est susceptible de tomber amoureuse de celui qui en jouera. Presque tous les soirs, nous entendons les mélodies d'un prétendant désolé flotter au-dessus du village, parfois romantiques, avec à l'occasion quelque chose de poignant. C'est après tout le printemps, la saison des amours.

Lulu a rassemblé les musiciens et s'efforce de leur apprendre

---
1. Celle qui tue deux fois.

notre mesure à deux temps pendant qu'elle nous montre les pas de danse appropriés. Si l'on excepte les fameux coups de pied, les pas en eux-mêmes, inspirés de nombreuses danses populaires, sont faciles à exécuter. Pour la plupart, nous progressons assez vite, à l'exception de lady Hall qui, de son propre aveu, a les deux pieds dans le même mocassin. Elle ne paraît pas se rendre compte qu'elle n'a pas le sens du rythme, mais cela ne l'empêche pas de beaucoup s'amuser.

– Depuis que ma chère Helen et moi avons assisté à ce spectacle affriolant, j'ai rêvé d'éprouver moi-même ces transports d'allégresse... Je n'aurais pourtant jamais cru en avoir l'occasion, encore moins dans ces circonstances !

La musique est plus compliquée à régler que les pas du cancan, car les Indiens obéissent à des *tempi* différents des nôtres. Ils posent sur leurs rythmes captivants des incantations dissonantes à première écoute, qui suivent une sorte de gamme descendante, répétitive, et se révèlent à la longue étrangement mélodieuses. C'est la musique d'un monde sauvage, le portrait de ses paysages, avec ses plaines ondoyantes, ses torrents impétueux, le murmure de ses sources, le vent qui soupire dans les herbes et crie dans la prairie enneigée. On y entend les hurlements des loups, les troupeaux de bisons qui martèlent le sol. On y reconnaît les saisons qui passent d'une génération à l'autre, se fondent dans l'histoire sans âge de ce pays et de son peuple. Et la pauvre Lulu doit ordonner sa chorégraphie en alliant nos styles si différents sans leur faire perdre leurs particularités.

Enfin, il y a cette affaire de costume, pas si négligeable. Nous ne pouvons bien sûr pas espérer en trouver ici d'identiques à ceux que portaient les danseuses de la revue française à Londres. Par respect et par gratitude envers les Cheyennes, nous mettrons les jolies robes en peau de daim et les mocassins perlés qu'elles ont confectionnés pour nous avec tant de minutie. Nous avons d'ailleurs très envie de le faire, d'abord parce que ces vêtements sont superbes, mais pour exprimer également notre désir d'être assimilées parmi elles.

Le feu s'éteint lentement, la fatigue me ferme les yeux...

LA VENGEANCE DES MÈRES

24 mai 1876

À point nommé, les deux Irlandaises font leur réapparition et volent à notre secours avec un compromis, je pense, acceptable en matière de costumes. Elles se sont présentées à nos loges, cet après-midi, alors que nous revenions juste de nos corvées. En sus du réapprovisionnement en eau, nous avons aujourd'hui arraché des tubercules dans les prés, avec les autres femmes, autour du village. On utilise pour cela une sorte de bêche en bois et cela n'est pas un mince travail. Mais ce fut une belle journée, avec un ciel profondément bleu, et nous nous félicitions d'oublier un instant forêts et fagots. Tout en bêchant, nous chantions au soleil, les Cheyennes chantaient avec nous et nous ont appris quelques-uns de leurs airs. Le temps passe bien plus vite ainsi, et la tâche paraît plus facile.

– Où étiez-vous passées, les filles ? a demandé Lulu aux jumelles. Qu'apportez-vous dans votre sac ?

– On a entendu dire que vous alliez faire un numéro, a répondu Meggie. Tout le monde en parle au village. Alors on a plumé des oiseaux.

– Plumer ? Des oiseaux ? Mais pourquoi ?

– Eh bien, pour vos costumes ! a expliqué Susie. On a vu les Cheyennes vous coudre de belles robes, mais ça n'est pas vraiment des tenues pour danser le cancan, si on se rappelle bien ce que vous disiez. Donc on a pensé que vous pourriez vous arranger une sorte de tutu en plumes. Suffirait que vous mettiez ça par-dessus vos robes. Vous ferez un petit changement de costume, comme au théâtre !

– Quelle idée magnifique ! s'est réjouie Lulu.

– Ben tiens ! a fait Meggie. Le Peuple adore les plumes, alors ils trouveront peut-être que c'est pas si bizarre que ça, votre affaire de cancan.

– Il n'y a rien de bizarre, a affirmé Lulu. C'est très joli et les filles s'améliorent... elles lèvent la jambe assez haut pour faire peur aux chiens...

– On va danser avec vous, a annoncé Susie.

– Ah, vous avez raté les deux premières répétitions !

– Aucune importance, Lulu. Meggie et moi, on gambille comme trois. Faites-nous voir maintenant. On apprendra vite.

Et donc, au pied levé, c'est le cas de le dire, Lulu a procédé à une nouvelle répétition et, certes, les jumelles se sont vite mises à notre humble niveau. Fines et musclées, pleines de grâce et d'énergie, elles compléteront avantageusement notre petite troupe et sans doute nous encourageront-elles à nous dépasser. Tout bien considéré, peut-être ne courons-nous pas droit au désastre, finalement.

Pour fabriquer nos tutus, nous avons découpé des longueurs de tissu dans nos vieilles robes de « Blanches » pour les transformer en jupes portefeuilles, sur lesquelles nous avons cousu des plumes, deux soirs de suite. Au moment des festivités, Dog Woman ayant officiellement ajouté notre cancan au programme des danses, nous ajusterons simplement nos jupes emplumées autour de la taille, par-dessus les robes de peau. Nous pourrons les soulever avec les mains, à la manière des véritables danseuses du genre, quoique avec infiniment plus de pudeur. Nos jambières et nos mocassins seront loin d'être aussi émoustillants que de vrais bas et talons, et il n'y aura que peu de chair nue offerte à la vue. Cela étant, nous nous passerons des cordons de chasteté.

– Les ficelles vous brûleront la peau, nous a averties Susie. On les a jamais mises, nous. D'abord, on n'est plus vierges depuis longtemps, et ensuite, les jeunes Cheyennes sont de vrais gentlemen avec les dames.

– Ça, c'est vrai, a approuvé Meggie. Dans les plaines, les femmes cheyennes ont la réputation de rester vierges jusqu'au dernier moment. Ça ne manque pas de sel, parce que la tribu est depuis longtemps l'alliée et l'amie des Arapahos, où c'qu'on sait bien que les damoiselles ont des mœurs très libres... À ce qu'il paraît, quand un jeune Cheyenne commence à s'astiquer le pommeau sous sa cape de bison, son père l'envoie des fois chez les Arapahos, où il y aura bien une fille ou deux qui s'occuperont de lui... Alors que si une poulette d'ici se fait dépuceler avant le mariage, la tribu lui pardonnera pas. Elle sera déshonorée à vie et aucun homme ne voudra l'épouser. Sauf peut-être un vieux veuf tout seul, parce qu'il faut bien qu'on lui fasse le ménage. Alors, voyez, c'est pour ça que les gars manquent pas de respect aux dames, dans la tribu. Ils restent bien sages jusqu'à temps qu'ils se marient. Aye, des fois, ils osent même pas coucher le soir des noces ! Ils vont attendre quatre ou cinq jours, même une quinzaine avant de se décider à charger leur canon. Pendant ce temps, ils s'allongent gentiment avec leur belle sous les fourrures et ils papotent, histoire de rompre la glace.

– Tout à fait charmant. Mais je ne vous ai jamais posé la question. Avez-vous l'intention de vous remarier ? leur ai-je demandé.

– Non. On a déjà dit à ce vieux dragon de Dog Woman qu'elle perde pas son temps à nous trouver des promis, a répondu Meggie. Les amours, pour nous c'est fini. On a plus important à faire.

– Et quoi donc ?

– Casser du soldat. On s'est enrôlées dans une société guerrière des femmes, celle de Phemie et de Pretty Nose. On fait notre préparation depuis quelques jours.

– Vous avez l'intention de partir en guerre ?

– Pas besoin de partir, Molly, elle arrivera toute seule, la guerre. Et ce jour-là, on sera prêtes, Susie et moi. Pas vrai, frangine ?

– Tu l'as dit, bouffi ! Et des sauvages comme nous, ils ont pas idée de ce que c'est. Quand ils nous verront charger en hurlant, ils vont faire dans leur froc, ces petits gars.

25 mai 1876

La guerre... les jumelles n'ont que ce mot à la bouche et je me rends compte que j'ai presque oublié notre bon aumônier, le pacifiste Christian Goodman, depuis ses mésaventures lors de notre arrivée. Il est vrai que nous avons fort à faire, de notre côté. Il faut dire que nous ne le voyons plus beaucoup, car il a trouvé à se loger dans le village lui-même, tandis que, pour respecter une sorte de protocole, nos tipis sont légèrement à l'extérieur.

Mais nous l'apercevons lorsque nous partons ou revenons de nos corvées et nous réussissons parfois à échanger quelques mots. Il semble s'être particulièrement bien adapté à ce mode de vie. Hawk a expliqué aux siens que c'était un déserteur, qu'il avait passé deux mois dans une caverne en quête de sa « vision ». Ces choses-là forcent l'admiration chez les Cheyennes, qui l'ont non seulement accepté parmi eux, mais le considèrent en outre comme un saint homme. Ces mêmes femmes qui l'ont accueilli à coups de bâton lui ont cousu plusieurs tenues indiennes. Il va tous les jours pêcher à la rivière et distribue généreusement son poisson aux pauvres, aux vieillards et à qui lui en demande.

Nous prenons conscience que les Indiens ont leur propre hiérarchie, un ordre économique entre les membres de la tribu, et qui dépend des talents de chasseur et de guerrier du chef de famille. Un brillant chasseur sera capable de nourrir celle-ci, mais aussi de se constituer une réserve de peaux de bêtes pour confectionner les tipis, les vêtements, la literie. Elles contribuent au bien-être en général et peuvent être échangées dans les comptoirs. De son côté, le guerrier, en sus d'être un valeureux combattant, est un bon voleur de chevaux, qu'il rapporte des raids menés contre les autres tribus. Il en capture également à l'état sauvage. Plus il en possède, et plus il lui est facile de transporter les perches qui servent à monter les tipis, et plus ceux-ci seront spacieux et confortables. Inévitablement, la tribu compte des hommes moins doués, moins courageux, ou qui ont simplement moins de chance et mènent avec leur famille une existence plus modeste. C'est un modèle de société finalement pas si différent du nôtre. Il est simplement beaucoup plus primitif.

Cependant les plus riches prennent soin des moins favorisés. Ils accueillent ou soutiennent les familles des guerriers morts au combat, entretiennent les vieillards et les infirmes. Voilà pourquoi la conduite désintéressée de Christian Goodman lui vaut le respect de tous. C'est un garçon simple et sincère. Je ne sais pourquoi, d'ailleurs, je le désigne sous ce terme, puisque nous devons avoir le même âge. Mais son ingénuité et sa gentillesse ont quelque chose d'enfantin, et peut-être ce trait de caractère explique-t-il pourquoi il se fait aussi bien à cette vie. Bien sûr, contrairement à nous autres, il n'a pas à se soucier des prétendants que lui soumettra Dog Woman. S'il décide de prendre épouse, il la choisira lui-même. Et personne ne le force à danser le cancan avec nous...

Il semble que, dans ces dernières pages, Hawk se distingue lui aussi par son absence... Je ne l'ai pas revu depuis notre arrivée. Moi qui nous croyais secrètement fiancés... Je nourris tout de même quelque espoir de le retrouver pendant les festivités... Seigneur, n'ai-je pas l'air d'une écolière languissante qui confie ses désillusions à son journal intime ?

Les Journaux de Margaret Kelly

Septième carnet

La société guerrière des femmes au cœur vaillant

« *La violence n'engendre que la violence. On sait bien qu'il n'y a pas de limite aux actes odieux commis par les hommes, leur sauvagerie, leurs boucheries... Rien de tout cela n'est acceptable. "Heureux les débonnaires, car ils hériteront la terre", lit-on dans la Bible. Sans doute... mais en attendant, le monde dont nous avons hérité est celui des massacres.* »

(Extrait des journaux intimes de Margaret Kelly.)

14 mai 1876

Les cornes vertes se débrouilleront maintenant toutes seules. On leur a tenu la main assez longtemps, on a fait notre devoir. Même si ça nous emballait pas tant que ça, on s'y était engagées, mais il faut qu'elles s'occupent elles-mêmes de leurs affaires, qu'elles apprennent à vivre dans le village. Nous ne répondons plus d'elles et c'est un soulagement.

Parce qu'il y a les nôtres, d'affaires, dont il faut s'occuper. On a une vengeance à assouvir et des soldats à tuer. C'est notre seule raison de vivre depuis la mort de nos petites. La guerre, on va la faire et on doit se préparer. Les anciens ont autorisé Phemie et Pretty Nose, qui est une chef de guerre, à former une société de femmes, parce qu'elles ont démontré qu'elles savaient se battre contre Mackenzie et ses troupes. Il paraît qu'il y en a pas eu beaucoup, des sociétés de femmes guerrières, dans la longue histoire de la tribu. Seulement une fois de temps en temps, quand c'était nécessaire parce que les Cheyennes manquaient de guerriers ou quand une femme hors du commun, ou deux, se portaient volontaires... Pretty Nose et Phemie sont des femmes de cette trempe et on a justement besoin d'elles.

Les hommes en ont plusieurs, des sociétés, chacune avec ses rites et sa spécialité : les Kit Fox Men, les Elk Soldiers, les Dog Soldiers, les Red Shields, les Bowstrings, les Chief Soldiers et les Crazy Dogs[1]. Les Crazy Dogs sont surtout de jeunes guerriers, connus pour leur témérité, qui tiennent à faire leurs preuves, les armes à la main. Nos gars en faisaient partie... ce jour affreux où ils sont allés couper les mains des bébés shoshones... ce qui nous a valu les foudres des dieux... Et comment qu'ils nous sont tombés dessus ! Faut croire que c'était mérité...

Phemie et Pretty Nose ont appelé leur société Imo'yuk he' tan à'e, et c'est la nôtre aussi. Un vrai nom à coucher dehors, mais en anglais ça veut dire « les femmes au cœur vaillant ». Moi et Susie, on est allées à notre première assemblée aujourd'hui, dans

---

1. Les Hommes-renardeaux, les Soldats de l'orignal, les Soldats-chiens, les Boucliers rouges, les Cordes de l'arc, les Soldats-majors, les Chiens fous.

une loge-à-cérémonie réservée pour nous. Phemie l'a montée près de celle qu'elle partage avec Black Man[1], son mari. Il n'y a que les membres de la société qui peuvent venir, ou ceux qui veulent le devenir à condition qu'ils soient invités personnellement. Tout ce qu'on dit ou ce qu'on fait pendant les assemblées doit rester secret. Si on en parle en dehors, on risque d'avoir la guigne pendant les combats.

À la fin, on demande à Phemie, juste entre elle et nous deux, si elle y croit vraiment, parce qu'on trouve que c'est quand même un peu superstitieux, cette histoire, même si on aurait tendance à l'être de plus en plus, moi et Susie.

– Qu'importe si nous y croyons ou pas, elle répond. Ce qui compte, c'est que les Cheyennes y croient, eux. Car c'est leur vie et, dans ce cas, c'est aussi la nôtre. Nous voulons compter parmi nous les femmes les plus remarquables, alors nous devons respecter les traditions, les croyances et les tabous. Les superstitions, si vous préférez. Si nous commençons à rapporter ce que nous décidons dans notre loge, et même si nous ne faisons qu'en parler entre nous au village, alors on saura que le secret n'est pas gardé et les femmes cheyennes douteront de nos pouvoirs. Elles penseront que nous sommes vouées à perdre la guerre, et bien sûr que nous la perdrons.

Avec Susie, on s'est dit qu'on pouvait quand même copier dans notre journal ce qui se passe pendant les assemblées, puisque notre journal ne regarde que nous et, si quelqu'un d'autre doit le lire un jour, ce qui a peu de chances d'arriver, ça voudra dire qu'on est mortes. Alors ce qu'on écrit sera aussi froid que nos cadavres.

Tous les hommes des sociétés guerrières adoptent l'esprit d'un oiseau ou d'un animal pour les protéger, pour leur donner des forces et leur apporter la victoire, même pour les rendre invincibles contre les balles. Ils peignent leur animal sur leur bouclier, leur cheval ou leur corps. Les guerriers vénéraient notre chère amie Helen qui en faisait de tellement beaux. Très souvent, ils portent aussi une amulette qui représente leur

---

1. Homme noir.

totem, une aile, une peau ou une queue d'oiseau, un os ou un morceau de fourrure, qu'ils cousent à leur tenue de guerre ou qu'ils attachent dans leurs cheveux. Il y en a comme Hawk qui apprennent à parler comme leur oiseau. Phemie s'est choisi la grue cendrée, celle du Canada, dont on dit que la femelle est le plus courageux des oiseaux. Si elle est blessée et qu'elle ne peut plus voler en emportant ses petits, elle se battra jusqu'au bout pour les défendre et elle n'aura pas peur d'attaquer des hommes. Phemie sait déjà faire son drôle de cri aigu, avec des tac-tac-tac, et on imagine la trouille qu'ils auront, les soldats, quand elle foncera sur eux en l'imitant, parce que, nous, ça nous fait déjà froid dans le dos. Elle nous a conseillé de choisir aussi quelque chose pour nous protéger, alors on réfléchit. Dommage que Helen soit plus là pour nous aider, elle en connaissait un bout, sur les oiseaux. On va peut-être demander à lady Hall ce qu'elle en pense, car elle aussi, elle s'y connaît.

17 mai 1876

Ces derniers jours, Phemie nous a initiées à l'art de la guerre. Comme on est des filles de la ville, Susie et moi, depuis qu'on est ici on a toujours compté sur nos maris et les gars de la tribu pour nous fournir du gibier. On avait pas encore appris à tirer à l'arc ou avec un fusil, même si à Chicago, on avait un couteau dans notre sac quand on faisait un certain genre de métier qu'on répétera pas, parce que des fois on avait affaire à des clients violents.

Au moins, on monte bien à cheval maintenant, aussi bien que les Indiennes. Elles non plus, d'ailleurs, elles ne savent pas manier les armes, pour la plupart. Les filles de la tribu, ça fait pas partie de leur éducation. Mais voilà deux jours qu'on s'entraîne devant une cible avec un arc, un revolver et un fusil. Ensuite, Phemie et Pretty Nose nous apprennent à tirer en galopant, et ça, il faut dire, c'est un sacré tour d'adresse.

Il y a un truc encore plus dur qu'elles savent faire, que tous les gars y arrivent pas, seulement les meilleurs guerriers. En plein galop, on plonge à droite contre le flanc en s'accrochant de la main gauche à la crinière et du pied gauche à la croupe. On garde la position pour tirer de la main droite avec un revolver ou une carabine à répétition, par-dessous l'encolure. Comme ça, l'ennemi, s'il veut riposter, il voit pas de cible parce qu'on a le corps caché par celui du cheval.

Pour sûr, c'est compliqué, comme truc. C'est que Phemie a des grands bras et des longues jambes pour s'accrocher au cheval. Et Pretty Nose n'est pas très grande, mais elle est forte comme un bœuf. C'est une cavalière hors de pair, souple comme tout. Comparées à ces deux-là, moi et Susie, on fait un peu gringalet. Seulement, on est légères et, avec un peu d'entraînement, on y arrive à glisser sur le côté et à tenir la position pendant qu'il galope, le canasson. On n'ose pas encore tirer en même temps. Aye, si on tombe à cette vitesse, à condition qu'on se brise pas la nuque pour commencer, on est sacrément dans le pétrin, parce qu'on se retrouve à pied et là, l'ennemi, il sait très bien sur quoi tirer.

Même les autres Indiennes de notre société, elles se risquent pas à le faire, alors qu'elles montent très bien. Elles sont quatre, pour l'instant, et Phemie veut en recruter de nouvelles. L'une d'elles, c'est Kills in the Morning Woman, que Molly l'a presque assommée quand elle est arrivée. Elle doit son nom au fait que son fils avait trouvé la mort, il y a des années, dans une escarmouche avec une petite bande de guerriers pawnees. Le lendemain avant l'aube, elle était partie seule de son village, elle avait relevé la piste des Pawnees jusqu'à leur camp de guerre et elle s'était glissée sans un bruit parmi eux. Alors elle les a tués tous dans leur sommeil et elle est revenue avec leurs chevaux, leurs scalps, et celui de son fils qu'elle a mis sur sa charpente funéraire pour qu'il s'en aille à Seano avec ses cheveux. Aye, il vaut mieux l'avoir pour amie, celle-là. Pour ça qu'on était étonnées qu'elle lui rende pas la pareille, à Molly, parce que c'est pas une tendre.

Une autre fille qui s'est engagée avec nous, c'est Buffalo Calf

Road Woman[1], la sœur du guerrier Comes in Sight[2]. Et il y a aussi Vé'otsé'e, Warpath Woman[3], qui a perdu toute sa famille à cause de Mackenzie : son mari, leurs deux enfants, sa mère, son père et sa grand-mère. Avec tous ces morts à pleurer, elle est devenue un peu folle... comme moi et Susie, tiens... et depuis, elle insiste dans la tribu pour qu'on y aille, à la guerre, plutôt que d'attendre qu'elle vienne à nous. « On passe notre temps à fuir et à se cacher, elle répète aux assemblées, à attendre que l'armée nous repère et nous attaque. Pourquoi on ne les attaquerait pas d'abord ? Pourquoi ne pas revenir sur le sentier de la guerre, comme avant ? » Aye, les soldats, quand elle leur tombera dessus, on voudrait pas être à leur place. Quand nous leur tomberons dessus nous-mêmes, d'ailleurs. Même en enfer, on sait pas ce que c'est, la vengeance d'une mère.

18 mai 1876

Ce matin encore, on s'est exercées à tirer à cheval, et on forme des couples, pour que chacune ait une alliée et qu'elle puisse y faire attention. Phemie dit que son peuple se battait comme ça en Afrique, et qu'ils chassaient comme ça aussi. Susie et moi, on n'a pas trop de mal à comprendre, puisqu'on veillait déjà l'une sur l'autre dans le ventre de notre maman.

Avec Pretty Nose, elles nous montrent comment pousser des cris qui terrorisent nos ennemis, elles veulent qu'on sache comment nous habiller et nous couvrir de peintures de guerre pour que les petits soldats bleus fassent dans leur froc quand ils nous verront. Bien sûr, les femmes savent bien ce que c'est, les costumes de guerre, elles harnachent leurs bonshommes depuis toujours, et personne ne peut vous fiche la frousse autant qu'un guerrier cheyenne paré pour le combat, avec sa coiffe de plumes d'aigle qui descend jusqu'au sol.

---
1. Celle qui, enfant, a trouvé la piste des jeunes bisons et en a tué un.
2. Celui qu'on voit arriver.
3. Femme sur le sentier de la guerre.

Mais on s'amuse quand même de les voir hésiter à s'attifer comme ça... elles pensent que ça fait pas bien élevé pour une femme, et elles ont jamais appris à pousser des cris de guerre. C'est tout l'inverse de ce qu'on leur a enseigné dans leur vie... préparer les repas, coudre et broder, monter les tipis, équarrir les bêtes, tanner les peaux, faire sécher la viande, chercher de l'eau, des tubercules et ramasser du bois... faire le ménage dans les tipis et élever les enfants, tout ce travail de chaque jour quand on vit dans la nature, un travail qu'elles font avec des vêtements simples et sobres, pas comme les gars qui paradent comme des paons avant d'aller à la bagarre. Mais moi et Susie, on descend aussi de tribus guerrières chez nous, alors on n'a pas de mal à jeter des cris qui leur ratatineront la peau des roustons, aux soldats. Et y a pas d'autres filles ici qui ont l'air aussi mauvaises que les sœurs Kelly quand elles ont mis leur tenue de combat, et leurs peintures sur le visage, aussi rouges que nos cheveux sont roux. Les diables rouges[1], c'est nous !

– C'est exactement ce que nous voulons, mesdames, dit Phemie. Que notre bande de guerrières, aussi restreinte soit-elle, inspire la peur dans l'âme de nos ennemis dès qu'ils nous verront et qu'ils nous entendront. Nous voulons leur apparaître comme une vision d'enfer, telle qu'ils ne l'auraient jamais imaginée. Il faut qu'ils se demandent qui sont ces créatures qui fondent sur eux. Car il est sûr que les soldats n'ont jamais affronté de femmes au champ de bataille. Oui, certains ont tué des femmes et des enfants sans défense lorsqu'ils ont assailli nos villages, mais, à ce jour, ils n'ont pas encore été attaqués par des guerrières. Nous détiendrons un avantage, celui de jeter le trouble dans leur esprit, d'inspirer le doute, ne serait-ce que pendant une seconde. C'est suffisant pour qu'ils hésitent, et nous en profiterons pour les abattre sans leur laisser le temps de nous abattre nous-mêmes. Ce trouble, je l'ai constaté quand les soldats de Mackenzie m'ont vue me ruer sur eux avec ma lance et mon bouclier. Et j'ai le deuxième avantage d'être une Négresse... Les petits Blancs ayant peur des gens de couleur...

---

1. Surnom donné aux Indiens d'Amérique par les colons européens.

Quand on a terminé nos exercices, Phemie veut nous parler à moi et Susie. Toutes les trois, on emmène nos chevaux à la rivière et on s'assoit sur la berge. Comme les neiges ont bien fondu, le niveau a monté et l'eau est boueuse. On aperçoit Christian Goodman, un peu plus loin, qui pêche avec sa branche de saule. Il jette son fil là où c'est profond et il attrape une truite après l'autre. Elles dansent en l'air quand il les remonte. Il nous voit à son tour, il fait un grand geste et il crie :

– Prenez-moi des truites ! Autant que vous voudrez ! Ça mord bien aujourd'hui !

– Tu sais que c'est un mennonite, hein ? je dis à Phemie. Un pacifiste. C'est un mouvement pour qui la vie humaine, c'est sacré.

– Oui, je sais. J'ai discuté avec lui. Goodman est un jeune homme charmant, et le pacifisme un idéal louable. Sa foi, sa dévotion sont admirables. Seulement, cet idéal ne peut être atteint que si tout le monde est pacifiste, comme dans sa communauté. Je condamne également le meurtre. Mais voilà, d'autres hommes essaient de nous tuer, nous, et sur cette terre, malheureusement, les pacifistes sont jetés en prison, réduits en esclavage ou supprimés par ceux qui ne le sont pas.

« Je n'ai pas encore rencontré les nouvelles filles que vous avez amenées, continue Phemie. Je voulais vous demander si, à votre avis, il y en a qui pourraient devenir de bonnes guerrières. Cette Molly, là... D'après ce que vous disiez, elle a tenu tête à Jules Seminole, et même plus que ça ? Ce serait peut-être une bonne recrue.

– Aye, sans doute la meilleure du lot, reconnaît Susie. C'est une dure à cuire, elle a du courage, mais elle aime pas qu'on lui dise ce qu'elle a à faire. Rebelle à l'autorité, comme qui dirait... Sans doute parce qu'elle a fait de la prison.

– De la prison ?

– Aye, elle a refroidi un bonhomme, oui. On sait pas qui c'est ni pourquoi. Elle avait aussi une petite fille, qu'elle a perdue.

– Il y en a une autre, j'ajoute. Lady Ann Hall, une Anglaise. Ça te rappelle rien, Phemie ?

Elle réfléchit un instant.

— Si, si... Le nom de la compagnie de Helen, n'est-ce pas ? Celle qui écrivait les légendes sous ses illustrations ?

— C'est bien ça, dit Susie. Lady Hall est venue la chercher jusqu'ici. Elle s'est engagée dans le programme FBI dans l'espoir de la retrouver... et tout ce qu'elle a retrouvé, c'est ses os sur une charpente.

— Elle aussi, elle a de l'estomac. On peut sûrement compter sur elle en cas de nécessité. Ça vaudrait la peine de l'enrôler, mais on sait pas si elle voudrait.

— Et les autres ?

— La Mexicaine, Maria Gálvez, et la Norvégienne, Astrid Norstegard, ne sont pas des mauviettes, répond Susie. Des filles capables. Maria monte bien à cheval et Astrid a appris très vite. Ensuite, la Française, Lulu Larue, que c'est peut-être pas son vrai nom, et celle de Liverpool, Hannah Alford, elles sont bien mignonnes, mais elles sont pas de la race des combattants. Ni la femme du pasteur, Carolyn Metcalf, une fille bien qui ne se plaint jamais, mais elle a pas le caractère qu'il faut.

— Sur les sept, on en aurait peut-être quatre qui feront l'affaire, je dis. Si tu arrives à en recruter deux, ça sera déjà pas mal. Tu comprends, Phemie, elles en ont vu des vertes et des pas mûres, mais pas autant que nous. Elles ont pas encore la haine des soldats.

Nous regardons Christian pêcher un petit moment, jusqu'à ce qu'il ait attrapé toutes ses truites, qu'il distribuera ensuite aux vieillards et aux pauvres. Il a un franc succès chez les Cheyennes. Voilà qu'il vient s'asseoir près de nous. C'est qu'il a pris du poids depuis qu'il est arrivé, qu'il était maigre comme un épouvantail, celui-là. Ça lui réussit, cette vie.

— Vous ressemblez à cette belle journée de printemps, mesdames ! il nous dit en faisant un grand geste du bras pour indiquer tout le paysage, la rivière qui brille au soleil, la prairie, les collines et la forêt. Comment ne pas remercier Dieu pour ses bienfaits... tant de beauté, la terre féconde, le poisson dont nous nous régalerons, ce soir. Avec de bons amis pour le partager et un endroit chaud pour dormir. Quoi demander de plus ? À part une famille, bien sûr.

— On a rien besoin d'autre, c'est vrai, je lui réponds. À condition qu'il veuille bien nous laisser vivre en paix, votre bon Dieu, qu'on puisse en profiter, faire des enfants, sans être sûres que l'armée va revenir nous massacrer...

— Eh bien, mesdames, pour ce qui est de jeter un froid, vous savez faire... Moi qui étais de si bonne humeur.

— Pour ça, y a pas meilleur que nous, lui dit Susie. Nous, on vit dans le monde réel, celui où le bon Dieu envoie des soldats pour nous exterminer, nous et nos petites. Même par une belle journée comme ça, ça peut arriver et on l'oublie pas.

— Et comme il vaut mieux se préparer, j'ajoute, on s'est entraînées à combattre, aujourd'hui.

— Oh là là, dit l'aumônier, et une ombre passe sur son visage comme un nuage noir sous le soleil. Oui, vous savez, je les ai vus à l'œuvre, les soldats. Seulement, il faut comprendre que ce n'est pas Dieu, mais d'autres hommes qui les envoient.

— Alors à quoi il sert, ce Dieu, demande Susie, s'il les en empêche pas ? C'est pas un bon tour de cochon, ça, de nous faire la terre si jolie et d'y mettre ces bonshommes au cœur plein de haine ?

— Ils ne sont pas tous comme ça, corrige doucement Goodman. Et vous, Euphemia, on dit dans le village que vous êtes une guerrière, et vous semblez pourtant habitée d'un grand calme. Quelle est votre opinion sur les hommes et la religion ? Sur la guerre et la paix ?

— J'aimerais que tous les hommes soient comme vous, monsieur l'aumônier. Sincèrement. Les Blancs comme les Indiens. J'admets cependant que mon propre peuple est loin d'être innocent. Ma tribu, les Ashanti, sont les plus grands guerriers d'Afrique. Notre nom signifie d'ailleurs « à cause de la guerre ». C'est par elle que nous existons, faute de quoi nous sommes voués à périr. De la même façon, les Cheyennes se flattent d'être les plus valeureux combattants des plaines. Ils apprennent aux garçons, très jeunes, que leur première mission dans la vie consiste à faire la guerre. Les pères étant souvent partis au combat, en train de chasser, de capturer des chevaux sauvages ou d'en voler aux autres, ce sont les grand-pères et les anciens du village qui enseignent aux jeunes leurs devoirs d'hommes. Avant qu'il aille se battre pour la première fois, le grand-père dit à son petit-fils : « Au moment de charger l'ennemi, n'aie pas peur, fais comme les autres. Sur le champ de bataille, il faut tuer et faire des touchers, cela fera de toi un homme aussi. Le Peuple te considérera comme tel. Ne crains pas la mort. Il n'y a pas de déshonneur à mourir les armes à la main. »

Christian hoche tristement la tête.

– J'ai été élevé selon des principes radicalement opposés. Fidèle à ses convictions, mon père n'a jamais combattu, et c'est lui qui m'a enseigné les vertus masculines de notre mouvement. Elles consistent à suivre l'exemple de Jésus-Christ, à aimer son prochain comme soi-même, à vivre dans la paix et à la professer. On m'a appris que tuer un être humain, même en cas de guerre, est un péché.

– Aye, c'est très joli, tout ça, Christian, dit Susie, mais ici, dans ce pays, chez ces gens, avec des principes comme ça vous seriez déjà mort dans vos langes, et vos parents avec vous.

– Ce n'est pas parce qu'on vit dans un monde violent que la violence est une bonne chose.

– Ce n'est pas une question de bien ou de mal, mais de survie, monsieur l'aumônier, lui explique Phemie.

– Eh bien, si, voyez. Pour mes coreligionnaires, cela reste une question de bien et de mal, une question d'ordre moral, fondamentale. Par exemple, est-il juste de… est-ce le devoir d'un homme d'aller couper la main des nourrissons d'une autre tribu, comme l'ont fait certains de vos guerriers cheyennes, au moment que vous savez ? Qu'engendre la violence, sinon d'autres violences… le désespoir… le chagrin ?

Alors nous gardons le silence, tous les quatre, assis sur la berge, chacun perdu dans ses pensées. Christian finit par se lever, il jette quelques truites dans un sac en grosse toile, puis autant dans un deuxième, qu'il nous donne. Cela fait plus de poisson qu'on en a besoin pour nous et nos amis. Nous le remercions et il s'éloigne, son sac en bandoulière.

– Que Dieu vous bénisse, il nous souhaite en se retournant.

– Un homme très honorable, dit Phemie.

Et on bouge pas, on reste au soleil, Phemie, Susie et moi, à écouter le chant de la rivière. C'est tellement une belle journée de printemps, les oiseaux se font des amours et gazouillent dans les arbres, on a envie de profiter encore de ce moment de répit, de cette illusion de paix. Peut-être qu'après notre conversation avec l'aumônier, qui est si innocent, si confiant dans ses idéaux, moi et Susie on a un peu honte de vouloir se venger coûte que coûte. C'est lourd à porter, un cœur de pierre, un vrai fardeau, mais avant qu'on se soit fait justice, il faudra continuer à le porter. Toute la journée, et même toute la nuit... aye, c'est même pire, la nuit... il y a pas un moment où on sent pas nos petites filles gelées contre nos seins, et dans nos rêves on voit leurs petites têtes bleues.

– Quand je repense aux bébés shoshones, dit Susie. Nos maris sont allés les tuer, alors qu'ils avaient des nouveau-nées chez eux. Le soir où on l'a appris, on a décidé qu'on ne vivrait plus avec eux, on voulait même plus les voir. S'en prendre à des nourrissons... Y a-t-il un crime plus ignoble, Phemie ? On peut pas accepter des choses pareilles. On les aimait bien, nos gars, mais en fait ils méritaient de mourir, le lendemain matin. Il a pas tort dans ce qu'il dit, Goodman, hein ?

– Non, il n'a pas tort, reconnaît Phemie. C'est un homme d'une haute moralité et il a raison : la violence n'engendre que la violence. On sait bien qu'il n'y a pas de limite aux actes odieux commis par les hommes, leur sauvagerie, leurs boucheries... Rien de tout cela n'est acceptable. « Heureux les débonnaires, car ils hériteront la terre », lit-on dans la Bible. Sans doute... mais en attendant, le monde dont nous avons hérité est celui des massacres. Le bien et le mal, d'accord, mais il faut prendre en compte notre survie... Si nous ne luttons pas contre les soldats, ce sont eux qui nous abattent... Mais tuer des bébés, jamais !

– Ils n'emmènent pas leurs enfants sur le champ de bataille, eux, je fais remarquer. Voilà pourquoi les tribus sont si vulnérables. Mais je ne peux pas imaginer que nos guerrières, qui ont toutes eu des enfants, à part toi, Phemie... je ne peux pas imaginer qu'elles aillent tuer ceux des autres.

— Nous en parlerons lors de notre prochaine assemblée. Nous devons nous assurer que de telles choses n'arriveront jamais. Et, pour que vous sachiez... eh bien, je vais être maman.

Nous en restons bouche bée, parce que Phemie a toujours dit qu'elle ne voulait pas d'enfants. Elle portait même le cordon de chasteté.

— Tu en as envie ou... tu es sûre déjà ?
— Les deux.
— Il faut avoir confiance en l'avenir pour donner naissance à un petit.
— Un jour, je n'ai pas pensé à mettre mon cordon... J'ai peut-être fait exprès, car je n'ai plus recommencé. Mon mari a profité de l'occasion et j'avoue n'avoir rien tenté pour l'en empêcher. Maintenant, je suis obligée d'avoir confiance en l'avenir.
— Et tu veux partir en guerre alors que tu es enceinte ?

Mais brusquement, il y a tout un barouf dans les collines au-dessus de la rivière, les éclaireurs poussent des cris d'alerte, qu'on sait très bien ce que c'est. Avec Susie, on a des frissons et la chair de poule. C'est l'armée qui nous a retrouvés ? On file vite prendre nos chevaux et on retourne au village. Soudain, on aperçoit une silhouette, sur la dernière colline au fond, qui vient vers nous au galop. Elle disparaît dans le versant par-dessous, avant la colline suivante, et elle a cinq Cheyennes qui foncent derrière elle, à cheval eux aussi. Ça dure comme ça un moment, leur petit jeu de montagnes russes, les gars se rapprochent d'elle à toute allure, mais finalement, elle arrive au bord de l'escarpement au-dessus de la rivière, et là elle est forcée de s'arrêter, parce qu'en dessous, la terre est molle sur le talus, mélangée à des cailloux. En plus, c'est très abrupt, trop dangereux pour descendre à cheval, et surtout pas au galop. On le voit un peu mieux maintenant, le cavalier. C'est pas un soldat, parce qu'il porte cette bonne vieille veste à franges, un grand chapeau de cow-boy déformé, attaché par une ficelle au menton et qui lui mange le visage. Et c'est pas du tout un cheval qu'il monte, c'est une grosse mule grise. Il regarde derrière lui, on entend nos guerriers qui crient derrière encore plus fort, mais eux, on les voit pas encore. Et voilà qu'il descend quand même vers la rivière ! La mule a les pattes avant qui s'enfoncent dans la terre molle, elle penche sur le côté, c'est sûr qu'elle va s'étaler, cette pauvre bête... elle va basculer avec son cavalier. Mais non, elle se débrouille pour se redresser et elle se pose sur son derrière pendant que le cavalier se penche en arrière sur la selle pour faire contrepoids. Et comme ça, ils se laissent glisser jusqu'en bas.

Les Cheyennes arrivent maintenant au bord de l'escarpement, et ils tournent en rond sur leurs chevaux parce qu'ils ont pas très envie de s'enfoncer dans la boue, eux. Le cavalier traverse la rivière en crue, sa mule se met à nager au milieu, jusqu'à ce qu'elle ait pied à nouveau et elle sort sur l'autre rive en aspergeant de l'eau partout. Le cow-boy se retourne, regarde ses poursuivants, retire son chapeau qu'il brandit en l'air et ses tresses grises lui tombent sur les épaules. Il leur beugle des choses en cheyenne qu'on traduit à peu près, avec Susie : « On m'attrape pas comme ça, moi, espèces d'ânes ! Triples buses ! Faire un toucher sur Dirty Gertie, et puis quoi encore ? » Et elle agite son chapeau en riant comme une folle.

Là-haut sur l'escarpement, Medicine Wolf[1] brandit sa lance plusieurs fois dans sa direction. Elle leur a joliment fait la pige, il doit bien le reconnaître et, fair-play, il se met à rire lui aussi.

Gertie se retourne et nous voit au bord de la rivière. Elle trotte vers nous, trempée comme une soupe jusqu'en haut du pantalon avec les franges qui dégoulinent.

– Mais en voilà une bonne surprise, qu'elle dit en rigolant. Si je m'attendais à vous trouver là...

– Tu t'es surpassée, Gertie, fait Susie. Tu rates jamais ton entrée, toi ! Pourquoi ils te couraient après, les éclaireurs ?

– Parce que je leur ai filé sous le nez, là-bas devant leur poste. C'est un jeu entre nous. Ils m'ont reconnue dès le début, mais le temps qu'ils soient sûrs, j'avais déjà pris de l'avance. Que je suis plus maligne, moi. Ils ont voulu m'attraper et faire un toucher, puisqu'ils m'avaient laissée passer. Et cette bonne vieille mule... ça, elle en a, des qualités, mais s'il faut faire la course contre

---
1. Loup bonne médecine.

leurs chevaux, elle les battra pas. Sauf qu'elle, elle a pas peur de mettre les pattes dans la boue, dit Gertie en lui flattant l'encolure. Une chance qu'on soit arrivées au-dessus de la berge. Elle est douée pour les glissades...

Gertie regarde Phemie et sourit en hochant la tête.

— Les Arapahos t'ont ramenée à la vie, à ce qu'il paraît... On peut les remercier, toi et moi.

— Bonjour, Gertie. Ils m'ont dit aussi qu'ils t'avaient sauvée. Je suis contente de te revoir, plutôt ici que sur la route suspendue dans le ciel. C'était moins une...

— Faudra bien y aller un jour, mais on n'est pas pressées...

— Comment nous as-tu retrouvées ? demande Susie.

— Vous me posez toujours la même question, les filles, et je réponds toujours pareil. Vous savez bien que j'ai vécu chez les Cheyennes. Je connais tous les endroits où ils aiment camper. J'ai pensé que Little Wolf chercherait un coin à l'écart, cette fois, qu'il changerait ses habitudes, parce qu'il a besoin de se planquer et de faire des réserves. Lui et sa bande, quand ils ont faussé compagnie à l'agence Red Cloud, ils n'avaient rien d'autre que leurs frusques sur le dos. Et encore, des hardes... Dans ce coin, ici, il y a tout ce qu'il faut, du gibier, de l'eau... Et les villages indiens, je les renifle à des miles alentour, un vrai coyote, que je suis.

— Alors, quelles sont les nouvelles ? je lui dis.

— J'en ai... j'en ai... Mais n'allons pas trop vite. Je suis à peine arrivée. Les affaires sérieuses attendront un petit peu. Je vois que ces dames ont pris du poisson, elle remarque en indiquant le sac de truites que nous a laissé Goodman. Elles sont bien appétissantes, ces petites beautés, j'en grignoterais volontiers quelques-unes au dîner. Vous m'invitez chez vous ?

— Mais oui, bien sûr, confirme Susie. Tu restes aussi longtemps que tu veux, ça va de soi. Et tu arrives au bon moment. Dans quelques jours, les Cheyennes font une fête avec des danses pour accueillir dignement les cornes vertes et les marier. Reste au moins jusque-là.

— Votre vieille Dirty Gertie n'aime rien de plus que les danses indiennes. Il y a bien longtemps que je n'ai pas été de la fête ! Si je sais encore faire, je lèverais bien la jambe, moi aussi. À votre âge, je dansais toute la nuit avec eux. Au fait, comment elles se portent, les nouvelles ?

– Aye... elles s'habituent, petit à petit... aussi bien que possible, finalement. Elles ont fait un long voyage... comme nous. Et il s'en est passé, des choses, en chemin, qu'on s'y attendait pas.

– Eh ! Dans ce pays, il se passe toujours des choses qu'on s'y attend pas ! C'est la règle. Je m'étais dit que vous en auriez aussi à me raconter.

– Tu n'en croiras pas tes oreilles. On t'expliquera tout, ce soir, en faisant griller les truites.

19 mai 1876

On a installé Gertie comme il faut dans notre loge, elle a un bon couchage et on a fait du feu pour griller nos truites. Notre tipi, on le partage avec Mó'éh'e, Elk Woman[1], qui est veuve et plus toute jeune. C'est une Cheyenne du Sud qui a perdu sa famille en 64 dans le Colorado, pendant le massacre de Sand Creek. Elle a vécu ensuite avec des parents chez ceux du Nord, qui sont repartis depuis. Alors, comme elle a plus personne, on l'a prise avec nous. Elle s'occupe bien de notre loge et en échange, on fait attention à ce qu'elle mange bien, qu'elle manque de rien et qu'elle dorme bien au chaud. De notre côté, c'est les parents de nos maris disparus qui nous rapportent du gibier de la chasse, des peaux de bêtes, et qui nous ont donné les perches pour monter le tipi. Les Cheyennes s'entraident toujours entre eux et le peu qu'on a est bien suffisant.

Gertie vivait chez ceux du Sud en même temps que Elk Woman, et elle aussi a perdu les siens, ce jour-là, alors elles se connaissent. Contentes de se revoir, elles parlent de leurs vieux amis, de la vie qu'elles menaient à l'époque. C'est agréable de les entendre, et triste à la fois... tant de disparus et tant de douleur

---

1. Dame orignal.

dans ce pays si grand.

On raconte à Gertie qu'on a Martha avec nous, qu'elle était prisonnière de Seminole et que Molly l'a libérée. On lui dit qu'elle a retrouvé son petit ici, mais qu'elle est encore toute chamboulée. Une fois qu'on a fini, Gertie se tait un moment et pendant qu'elle rumine tout ça, elle a un visage de pierre.

— Le fourbe... elle murmure finalement en hochant la tête. Quand je suis revenue à Camp Robinson après vous avoir rendu visite chez Crazy Horse, j'ai appris que, juste avant de mettre Martha dans un train pour Chicago, l'armée lui avait enlevé son bébé pour le donner à Tangle Hair. On tenait pas à ce qu'elle rentre chez elle avec le gamin. Avec sa couleur de peau... c'était la preuve qu'elle avait épousé un Indien et que le programme FBI avait bien existé.

— C'est ce qu'on a pensé, nous aussi, avec Meggie.

— Paraît qu'ils lui ont collé deux soldats pour l'escorter dans le train. Qu'il a fallu la faire monter de force, tellement elle criait et elle ruait pour reprendre son petit. Maintenant, comment il a fait, Seminole, pour l'attraper...

— Ça, on n'a pas la réponse, Gertie, je lui dis. C'est comme si elle se souvenait de rien... ou alors elle veut pas en parler. Seminole a raconté à Molly que c'était sa femme.

— Ce fourbe ! elle répète. Martha, la femme de Seminole ! Quel sort enviable, n'est-ce pas ? Pas étonnant qu'elle veuille pas se rappeler. Faut croire qu'elle leur a échappé, aux soldats, qu'elle est arrivée à descendre du train. Elle essayait sûrement de rebrousser chemin pour récupérer son bébé quand il lui a mis la main dessus. Ce que je sais, en tout cas, c'est que l'armée l'a engagé, lui et ses sbires, pour guider les éleveurs, les spéculateurs, les prospecteurs et les journalistes. On veut prouver au monde blanc que la région n'est plus infestée par des hordes de sauvages, qu'on peut s'y promener sans trop de risques. Il y en a plein les journaux, des histoires de Blancs qui se sont fait scalper, que ça n'est rien que des inventions, parfois, alors l'État cherche à rassurer les colons et les financiers. Martha est peut-être tombée sur Seminole pendant qu'il promenait ces messieurs.

– Le jour où Molly les a croisés, tous les deux, nos éclaireurs avaient repéré un groupe de Blancs qui campaient plus haut que nous sur la rivière. Seminole travaillait sans doute pour eux, avec des Indiens crows.

– Croyez-moi, les filles, j'aurai la peau de ce scélérat, même si c'est la dernière chose que je dois faire sur terre. C'est pas les raisons qui manquent, déjà. Mais alors, Martha... c'est la goutte d'eau qui fait déborder le vase.

– Elle va beaucoup mieux aujourd'hui, dit Susie. Mais on a peur qu'elle retrouve jamais toute sa tête. Finalement, c'est peut-être aussi bien qu'elle se souvienne de rien.

– Ça serait pas la première fois que je vois ça. Bon Dieu, depuis le temps que je parcours ce pays de long en large, je me demande ce que j'ai pas vu... Je parie que, tout au fond d'elle, elle se rappelle un peu ce qui s'est passé. Elle aura beau vouloir enterrer ses souvenirs, il y en a qui vont remonter à la surface, un de ces jours, brûlants comme des geysers. Dieu sait dans quel état elle sera, ce jour-là. En tout cas, j'espère que vous serez pas loin.

– Aye, à ton tour, Gertie, je lui dis. Tu es tout de même pas revenue pour rien, alors raconte-nous ce qui se passe.

– J'y ai réfléchi toute la soirée, mes jolies, et j'ai pensé qu'on avait le temps. Et puis j'aimerais autant en parler devant les nouvelles aussi, comme ça, j'aurai pas besoin de me répéter. Ça remue, là-bas au fort, ça je peux vous l'affirmer tout de suite. Mais rien n'arrivera demain matin. Alors si je vous en cause d'ici quelques jours, ça revient au même, voyez ? D'abord, je dois rendre compte à Little Wolf, qui est le Chef de la Douce Médecine, parce que c'est lui qui prend les décisions. Nous faisons pas de mauvais sang tout de suite.

– Gertie, insiste Susie. Du mauvais sang, on s'en fait depuis que tu es là. Tu as pas battu la campagne pour une simple visite de courtoisie, comme y disent.

– Vous me connaissez bien, les filles. Et vous avez peut-être pas tort. Mais j'aime mieux en rester là pour l'instant. À propos de visite, j'ai un peu de monde à voir aussi, dans le village. Mais vous saurez tout avant le soir des danses. Ça serait pas honnête de ma part, sinon. Surtout que cette vieille mégère de Dog Woman va leur désigner des maris, aux cornes vertes. Elles changeront peut-être d'avis quand elles m'auront entendue... ou peut-être pas. Enfin, on va pas s'ennuyer à regarder ces donzelles faire connaissance avec leurs promis ! Et ensuite le grand bal cheyenne !

On lui dit que les Cheyennes seront pas seuls à danser... mais il faut lui laisser la surprise. C'est bizarre, la vie, des fois, parce qu'on sait bien tous que, comme elle dit Gertie, ça va être le déluge à nouveau, que ça va nous tomber dessus, et pourtant on trouve toujours le moyen de se distraire avec quelque chose. Aye, si elle est revenue nous voir, c'est forcément qu'il y a des nuages noirs à l'horizon et qu'un vent mauvais commence à souffler. Pas besoin d'être sorcier pour comprendre ça. Ça fait rien, on l'attend avec impatience, cette soirée-là. Ça nous rappellera comment on était, tout au début, quand on est arrivées avec notre groupe chez les Cheyennes. Quand on leur rend visite, aux nouvelles, qui font tout pour se faire accepter dans la tribu, c'est un peu comme un miroir de ce qu'on était, nous et nos bonnes copines...

– On était jeunes et bien innocentes, pas vrai, Gertie ? lui dit Susie. On n'avait pas idée de ce qui nous attendait. Ça fait juste un peu plus d'un an qu'on est là, maintenant, et on nous a tout bouleversé, tout mis sens dessus dessous... Alors c'est comme si ça faisait dix ans, et nous qu'on en avait cent... L'innocence, c'est même plus un souvenir.

– Dites donc, sacrées rouquines, répond Gertie. Votre innocence, vous l'avez perdue, vous n'aviez pas cinq ans !

Alors on rigole de bon cœur, toutes les trois, parce que c'est vrai qu'elle nous taquine, Gertie, mais elle a pas tout à fait tort.

22 mai 1876

Gertie a eu son pow-wow avec Little Wolf, et ce matin, elle doit nous rejoindre chez les cornes vertes. On redoute ce qu'elle va dire, Susie et moi, parce qu'on s'est donné du bon temps, ces derniers jours... sans savoir ce qui se prépare... même si on devine que c'est pas rien... et qu'il faudra recommencer à fuir, repartir sur nos chevaux... juste au moment où on commençait à se reposer et à se sentir bien dans le nouveau village.

On arrive en même temps qu'elle, et on voit tout de suite, il suffit de la regarder, que les « visites de courtoisie », c'est terminé. Après avoir salué les nouvelles, elle perd pas de temps, elle va droit au but.

– Mesdames, le 29 mai, c'est-à-dire dans une semaine, le général George Crook va quitter Fort Fetterman sur les rives de la North Platte River, dans le territoire du Wyoming, avec quinze compagnies de cavalerie et cinq autres d'infanterie montée, soit plus d'un millier de soldats. Ils partent en direction du nord-ouest vers le vieux Fort Reno sur la Powder River. Pour l'approvisionnement, ils auront avec eux un train de mules de cent trente-six chariots et environ deux cents mulets de bât. Je le sais parce qu'une vieille copine de Meggie et Susie, qui s'appelle Jimmy le muletier, alias Dirty Gertie, les retrouvera à Fort Reno pour conduire un des chariots en question, qui est pour l'instant celui de mon camarade muletier Charlie Meeker, que c'est un gars très bien.

« Quasiment au même moment, continue Gertie, la colonne Dakota, sous les ordres du général Alfred Terry, s'éloignera de Fort Abraham Lincoln, sur la rive ouest du Missouri, vers la Yellowstone River à l'ouest. Terry mène quinze compagnies, dont une douzaine qui appartiennent au 7e de cavalerie, qui a à sa tête le lieutenant-colonel George Armstrong Custer, ce qui nous fait près de six cents soldats. C'est pas tout, mesdames... un troisième convoi, commandé par le colonel John Gibbon, doit se mettre en marche depuis Fort Ellis, à l'est de Bozeman, pour rejoindre la colonne Dakota sur une rive de la Yellowstone.

« Le ministère de la Guerre a baptisé cette campagne l'Expédition Bighorn et Yellowstone. Ce sera le plus grand corps d'armée jamais déployé dans les Grandes Plaines. L'objectif est de cerner entièrement les dernières tribus hostiles qui courent toujours entre les Black Hills des deux Dakota, jusqu'à la Platte River au sud et la Yellowstone à l'ouest. Ces tribus-là, c'est les

Lakotas, les Cheyennes, les Arapahos. Ce qui implique que nos gars ici, mais vous aussi, les filles, je suis bien triste de vous le faire savoir... eh bien, hostiles, vous l'êtes dorénavant.

« Je dois aussi vous rapporter une chose que j'ai pas pris la peine d'apprendre à Little Wolf, parce que, pour lui, c'est pareil, et ça ne change rien à l'affaire. Voilà, Crook aura avec lui cinq représentants de la presse nationale, qui enverront leurs papelards à une dizaine de journaux dans tout le pays, à savoir le *New York Tribune*, le *New York Herald*, le *Philadelphia Press*, le *Chicago Tribune*, le *Chicago Times*, le *Chicago Inter-Ocean*, le *Omaha Republican*, le *Cheyenne Sun*, les *Rocky Mountain News of Denver*, et le *Alta California* de San Francisco. Voyez, le gouvernement veut faire comprendre aux citoyens que, non seulement il s'agit de la campagne la plus importante jamais menée contre les Indiens, mais aussi que ce sera la dernière. Il a invité tous ces gratte-papiers pour faire savoir que le pays sera bientôt débarrassé une bonne fois pour toutes des barbares sanguinaires et que la terre reviendra aux pieux Américains... les pionniers, les orpailleurs et les éleveurs qui vont s'en emparer au nom de Dieu et de notre "destinée manifeste"...

On s'y attendait, avec Susie, mais on pensait pas que ça irait aussi loin... Les cornes vertes avalent ça sans broncher, et on voit bien que tout le monde réfléchit.

Finalement, c'est Astrid qui brise le silence.

– Qu'est-ce que c'est, la destinée manifeste ?

– Pour faire court, répond Gertie, ça veut dire que les colons profitent d'un droit divin, que Dieu soi-même leur a donné. Le droit de voler la terre aux Indiens, alors que l'État a garanti aux mêmes Indiens, par le traité de Fort Laramie en 1868, qu'ils en étaient propriétaires. Seulement, dès qu'on a découvert de l'or, il y a quelques années dans les Black Hills, l'État, toujours lui, a décidé de les reprendre, comme quoi son traité n'est plus valable.

– Et d'où il tient ce droit divin, l'État ? continue Astrid.

– Parce que c'est Dieu qui le dit et que Dieu nous aime, ma chérie.

– Et pourquoi ?

– Parce qu'on est mieux que les autres, ma chérie.

– Comment ça, mieux que les autres ?

– Ah, ça, c'est la bonne question, ma petite dame, dit Gertie. Tellement bonne que j'ai pas de réponse.

– On m'a traitée de bien des choses, fait Lulu. Des choses pas toujours très agréables. Mais, « hostile », c'est nouveau pour moi.

– Intéressant, n'est-ce pas ? ajoute Molly. D'abord, nous nous sommes inscrites à un programme gouvernemental, destiné à assimiler les Cheyennes... pour nous retrouver prisonnières des Lakotas... puis simples fuyardes, sans patrie... et voilà soudain que l'armée américaine nous déclare hostiles. Tout cela sans que nous ayons remué le petit doigt.

– Misère ! s'exclame lady Hall. Il semblerait que nous soyons dans le pétrin, non ?

– Avant de me pointer ici, dit Gertie, j'ai accompagné les troupes du général Crook, avec mes mules et mon chariot, de Fort Robinson dans le Nebraska jusqu'à Fort Fetterman. Si vous pouviez voir toute la cavalerie et toute l'infanterie en train de se déplacer en formation dans les plaines, suivies par les chariots de provisions et les mulets de bât... Imaginez qu'ils se déploient sur un mile de long et un autre de large, alors vous aurez une idée du pétrin dans lequel vous vous êtes fourrées.

– Combien de temps vont-ils mettre pour arriver ici ? demande Molly.

– Une armée de cette taille, ça avance lentement, ma chérie. Au plus dix miles par jour. Ils ont l'intention de se reposer un moment au vieux Fort Reno. Où ils attendront aussi leur troupe d'Indiens. C'est une autre chose que je vous ai pas dite. Le général Crook est entouré de ses trois chefs éclaireurs : Frank Grouard, Louis Richaud et Baptiste « Big Bat » Pourrier. Mais il compte aussi sur une centaine de Shoshones qui ont promis de le rejoindre à Reno, et au moins autant de Crows. Comme il dit, Crook aime combattre les Indiens avec les Indiens. Parce qu'un Indien sait comment pensent les autres Indiens. Alors il enrôle des guerriers dans les tribus ennemies des Cheyennes et des Lakotas, ou même chez celles-là, s'il y a des candidats. Mais je ne peux pas affirmer combien de temps ils resteront à Reno. Au moins une semaine, de toute façon. Et j'ai gardé le meilleur pour la fin... Devinez qui sera à la tête des éclaireurs et des Crows ? Ouaip, notre vieil ami Jules Seminole. Il ne s'est pas montré dans les forts depuis qu'il m'a tuée... enfin, qu'il croit. Mais je tiens de Big Bat qu'il sera là. Cette maudite crapule ne veut sûrement rien rater du spectacle.

— Si l'on découvrait que vous renseignez Little Wolf sur les mouvements de troupes, dit Molly, vous ne risquez pas d'être inculpée d'espionnage et de trahison ?

Gertie hoche la tête.

— Bah, ma chérie, ils ne s'embêteraient pas à me faire un procès. Ils me pendraient haut et court à la première branche.

— Il y a pourtant longtemps que vous travaillez pour l'armée, Gertie ?

— Faut bien gagner sa vie, ma petite. Pas facile pour une femme dans ce pays. Et il n'y a pas meilleure couverture que chez l'ennemi. Je vais pourtant vous répéter une chose, les filles, et surtout à vous, Meg et Suse. Vous savez mieux que toutes que j'ai souvent vu la mort, depuis que je suis dans le coin... bien trop souvent... des morts affreuses, terribles... des hommes, des femmes, des enfants, des bébés... massacrés... scalpés... brûlés vifs... mutilés... chez les Blancs comme chez les Indiens, et mes propres enfants parmi eux. J'essaie d'aider votre peuple, voyez ? Et j'essaie de vous aider, vous. Mais pour autant, je n'ai pas très envie de voir trop de soldats se faire tuer. Il y aura beaucoup de jeunes recrues qui arrivent de la côte est, des émigrés à peine débarqués de leurs bateaux, qui viennent d'Irlande, d'Écosse, d'Angleterre, d'Allemagne, de Pologne, et c'que je sais encore. Des gamins qui cherchent simplement à manger, à se loger, un travail et une paie. Ils trouvent facilement une place dans l'armée, car elle a besoin de grossir ses corps de troupe et elle accepte tous les individus aptes et prêts à signer... même ceux qui le sont pas. Bon Dieu, ces gars n'ont rien contre les Indiens, ils ne savent même pas qui c'est. Ils font juste ce qu'on leur demande de faire.

— Ce qu'on leur demande, c'est de tuer des Indiens qu'ils connaissent pas, hein, Gertie ? dit Susie. La guerre, c'est la guerre. On tue ou on est tué. C'est comme ça depuis toujours et ça changera pas. Ils se battent d'un côté, nous de l'autre, et ceux qui font le plus de morts en face sont les vainqueurs.

– Oui, et ce que j'essaie de vous faire comprendre, c'est que les vainqueurs ne seront pas de votre côté. Meg et Suse, je ne vous persuaderai pas de renoncer, mais vous, les nouvelles, vous pouvez encore sauver votre peau.

– Où irions-nous, selon vous ? demande lady Hall. Et par quel moyen ?

– Je vous propose la même chose qu'il y a deux mois au village de Crazy Horse. Je vous escorte au sud jusqu'à la gare de Medicine Bow, où je vous mets dans le premier train pour l'est. Tiens, je rendrais même service à l'armée ! Avec tous les journalistes qu'elle s'est mis sur les bras, elle aurait du mal à expliquer, cette fois, pourquoi il se trouve une bande de Blanches mortes au milieu des Indiens, quand ils vous auront démolis... ce qu'ils vont faire, croyez-moi. Comme le programme FBI a été enterré et que c'était un secret dès le départ, vous aurez une chance de vous fondre à nouveau dans la bonne société. À condition de choisir des villes différentes, de changer de nom... pour redevenir des femmes blanches respectables.

Molly se met à rire.

– Plutôt qu'une bande de catins acoquinées avec des sauvages ?

– Exactement, ma poule. « Une catin chez les sauvages », c'est le nom qu'on m'a donné, dans le temps.

– Mais quelle bonne idée... Alors tu nous escortes jusqu'à la gare, habillées en squaws, n'est-ce pas ? fait Carolyn, ironique, en ouvrant les bras. Parce que nous n'avons plus d'autres vêtements... Ni, bien sûr, d'argent pour payer le train.

– J'ai économisé sur ma paie, lui répond Gertie. J'ai de quoi payer vos billets, mais peut-être pas assez pour vous habiller toutes comme il faut là-bas.

– C'est bien généreux de ta part, Gertie, jette Carolyn. Mais demande-toi comment on nous accueillera à la gare et dans le train. Et comment nous ferons pour descendre, l'une après l'autre, dans une ville différente en chemin, et nous fondre dans la bonne société, comme tu dis ? Tu crois que le shérif ne posera pas de questions quand il nous verra avec nos nattes ? Que les journaux ne parleront pas de nous ? Que les dames nous inviteront à boire le thé pour admirer la dernière mode cheyenne ?

Gertie hoche tristement la tête.

– Non, bien sûr que je ne le crois pas. La bonne société ne vous accueillera pas les bras ouverts, comme si je ne le savais pas ! Pas plus qu'elle ne l'a fait pour moi, car je n'ai jamais été une Blanche respectable.

– Nous non plus, Gertie, fait Susie.

– Moi non plus, dit Lulu.

– La perpétuité à Sing Sing, cela n'est pas très respectable pour une femme, ajoute Molly.

Lady Hall n'est pas d'accord...

– Pardonnez-moi, je ne cherche pas à me distinguer ni à me placer au-dessus des autres, mesdames, mais je me considère comme quelqu'un de tout à fait respectable, au contraire !

– Si c'était le cas, rétorque Susie, tu ne serais pas là parmi nous, tiens ! Helen non plus n'était pas respectable aux yeux de la bonne société. Vous êtes des parias, toutes les deux, comme nous autres et comme May, et c'est bien pour ça qu'on est là !

– Écoutez, les filles, reprend Gertie. J'essayais juste de vous proposer un avenir moins sombre. Vous ne voulez pas comprendre ? J'aimerais sauver vos jolis petits culs blancs, voilà. Pour être franche, quoi que vous fassiez, vous êtes mal parties, mais si vous fichez le camp, vous avez plus de chances de rester vivantes qu'en attendant ici. Parce que, je peux vous l'assurer, c'est un déluge de feu qui va s'abattre sur vous, de tous les côtés, et ça n'est plus qu'une question de jours.

Tout le monde a bien entendu, et les nouvelles gardent le silence un bon moment, jusqu'à ce que Maria prenne la parole.

– Je ne serai jamais une Blanche respectable, elle nous dit, avec un peu de regret dans la voix. Parce qu'il n'est pas tout blanc, mon cul. J'ai la peau brune, moi...

Et même si elles ont vraiment la trouille après ce que vient de leur apprendre Gertie, les filles éclatent de rire, et nous deux avec elles.

Les Journaux de Molly McGill

HUITIÈME CARNET

Danser sous la lune

« *Les exclamations fusaient par vagues autour de nous, exprimant la surprise ? l'ébahissement ? l'horreur ? la réprobation ? la joie ? Les Indiens appréciaient-ils notre spectacle ou avaient-ils envie de nous scalper ? Nous ne pouvions le deviner et d'ailleurs cela nous était égal. Nous avons dansé avec ferveur et abandon, et maintenant le Peuple riait avec nous... ou peut-être se moquait-il ? Nous n'en avions cure et quelle importance, de toute façon ? (...) Levant nos tutus et riant comme des folles, nous avons fait tomber une étoile après l'autre !* »

(Extrait des journaux intimes de Molly McGill.)

24 mai 1876

Les danses... tout s'est passé si vite... Je ne sais comment les décrire, ni par quel bout commencer... Les préparatifs et... la suite. Il y a tant à dire.

Le crieur du village a traversé le camp, au matin, pour annoncer que les festivités auraient lieu le soir même au coucher du soleil et indiquer à tous à quel endroit nous devions nous rassembler. Quiet One, Feather on Head, Pretty Walker et Pretty Nose nous ont apporté dans notre loge des châles aux couleurs vives, découpés dans des couvertures des comptoirs, à porter par-dessus nos robes. Elles étaient assistées d'une autre femme, dénommée Red Feather Woman[1], qui est, paraît-il, douée d'une « bonne médecine » pour ce qui est des affaires sentimentales. À la rivière, elles nous ont débarrassées de nos habits de travail pour nous laver religieusement des pieds à la tête. Elles nous ont revêtues de capes de bison et nous ont raccompagnées jusqu'à notre loge, où elles nous ont frotté le corps avec des bouquets de sauge et d'autres herbes sauvages. Puis elles nous ont aidées à enfiler nos robes de peau, nous ont couvert les épaules avec les châles et elles ont refait nos tresses en y insérant de petits os et des fragments de métal étincelant.

Fidèle à elle-même, lady Hall a refusé de se plier au cérémonial. Elle avait bien précisé que, même si elle souhaitait danser le cancan, porter robe et tutu, elle resterait à l'écart des danses galantes et refuserait d'être exhibée devant ces messieurs. En aucun cas, elle ne laisserait Dog Woman l'accoupler avec qui que ce soit. « J'ai accepté de me marier une fois, surtout par respect des convenances, il faut dire, et, pour des raisons que vous comprendrez facilement, cela ne me convenait pas. »

– Quand May et les autres Blanches sont arrivées chez nous, s'est rappelé Pretty Walker en nous habillant successivement, le Peuple était très riche.

Elle a fait un geste ouvert dans la langue des signes.

– Les comptoirs nous avaient fourni des cloches de l'homme

---

1. Femme à la plume rouge.

blanc, des perles d'argent, des anneaux d'or, des billes de verre brillant qu'on trouve dans la terre, des pièces qui luisaient au soleil et devant les flammes. Mais nous sommes devenus très pauvres. Quand les soldats ont attaqué notre village, nous avons tout laissé derrière nous et nous avons tout perdu. Pourtant les soldats n'ont rien pris, alors que nous, nous rapportons des choses quand nous faisons des raids chez nos ennemis. Ils n'ont même pas pris nos réserves de nourriture. Ils ont préféré tout brûler, nos provisions, les peaux et les cuirs, nos objets de valeur. Alors oui, nous sommes pauvres. Voilà pourquoi nous avons si peu à vous offrir pour les danses, rien d'autre que les robes que nous avons cousues, les châles et quelques bouts de métal qui éclaireront vos cheveux. Little Wolf, mon père, pense qu'il est bon d'être pauvre, car nous devons apprendre à vivre de nouveau comme avant. Quand même, nous aurions aimé vous donner des bagues et de jolis colliers.

– Ces robes sont très belles, lui ai-je répondu. Les châles aussi, qui nous tiendront chaud si la nuit est fraîche. Nous n'avons pas besoin du reste.

Red Feather Woman nous a disposées en cercle, le visage vers l'extérieur, et nous a maquillées chacune à notre tour, appliquant sur nos joues différents motifs, censés inspirer l'amour, je pense, chez les jeunes Cheyennes. Cette fois, lady Hall ne s'est pas dérobée, car Red Feather Woman avait parfois secondé Helen Flight, qui lui avait appris bien des choses en matière de dessin.

– Il faut rendre honneur à Helen et à son apprentie, a-t-elle déclaré. Et je ne tiens pas à me distinguer bêtement en étant le seul visage pâle de la soirée...

Pretty Walker nous a conseillé de regarder droit devant nous, sans jamais nous prêter attention l'une à l'autre. Si nous ne respections pas les règles, nous a-t-elle averties, nous risquions de briser le cercle sacré, de susciter une mauvaise médecine et de gâcher toute la cérémonie. Quand Red Feather Woman a terminé de nous farder, Pretty Walker nous a demandé de nous retourner toutes ensemble, vers l'intérieur du cercle. Ce que nous avons fait... Stupéfaites, découvrant ce que nous étions devenues, nous avons gardé le silence un long instant, certaines poussant un bref hoquet de surprise. Bien sûr, quelques détails nous trahissaient, comme notre taille, la couleur de nos cheveux ou la culotte de cheval de lady Hall, cependant le fard nous rendait méconnaissables. La métamorphose était complète au point que nous avons dû faire l'effort de nous étudier attentivement, à la recherche de nos traits les plus distinctifs, pour se rappeler qui était qui.

— Permettez-moi d'être la première à observer, a dit lady Hall, que vous êtes toutes splendides et féroces, de véritables Indiennes ! Si nous devions nous voir dans une glace, nous aurions devant nous des étrangères ! Voilà qui est fort judicieux, n'est-ce pas ? Car cet anonymat nous permettra d'agir librement. Comme si nous nous rendions à un bal masqué, en costume, sans rien révéler de nos personnalités. Nous pouvons agir à notre guise. Oui, je crois que nous allons danser ce soir comme jamais auparavant.

Au crépuscule, nos amies cheyennes nous ont conduites au lieu de la célébration. Les tambours battaient en rythme et un énorme soleil dominait les montagnes à l'ouest, orange comme les flammes du grand feu de joie. Assis autour de celui-ci et formant plusieurs rangées, les membres de la tribu tenaient des propos animés en attendant le début des festivités, et les danseurs commençaient à se réunir. Au bord du cercle, Dog Woman, le maître de cérémonie, s'affairait avec empressement. Par-dessus son habituelle robe de coton à carreaux, il portait de nombreux colliers de perles, des anneaux de métal aux doigts et aux oreilles, et il était coiffé d'un haut-de-forme incongru, comme les aimait Abraham Lincoln, sauf qu'il dépassait du sien un éventail de plumes d'aigles. Il était assisté par une jeune femme, une certaine Bridge Girl[1], nous a-t-on dit, habillée en homme et réputée tribade. Tous deux grondaient les enfants dissipés, faisaient changer de place différentes personnes et ajustaient les costumes des danseurs.

Parmi ces derniers, les hommes avaient le visage peint,

---

1. Fille-pont.

de manière moins aboutie et moins soignée que pour nous. Cependant ils arboraient de magnifiques coiffes de plumes, et leurs bras et leurs jambières étaient également ornés de plumes d'oiseaux. En répétant leurs pas de danse, ils ressemblaient à des tétras des prairies en train de parader devant les poules. Les femmes, dépourvues de maquillage, étaient simplement vêtues de robes et de châles semblables aux nôtres, de mocassins et de jambières sobrement bordées de fourrure. La culture indienne s'inspire beaucoup de la nature, ai-je pensé, voilà pourquoi, comme chez les oiseaux, le mâle revêt fréquemment un plumage plus vif et coloré que celui des femelles.

Le soleil se cachait derrière les montagnes quand les danseurs ont pris place. La première danse était une danse de bienvenue, destinée à nous présenter officiellement à la tribu, et dont nous avions soigneusement appris les pas. De nouveaux tambours s'ajoutèrent aux premiers, dont les battements, retentissant en différents points du cercle, se réverbéraient dans les collines voisines. Les flûtistes suivirent ensuite, puis les joueurs de gourde, qui, tous ensemble, produisaient une cacophonie étrangement rythmée... qu'une oreille civilisée hésiterait à qualifier de musique.

Quand les Indiens furent en place, les femmes formant une rangée et les hommes une autre, Dog Woman leur donna le signal. Alors, lentement, avec beaucoup de grâce et de légèreté, ils se mirent en mouvement, leurs pas s'accordant avec la musique. On aurait cru que les danseurs, instruments silencieux, faisaient partie de l'orchestration. Peu à peu, les deux rangées se sont fondues en une seule, avant de former à nouveau deux lignes distinctes, et ainsi plusieurs fois de suite, ce que l'on pouvait prendre pour des préliminaires, avant les danses galantes proprement dites.

Dog Woman nous a alors fait signe et, nous plaçant derrière les Indiennes, nous avons imité leurs pas, timidement au début, mais nous avons pris de l'assurance et le résultat était, je pense, acceptable. Les Cheyennes se sont tournées vers nous et nous avons continué ensemble, tandis que les musiciens marquaient la cadence.

– Bonté divine ! s'est exclamée lady Hall. C'est que nous avons du rythme, mesdames !

Elle se trémoussait plus qu'elle dansait, avec exubérance, l'enthousiasme l'emportant sur l'élégance.

– Ah, mais j'étais née pour ça, en vérité ! a-t-elle ajouté, suscitant de petits rires parmi nous.

Au prochain signal du maître de cérémonie, notre groupe s'est avancé vers celui des Cheyennes, jusqu'à nous rapprocher tout près de celles-ci, puis nous avons reculé et recommencé plusieurs fois. Les hommes s'étaient retournés et dansaient derrière les femmes, suivant le même mouvement. À un moment, elles se sont écartées les unes des autres pour nous laisser passer au milieu, et nous dansions maintenant devant les messieurs. Puis, de nouveau, nous nous sommes retournées, elles et nous, afin de nous faire face, et nous avons nous-mêmes ouvert le rang, afin de les laisser passer et de les placer devant les hommes. C'était une chorégraphie très simple, envoûtante comme la musique, dont la cadence n'avait cessé d'accélérer, si bien que nous dansions de plus en plus vite. Je ne sais combien de fois nous avons répété cette sorte de va-et-vient, peut-être trois ou quatre, mais soudain les Indiennes avaient disparu, et nous étions seules avec les hommes. Lorsqu'ils se rapprochèrent de nous, ils évitèrent de nous regarder dans les yeux, comme cela semble être la coutume. Pourtant, nous avions toutes la sensation d'avoir chacune devant nous celui qui nous était attribué par Dog Woman... J'avoue avoir été fort déçue que mon cavalier ne soit pas Hawk, que, d'ailleurs, je n'avais pas vu de la soirée. Les musiciens poursuivaient leur ronde endiablée, les tambours, les flûtes et les gourdes précipitant nos pas, au point que nous nous sommes perdues dans le tourbillon, jusqu'à ce que brusquement, sans prévenir, tout s'arrête... danse, musique... C'était fini.

Après avoir quitté le cercle des cérémonies, nous avons eu besoin d'un instant pour reprendre notre souffle. Nous allions profiter d'une pause, après laquelle nous danserions notre cancan. Ce serait ensuite le tour des couples et l'on servirait à manger. Déjà de bonnes odeurs de grillades provenaient du feu de joie. Meggie et Susie nous ont rejointes avec nos tutus à plumes dans un sac. Elles avaient elles aussi le visage peint, les joues barrées de traits rouge sang et les yeux soulignés de rouge. Dénoués, leurs cheveux frisés formaient d'épais buissons roux sur leur crâne. Bien qu'elles soient de vraies jumelles, nous les distinguons généralement l'une de l'autre grâce à certains détails, presque imperceptibles, voire indéfinissables : un geste, une réaction, une expression particulière. Mais ainsi maquillées, il était impossible de les différencier, ce qui les rendait doublement effrayantes ! Deux diables roux ! Leur amie Phemie les accompagnait, à laquelle nous n'avions pas encore été présentées.

– Vous vous êtes rudement bien débrouillées, les filles, nous a complimentées l'une des jumelles. Ça se voyait que le Peuple était content. Vous avez respecté les pas comme il faut.

– Aye, et vous avez fière allure, a dit l'autre. Ça vous va bien, les peintures indiennes. Voici notre amie Euphemia Washington, qui est une princesse africaine et une grande guerrière. Elle est venue regarder notre cancan, et elle dansera elle aussi à la fin, quand tout le monde y sera invité. Elle va montrer aux Cheyennes quelques pas de sa tribu. Vous allez voir comme elle s'y entend !

J'ai presque la même taille que Euphemia... sinon exactement la même. À l'école, je dominais mes camarades d'une bonne tête et j'étais plus grande que la plupart des garçons. Mais Phemie a une telle présence... un vrai port de reine... si bien que, devant elle, pour la première fois de ma vie, j'ai eu l'étrange impression d'être petite. Nous nous sommes toutes présentées rapidement.

– Vous savez qui d'autre est là, n'est-ce pas ? a demandé l'une des rouquines. Assise tout près, avec son bébé sur les genoux ? Oui, à côté de Gertie, c'est Martha, qui est venue elle aussi. Alors, vous êtes prêtes, les filles ?

– Mais bien sûr, a répondu Lulu, notre chef de ballet. La danse de bienvenue, c'était juste pour nous mettre en train. Maintenant, le spectacle va commencer ! En costume, mesdames !

Les Kelly et nous avons toutes revêtu nos tutus à plumes, sauf Astrid qui ne participait pas. Notre seule répétition en costume datait de la veille, et, bien que Lulu ait souri, comme d'habitude, nous avions bien compris qu'elle était déçue.

Dog Woman nous a fait signe de nous remettre en place. De nombreux autres Cheyennes étaient arrivés entre-temps et il en arrivait encore. Nous devions par la suite estimer qu'ils étaient trois cents dans l'assistance, sinon davantage, assis en cercles irréguliers autour du feu. Les tipis étant répartis des deux côtés de la vallée, nous n'avions aucune idée du nombre d'habitants dans le village. Jamais nous n'en avions vu autant réunis au même endroit. Depuis le début de cette aventure, nous avons toutes remarqué qu'il est quasiment impossible d'établir des comparaisons avec notre vie antérieure, ce que Meggie et Susie nous ont suffisamment répété. Mais il est difficile de s'en empêcher, difficile de ne pas chercher ici ou là, même vainement, quelque ressemblance. Les danses de ce soir ne dérogeaient pas à la règle, bien que, d'un certain point de vue, le fait d'avoir ces personnes de tous âges rassemblées devant nous s'apparentât de loin, oui, de très loin, à un concert pendant l'été à Central Park...

Le soleil s'était à présent couché et, dans la nuit jeune, une pleine lune se levait lentement à l'est au-dessus des collines. Derrière nous, le feu était immense, les flammes dansaient devant les visages impatients de notre public, dont les yeux noirs brillaient.

– Bon Dieu ! a lâché Carolyn. Regardez-les tous, les vieux, les jeunes et les moins jeunes. Je n'aurais pas pensé que nous danserions devant une telle foule. J'ai l'impression que mes jambes pèsent cent kilos. Je parviens à peine à lever un pied.

– C'est normal d'avoir un peu le trac, l'a rassurée Lulu. Et même parfois utile. Tu verras, dès que tu auras commencé, tes jambes te diront quoi faire.

– Je crois que je vais *dégorger*, a murmuré Hannah d'une petite voix craintive.

– Qu'est-ce que ça veut dire ? a demandé Maria.

– Un terme vulgaire qu'on utilise à Liverpool et qui signifie vomir, a répondu lady Hall. Que je vous ai interdit d'employer en ma présence, Hannah. D'ailleurs, il n'en est pas question. Maîtrisez-vous, jeune femme ! Vous êtes parmi les danseuses les plus souples et les plus gracieuses de notre troupe, vous perdriez tout votre charme si vous deviez souiller votre jolie robe. Me suis-je bien fait comprendre ?

– Oui, milady, veuillez m'excuser.

– Bien, les filles, vos histoires de vomi et de jambes lourdes, ça suffit, a dit une des jumelles.

Nous allions savoir laquelle des deux, puisqu'elle a continué ainsi :

– Que le spectacle commence ! Meggie et moi, on va vous montrer ce qu'il faut faire... Envoie la musique, Lulu !

– Mais Dog Woman n'a pas donné le signal.

– Au diable ce vieux dragon ! Moi et Susie, on s'est toujours demandé si elle était capable de mettre sa gaule dans sa bonbonnière, puisqu'elle a les deux, paraît-il. Ça serait-y pas une bonne médecine, ça ? Allez, envoie, Lulu ! C'est notre numéro. Rappelez-vous que tout le monde est venu pour le voir. Donnons-leur-en pour leur argent ! Et tant qu'on y est, les filles, après ce que nous a dit Gertie, on a bien le droit de s'amuser un peu, non ?

Lulu a fait signe aux musiciens, dispersés autour du cercle. Les tambours ont commencé à battre les deux temps de la mesure, suivis par les flûtes et les percussions, le tout ponctué par la corne de bison aux moments opportuns. Alors que nous nous mettions doucement en train, Astrid s'est levée et placée près de Lulu. Elle avait revêtu un tutu à plumes dont nous ignorions la provenance et elle dansait parfaitement en rythme avec nous.

– Je n'allais pas faire tapisserie toute seule ! Ne vous inquiétez pas, j'ai appris les pas en vous regardant répéter et je me suis entraînée de mon côté.

– Magnifique ! s'est exclamée Lulu. Merveilleux !

« S'amuser » n'est pas un verbe que nous avons beaucoup employé depuis quelques mois, et l'idée m'a paru déplacée au départ. Bien que nous ayons souvent ri depuis que nous sommes ensemble, j'étais incapable de me rappeler la dernière fois que je m'étais réellement amusée... certainement pas en prison... ni après la mort de ma fille... pas non plus lorsque nous avions emménagé à New York, exception faite des moments heureux partagés avec elle... malgré cet homme qui était mon mari. Je suppose que mes camarades ont pensé la même chose que moi. Et pourtant, entendre Meggie prononcer ce mot presque incongru a paru nous détendre, nous libérer. Après tout ce que nous avons enduré, et nonobstant un avenir incertain, nous nous sommes rendu compte que, oui, nous méritions sans doute de nous amuser un peu. En donnant ce petit spectacle ensemble, nous avons éprouvé une délicieuse sensation de camaraderie et je crois que, soudain, nous ne nous sommes plus souciées de l'accueil que lui réserveraient les Cheyennes. Dans ces circonstances, qu'est-ce que cela pouvait bien faire ? Alors nous avons dansé pour nous-mêmes, par pur plaisir, ce qui est, en définitive, le plus important. Nous avons d'abord formé une chaîne face à notre public, puis nous avons dansé deux par deux, en changeant de cavalière comme en répétition. Nous voyant les unes les autres avec ces drôles de peintures sur le visage, ces tutus en plumes improvisés, plutôt ridicules, nous avons ri et ri encore, y compris Astrid, pourtant si austère d'habitude.

L'énorme lune blanche qui dominait l'horizon à l'est illuminait notre théâtre telle une immense lanterne. Les musiciens marquaient le rythme, toujours croissant, et nous avons atteint la dernière partie de notre numéro, notre *finale*, pour ainsi dire. Toutes les neuf, nous avons reformé une rangée, Meggie, Susie, lady Hall, Hannah, Astrid, Maria, Carolyn, Lulu et moi, tournées vers le Peuple.

– Des coups de pied aux étoiles ! nous a rappelé Lulu. Vous y arriverez !

Ce que nous avons fait, ou du moins imaginé, ce qui revient au même. Levant nos tutus et riant comme des folles, nous avons fait tomber une étoile après l'autre !

Les exclamations fusaient par vagues autour de nous, exprimant la surprise ? l'ébahissement ? l'horreur ? la réprobation ? la joie ? Les Indiens appréciaient-ils notre spectacle ou avaient-ils envie de nous scalper ? Nous ne pouvions le deviner et d'ailleurs cela nous était égal. Nous avons dansé avec ferveur et abandon, et maintenant le Peuple riait avec nous... ou peut-être se moquait-il ? Nous n'en avions cure et quelle importance, de toute façon ? Ils semblaient s'amuser eux aussi. Plusieurs enfants ont couru nous rejoindre dans le cercle des danseurs, levant les jambes à leur tour, pouffant et tombant à terre, emportés par leur élan. À l'évidence, ces choses-là ne se faisaient pas, car Dog Woman, à qui la situation échappait totalement, s'efforçait désespérément de les chasser. Mais ils étaient supérieurs en nombre et on n'allait pas les empêcher de s'essayer à cette danse nouvelle et extravagante. Dès qu'elle approchait, ils se dispersaient comme une nuée d'oiseaux et se rassemblaient un instant plus tard, un petit peu plus loin. Puis c'est ma jeune amie Mouse qui m'a rejointe. Elle levait ses petites jambes fines plus haut que nous toutes, excepté Lulu. Avec un grand sourire sur son visage rond et brun, les yeux brillants à la lumière du feu, elle dansait parfaitement en mesure avec nous.

Nous avons recommencé notre numéro depuis le début, bien plus longtemps qu'il n'était prévu, jusqu'à ce que nous soyons trop essoufflées pour continuer. Ce qui était aussi bien, car c'était maintenant le « bal », ouvert à tout le monde, et des grandes personnes s'étaient mêlées aux enfants. Avec toute l'énergie et la vitalité d'une fillette de six ans, Mouse dansait avec ses jeunes amis. Quant à nous, assurément, nous nous étions attiré l'aversion éternelle de Dog Woman, qui, la mine renfrognée, agitait un doigt vengeur à notre intention.

Tandis que nous reprenions notre souffle, certains des jeunes Cheyennes qui nous avaient accompagnées au début nous étudiaient du coin de l'œil, à peu de distance, de cette curieuse façon qu'ils ont de vous regarder sans vraiment le faire. Ils avaient retiré leurs coiffes de plumes et s'étaient emmitouflés dans des couvertures. Ces jeunes hommes semblaient intimidés par les choses de l'amour. Voilà qui, peut-être, tenait la comparaison avec notre ancien monde : une appréhension universelle qui embrasse les cultures, les sociétés, sauvages comme civilisées, aussi différentes leurs coutumes soient-elles. Et Dog Woman tenait de longs conciliabules avec eux.

– La vieille pie leur explique comment jeter un sort sur celles qu'elle leur a choisies pendant la danse de bienvenue, a commenté l'une des jumelles, de nouveau impossible à distinguer.

– Le mien paraissait à peine sorti de l'adolescence, lui a dit Carolyn. C'est absurde. Devons-nous épouser des enfants ?

– Aye, les Cheyennes ont perdu beaucoup de guerriers, ces dernières années, pendant les combats, a répondu la sœur. Ils ont plus de gamins à marier que d'hommes mûrs. Mais certains sont moins jeunes qu'ils en ont l'air.

– J'aimais bien celui avec qui j'ai dansé, a confié Hannah. Il semblait avoir mon âge.

– Le mien était plaisant aussi, a admis Maria.

– Eh, c'est parce que vous êtes encore des bébés, mes poulettes ! a lâché une des deux rouquines.

– Je ne suis plus un bébé, a répliqué Hannah. J'ai dix-sept ans.

– Moi non plus, a assuré Maria. Et je fais plus que mon âge. Quand Chucho el Roto m'a prise à ma famille, je n'en avais que douze. Je serais contente de trouver un compagnon attentionné, ici.

– J'en ai dix-huit, a assuré Lulu, et j'ai connu trop de vieux. Moi aussi, j'aime autant épouser un garçon jeune et prévenant, qui aura la peau douce et sera gentil avec moi.

– Il faut reconnaître que Dog Woman a un don pour assortir les couples, a remarqué Susie. Paraît-il qu'elle arrive à penser comme un homme et une femme en même temps... ce qu'on trouve quand même bizarre, Meggie et moi. Pourtant, on les aimait bien, les gars qu'elle nous avait choisis... du moins, avant qu'ils aillent massacrer des bambins...

– Voilà ce qui va se passer maintenant, mesdames, a dit Meggie. Quand elle aura fini de leur donner ses consignes, Dog Woman, les gars vont venir vous voir, un par un, et vous emmener à l'écart. Ils vont se tourner vers vous et ouvrir leur couverture. C'est pour vous inviter à vous emmitoufler avec eux, si vous voulez. Pas besoin d'avoir peur, ils vous feront pas de mal, ils essaieront pas de profiter. Ils veulent juste causer un peu, faire connaissance. Aye, c'est comme ça qu'on fait la cour, dans ce pays. Ils vous parleront d'eux, de ceci et de cela. Des danses, de leur famille, de la pluie et du beau temps, de leurs exploits à la chasse, peut-être même qu'ils vous raconteront une histoire.

Et, de toute façon, vous comprendrez que pouic. Ensuite, quand ils auront fini, ils ouvriront à nouveau leur couverture et ils vous laisseront partir. Voyez, c'est les premiers pas, quoi. Ces petits gars sont bien élevés et ils ont plein de respect pour les dames.

— Et si on ne veut pas s'enrouler avec eux sous la couverture ? ai-je demandé.

— Tiens donc ! Susie et moi, on était sûres que tu allais poser la question. Pas vrai, frangine ?

— Tu l'as dit, Meggie ! Si le gars te plaît pas, personne t'y oblige, Molly. Tu fais juste signe que non. Il la refermera sur lui et il s'en ira. Il sera humilié parce que tu l'as éconduit, et ses copains le taquineront, mais il en mourra pas.

— J'ai vingt-deux ans et le jeune homme qu'on me propose doit en avoir treize.

— Aye, Mol, te fiche pas de nous ! a jeté Meggie. On sait très bien pour qui tu en pinces. Mais ne te fais pas trop d'illusions. Notre copine May a pu épouser le grand chef Little Wolf, mais elle, c'est elle, et toi, c'est toi. Je suis bien désolée, mais c'est comme ça, Hawk, tu l'auras pas.

— Eh bien, je vais profiter de l'occasion pour vous dire ma façon de penser, les jumelles. Je commence à en avoir assez d'être comparée à votre amie May Dodd, qui était selon vous la perfection incarnée.

— On a jamais dit qu'elle était parfaite, a rétorqué Susie. Elle avait ses défauts.

— Vraiment ? À vous entendre, on ne le croirait pas. Et quels défauts, si je peux savoir ?

— À vrai dire, et qu'elle repose en paix... elle était un peu garce, tout de même, notre May... Bon, c'est pas nous qui allons lui jeter la pierre... pour ces choses-là...

— Garce ? Comment ça ?

— Tu l'as vu, son bébé, n'est-ce pas, Molly ? m'a demandé Susie. Tu trouves qu'il lui ressemble, à Little Wolf ? Elle a fait la cabriole avec le capitaine Bourke avant d'arriver chez les Cheyennes. Aye, Bourke, un bon petit gars, élevé chez les jésuites, et fiancé à une autre. Une chaude femelle, notre May. Elle lui a mis le grappin dessus en lui récitant du Shakespeare.

« Le Barde », qu'elle l'appelait. Ça le faisait bicher, le 'pitaine. La petite que tu as vue est leur fille.

– Et pourquoi je *n'aurais* pas Hawk, comme vous dites ?

– Parce qu'il est obligé d'épouser la sœur de sa femme disparue, a répondu Meggie. Parce que c'est la coutume. Et faire entrer une Blanche dans sa loge n'est pas une bonne idée. May s'en est rendu compte dans le tipi qu'elle partageait avec Quiet One et Feather on Head, même si elles sont devenues amies à la fin.

J'étais fort dépitée par ce que je venais d'apprendre et je me suis efforcée de ne pas le montrer.

– Voilà pourquoi on te dit que ton cavalier de treize ans, quand il viendra avec sa couverture, tu pourrais accepter s'il a le courage de t'inviter. Avec ce qui va nous tomber dessus, vous aurez toutes besoin d'un homme pour vous protéger.

– Un homme peut-être, pas un adolescent. Et je sais me débrouiller toute seule.

– Je pense que, jusque-là, nous nous sommes assez bien arrangées sans les hommes, a déclaré lady Hall qui, curieusement, n'avait pas ouvert la bouche depuis le début de cette conversation.

Naturellement, les offres des garçons ne présentaient aucun intérêt pour elle.

Au même instant, Bridge Girl, le bras droit de Dog Woman, elle aussi enveloppée dans une couverture, s'est approchée de l'Anglaise et l'a regardée droit dans les yeux.

– Bonsoir, lady Ann Hall, lui a-t-elle dit en anglais, avec une prononciation parfaite et une pointe d'accent britannique. Je connaissais votre amie Helen, qui m'a souvent parlé de vous. Nous étions très proches, elle et moi, comme vous l'étiez avec elle. C'est elle qui m'a appris votre langue et je l'aimais.

En souriant, Bridge Girl a ouvert grand sa couverture...

Lady Hall l'a étudiée un long instant.

– Bon Dieu, ce diable de Helen ! a-t-elle finalement lâché. J'aurais dû me douter qu'elle s'était fait une petite amie ici. Alors, d'accord, ma chère, et merci. Je ne vois pas comment refuser.

Et Bridge Girl a refermé sa couverture sur elles deux.

– On vous avait pas dit, avec Meggie, que le vieux dragon était doué pour former des couples ?

J'ai décidé de prendre congé et de retourner dans ma loge. Je ne souhaitais pas être confrontée à mon jeune cavalier et à ses avances. J'étais gênée et bien plus abattue par ce que m'avaient révélé les jumelles que je n'étais en droit de l'être. Après tout, je connaissais à peine Hawk, et il n'avait pas daigné assister aux danses. Voilà, je m'étais forgé une chimère et m'étais cramponnée à cette idée de mariage, comme s'il allait... quoi ? Je n'en étais même pas sûre... Me permettre de trouver la paix ? Le bonheur ? D'oublier mon ancienne vie ? De ne plus me reprocher la mort de ma fille ? J'étais de toute façon certaine de ne jamais rien oublier. J'avais réussi à échapper à Sing Sing, mais j'allais rester prisonnière de mes souvenirs. Quelle idiote j'étais de nourrir ces maigres espoirs...

Je ne pouvais m'éclipser sans saluer brièvement Martha et Gertie, assises à quelques enjambées en compagnie de Phemie.

– Ravie de vous voir ici, Martha, lui ai-je dit. Vous êtes ravissante. Et comme il est mignon, ce petit bonhomme dans vos bras.

Elle m'a dévisagée d'un air perplexe.

– Qui êtes-vous ? Qui vous a appris mon nom ? Nous sommes-nous déjà rencontrées ?

J'ai regardé Phemie, qui m'a souri gentiment avec un discret hochement de tête. J'ai cru comprendre ce qu'elle suggérait.

– Pardonnez-moi, ai-je répondu. Susie et Meggie m'ont tant parlé de vous que j'ai l'impression de vous connaître. Je m'appelle Molly. Molly McGill.

– Vous êtes une des nouvelles ?

– Voilà, c'est ça. Les danses vont ont plu ?

– Nous aimions bien danser, avec mes amies. Mais à part Phemie, Meggie, Susie et moi, elles sont toutes rentrées chez elles.

– Ah bon. Pourquoi n'êtes-vous pas rentrée aussi, Martha ?

Elle parut à nouveau troublée, comme si elle tentait de se rappeler. Elle a hoché la tête.

– J'allais repartir chez moi, oui. Mais j'ai perdu mon petit garçon en chemin, a-t-elle dit en le couvant des yeux. Mon Little Tangle Hair... J'ai dû revenir le chercher.

– Je suis heureuse que vous l'ayez avec vous. Comment va Dapple, votre petit âne ?

– Vous connaissez son nom, aussi ?

– Oui.

– Ah. Il va très bien, merci. À la réflexion, votre visage ne m'est pas tout à fait inconnu. Je vous aurai croisée dans le village ?

– C'est très possible.

Avant de dire au revoir, j'ai promis à Gertie de lui rendre visite, plus tard et au calme.

Je m'éloignais déjà quand Phemie m'a rappelée. Je me suis retournée et elle m'a rattrapée.

– Puis-je vous retenir un instant, Molly ?

– Bien sûr.

Nous nous sommes écartées de la lumière des flammes.

– Comme vous l'aurez constaté, Martha garde une mémoire incomplète des événements et des personnes, m'a-t-elle dit de sa voix douce et mélodieuse. Mais peu à peu, les souvenirs reviennent, même s'ils manquent souvent de précision.

– C'est peut-être mieux comme ça.

– J'ai appris ce que vous avez fait pour elle, Molly. Susie et Meggie m'ont tout raconté. Jules Seminole est un animal nuisible et vous êtes une femme courageuse.

– Non, je ne... Vraiment pas. Je voulais simplement lui échapper.

– Mais vous avez emmené Martha sans même savoir qui elle était. Vous n'étiez pas obligée. Vous auriez pu la laisser avec lui.

– Je n'aurais pas laissé un chien avec cet homme...

– J'espère que nous aurons un jour l'occasion de venger les torts qu'il a causés. Pas seulement à Martha, mais à tous nos amis. Les torts et les dégâts. Voilà pourquoi je voulais m'entretenir avec vous. Vous êtes sans doute au courant que Pretty Nose et moi-même avons formé une société guerrière de femmes. Nous nous réunissons dans le secret, conformément à l'usage dans la tribu, et seuls les membres ou futurs membres ont le droit de participer. Vous n'êtes pas ici depuis très longtemps, mais vous avez probablement entendu parler des sociétés d'hommes. Elles ont toutes quatre jeunes femmes à leur service, qui portent le nom de *nutuh'ke'â*, ce qui signifie «femme soldat». Mais elles ne font pas partie des sociétés et elles ne combattent pas. Leur mission consiste à assister les guerriers: elles sont présentes aux réunions, s'occupent des danses et des chants, préparent les repas pour les hommes. Ce sont généralement de jolies filles, issues d'excellentes familles, et c'est un honneur pour elles d'accepter ce rôle, qu'elles tiennent de la même façon que les religieuses se consacrent à leur vocation.

«Je vous explique cela pour que vous saisissiez la différence entre nos sociétés guerrières et ces "femmes-soldats". Voyez-vous, nous nous préparons activement à la guerre et, lorsqu'elle sera déclarée, nous nous battrons aux côtés des hommes. Les chefs de la tribu ont permis à Pretty Nose de former une société de femmes car elle a démontré ses aptitudes sur le champ de bataille, comme moi aussi, je le crois. Nous avons combattu l'armée de Mackenzie lorsqu'il a attaqué notre village et nous avons tué des soldats. J'ai été grièvement blessée, au point que l'on m'a crue morte. Mais Black Man, mon mari, est revenu me chercher et m'a emmenée au village arapaho du chef Little Raven. Grâce aux hommes-médecine qui m'ont soignée là-bas, j'ai retrouvé des forces et j'ai guéri. Quand nous avons eu vent que Little Wolf s'était enfui de Camp Robinson, nous avons rejoint sa bande ici.

«Je tenais à vous apprendre tout cela, car je souhaite vous demander de vous associer à notre société. Je vois que vous êtes une femme solide et, bien que vous le niiez, je vous sais courageuse. Les Kelly m'ont assuré aussi que vous étiez bonne cavalière. Voilà toutes les qualités que je recherche chez une guerrière. Plus une autre: la colère.

– La colère? Pourquoi?

– Parce qu'elle attise le désir de vengeance.

Phemie avait autour de la taille un pagne d'homme qu'elle détacha et qu'elle laissa tomber par terre. Nue de la taille jusqu'aux pieds, elle se retourna et indiqua, du bout du doigt, l'épaisse cicatrice qu'elle avait au-dessus des fesses. La peau cireuse qui la recouvrait brillait au clair de lune.

— Savez-vous ce que c'est, Molly ?

— Non.

— La marque d'un fer rouge. On m'a marqué au fer les initiales de l'homme blanc auquel j'appartenais quand j'étais esclave. J'avais huit ans et il n'allait pas tarder à me faire venir la nuit dans son lit. La colère donne des pouvoirs, comprenez-vous ? J'ai porté cette marque la plus grande partie de ma vie et je la garderai jusqu'à ma mort. C'est elle qui fait de moi une guerrière.

— Je suis profondément navrée, Phemie. C'est une horreur, une abomination... Ce que vous avez dû ressentir... Cela étant, vous ne me connaissez pas. Pourquoi me croyez-vous en colère ?

— Meggie et Susie m'ont dit que vous aviez perdu un enfant, dans des circonstances qu'elles ignorent. Et que vous avez été emprisonnée pour meurtre, sans qu'elles en sachent davantage. Elles vous décrivent comme une personne têtue, même obstinée, qui supporte mal l'autorité. C'est ce que, moi, j'appelle une femme en colère.

J'ai répondu à Phemie que j'étais touchée par son invitation, que personne ne m'avait jamais encore fait une telle proposition. J'ai admis que les activités d'une société guerrière paraissaient plus intéressantes que ramasser du bois, des tubercules ou chercher de l'eau. Cependant je lui ai dit que je n'avais pas de vengeance à assouvir, et que je ne souhaitais pas combattre.

— En sus des femmes de notre groupe, nous avons vu mourir des soldats, Phemie, quand notre train a été attaqué. De jeunes hommes effrayés qui ne s'étaient encore jamais aventurés à l'ouest du Mississippi. Je ferai ce qu'il faut pour nous protéger, moi et mes amies, mais je n'ai pas l'intention de tirer sur des soldats.

— Croyez-moi, Molly si vous restez longtemps parmi nous, vous aurez besoin de le faire si vous voulez vous protéger. Sinon c'est eux qui vous tueront.

Malheureusement, je n'avais pas pris congé assez tôt car, du coin de l'œil, j'ai aperçu mon cavalier qui avançait vers nous.

Visiblement mal à l'aise, il évitait de me regarder, mais arrivé à ma hauteur, il a ouvert sa couverture. Je le dépassais d'une bonne tête, sinon deux. Lui avoir donné treize ans était sans doute une exagération... Mais enfin, il en avait seize au plus.

– Votre futur mari est devant vous, m'a dit Phemie en partant d'un rire éclatant. Acceptez donc et menez une vie de squaw auprès de ce beau garçon... Si cela peut vous consoler, sa famille est tout à fait respectable.

Au même instant, un autre homme est arrivé derrière nous en tirant trois chevaux par leurs rênes. Il chuchota quelques mots à l'oreille de l'adolescent, qui referma sa couverture et s'éloigna rapidement d'un air triste. Dog Woman, qui avait observé la scène, se rapprocha de nous en agitant les bras et en caquetant comme une poule. L'homme lui glissa quelques mots également et lui confia les rênes. Aussitôt apaisée, elle les saisit et répondit sur un ton empreint de gratitude. Puis c'est à moi qu'elle s'est adressée et, naturellement, je n'ai rien compris.

– Que se passe-t-il ? ai-je murmuré à Phemie.
– Hawk vient de vous échanger contre trois chevaux.
– C'est un bon prix ? lui ai-je demandé en souriant.
– Une jolie somme, oui, a-t-elle ri de nouveau. Assez élevée pour que la vieille sorcière estime Hawk plus convenable que son choix initial. Elle vient de lui donner sa bénédiction s'il décide de vous épouser.

Hawk a salué Phemie en cheyenne, qui lui a répondu dans la même langue.

– C'est un homme remarquable, m'a-t-elle annoncé. Nous avons joint nos forces, à un moment donné, contre Mackenzie. Bonne chance, Molly, et considérez bien mon offre. Je vous demande seulement d'assister à une de nos réunions.

Sur ce, elle nous a laissés et, seule avec Hawk, à l'abri des regards, je me suis curieusement sentie timide et sans voix. Les danses se poursuivaient au son des flûtes, des tambours, des percussions et de leurs rythmes envoûtants. Les flammes du grand feu s'élevaient vers le ciel, au milieu duquel resplendissait la pleine lune, illuminant les danseurs tel un immense fanal. Toutes les filles étaient revenues dans le cercle. À cette distance, je ne pouvais les reconnaître qu'à leur façon de se mouvoir, plus ou moins gracieuse... Lulu, avec son allant habituel. Maria, alerte comme une nymphe. Carolyn, qui faisait montre d'une agilité étonnante pour quelqu'un qui dansait ses premiers pas. Astrid, souple et déliée comme les vagues de la mer du Nord, et qui, voyez-vous ça, s'était choisi pour cavalier notre bon aumônier ! Sa religion, nous avait-il dit, interdisait cette sorte de loisirs. « À l'exception du quadrille, dans lequel les partenaires ne se touchent pas, ce qui risquerait d'éveiller les passions... » Pourtant sa manière de danser, fougueuse et endiablée, avait quelque chose de passionné. Puis lady Hall, aussi enthousiaste et maladroite que jamais, et Hannah qui, si souvent timide, faisait preuve d'un entrain peu commun.

Mon cœur battait fort et je tentais de me calmer tout en observant mes amies. Je me suis finalement tournée vers Hawk et n'ai réussi à lui dire que : « Merci. »

Il m'a conduite en silence à sa loge. Une vieille femme entretenait le petit feu au milieu du tipi. Elle s'est levée quand nous sommes entrés, a lâché quelques mots à l'intention de Hawk et elle est sortie sans me regarder. Il m'a fait signe de m'asseoir. Puis il s'est muni de la cuvette d'eau chaude qui se trouvait près du feu et, à l'aide d'un linge, a commencé à essuyer les peintures sur mon visage.

– Vous ne voulez plus me parler ? Si nous devons nous marier, j'aimerais tout de même avoir une petite conversation...

– Quand vous aurez appris le cheyenne, a-t-il répondu avec un sourire ironique.

– C'est injuste. J'essaie justement d'apprendre. L'anglais est votre langue maternelle, cela ne vous demande pas tant d'effort. Et selon la tradition cheyenne, les enfants appartiennent toujours à la tribu de leur mère, n'est-ce pas ? Ce qui implique que vous êtes un Blanc pour votre propre peuple.

– Je suis cheyenne. Je ne me considère pas comme un Blanc et votre tribu non plus. Je suis un sang-mêlé pour les vôtres.

– Pour moi, vous êtes à moitié blanc et à moitié cheyenne, ce qui est très bien.

– Je vous invite simplement à vous allonger près de moi, a-t-il dit en finissant de me laver. Je ne souhaite que parler avec vous, alors je vais employer votre langue.

– Excellente idée, ai-je admis en riant. Crispée comme je le suis, je ne saurais faire autre chose.

– C'est aussi mon cas.

Tout habillés, nous nous sommes étendus sur sa couche sous les peaux de bison.

– Qui était cette femme ?

– Ma grand-mère, a-t-il dit. La mère de mon père lakota.

– Pourquoi votre mère vous a-t-elle parlé anglais quand vous êtes revenu de l'école indienne, si elle ne voulait pas que vous l'appreniez ?

– Nous ne le parlions que tous les deux, jamais en présence des autres. Pour ma mère, il fallait que je sois cheyenne. Au retour de cette école, je le maîtrisais mieux qu'elle. Elle ne tenait pas à ce que je reparte chez les Blancs, mais elle ne souhaitait pas oublier complètement ses origines, je pense. Alors elle utilisait sa langue maternelle avec moi. C'était comme un endroit à part, que nous partagions, elle et moi.

– Que nous devrons partager aussi. Tant que je ne parlerai pas cheyenne, nous n'aurons que l'anglais pour nous comprendre.

– Vous connaissez ma vie mieux que je connais la vôtre. Vous savez ce qui est arrivé à ma mère, ma femme, mon enfant. Racontez-moi votre histoire. Parlez-moi de votre fille.

– Je crains de ne pas pouvoir... devant vous, ni... devant personne...

– Alors nous n'avons rien de plus à nous dire.

– Pardonnez-moi. C'est trop difficile.

Nous avons gardé le silence un instant. Nos vêtements se frôlaient. Mais bientôt Hawk s'est endormi et, par-dessus son souffle lent et régulier, j'ai commencé tout doucement :

– Je suis fille unique et j'ai grandi dans une ferme au nord de l'État de New York. Mon père s'est engagé dans l'armée de l'Union au début de la guerre de Sécession, et il a été tué à la bataille d'Appomattox, en avril 1865, trois jours avant la reddition des Confédérés. Aidées par le fils d'un fermier voisin, nous avons réussi, moi et ma mère, à vivre tant bien que mal de la ferme. Après la mort de mon père, j'ai fait la classe dans l'unique salle de notre petite école, quand Mme Nichols, l'institutrice, est décédée subitement d'une maladie du cœur. J'ai toujours été bonne élève et j'adorais lire. Je n'avais que quatorze ans, mais il n'y avait personne d'autre au village pour prendre sa suite.

« J'ai épousé le fils du voisin, qui avait six ans de plus que moi. J'étais déjà grande et formée. Se marier jeune était chose courante à la campagne. Et j'ai donné naissance à une petite fille que j'ai appelée Clara.

« Ma mère souhaitait que je reste avec elle, mais mon mari détestait l'agriculture. C'était un de ces hommes jamais contents de leur sort. Un rêveur qui rejetait sur les autres la cause de ses ennuis. Il reprochait à ses parents, aux miens, à moi, même à Clara, notre petite fille, d'avoir contrarié ses projets. Il rêvait de la grande ville, de se faire une situation dans le monde de la finance, alors en plein essor, et qui le captivait. Il ne lisait que ça dans les journaux. Il se voyait banquier, assis dans un bureau derrière une table en acajou, portant des costumes sur mesure et des chaussures en cuir verni. Tout sauf passer le restant de ses jours à racler la bouse collée à ses bottes, selon son expression.

« Quand notre fille a eu trois ans, nous avons finalement décidé de nous établir en ville. Ma mère ne serait jamais parvenue à cultiver la terre toute seule, aussi avons-nous vendu la ferme, ce qui lui a permis d'acheter une petite maison au village. Nous sommes partis à New York. Ce fut la décision la plus bête de ma vie, que j'ai depuis regrettée chaque jour.

« J'ai détesté New York d'emblée. La saleté, les foules, la promiscuité ! La ferme me manquait terriblement et, comme je l'avais craint, tout s'est mal passé dès le départ. Mon mari... plus jamais je ne prononcerai son nom... semblait croire que les grands financiers l'accueilleraient parmi eux, que les portes s'ouvriraient pour lui comme par magie. Cependant lui-même n'était qu'un paysan, et il ne savait de ce monde que ce qu'il en avait lu dans les journaux.

« Il a finalement réussi à trouver une place dans une banque, oui... mais parmi l'équipe qui faisait le ménage après la fermeture. Il a compris très vite qu'un tel emploi ne le mènerait jamais aux costumes sur mesure et aux chaussures vernies qu'il convoitait. Pendant qu'il nettoyait, il s'asseyait parfois au bureau du président de la banque, et jamais il n'irait plus loin dans la réalisation de ses rêves... À cette époque, je savais déjà que mon mari était un faible, mais dans notre société on apprend aux femmes à rester auprès de leur époux. Quoi qu'il arrive, nous n'avons pas d'autre choix.

« De mon côté, j'ai décroché un poste d'institutrice dans une école du quartier de Five Points et j'ai découvert ce qu'étaient les taudis... des endroits terrifiants... la pauvreté, odieuse et repoussante, les souffrances humaines, la débauche et le crime. J'y ai rencontré les chefs de la Children's Aid Society[1], qui m'ont donné un second travail. J'avais pour mission de placer des enfants sans domicile dans l'un des nombreux orphelinats de l'organisation, ou dans les pensions qu'elle gérait elle-même en ville. Il y avait tellement d'enfants qui vivaient dans les rues, surtout à Five Points, pour beaucoup issus de familles d'immigrés incapables de subvenir aux besoins d'une nombreuse progéniture. Nous en avons envoyé certains, par des trains spécialement affrétés, chez des fermiers du Midwest. Un groupe, notamment, que j'ai constitué et qui est parti dans le nord de l'État de New York, où j'avais moi-même grandi. Comme j'avais envie de les accompagner et d'y rester... Ce que j'aurais dû faire. J'aurais dû prendre Clara avec moi et rentrer chez nous. Jamais je ne me pardonnerai de ne pas l'avoir fait.

« Mon mari s'était mis à boire et nos relations ont continué à se dégrader. Il a commencé à s'absenter de son travail. Il passait son temps dans d'infâmes tavernes où il dépensait notre argent en compagnie des pires voyous : des mendiants, des ivrognes, des drogués, de petits malfrats. Bien sûr, j'étais responsable de tous ses échecs. Si seulement il avait connu New York plus tôt, me disait-il, il aurait pu progresser dans les affaires. Si je ne l'avais pas forcé à m'épouser, "par la ruse", en "lui collant un enfant sur les bras", il aurait fort bien réussi. Mais non, à cause de moi, il avait perdu ses meilleures années à la campagne,

---

1. Association non lucrative d'aide aux enfants.

quand il était encore temps de faire quelque chose de sa vie, et aujourd'hui il était trop tard. Pratiquement chaque jour, j'avais droit à la même litanie, à quelques changements près.

« Nous avions déjà déménagé trois fois depuis notre arrivée, toujours pour un logement moins cher. Nous n'habitions pas encore dans une de ces bâtisses où les gens sont les uns sur les autres, mais cela ne tarderait pas. Nous louions une minuscule maison mitoyenne, miteuse, dans le Lower East Side à la limite de Five Points. À l'évidence, nous étions entraînés dans une spirale destructrice dont nous ne pouvions nous libérer. Je m'échinais à joindre les deux bouts, cependant ni mon emploi d'institutrice ni celui que j'occupais à la Children's Aid ne rapportait beaucoup. Mes journées étaient longues, avec des horaires irréguliers, et j'étais sans cesse épuisée. À l'exception de petits travaux ponctuels, mon mari était devenu inactif et j'étais seule à faire vivre la famille. Il jouait ou buvait immédiatement le peu qu'il gagnait. Quand il n'était pas en train de quémander un verre dans une taverne, ou ivre mort dans une ruelle, il restait chez nous à engloutir des alcools frelatés qu'il achetait aux marchands ambulants. Il s'en allait parfois sans revenir de plusieurs jours. Je ne lui demandais jamais où il était passé, je ne tenais pas à le savoir, et j'ai fini par prier qu'un matin il ne revienne plus du tout.

« Il était de plus en plus violent quand il buvait. Pendant ses accès de rage éthylique, il cassait la vaisselle, les tables et les chaises. Ensuite, il n'a pas tardé à me frapper, pleurant sur son sort comme un lâche et m'accusant encore d'avoir gâché sa vie. J'étais plus grande que lui, assez forte pour me défendre, quoiqu'il fût le plus souvent tellement saoul qu'il s'écroulait et perdait connaissance sans réussir à réellement me blesser.

« Clara avait maintenant six ans et, malgré nos dissensions, c'était une jolie petite fille, optimiste et gaie. Lorsqu'elle n'était pas à l'école, j'étais obligée de la confier aux voisins, car son père n'était plus capable de veiller correctement sur elle. Bien sûr, il fallait que je les paie pour cela, ce qui pesait encore plus sur nos maigres finances.

« Un soir, pendant le dîner, elle nous a appris que les parents de son amie Cristina avaient offert à celle-ci une bicyclette pour son anniversaire. C'était des immigrés roumains qui habitaient la maison d'à côté. Clara souhaitait elle aussi une bicyclette. Je ne pourrai oublier la façon dont son père l'a regardée quand elle a dit ça. Il y avait un tel dégoût dans ses yeux, comme si sa petite fille, avec cette envie toute simple, lui reprochait personnellement ses échecs. Il s'est penché et l'a giflée. Jamais encore il ne l'avait touchée, et elle était si perturbée, si mortifiée que les larmes ont mis un instant à couler sur ses joues. Alors elle s'est effondrée en sanglots, je l'ai emmenée dans sa chambre et j'ai tenté de la consoler. "Papa ne voulait pas te faire mal. Il a des difficultés au travail, c'est tout. Bien sûr que tu auras une bicyclette, ma chérie. On ira en acheter une bientôt, je te le promets."

«Je suis revenue à la cuisine et j'ai dit à mon mari : "Si tu as besoin de frapper quelqu'un, frappe-moi. Mais si tu lèves encore une fois la main sur notre fille, je te quitte. Je la prends avec moi et tu ne nous reverras plus."

«Voilà où mon histoire devrait se terminer. Ce soir-là, j'aurais dû attendre qu'il tombe ivre mort, comme d'habitude, j'aurais dû faire nos valises et, avant qu'il se réveille, nous serions parties dans le nord rejoindre ma mère. Mais l'histoire ne se termine pas là et, j'ai beau revivre les choses constamment dans mon esprit, je ne peux pas changer la fin. Il n'y a pas de retour possible.

«Tôt le lendemain, un samedi, deux collègues sont venues me chercher. Elles avaient besoin que je les aide à regrouper une bande d'orphelins, chassés d'un bâtiment abandonné de Five Points, infesté par les rats. Mon mari et Clara dormaient encore, je les ai laissés ensemble et j'ai suivi les deux femmes... J'ai laissé ma fille seule à la maison avec un père déséquilibré et alcoolique pour m'occuper d'enfants que je ne connaissais même pas...

«Je n'aurais pas cru en avoir pour la journée, mais ce fut le cas et il faisait presque nuit quand je suis rentrée. Mon mari était en train de cuver, à même le sol, dans la cuisine, deux bouteilles de gin bon marché, vides, à côté de lui. J'ai appelé Clara, qui n'a pas répondu. L'obscurité et le silence étaient oppressants. Folle de terreur, j'ai couru dans la chambre de la petite. Je l'ai trouvée sur son lit, allongée sur le ventre, nue dans ses draps imbibés de sang, son petit corps meurtri des pieds à la tête. Je l'ai retournée. Son visage était gonflé, tuméfié, méconnaissable. Son père l'avait battue à mort. Je l'ai serrée contre moi en pleurant comme une hystérique, pensant que cela ne pouvait pas être arrivé... C'était une terrible méprise, un cauchemar dont j'allais me réveiller... J'allais desserrer mon étreinte, la regarder à nouveau et elle serait vivante, heureuse de me savoir rentrée... Mon Dieu, s'il vous plaît, faites que cela ne soit pas vrai... Mais non, il n'y avait plus rien à faire.

« Curieusement calme et décidée, je suis retournée à la cuisine où j'ai ligoté mon mari, pieds et poings, avec de la ficelle. Il dormait toujours. J'ai sorti d'un tiroir un grand couteau, je me suis agenouillée près de lui et j'ai pressé la lame contre son cou. Il a brusquement ouvert les paupières et je lui ai laissé le temps de bien me regarder. Puis je lui ai tranché la gorge et j'ai attendu que toute vie s'évanouisse de ses yeux horrifiés.

« Le couteau à la main, ma robe tachée du sang de ma fille et du sien, j'ai marché jusqu'au poste de police le plus proche, qui se trouvait à quelques rues de chez nous, et j'ai dit aux agents ce que j'avais fait. Ils m'ont passé les menottes et priée de les conduire chez moi. J'ai été arrêtée et accusée du double meurtre de mon époux et de ma fille. La ville a commis un avocat d'office pour ma défense. J'ai plaidé coupable pour le meurtre de mon mari, pas pour celui de Clara. Tous les journaux ont rendu compte de l'affaire, avec de gros titres provocants. Quelques-unes de mes collègues de l'association sont venues témoigner en ma faveur, mais j'ai refusé de me justifier, je n'ai pas dit un mot pour ma défense. Ma mère est venue elle aussi, depuis le nord de l'État. Bien sûr, elle savait que je n'avais pas tué Clara et elle m'a suppliée d'expliquer mon acte. Le jury m'a condamnée pour le meurtre de mon mari, cependant il était indécis en ce qui concerne ma fille. Le juge, qui a eu pitié de moi, m'a épargné la peine de mort et m'a condamnée à perpétuité, à la prison de Sing Sing. J'ai pleuré quand il a rendu sa sentence, non parce que j'étais soulagée, mais parce que j'avais espéré être pendue, ce qui aurait mis fin à mes souffrances. Désormais, je savais que, jusqu'à la fin de ma vie, j'allais pleurer la perte de Clara, que je me sentirais coupable de sa mort et que cette pensée allait me torturer jour après jour.

« Par une cruelle ironie du sort, les corps de mon mari et de ma fille sont enterrés côte à côte dans le carré des pauvres d'un cimetière de la ville. On ne m'a jamais indiqué précisément lequel. Je n'étais pas censée ressortir de Sing Sing, donc encore moins me rendre sur leurs tombes... Je ne supporte pas l'idée que ma fille repose pour l'éternité auprès de l'homme qui l'a tuée. Et donc, le jour où j'ai appris l'existence du programme FBI, la première chose qui m'est venue à l'esprit, à condition d'être acceptée et de rester en vie, était de revenir là-bas pour essayer de la retrouver, puis d'exhumer son corps et de l'emmener ici, dans ce nouveau pays. Ce maigre espoir a depuis été ma seule raison de vivre. Je n'ai pas protégé ma fille contre son père lorsqu'elle a eu besoin de moi. Je ne me le pardonnerai jamais et je ne mérite pas le pardon. Mais un jour, peut-être, irai-je la chercher là-bas pour l'éloigner définitivement de ce monstre, comme j'aurais dû le faire bien plus tôt.

« La disparition de mon enfant, la fatigue du procès, ma condamnation et mon emprisonnement... tout cela était trop pour ma mère. Cinq mois plus tard, j'ai reçu une lettre à Sing Sing, envoyée par une ancienne voisine de la ferme. Elle contenait un faire-part de décès, publié dans le journal de notre petite ville. Maman était morte de chagrin, me disait cette femme.

Voilà tout ce que, à voix basse, j'ai révélé à Hawk, sous les peaux de bison qui nous tenaient chaud. Je devinais qu'il s'était réveillé, mais je n'avais pas idée de ce qu'il avait entendu ou même compris de mon récit. Que pouvait-il savoir de la vie à New York, des taudis, des orphelins livrés à la rue, des sociétés philanthropiques, du système judiciaire américain... de Sing Sing, des pères alcooliques qui battent leurs enfants à mort ? De telles choses n'existent pas dans son monde. Comme nous l'avons appris, les Cheyennes n'infligent pas de punitions corporelles à leurs enfants. Il n'y a ici ni fouet ni fessée. Ils préfèrent leur enseigner la bonne attitude par le conseil et par l'exemple. Alors je ne peux qu'imaginer ce qu'il a pensé de mon affreuse histoire, une histoire qu'il lui est difficile d'interpréter. Il était pourtant nécessaire que je la lui raconte, je le lui devais et, bien que cela fût douloureux, j'ai éprouvé un léger soulagement après avoir brisé le mur de silence derrière lequel j'étais enfermée depuis de longs mois.

Nous étions tous les deux silencieux. Finalement, Hawk s'est redressé, il a ôté sa chemise de peau, son pagne et ses jambières. Il m'a aidée à m'asseoir à mon tour pour retirer ma robe. Et quand nous nous sommes allongés de nouveau, il m'a prise dans ses bras. J'ai reconnu l'odeur de sa peau, indéfinissable, à mi-chemin entre l'homme et l'animal. Il m'a serrée contre son corps musclé et protecteur, et je me suis réfugiée dans l'abri qu'il m'offrait. J'ai enfoui mon visage dans le pli de son cou et je me suis mise à pleurer. J'ai pleuré d'avoir tant parlé, j'ai pleuré la peur et les souffrances de ma petite fille à la fin de sa vie, et dont le souvenir me hantera jusqu'à la fin de mes jours. J'ai pleuré la tendresse muette que cet homme me témoignait. Quoi qu'il ait compris de mon récit, il savait que les mots n'ajouteraient plus rien, qu'il ne restait plus rien à faire, cette nuit, que me serrer dans ses bras.

Les Journaux de Margaret Kelly

NEUVIÈME CARNET

Sous les peaux de bison

« *Quand un jeune enfant meurt (...) ce moment-là détermine la suite. Tout ce qu'il y avait avant, ce que nous étions, ce qu'il était, tout ce qu'il aurait pu devenir, et nous avec lui, tout cela disparaît, effacé comme un coup de craie sur un tableau noir. Et nous disparaissons ensemble.* »

(Extrait des journaux intimes de Margaret Kelly.)

25 mai 1876

On s'est donné du bon temps, Susie et moi, pendant les danses. Avec les cornes vertes, nous avons rigolé comme des bossues pendant le cancan. On s'était pas amusées comme ça depuis longtemps. Et le Peuple s'amusait bien avec nous. On a continué encore un moment, puis on s'est assises près de Martha, Gertie et Phemie pour souffler un peu. Les filles ont pas arrêté, elles, des fois toutes seules, d'autres fois deux par deux, ou avec les copains que leur a trouvés Dog Woman. Lulu, Hannah et Maria se sont écartées du cercle, un peu à l'ombre, enveloppées avec leurs gars dans les couvertures. On sait pas encore comment ça s'est passé, leurs petits pow-wows, parce qu'elles sont revenues danser.

Lady Hall et Bridge Girl mènent une gigue de tous les diables, ces deux-là. Pour sûr qu'elles s'ennuient pas. Et voyez-vous pas que l'aumônier fait des farandoles avec Astrid ? Le vieux dragon sera peut-être pas d'accord, mais n'empêche, ils forment un beau couple et ils tricotent joliment des gambilles, tous les deux.

— Hannah, ce petit bout de chou... Susie remarque en la regardant. Elle est haute comme trois pommes, mais elle en jette, dis donc !

— Rudement, oui ! Et cette Lulu, pour remuer les gigots, elle s'y entend, hein ? Et Maria, il suffit de la regarder danser, on voit qu'elle a du sang indien. On jurerait que c'est une Cheyenne, je dis.

— C'est quand même drôle, le chef avait demandé des femmes blanches, et le gouvernement lui envoie Phemie dans notre groupe, et maintenant une Indienne mexicaine qui a la peau aussi brune que nos gars.

— Depuis toujours, je les admire pour ça, dit Gertie. Ils ne jugent pas les gens sur la couleur de leur peau. Tu te rappelles, Phemie, quand tu es arrivée, ils t'avaient appelée Black White Woman[1] ? Rien de méprisant là-dedans, ça n'était pas pour t'amoindrir, juste pour que tu aies un nom.

---

1. Femme blanche noire.

— Oui, depuis mon arrivée ici, j'ai toujours été traitée sur un pied d'égalité, répond Phemie avec un bon rire. On ne serait pas beaucoup, chez les Nègres, à en dire autant...

— Martha, si ça te démange d'aller danser un moment, tu as quatre nounous qui meurent d'envie de faire des risettes au bébé...

— Oh non, merci, je ne pourrais pas. Je ne le quitte plus, maintenant, mon Little Tangle Hair. Sauf pour faire ma toilette. Mais là, je le confie à Mo'ke a'e et elle le surveille bien.

Martha a de curieux trous de mémoire. Elle a l'air de croire que May et les autres sont rentrées chez elles, vivantes. C'est comme si elle avait complètement oublié l'attaque du village. Pourtant elle a dû s'en souvenir quand nous y sommes revenues. Chaque fois qu'elle retombe dans ses torpeurs, on dirait qu'elle efface ce qui vient juste d'arriver. Heureusement, ça s'est arrêté depuis qu'elle a retrouvé son petit. Gertie nous a dit qu'elle a pas reconnu Molly quand elle est venue lui dire bonjour, pourtant c'est Molly qui l'a sauvée, elle lui avait même rendu visite ici, avec lady Hall, dans la loge de Tangle Hair père. Mais elle se souvient bien de Phemie et de Gertie, et de nous deux, et de nos amies disparues.

— Au fait, demande Susie, où est passée Molly ? On ne l'a pas revue depuis tout à l'heure.

Gertie et Phemie se mettent à rire.

— On pense qu'elle est sous les peaux de bison avec Hawk, répond Gertie.

— C'est ça ! on s'exclame toutes les deux. Et puis quoi encore !

Elles se regardent en souriant jusqu'aux oreilles.

— Mais si ! insiste Phemie.

— Il est même pas venu aux danses, je remarque.

— Bien sûr que si, dit Gertie. C'est qu'il a pas dansé, c'est tout. Il a offert trois de ses plus beaux chevaux à Dog Woman. Incroyable comme elle a changé d'avis aussitôt ! Tout d'un coup, ils étaient faits l'un pour l'autre, Molly et Hawk... Apparemment, ils sont partis dans sa loge à lui. Ils doivent être très occupés, à l'heure qu'il est...

— Et nous qui l'avons bassinée comme quoi elle l'aurait

pas, Hawk. Ah ben, on comprendra jamais tout, ici, pas vrai, frangine ?

– Aye, Meggie, tu as raison. Ça nous dépasse un peu, les affaires de cœur.

– Pas qu'on ait eu beaucoup de chance, nous... Mais tant mieux pour Molly. Elle se l'était choisi tout de suite et faut croire qu'elle a eu ce qu'elle voulait.

Alors on revient toutes les deux dans le cercle des danses. Parce que ça nous fait du bien... la musique, le mouvement, ça aide à oublier, un moment... Enfin, c'est pas exactement ce que je voulais dire... des souvenirs comme ça, ça s'oublie pas. C'est plutôt qu'on pose les petits corps gelés de nos bébés au sec, tout doucement, avant d'entrer dans le cercle, parce qu'on peut pas danser quand on se sent trop lourd. C'est qu'ils pèsent bigrement, ces petits corps, qu'on en resterait clouées au sol. Et finalement, ça nous soulage tellement, Susie et moi, qu'on n'arrête pas de toute la nuit... à sauter, à bondir, à lever la jambe, le rire aux lèvres, comme des folles avec les autres filles, avec nos gars cheyennes, et l'aumônier aussi, qui a jamais eu l'air aussi content. Des vrais derviches tourneurs, qu'on est, les yeux perdus dans le feu, qu'on ressemble à des flammes sous la pleine lune.

26 mai 1876

On continue à se préparer avec Phemie, on a fait des progrès avec l'arc et les flèches... On réussit à en décocher trois à la suite en plein galop. On les tire du carquois qu'on a dans le dos, et une, et deux, et trois, on fait ça en un tournemain. Les carabines Springfield sont un peu lourdes pour nous, alors on nous a donné des Colt 45 et des étuis de l'armée pour les porter sur les hanches, et on a appris à dégainer, à glisser sur le flanc du cheval, s'accrocher d'une main à la crinière, une jambe sur l'arrière-train, et on tire par-dessous l'encolure. Comme elle fait, Phemie... et presque aussi bien qu'elle.

Moi et Susie, on a deux chevaux pie des plaines, dressés

pour les combats par un gars qui s'appelle Votonéve'haméhe. Ça veut dire quelque chose comme Winged Horses Man[1]. C'est un jeune gaillard réputé dans la tribu, parce qu'il sait bien mater les chevaux sauvages et les éduquer comme il faut. Ils disent même qu'il leur apprend à voler. Bon, ça, on est pas sûres... mais il est très demandé, le gars, et on a bien de la chance de les avoir, ces chevaux, parce qu'il a beaucoup de respect pour Phemie et il veut que toutes ses guerrières aient les meilleures montures. Les nôtres sont petits, nerveux, rapides, parfaits pour deux petites poulettes nerveuses et rapides comme nous. Et bien dressés avec ça. Ils ont pas peur des coups de feu, ni quand on bouge sans prévenir. Non, ils restent bien stables, même quand on est un peu maladroites, ce qui arrive de temps en temps. On les a baptisés Noméohtse, Going with the Wind, et Áme'háohtséhno'ha, Flying Horse[2]... Juste au cas où ça serait vrai, ces histoires, et qu'on aurait besoin de s'envoler, autant qu'ils aient les noms qui vont avec.

27 mai 1876

Comme on a pas de nouvelles des cornes vertes depuis le soir des danses, on a décidé d'aller leur rendre visite. Histoire de voir où elles en sont, si elles vont bientôt fonder des familles. Si on en croit notre Gertie, il va falloir plier bagage. Où irons-nous ? Comme d'habitude, on n'en sait rien. Mais on a du travail dans notre société des femmes au cœur vaillant et, quand ça va se gâter pour de bon, on ne pourra plus du tout s'occuper d'elles. D'un autre côté, pour être honnête, ça nous intéresse, leurs amours... comment qu'on dit, Susie ?... Aye, voilà, par philanthropie... Ces choses-là, c'est fini pour nous, mais on aime bien se mettre au courant. Ça nous rappelle notre histoire, nos amies d'avant, quand on était encore innocentes. Et ça met une petite note d'espoir dans nos pensées.

---
1. L'homme aux chevaux ailés.
2. Va avec le vent, Cheval volant.

À ce qu'elles racontent, les gars continuent de leur faire la cour, ils viennent tous les soirs avec leurs couvertures et c'est reparti pour un brin de causette.

D'abord c'est Hannah :

– Il me parle un bon moment, alors je lui parle aussi, de moi, de mes frères et sœurs, de mon père et de ma mère... Bien sûr, je ne comprends rien à ce qu'il dit et c'est pareil pour lui. Mais enfin, on fait connaissance, tout de même.

Puis Lulu :

– Mais oui. Mon petit prince est un parfait gentleman. Je n'avais encore jamais rencontré un garçon aussi doux, aussi gentil. Ça me change des messieurs que j'ai connus avant.

Et Carolyn :

– Mon homme... si on peut l'appeler un homme... m'a expliqué quel âge il a en comptant sur ses doigts... Il n'en a pas l'air, mais il m'assure qu'il a dix-huit ans. Honnêtement, je n'aurais pas cru avoir un jour un soupirant aussi jeune. Oui, c'est assez troublant. J'ai dansé avec frénésie, l'autre soir. Je ne me contenais plus... C'était une délivrance. Et je dois avouer, mes amies... maintenant que je me suis faite à cette idée... j'aimerais qu'il me prenne, ce garçon...

Elle rit, rougit et pose une main sur sa bouche.

– Bon Dieu, savez-vous que je n'ai jamais encore entretenu de telles pensées... Ni même jamais parlé ainsi ?

– On pouvait s'y attendre, répond Susie. D'après ce que tu nous as dit de ton ancien mari... Ça n'était pas un champion, sous les draps, hein ?

– Ce n'est pas le mot qui viendrait à l'esprit, pour ce qui est du pasteur, non... Cependant, mon jeune Cheyenne est d'une correction exemplaire. Je crains d'être peut-être trop vieille pour lui, de ne pas éveiller ses ardeurs.

– Ne t'inquiète pas pour ça, ma fille, je lui dis. Après les galanteries, quand vous résiderez dans leurs loges et qu'ils surmonteront leur timidité, vous verrez que ce sont de vrais sauvages sous les peaux de bison... dans le bon sens du terme, bien sûr ! N'empêche, il faudra peut-être que vous preniez les choses en main... si vous saisissez l'allusion...

– Oh là... oui, je crois... fait Carolyn, qui rougit à nouveau.

– Il faut les encourager un peu, ces garçons, pas vrai, Susie ?

– Bien sûr, Meggie. Mais une fois qu'ils auront goûté à vos charmes, vous ne pourrez plus les tenir. Ils y reviendront trois, quatre ou cinq fois par nuit. Enfin, pour nous, c'était comme ça.

– Oh là... répète Carolyn avec un petit rire nerveux.

– Et toi, Molly, je lui demande, paraît-il qu'avec Hawk, vous avez brusqué le cours des choses et que vous roucoulez comme des tourtereaux ?

– Les relations que j'entretiens avec Hawk sont mon affaire. Cela ne vous concerne pas.

– Tout le village est au courant que tu t'es installée dans son tipi.

– Certainement. Mais ce qui se passe à l'intérieur ne regarde que nous.

– Oh, très bien... Moi et Susie, on manque pas d'imagination... Mais tu comprends que, pour les Cheyennes, cela implique que vous êtes mariés, maintenant ?

– Compris, merci.

– Vous autres, on tient à vous dire une chose, explique Susie. Ne perdez pas de temps, glissez-vous sous les peaux de bison avec vos gars. Gertie nous a averties qu'on va bientôt se remettre en route. Tant qu'on est ici, il faut leur mettre la corde au cou, à vos promis, et loger chez eux. Vous les trouvez peut-être un peu jeunes, mais on les entraîne à se battre depuis le jour de leur naissance. Ce sont des guerriers exercés et leur premier devoir est de protéger leur famille. Vous serez plus en sécurité avec eux que seules ou même toutes ensemble.

– Moi aussi, je suis mariée, nous a appris Maria. Mon gars et moi... il s'appelle Hó'hónáhk'e... on s'y est mis tout de suite, le soir des danses. Il a été charmant. Pas comme Chucho el Roto qui s'amusait à me braquer un pistolet chargé sur la tempe, quand il me passait dessus. Il disait que, le jour où je ne lui plairais plus, il appuierait sur la détente. Ça l'excitait.

– Jésus Marie, ma petite ! je dis. Si c'est tout ce que tu as retiré de l'amour, alors sûr que tu es beaucoup mieux avec le jeune Hó'hónáhk'e... Ce qui veut dire « roc »... Tu as bien fait de ne pas traîner. On avait fait pareil avec nos gars... pour d'autres raisons peut-être. On avait pensé que, plus vite on aurait rempli notre part du contrat, c'est-à-dire faire des bébés, plus vite on pourrait se rapatrier gentiment à Chicago. On avait l'intention de leur laisser, aux Cheyennes, les loupiots. Meggie et moi, on ne savait pas ce que c'est, l'instinct maternel. Sans doute parce qu'on n'a jamais eu de mère pour nous montrer. Mais, bien sûr, dès qu'elles ont pointé le bout du nez, les gamines... bah, on les adorait déjà avant qu'elles naissent. Et alors la vie est devenue tout à fait autre chose. Et, pour les femmes, on pense qu'il y en a trois, des vies. Du moins c'était comme ça pour nous. La première, c'est avant d'être maman, la deuxième, c'est une fois qu'on l'est, et la troisième, c'est quand on perd un enfant.

– Tu dis la vérité, Susie... Toi et moi, on est dans notre troisième vie. Jamais on reviendra à Chicago, parce qu'en tant que mamans, on a une affaire à régler ici. Aye, un jour, les gens liront dans les livres d'histoire que les jumelles Kelly, c'était le fléau des Grandes Plaines.

28 mai 1876

On est vraiment étonnées quand Molly vient nous voir aujourd'hui dans notre loge. C'est la première fois, et on se demande comment elle a fait pour nous trouver. Elle gratte bien poliment sur le dehors, et quand notre vieille copine Mó'éh'e lui ouvre et l'invite à entrer, elle s'assoit à gauche, exactement comme veut la coutume chez les Cheyennes quand on rend visite, et on est sacrément impressionnées.

– Tu connais les usages, maintenant, remarque Susie.

– J'ai suivi vos conseils et essayé d'apprendre. Même s'il est parfois difficile de s'y retrouver, dans tout ça.

Elk Woman remplit notre gamelle d'eau qu'elle fait bouillir avec un peu du café que Gertie nous a donné. On se demande ce qu'elle veut, Molly, alors on dit des banalités, on n'est pas très à l'aise. C'est vrai, on n'a pas beaucoup parlé, elle et nous, depuis qu'on l'a trouvée avec les nouvelles dans le village de

Crazy Horse. En chemin, de temps en temps, on s'est expliquées rapidement, mais on n'a jamais rien fait pour se rapprocher, toutes les trois. Normal qu'on soit pas très à l'aise.

– Vous devez vous demander pourquoi je suis là, dit Molly, comme si elle lisait dans nos pensées.

– On peut rien te cacher, répond Susie.

– Je viens de me rendre compte que nous n'avons jamais eu un moment à nous. Nous n'avons jamais discuté ensemble. Il y a toujours eu du monde autour de nous.

– Dans un village indien, l'intimité, il faut se lever tôt pour la trouver. Tu as eu le temps de remarquer... Alors, pourquoi tu es là ? je lui fais.

– Pour, euh... discuter ensemble, dit Molly en riant.

– À quel sujet ?

– Gertie nous a prédit un avenir plutôt sombre, n'est-ce pas ? Alors j'ai réfléchi... J'ai pensé que nous ne nous connaissions pas bien, mis à part quelques vagues détails de notre histoire, à vous et moi. Nous n'avons pas toujours été d'accord, loin de là, mon attitude vous a souvent déplu... et vous ne m'aimez peut-être pas beaucoup. Ce n'est pas très important et je ne vous en veux pas. Pourtant, moi, je vous apprécie et je vous admire. Et je crois que nous nous ressemblons finalement, par certains côtés. Nous avons souffert des mêmes choses. Ce que tu as dit hier, Meggie, à propos des trois vies d'une mère... qui on est avant d'avoir un enfant, pendant qu'on l'attend et après, cela m'a beaucoup touchée. Je sais très bien ce que cela veut dire, car j'en ai fait l'expérience. Nous allons au-devant d'événements pénibles, semble-t-il, sur lesquels nous n'avons aucun pouvoir. Sans doute allons-nous toutes mourir, ou du moins quelques-unes d'entre nous. Vous paraissez vous être résignées à votre sort, et depuis longtemps. C'était un peu mon cas, aussi. Mais je ne souhaite plus mourir, en tout cas pas maintenant. Et si cela doit arriver, à vous ou moi, j'aurais souhaité qu'il y ait eu quelque chose d'amical entre nous, que nous n'ayons pas été entièrement des étrangères. Comprenez-vous ce que j'essaie de dire ?

– Pas très bien, pour l'instant, fait Susie. Mais continue.

– Je ne suis pas certaine de savoir où je veux en venir,

reconnaît Molly en riant à nouveau. J'aimerais peut-être simplement que nous soyons amies. Par exemple, je sais que vous avez perdu vos petites filles, je sais aussi comment, mais je sais pas comment elles s'appelaient.

— Tu nous as pas dit non plus, pour toi.

— Clara. Elle s'appelait Clara.

— Un très joli nom, ça, j'admets. Mais tu en sais plus sur les nôtres que nous sur la tienne. Nous, on sait pas ce qui lui est arrivé.

— Je n'en ai parlé à personne. Sauf à Hawk, et il n'y a pas longtemps. Pour reprendre ce que vous disiez hier, quand un jeune enfant meurt... je ne vous l'apprendrai pas... ce moment-là détermine la suite. Tout ce qu'il y avait avant, ce que nous étions, ce qu'il était, tout ce qu'il aurait pu devenir, et nous avec lui, tout cela disparaît, effacé comme un coup de craie sur un tableau noir. Et nous disparaissons ensemble.

— Aye, c'est bien vrai, Molly, admet Susie. C'est comme tu dis : « Elle *s'appelait* Clara. » Elle est plus là, alors tu n'es plus sa maman. Nos jumelles à nous deux étaient toutes petites, vraiment. Elles avaient à peine quelques semaines quand elles sont mortes. Trois semaines et deux jours, pour être précis. Elles ont même pas assez vécu pour avoir une histoire... peut-être qu'elles se rappelaient qu'elles étaient au chaud dans nos ventres, et puis voilà. On peut juste l'espérer. Et nous, on se rappelle les avoir portées, on se rappelle leur naissance, et puis c'était des petits bébés joyeux, et après... mortes de froid... l'une après l'autre. Les miennes s'appelaient Vé'ése et Vòvotse, Bird et Egg[1], c'est des noms de bébés en cheyenne, elles en auraient eu d'autres en grandissant. Mais comme tu dis, ça n'arrivera pas... c'est fini, c'est effacé. Tout ce qui reste, c'est la douleur et l'estomac noué, tous les jours.

— Les miennes s'appelaient Péhpe'e et Oo'estséáhe, Curly et Baldy[2]. Parce que l'une avait des cheveux et l'autre pas. C'est comme ça que je les reconnaissais. Jamais elles apprendront

---

1. Oiseau et Œuf.
2. Frisée et Chauve.

à marcher, à parler, à courir ou à jouer...

— Ma fille a été frappée à mort par son père, dit Molly avec une petite voix, et on voit, dans notre tipi un peu sombre, les larmes qui coulent sur ses joues... pas seulement pour sa fille, mais pour les nôtres aussi... Elle avait six ans, elle voulait une bicyclette... rien d'autre... Il l'a tuée parce qu'elle voulait une bicyclette.

— Bon Dieu, fait Susie en hochant la tête. Aye, ben oui, maintenant on comprend, ma pauvre. Alors tu l'as buté, ce salaud, c'est pour ça que tu es allée en prison ?

Elle hoche aussi la tête, parce qu'elle pleure tellement qu'elle peut plus parler. Et on pleure aussi, toutes les deux, pour nos petites filles, pour la sienne, pour celles qu'on était avant et qui ont disparu, comme elle dit.

Molly reste dormir avec nous dans notre loge, et on envoie Mó'éh'e chez Hawk pour le prévenir qu'elle est là et qu'il s'inquiète pas. On lui fait un coin pour dormir et on continue à causer tard dans la nuit. Elle nous parle de lui, elle est amoureuse, c'est la première fois de sa vie qu'elle est amoureuse comme ça, et elle se sent coupable, coupable de vivre quand même sans sa fille... parce que c'est comme si elle l'abandonnait. Alors on essaie de la rassurer, comme quoi c'est vrai qu'elle est plus la même depuis qu'elle l'a perdue, la petite, mais peut-être qu'elle peut encore devenir une autre personne... et même qu'elle aura un autre bébé... Ça serait comme une quatrième vie. Bien sûr, elle nous retourne la pareille : si on le croit vraiment, nous, pourquoi on n'en ferait pas autant ? Peut-être que nous aussi, une autre vie nous attend ?

Alors Susie lui dit :

— Tu vois, Molly, toi tu t'es vengée, tu lui as réglé son compte, à celui qui a tué ta fille. Alors que Meggie et moi, on sera pas tranquilles tant qu'on aura pas pris notre revanche.

— Navrée de vous décevoir, qu'elle répond, mais la vengeance n'est d'aucun réconfort. Ça ne calme pas la douleur, on ne se sent pas mieux pour autant. On est seulement satisfait d'avoir châtié un assassin.

— Ça nous irait, je lui dis. Mieux que rien, non ?

– Mais vous ne punirez jamais les vrais responsables.

– Non, mais au moins on portera un bon coup à l'armée qui les a envoyés. Et peut-être qu'avec de la chance, on combattra les mêmes qui nous ont attaqués. Ça aide à vivre, ces idées-là.

– Ah, vous êtes vraiment entêtées.

– Pour sûr...

– Au fait, Mol, fait Susie, on t'aime bien, même si on le montre pas souvent. Tu sais, Meggie et moi, on passe pour des dures à cuire, des filles des rues, et on tient à ce que ça se sache. Même si c'est pas tout à fait vrai, on l'a fait croire toute notre vie parce qu'il faut bien nous défendre, tenir les gens à distance, des fois. Mais toi, on t'a vue venir, et tu es aussi dure que nous, sinon plus... alors, ça nous a prises à rebrousse-poil...

Elle rigole.

– Chez moi aussi, c'est une apparence plus qu'autre chose. Comme vous dites, il faut bien se défendre. Mais je suis plutôt comme vous m'avez vue, ce soir... une maman fragile, triste et pleurnicharde, bourrée de regrets et de remords.

– Mais tu es bourrée d'amour aussi, remarque Susie. Y a qu'à te regarder.

Alors c'est bien qu'elle soit venue nous voir, parce que, ce matin, quand elle s'en va, on est les meilleures amies du monde.

Les Journaux de Molly McGill

DIXIÈME CARNET

De l'amour et de la guerre

« Nous avons peu de choses à nous cacher, et encore moins de prétentions. De la part d'une femme, il aurait été fort mal élevé, jusque-là, non seulement de parler à haute voix de plaisir physique, mais aussi de reconnaître son existence... Les dames de la bonne société seraient choquées de nous entendre ! Aujourd'hui, nous abordons ces sujets entre amies, très naturellement, sans éprouver ni gêne ni honte. Sans aucun doute, vivre dans la nature s'accompagne de certaines libertés, impensables dans le prétendu monde civilisé. »

(Extrait des journaux intimes de Molly McGill.)

27 mai 1876

Au lendemain de ce qu'il faut appeler ma nuit de noces... que bien des filles n'imagineraient pas ainsi... mais c'est maintenant établi... je me suis réveillée dans la loge de Hawk. Il me tenait dans ses bras et j'ai eu l'estomac noué en me rappelant tout ce que je lui avais révélé. M'être livrée si entièrement m'avait vidé l'âme et le cœur. Sans doute avais-je renfermé mon histoire trop longtemps, sans vouloir ni pouvoir la partager, car c'était une façon de donner à ma fille un reste d'existence. Tout dire revenait à la laisser partir définitivement, et je n'aurais pu inventer un autre épilogue... Vain espoir, je le sais, auquel je m'étais pourtant accrochée...

Je n'étais pas sûre que Hawk était réveillé, mais j'entendais son souffle lent et régulier. Bientôt son corps frissonnait contre le mien et j'ai senti son membre durcir sur mon ventre, tandis que le désir, cette chose oubliée depuis si longtemps, hésitait à frémir en moi. Je me suis collée à Hawk, mes seins contre son torse, mes lèvres sur son cou, buvant son odeur masculine. Nos cœurs battaient au même rythme, comme si nous nous connaissions depuis une éternité. Une vie nouvelle surgissait entre nous, telle une herbe verte qui, contre tout espoir, repousse sur les ruines d'un village détruit... le regain malgré tout et un sentiment de bien-être, qui n'effacent pas le chagrin et la douleur. Ceux-là continuent de vivre dans la terre, comme le croient les Cheyennes. Et en nous également...

D'une voix très douce, Hawk a murmuré quelques mots dans sa langue. Ses gestes avaient la même douceur et je me suis offerte. Puis nous nous sommes réfugiés dans un monde composé de nous deux seulement, qu'aucune langue ne peut décrire.

29 mai 1876

Gertie est partie ce matin. J'ai quitté Hawk pour aller lui

dire au revoir dans un des tipis communs où j'avais dormi en compagnie des femmes du programme. Seules lady Hall, Maria et moi demeurons à présent dans les tipis de nos compagnons. Nos autres amies sont toujours courtisées par leurs prétendants... de jeunes garçons qu'il est difficile de prendre pour des hommes, encore moins des guerriers. Cependant les jumelles nous encouragent à nous fixer dès que possible dans les loges de nos maris ou futurs maris, pour bénéficier de leur protection. Des *maris*... comme cela semble incongru...

Gertie avait tout juste sellé sa grande mule grise et elle accrochait ses sacoches. Nous avions dit tout ce que nous avions à dire sur les choses qui nous préoccupent et nous la regardions faire dans un silence embarrassé. Elle a mis le pied à l'étrier et s'est hissée sur sa monture.

— Eh bien, voilà, mes jolies, a-t-elle finalement jeté en hochant la tête. Je ne sais pas quand on se reverra... tout dépend de ce que va décider Little Wolf. Quoi qu'il arrive, je tenais à vous dire une chose avant de partir... Je vous admire, les filles. Je vous admire toutes, et c'est pas du vent, ce que je raconte. Les épreuves qu'on met sur votre chemin, vous les surmontez avec courage, et vous pouvez être fières de vous. J'en ai pas entendu une seule se plaindre, même une seconde. Ouaip, vous êtes des sacrés bonnes femmes, toutes autant que vous êtes, et c'est un honneur de vous avoir rencontrées.

Elle a étudié le village un instant, si paisible dans la vallée, les rubans de fumée au-dessus des tipis, les enfants occupés à jouer devant leurs loges... les femmes, par deux ou trois, en train de préparer les peaux, les viandes, de cuisiner, de coudre, bavardant tranquillement en poussant un petit rire de temps en temps. Puis elle a relevé la tête et, du regard, elle a embrassé le paysage. Les oiseaux chantaient dans les arbres au bord de la rivière, dont le flot étincelait au soleil du matin, sous les collines verdoyantes et les sommets enneigés des Bighorn au loin. Depuis la rive opposée, d'autres collines et plateaux se relayaient en pente vers les plaines.

— C'est pas si mal de vivre avec ces gars, hein ? Faut s'y habituer, bien sûr, faut apprendre les coutumes, pas si facile...

Mais vous avez la liberté, la nature, et c'est une très belle vie. À condition qu'on vous fiche la paix... Ah, moi, je l'adorais, cette vie, Dieu sait si elle me manque. Mais comme je vous ai dit, ça peut pas durer, et bientôt ça sera la fin. Ça me fait de la peine que vous soyez embarquées dans cette sale affaire, mais, pour l'instant, je peux pas faire beaucoup plus, en ce qui vous concerne. En tout cas, prenez bien soin de vous et les unes des autres. Soyez fortes comme vous l'avez prouvé, et même plus encore. Vous en aurez besoin...

– Mais, Gertie, lui ai-je demandé, quand l'armée avancera vers nous, tu en feras partie, n'est-ce pas ? Donc on te reverra ?

– Non, ma belle, nous ne suivons pas les troupes quand elles partent au combat. Nous, on est stationnés à l'arrière sur les bases d'opération. Oui, on a des collègues qui conduisent les trains de mules, et qui se battent sans porter l'uniforme. Mais pas moi, je reste près des chariots de ravitaillement... Et il sera trop tard pour une dernière visite.

Elle a fait faire un demi-tour à sa mule.

– *Adios*, les filles ! a-t-elle lancé, le doigt sur son chapeau difforme, taché de sueur et de crasse.

J'ai bien cru que les larmes s'amassaient au coin de ses yeux, mais peut-être était-ce seulement les miennes qui me brouillaient la vue.

– Et dites au revoir aux deux vauriennes à cheveux roux ! Que Dieu nous permette de nous retrouver en des temps plus heureux ! Pas sur la route suspendue dans le ciel, quand même... Évitez de la prendre... Je tiens de bonne source que Seano n'est pas aussi intéressant qu'on le prétend.

Cette fois, elle a retiré son chapeau et l'a fait claquer deux fois sur l'arrière-train de sa mule.

– Hue, mon vieux Badger !

Quand celui-ci s'est lancé au petit trot, cette fois, le doute n'était plus permis. Les larmes ruisselaient sur les joues de Gertie comme une rivière au soleil. Et je sais bien ce qu'elle pensait... que nous ne nous reverrions plus vivantes... car nous le pensions toutes.

2 juin 1876

Notre lune de miel ne va pas durer bien longtemps car, hier matin, le crieur du camp a traversé le village pour annoncer que nous devions démonter nos loges et plier bagage. Hawk a rejoint Little Wolf pour fumer le calumet lors d'un pow-wow avec lui et les chefs d'autres bandes, dont un contingent de plus d'une centaine de guerriers lakotas. Arrivés hier après-midi, ils se sont installés avec leurs familles dans un camp distinct, à proximité du nôtre.

La grand-mère de Hawk s'est présentée peu après pour me montrer comment plier le tipi. Nous n'avions pas encore appris à le faire. Elle s'appelle Náhkohenaa'é'e, ce qu'il traduit par Bear Doctor Woman[1]. Les noms cheyennes semblent dictés par des attributs physiques, des exploits, des dons particuliers ou des événements auxquels les intéressés ont participé. Ils s'inspirent bien souvent du règne animal, des oiseaux notamment, et associent ces différents aspects. Voici l'histoire de Náhkohenaa'é'e, telle qu'il me l'a racontée :

« Quand elle était jeune, elle s'appelait Méstaa'ehéhe... Owl Girl[2], car elle était capable, disait-on, de voir dans le noir. Elle avait quitté, un matin, le camp de sa famille pour gagner à pied un autre village où elle voulait rendre visite à un parent malade, lorsqu'elle a été surprise par un violent orage de grêle. Pour se protéger de la foudre, elle s'est réfugiée dans une caverne où le Peuple avait l'habitude de s'abriter en pareil cas.

Quand ses yeux s'habituèrent à l'obscurité, elle s'aperçut qu'elle n'était pas seule à l'intérieur. Une ourse grizzly et son petit étaient couchés par terre contre la paroi tout au fond. Les Cheyennes attribuent aux grizzlis des pouvoirs surnaturels et les craignent énormément. Les tuer est tabou. Autrefois, avant d'être pourchassés par les trappeurs et de se terrer dans les montagnes, ces ours parcouraient les plaines et menaçaient les voyageurs. Sur une courte distance, le grizzly est aussi rapide qu'un cheval.

---

1. Celle qui a guéri l'ourse.
2. Jeune chouette.

Il se lance à la poursuite de ses proies et les dévore.

L'ourson gémissait en donnant des coups de patte à sa mère. Owl Girl comprit que celle-ci était mal en point, car elle ne réagissait pas. Pour cette raison sans doute, Owl Girl ne prit pas peur et s'approcha en rampant. La mère se contenta de la regarder. Elle ne semblait pas avoir la force de l'attaquer ni même de se mouvoir. Owl Girl découvrit qu'elle avait une large blessure à la poitrine, mangée par les vers, près de laquelle les mouches bourdonnaient. L'odeur était telle qu'elle faillit vomir.

L'orage se calmant rapidement, Owl Girl ressortit de la caverne pour descendre à la rivière. Elle avait une outre pour l'eau, et un petit sac en cuir qu'elle remplit avec de l'argile. Elle cueillit aussi sur la rive différentes herbes et plantes sauvages, aux vertus curatives bien connues des Cheyennes. Revenue à l'intérieur, elle lava à l'eau la blessure de la mère et en retira tous les vers un par un. Puis elle confectionna un cataplasme avec l'argile, les plantes et les herbes, qu'elle appliqua sur la plaie. Ce qu'elle fit sans cesser de parler à l'ourse qui tressaillait de douleur, mais n'essaya pas de se défendre. Elle gardait simplement ses petits yeux luisants, jaunes comme des billes, rivés sur la jeune fille.

Par la suite, Owl Girl rapporta au Peuple qu'avant de la remercier, l'animal lui avait appris qu'un trappeur lui avait tiré dessus avec son fusil et que la balle avait certainement traversé l'épaule. Personne ne douta que l'ourse avait effectivement parlé à Owl Girl, les grizzlys étant réputés pour leurs pouvoirs.

Lorsqu'elle eut fini de panser la plaie, elle dit à l'ourse qu'elle retournait maintenant dans son village et qu'elle lui rapporterait à manger. Owl Girl tint parole, revenant avec le cuissot d'un élan qu'un de ses frères avait tué à la chasse. Elle n'a permis à aucun membre de sa famille de l'accompagner à la caverne, et d'ailleurs ils ne le souhaitaient pas, pensant que la jeune femme avait établi un lien particulier avec l'ourse et que leur présence serait de trop. Sans compter, bien sûr, que les grizzlys leur inspireraient une peur panique.

Trois jours durant, Owl Girl nourrit la mère et l'ourson, et chaque jour elle renouvela le cataplasme. Le quatrième jour, elle ne les retrouva pas dans la caverne. Pendant les deux années suivantes, l'ourson grandit et la jeune fille le voyait de temps en temps au bord de la rivière, en compagnie de sa mère, ou près de la caverne quand elle partait rendre visite à ses parents au village voisin. Elle savait qu'ils la suivaient, elle avait même la sensation que l'ourse veillait sur elle. À l'âge de deux ans, les oursons quittent leur mère, cependant la jeune fille apercevait encore parfois celle qu'elle avait soignée, et la dernière fois qu'elle la reconnut, elle avait deux autres oursons avec elle. C'est ainsi que Owl Girl acquit son nouveau nom, Bear Doctor Woman. »

Náhkohenaa'é'e s'est montrée charmante avec moi, ces derniers jours... c'est du moins ainsi que j'interprète son comportement. Bien que la vieille femme soit avare de paroles, j'ai découvert qu'elle connaissait quelques mots d'anglais, sans doute glanés au fil des ans en écoutant Hawk converser avec sa mère. C'était la première fois que nous étions seules ensemble et, tout en travaillant, elle m'a parlé en anglais, en cheyenne et par signes, si bien qu'avec les trois, et en la regardant s'activer, j'ai compris ce que j'étais censée faire.

On range tout d'abord le contenu de la loge dans des parflèches de cuir, qui sont une sorte de valises rudimentaires. On les fixe ensuite sur un travois, à savoir un traîneau sommaire, sans roues, composé de deux brancards entre lesquels on tend une pièce de toile ou de cuir. Les brancards sont reliés à un harnais, lui-même attaché à un cheval, un gros chien, une femme ou un enfant, selon le poids de la charge.

Puis nous avons commencé à défaire les lanières de cuir qui tendent les peaux de bison sur les perches formant l'armature du tipi. Après avoir plié les peaux, nous les avons rangées aussi dans des parflèches. Bear Doctor Woman a fait preuve d'une certaine patience devant ma relative maladresse, elle s'est arrangée pour bien m'expliquer comment procéder et je peux lui en être reconnaissante. Visiblement, c'est une tâche qui incombe aux femmes. Elle l'a accomplie des milliers de fois dans sa vie et elle s'en est acquittée rapidement, avec une grande efficacité, comme les autres autour de nous. Certaines chantaient ou fredonnaient en même temps, et j'ai appris que ces chants sont réservés à cette activité. Leurs harmonies curieuses, leur rythme régulier se joignent pour former un bourdonnement qui plane dans les airs au-dessus du village.

Quand nous avons fini de ranger et plier, Bear Doctor Woman m'a dit dans un mélange d'anglais et de langage des signes :

– Moi heureuse petit Hawk nouvelle femme.

– Merci. Je suis heureuse que vous le soyez, ai-je répondu comme j'ai pu.

Elle a hoché la tête en souriant.

– Je vois maman petit Hawk, a-t-elle ajouté en touchant mes cheveux.

Je dois lui faire penser à celle-ci, qui était blonde également. Peut-être est-ce la raison pour laquelle elle est si gentille... qui pourrait expliquer aussi que Hawk soit tombé amoureux de moi. Oui, voilà, je l'ai dit. Je crois qu'il m'aime, en effet.

La main sur le cœur, j'ai hoché la tête à mon tour en répétant :

– Heureuse.

Je me suis souvenue de l'unique conseil que m'avait donné ma propre maman, à propos de ma vie amoureuse, et que j'aurais dû suivre pour éviter une tragédie. « Épouse un homme qui aime sa mère », m'avait-elle dit. À l'évidence, Hawk a aimé la sienne.

Vers le milieu de la matinée, il n'y avait plus de village. Trois cents tipis ou davantage avaient été démontés. Les chevaux de bât, les chiens, les femmes et les enfants étaient prêts, tous avec leurs travois. En selle sur Spring, j'espérais au moment de partir ne pas perdre le contact avec mes amies pendant le voyage. Cela paraissait tout de même difficile, tant nous sommes nombreux. De plus, nos loges étaient éloignées et nous sommes disséminées dans le cortège. Pour parer à cette éventualité, nous avons suggéré à Lulu et à toutes les filles qui chemineraient près d'elle ou à proximité, de chanter un refrain français, *Frère Jacques*, un de ceux que nous n'avions pas appris aux Indiennes. L'idée étant que, si nous pouvions nous entendre, nous saurions nous repérer dans cette immense procession, totalisant plus d'un millier d'individus qui se mettraient en marche à intervalles irréguliers. Nous sommes devenues très proches, très dépendantes les unes des autres, et nous avons compris à la veille de cette brusque séparation que nous allions beaucoup nous manquer. Sans l'amitié, le simple réconfort qu'elle procure, et l'esprit solidaire qui nous unit, nous n'aurions pas tenu le coup.

Nous nous dirigions au nord vers les contreforts des Bighorn Mountains, en suivant grossièrement le tracé de la Tongue River. Où allions-nous précisément... comme d'habitude, nous n'en savions rien, nous devions nous contenter de suivre. À un moment de la matinée, nous avons légèrement bifurqué vers l'est, quittant les contreforts des montagnes pour aborder les plaines, et ce fut plein nord à nouveau. Il est plus facile d'avancer en terrain plat, puisqu'il faut tirer les travois et, ainsi déployé, nous avions une idée nette des vastes dimensions de notre cortège : marchant et chevauchant, des hommes et des femmes de tous âges, des enfants, certains chargés et d'autres pas. Reconnaissables à leurs coiffes de plumes, leurs boucliers peints et leurs lances, les différentes sociétés guerrières restaient à peu près groupées sur leurs montures souples et rapides. Les guerriers lakotas qui nous avaient rejoints cheminaient ensemble, légèrement à l'écart, arborant eux aussi une hiérarchie de coiffes et de parures. Les groupes d'éclaireurs des deux tribus se sont dispersés en double éventail, et le milieu de la procession était occupé par deux très grandes troupes de chevaux, qui sont à présent le vrai moyen d'existence de ce peuple. Hommes, femmes et garçons, en selle ou à pied, les menaient à l'aide de chiens. Ici dans les plaines, le spectacle de cette migration était véritablement stupéfiant et d'une remarquable fluidité. Des vagues colorées d'hommes et d'animaux s'élevaient sur les collines, disparaissaient dans les replis tel un corps solidaire, unique, épousant la Prairie.

J'ai soudain reconnu au loin la voix de Lulu, puis la même mélodie, relayée en divers endroits de notre cohorte, tandis que d'autres femmes de notre groupe l'entendaient et joignaient les leurs. À mon tour, je me suis mise à chanter en éprouvant, comme chaque fois, un sentiment d'espoir, fort et joyeux. Me détachant de mes compagnons immédiats, je me suis dirigée vers la voix la plus proche, imitée par les autres, de sorte que nous avons convergé vers le même point. Ravies de nous retrouver, nous avons poursuivi ensemble en chantant à pleins poumons, sous le regard des Cheyennes. En hochant la tête, ils riaient ou souriaient des facéties de ces Blanches, aussi étranges et insolites pour eux qu'ils le sont pour nous.

Nous en avons profité pour prendre des nouvelles les unes des autres, au sujet notamment de nos situations maritales. Un jeune homme au nom charmant, No'ee'e, ou Squirrel[1] en anglais, a jeté son dévolu sur notre Lulu.

— Jamais encore je n'avais rencontré un garçon aussi doux et aussi gentil, a-t-elle dit. Et poli, avec ça. Il me traite comme un objet précieux qu'il craint de briser. Et il croit que je n'ai pas perdu ma fleur, parce qu'une bonne Cheyenne reste vierge jusqu'au mariage. Alors je fais comme si... Pourquoi le détromper ?

— Mon gars aussi est un ange, nous a appris Hannah. Hóma'ke, il s'appelle, Little Beaver[2]. Ce que j'étais gênée... et lui aussi... C'était sa première fois. Il a attendu la troisième nuit pour se décider et... quand j'ai effleuré sa bichette, il était tellement excité qu'il m'a giclé du foutre partout !

— Bon Dieu, Hannah ! s'est exclamée lady Hall. Ne pourriez-vous pas nous épargner ces obscénités ? Voilà bien ce qui me dégoûte chez les hommes... Et cet affreux argot de Liverpool rend vos propos plus répugnants encore.

— Je vous demande pardon, m'lady, mais j'ai des frères, vous savez. C'est eux qui m'ont appris ces choses.

— Dis-moi, Astrid, lui ai-je demandé. Je t'ai vue danser avec l'aumônier. Dog Woman n'a pas tenté de t'unir à un Cheyenne ? Où demeurez-vous depuis ?

— Dans la loge de Christian Goodman, où je vis chastement, a-t-elle répondu. Nous sommes tombés amoureux, mais selon sa religion, nous devons attendre d'être mariés en bonne et due forme par un pasteur ordonné de son Église. Dog Woman ne

---

1. Écureuil.
2. Petit castor.

peut s'opposer à notre union, car Christian est considéré comme un homme saint, ce qui lui confère certains droits.

Lulu s'est esclaffée. Les deux femmes se sont rapprochées depuis le soir des danses, mais la Française se plaît toujours à taquiner Astrid.

— Enfin, ma petite Norvégienne, c'est pas demain matin que tu vas dénicher un pasteur ici. Nous vivons avec les Cheyennes, maintenant, alors c'est un mariage cheyenne qu'il vous faut. Il te suffit, par accident, de toucher son, sa... Comment dis-tu, Hannah ?

— Sa bichette.

— Nous dormons séparément pour repousser toute tentation, a déclaré Astrid.

— Ah, mais c'est ça qui ne va pas ! a insisté Lulu. Tu as déjà été mariée, et donc le loup, il y a longtemps que tu l'as vu... Un soir, quand il s'est endormi, Christian, tu n'as qu'à te glisser près de lui sous les peaux et... Goodman est un bon chrétien... et les chrétiens ont des désirs... frustrés. C'est bien le mot ? J'ai retenu ça du club pour messieurs où j'ai travaillé. Les clients emmenaient parfois leurs fils pour leur apprendre les plaisirs de la chair. Les jeunes me disaient que, selon leur mère, ils deviendraient aveugles s'ils jouaient avec leur bichette. Vous vous rendez compte ? Alors, c'est bien certain, Goodman ne pourra pas résister si tu le touches à cet endroit. Un petit conseil encore, mon amie : il faut d'abord enlever tes moufles !

Nous avons toutes ri, sauf la pauvre Astrid.

— Je ne porte pas de moufles, Lulu, a-t-elle rétorqué. Je ne comprends pas pourquoi tu inventes toujours des choses ?

— C'est juste pour s'amuser.

— Je suis d'accord avec Lulu, a dit Carolyn. Après de longues années de mariage avec mon pasteur, terriblement assommantes, j'apprécie la liberté et la simplicité de l'union à la mode cheyenne. J'ai eu davantage de rapports conjugaux avec mon jeune compagnon, Vó'hó'k'áse — ce qui veut dire Light[1], n'est-ce pas ravissant ? — en trois jours qu'en dix ans avec mon premier

---

1. Lumière.

mari, qui n'envisageait la chose que sous l'angle de la procréation. Il ne faisait même pas semblant d'y prendre plaisir. Comme dit Lulu, n'attends pas la bénédiction d'un prêtre pour consacrer ton mariage, ma chère. Parce qu'ici, dans ces régions reculées, tu risques de ne jamais le trouver.

Le seul fait que nous soyons capables d'aborder ces sujets autrefois tabous, sur un ton enjoué et avec franchise, illustre, il faut l'admettre, à quel point nous avons changé en quelques mois. Nous nous sommes initiées à une autre vie dans ces grands espaces où nous avons tissé des liens étroits entre nous. Nous avons peu de choses à nous cacher, et encore moins de prétentions. De la part d'une femme, il aurait été fort mal élevé, jusque-là, non seulement de parler à haute voix de plaisir physique, mais aussi de reconnaître son existence... Les dames de la bonne société seraient choquées de nous entendre ! Aujourd'hui, nous abordons ces sujets entre amies, très naturellement, sans éprouver ni gêne ni honte. Sans aucun doute, vivre dans la nature s'accompagne de certaines libertés, impensables dans le prétendu monde civilisé.

Nous avons poursuivi notre chemin ensemble, en bavardant gaiement, entourées par les membres de la tribu, portées dans les plaines par cette vague géante d'hommes et d'animaux, pour nous apercevoir, plus tard dans la journée, que nous étions incapables de rejoindre nos maris. Cela avait été une excellente idée de penser à nous situer les unes les autres à l'aide de *Frère Jacques*, mais nous n'avions rien prévu pour les retrouver. Nous commencions à comprendre également que, si notre longue procession avait au départ paru improvisée, elle obéissait en fait à certaines règles intrinsèques, le fruit certainement d'une longue tradition de nomadisme. Chaque personne et chaque chose avaient une place désignée. Ces règles-là, nous ne les connaissions pas encore...

– À mon humble avis... a commenté lady Hall, tandis que nous considérions la situation... cela ne servirait à rien de demander notre chemin aux Cheyennes proches de nous. Car dans un mouvement continu comme celui-ci, il ne peut y avoir de point fixe... Non, je ne crois pas que nous puissions revenir à... nos positions initiales.

Nous avons conclu que notre seul choix consistait à attendre que la colonne s'arrête, lorsqu'il serait temps de monter le camp pour la nuit. Nous espérions qu'à ce moment-là, nos époux s'arrangeraient pour nous localiser... ce qu'ils ont fait! Comment ont-ils réussi, cela reste un mystère. Ces gens ont des dons inexplicables. On penserait à des pigeons voyageurs. Ou, en ce qui me concerne, à un faucon capable, du haut du ciel, de repérer une souris à terre. Quand Hawk est apparu, il avait ce sourire ironique qu'il affiche souvent quand nous nous retrouvons. J'en viens à apprécier son sens de l'humour. Il est bien agréable, finalement, qu'il ne me prenne pas trop au sérieux. C'est une disposition, empreinte de légèreté et de gentillesse, qui m'empêche de le faire moi-même.

4 juin 1876

Naturellement, les bivouacs rudimentaires que nous installons pour la nuit n'ont pas le confort de nos loges au village. Bear Doctor Woman m'aide chaque soir à monter le tipi et à faire la cuisine. Au crépuscule, Hawk quitte l'emplacement de sa société guerrière dans la procession pour venir nous rejoindre.

Quand, avant-hier, il m'a repérée au milieu des autres filles pour m'accompagner à l'endroit où nous campons, lui et moi, j'ai découvert, très gênée, que Náhkohenaa'é'e avait déjà planté la tente et commencé à préparer le repas. Mais elle a souri gentiment en nous voyant arriver et n'a pas semblé m'en vouloir. Sans me laisser le temps de la remercier, elle s'est éclipsée discrètement, comme la veille au même moment. La vieille femme tient à respecter le fait que nous sommes jeunes mariés. En présence l'un de l'autre, nous restons hésitants, maladroits, trop timides pour parler... des amoureux pleins d'une passion naissante qui ne demande qu'à s'exprimer sous les peaux de bison, et là, plus question de retenue... J'ai peine à évoquer ces moments. En y pensant seulement, j'ai les joues et la gorge qui s'empourprent...

5 juin 1876

J'ai emmené Mouse aujourd'hui, assise devant moi sur la selle, comme nous le faisons souvent. Elle est si légère que Spring ne rechigne pas à l'avoir elle aussi sur le dos. Bien au contraire, Mouse semble réveiller son instinct maternel. Spring hennit doucement en la voyant arriver, la cajole affectueusement du bout du nez et Mouse rit de plaisir.

En chemin, nous faisons la classe... Nous indiquons différentes choses, le ciel, le cheval, les parties du corps, et chacune à son tour doit en révéler le nom dans sa langue maternelle. Parfois nous bavardons familièrement dans l'espoir qu'un mot ou deux pourront être compris. Parfois aussi, nous entonnons une des chansonnettes de Lulu en français. Mouse est une fillette intelligente, éveillée, avec quelque chose d'espiègle. Comme les enfants de son âge, elle assimile les langues étrangères avec facilité, et elle saura l'anglais beaucoup plus vite que moi le cheyenne... même si je crois faire de modestes progrès.

À un moment de la journée, Phemie nous a rejointes sur un grand étalon blanc des plaines, que son mari vient d'ajouter à sa troupe de chevaux, nous a-t-elle dit. Elle paraissait plus majestueuse que jamais sur cet animal fougueux, aux longues jambes et au regard fou, qui sautille et s'ébroue.

– Comment m'as-tu retrouvée dans cette immense colonne ? lui ai-je demandé.

– Je sais où chercher, a-t-elle répondu simplement. Nous ne t'avons toujours pas vue aux assemblées de notre société guerrière, Molly.

– C'est vrai. Comme je te l'ai dit, la guerre ne m'intéresse pas.

– Tu as pourtant à cœur de protéger ta vie et celle de tes amies ?

– En effet.

– De protéger le peuple cheyenne... les mères et les enfants en particulier ? Et cette petite que tu as avec toi ?

– Bien sûr, je ferai tout mon possible pour cela.

— Alors ton possible consiste à te battre avec nous, Molly. Nos éclaireurs ont repéré un vaste ensemble de troupes qui se dirigent vers nous. À l'évidence, l'expédition dont Gertie nous a parlé, menée par le général Crook. Des messagers nous ont avertis que Crazy Horse et Sitting Bull, ainsi que d'autres bandes lakotas, seront bientôt à nos côtés. Elles ont conscience que l'union fait la force, qu'il nous faut combattre ensemble. Chez elles aussi, les hommes voyagent avec leurs familles. Ils ne peuvent plus les laisser seules sans protection. L'armée a compris que c'est notre plus grande faiblesse. Un moyen trop facile de triompher de nous. Au lieu d'affronter nos guerriers, les généraux préfèrent attaquer les femmes, les enfants, les anciens, et détruire nos villages. J'ai besoin de toi, Molly, comprends-tu ? Nous devons mobiliser le plus grand nombre possible de guerriers, hommes et femmes.

— Mais je n'entends rien à la guerre, Phemie.

— Tu sais tirer à la carabine et tu es bonne cavalière. On s'en contentera. Rejoins-nous à notre réunion cet après-midi, quand le camp sera monté. Pretty Nose viendra te chercher. Little Wolf réunit tous les chefs pour tenir conseil, y compris ceux des bandes lakotas et arapahos. Nous y serons, Pretty Nose et moi, car nous sommes aussi chefs de guerre. C'est peut-être la première fois dans l'histoire de la tribu que des femmes sont invitées à un pow-wow. Nous en saurons plus après. Mais je peux déjà t'affirmer avec certitude que nous allons entrer en guerre, cela ne va plus tarder.

D'un bras, j'ai serré Mouse contre ma poitrine.

— T'ai-je dit que, Hawk et moi, nous avons l'intention d'adopter cette petite fille, Phemie ? Elle est orpheline et c'est un vieux couple qui s'occupe d'elle : Bear et Good Feathers.

— Oui, je connaissais sa famille. C'était de braves gens.

— Si je pars en guerre, elle risque de me perdre moi aussi.

— Ses parents sont morts pendant l'attaque du village d'hiver. Incapables de se défendre, comme tant d'autres, Molly, car nous n'étions pas préparés. Aujourd'hui, il n'est plus possible d'attendre passivement un nouvel assaut. Nous allons à la rencontre des bandes alliées d'Arapahos et de Lakotas, dont les chefs vont nous conduire vers une position stratégique depuis laquelle nous mènerons l'offensive.

– Vois-tu, Phemie, nous ne nous sommes pas engagées auprès des Cheyennes pour entrer en guerre contre notre propre gouvernement.

– Nous pensions cela aussi, dans notre groupe. Mais nous avons appris à nos dépens... et bien trop tard... qu'en fait si ! Notre gouvernement a l'intention de nous exterminer, alors nous sommes engagées contre lui. Et cet enfant est pour toi une raison supplémentaire de te battre.

Elle fit faire une volte serrée à son cheval, qui s'est ébroué. Il a henni et rué, par pure exubérance ou par insoumission, je n'aurais su le dire. Peut-être y avait-il un peu des deux.

– Est-il débourré, cet animal, Phemie ?

– Plus ou moins, a-t-elle répondu en souriant. Je suis en train de le dresser. Mais il est de ceux qui restent toujours un peu sauvages. Il a du caractère. Et besoin de galoper.

Elle l'a talonné, lui a lâché la bride et ils sont partis à fond de train.

Avec son port de reine et sa voix sonore, Phemie a tant d'autorité naturelle qu'il est difficile de lui résister. J'ai pensé que je ne risquais rien à me rendre à cette réunion. Je ne me sentais aucunement obligée de m'engager. Malgré les horribles événements que nous ont rapportés Phemie, Meggie et Susie, malgré les mises en garde de Gertie, les pieds-tendres que nous sommes ont entretenu l'illusion que nous éviterions le conflit, que la guerre resterait une sorte de fantôme, un lointain épouvantail. Non, ces choses-là n'arriveraient pas, en tout cas pas à nous... Peut-être est-ce la nature humaine qui nous maintient dans cette foi aveugle. Il y a quelques jours à peine, nous dansions avec ivresse, puis nous nous sommes « mariées », nous avons fondé un foyer... chacune avec son époux, Ann Hall avec sa maîtresse... nous avons fait l'amour... sauf, peut-être, Astrid et Christian... À peine établies dans cette nouvelle vie, aussi étrange soit-elle, se peut-il vraiment que nous soyons confrontées à la guerre ? À la mort ? Le temps paraît déjà si loin où je souhaitais mourir. Je sais bien qu'il est fou, dans une situation aussi difficile, de s'accrocher à cette idée, mais je veux mettre au monde l'enfant de Hawk. Peut-être est-ce là finalement tout ce qu'il me reste à te donner, Clara ma chérie... la vie d'un autre.

Nous venions de monter la tente quand Pretty Nose, comme avait promis Phemie, m'a conduite à la société des femmes au cœur vaillant. Elle est venue à cheval car, depuis l'arrivée des nouvelles bandes lakotas et arapahos, nos bivouacs s'étendent largement dans la plaine.

Lorsqu'on visite un grand village indien, on s'aperçoit qu'il est composé de plusieurs « quartiers », formant chacun un cercle ou une série de cercles reliés l'un à l'autre. L'ouverture de tous les tipis est toujours orientée à l'est pour profiter du soleil levant, et les familles étendues restent ensemble. Les membres les plus riches de la tribu, ceux qui possèdent le plus grand nombre de chevaux, sont souvent groupés, notamment pour des raisons pratiques : leurs jeunes fils peuvent surveiller les corrals où leurs bêtes sont parquées sans distinction. De la même façon, les sociétés guerrières tendent à se regrouper elles aussi. C'est également le cas des membres les plus pauvres de la tribu. Enfin, les « parias », ceux qui ont été rejetés pour leurs délits ou leurs offenses, sont obligés de se tenir à l'écart, même s'il ne s'agit que d'une seule famille. Bien sûr, les bandes lakotas et arapahos ont leurs campements à elles, avec chacune une atmosphère, des couleurs, des tenues aussi variées que dans les différents quartiers d'immigrés à New York.

J'avais vu Pretty Nose, le soir des danses, mais trop brièvement pour engager une conversation. En traversant le camp à cheval avec elle, je lui ai demandé si elle s'était remariée. En effet, lorsqu'un guerrier est mort, et c'est le cas de son mari, un frère ou cousin de celui-ci épouse la veuve, qui devient alors sa deuxième ou troisième femme. Faute d'un frère ou d'un cousin, cela peut aussi être un ami proche.

– Je ne tiens pas à me remarier tout de suite, m'a-t-elle répondu. Mais un jour, oui, je prendrai un nouvel époux. Chez nous, faire des enfants est un devoir pour les femmes, car le Peuple a besoin de guerriers. Sans eux, il est impossible de se défendre et la tribu serait vouée à mourir. Nous devons aussi faire des filles pour prendre soin d'eux.

– Mais comment être mère et guerrière à la fois ? Ne faut-il pas choisir entre les deux ?

– Quand un de nos hommes perd la vie lors d'un combat contre une autre tribu, les femmes font le tour du village en pleurant et en suppliant les jeunes de prendre les armes pour aller tuer les meurtriers. C'est le seul moyen de mettre fin à nos chants funèbres, car la mort des ennemis apporte le réconfort et assèche les larmes. Au lieu de demander à nos jeunes de s'en occuper pour moi, je vais le faire moi-même et assécher mes propres larmes.

Il faut absolument que je rapporte ces propos à Christian Goodman, la prochaine fois que je le verrai. Parce que, sans le faire exprès, Pretty Nose venait de décrire en quelques mots l'absurdité de la guerre, les vengeances qui se suivent inutilement. Si tous les hommes sont des guerriers à qui on enseigne dès l'enfance qu'il n'est pas de mort plus noble et plus glorieuse que sur le champ de bataille, alors leurs femmes ne sont que des ventres, destinés à mettre au monde de nouvelles troupes de guerriers qui grandiront pour tuer et se faire tuer, génération après génération. Pour simple qu'il paraît, le court récit de Pretty Nose résume l'histoire entière de la race humaine.

– Mais dis-moi, toi qui as tué plusieurs de tes ennemis ? Tes larmes ont-elles disparu ensuite ?

Sans me répondre, elle a évité mon regard. Ses yeux restaient rivés dans le lointain, elle avait la même expression que le jour où nous nous sommes rencontrées. Une expression dans laquelle je voyais ma propre colère, mon angoisse et mon chagrin.

Phemie, Susie et Meggie nous attendaient dans la loge de leur société, en compagnie de plusieurs femmes cheyennes que j'ai reconnues. À ma grande surprise, Maria et lady Hall se trouvaient aussi parmi elles.

– Lady Hall, je ne savais pas que vous aviez l'intention de combattre.

– Comme vous, je suis là pour la première fois, a-t-elle répondu. Bridge Girl m'a convaincue que mon devoir était de venger notre amie Helen Flight.

— Et toi, Maria ? Tu es mariée à présent. Pourquoi veux-tu faire partie d'une société guerrière ?

— Ma mère était une Indienne de sang pur, de la tribu des Rarámuri. Nous sommes un peuple pacifique. Quand les Espagnols sont arrivés, ils nous ont chassés de nos maisons et nous ont transformés en esclaves. Les missionnaires jésuites nous ont forcés à construire leurs églises, ils ont abattu nos arbres sacrés dans la Sierra Madre, et ils ont creusé leurs mines d'or... Tout ça au nom de leur Dieu... Phemie nous a parlé du peuple de sa mère, qui vivait de l'autre côté de la terre. Et c'est la même histoire. Les marchands d'esclaves sont venus, les ont arrachés à leur pays. Ils ont battu, violé, tué, asservi les survivants au bénéfice des Blancs. Ici, chez les Cheyennes, c'est encore la même chose... Les Blancs exterminent les bisons, pour que le Peuple n'ait plus rien à manger, rien pour bâtir ses tipis, rien pour se protéger du froid pendant l'hiver. Ils volent ses terres pour en retirer de l'or, pour élever leurs vaches, ils abattent les arbres dans les régions sacrées des Black Hills pour construire leurs fermes. Ils parquent le Peuple dans des réserves, comme du bétail, avec interdiction d'en sortir. Dans les réserves, il n'y a pas de gibier, encore moins à manger. Et pendant ce temps, le bureau des affaires indiennes revend à d'autres Blancs les terres volées. Les Indiens qui refusent de s'y rendre, ceux qui tentent de s'en échapper, se font assassiner. Voilà pourquoi je déclare la guerre, Molly.

J'admets n'avoir jamais entendu d'arguments aussi clairs et aussi convaincants que ceux-là.

Phemie nous a renseignées un instant sur les tactiques élaborées par la société guerrière qu'elle a fondée avec Pretty Nose, dans laquelle chaque femme est alliée à une autre pour former un couple de combattantes. Comme Ann Hall et moi sommes de nouvelles recrues qui n'avons pu nous exercer jusque-là, j'ai été associée à Pretty Nose, et Ann à Phemie elle-même. Il semblait que ma présence valait adhésion... Curieusement, je me sentais détachée de toute l'affaire, comme si, au milieu d'un rêve, je regardais mes amies s'activer de loin, avec la conviction rassurante de me réveiller à la fin.

Phemie nous a rapporté que, pendant le pow-wow de cet après-midi, Little Wolf et les autres chefs ont bien écouté les éclaireurs qui leur signalaient les positions actuelles des militaires et le chemin qu'ils empruntent. C'est pourquoi nous allons nous diriger à l'ouest vers les rives de la Rosebud River et de la Little Bighorn, où les tribus de Crazy Horse et de Sitting Bull, réunissant un nombre considérable de guerriers, s'allieront avec nous. Même en se déplaçant avec leurs familles, les Cheyennes avancent plus vite que la longue caravane de la cavalerie, ses chevaux chargés d'équipements lourds, ses chariots de ravitaillement, les trains de mules et les jeunes recrues de l'infanterie dont parlait Gertie et qui, pour beaucoup, n'ont jamais enfourché une bête à quatre pattes. Du moins si l'on en croit les éclaireurs qui les ont épiées et se sont bien amusés en les voyant apprendre maladroitement. Les hommes des plaines ont du mal à concevoir qu'on ne sache pas monter à cheval. Les éclaireurs ont pensé qu'on ne pouvait être vaincu par un ennemi pareil !

– Nous allons continuer de nous préparer en chemin, a conclu Phemie, pendant qu'Ann et Molly feront leurs premiers exercices. N'oubliez pas, toutes les deux, que rien de ce qui se dit dans cette loge ne peut être répété à l'extérieur. Le plus grand secret doit être respecté.

J'ai insisté pour qu'on me permette de repartir seule dans le tipi que je partage avec Hawk. Le campement conserve plus ou moins la même disposition d'étape en étape, et je finis par m'y retrouver assez facilement. Hawk était déjà là quand je suis rentrée et, bien sûr, il savait d'où je venais et pourquoi.

Il était lui aussi présent au pow-wow de Little Wolf.

– Je me suis battu au côté de Phemie, m'a-t-il appris. C'est une grande guerrière, très courageuse. Mais c'était son premier combat et elle a failli y laisser la vie. La guerre est un travail d'homme, pas un travail de femme. Je ne veux pas que tu meures.

– Je ne veux pas que tu meures non plus. Seulement, Phemie et Pretty Nose pensent que les tribus ont besoin de tous les guerriers qu'elles peuvent réunir, qu'ils soient hommes, femmes, cheyennes, arapahos, lakotas, blancs ou noirs.

– Peut-être, mais tu vas bientôt avoir un enfant... mon enfant.

– Cela reste encore à prouver, non ? lui ai-je dit en riant.

– C'est prouvé, a-t-il affirmé d'un ton grave. Woman Who Moves Against the Wind[1] m'a rendu visite aujourd'hui. Elle le sait.

J'ai ri de nouveau.

– C'est absurde. Qui est cette femme ? Comment peut-elle le savoir ?

– C'est une femme-médecine. Elle vient d'avoir une vision dans laquelle notre fils et toi étaient tués à la guerre.

Cela n'avait aucun sens et je n'en croyais rien, pourtant j'avais soudain la chair de poule et un frisson m'a parcouru l'échine.

– Nous n'avons pas de fils, Hawk. Personne, ni même moi, n'est capable de dire si je suis enceinte. Nous ne sommes pas ensemble depuis assez longtemps.

Il a posé la paume de sa main sur mon ventre.

– Si, ton enfant est là. Je pense que tu le sais, toi aussi. Je ne veux pas perdre une autre femme ni un autre enfant.

– Tu es mon mari et je ne veux pas te perdre. Pourquoi faire la guerre ? Pourquoi ne pas nous enfuir ?

– Et où irions-nous ?

– Quelque part où on ne nous retrouverait pas... dans le nord, au Canada.

– En abandonnant nos familles, nos amis, notre tribu ?

– Non, bien sûr. Ils viendraient avec nous. Partons tous ensemble.

– Ni toi ni moi ne pouvons prendre cette décision. Je fais la guerre car mon devoir est de défendre mon peuple et la terre que le Grand Esprit nous a donnée pour vivre. Ce devoir est celui de tout guerrier, mais pas le tien. Le tien est de donner naissance à notre enfant, de veiller à ce qu'il grandisse et qu'il devienne un homme. Woman Who Moves Against the Wind m'a assuré que, si tu ne prenais pas les armes, tu resterais en vie et lui aussi.

– J'étais prête à mourir avant de te rencontrer. C'était mon

---

1. Celle qui avance contre le vent.

souhait. Plus aujourd'hui. Maintenant, je veux cet enfant de nous, je veux vivre en paix, et nous n'avons plus le choix.

– En effet.

Il a fait de l'orage, ce soir-là. Les jours rallongeaient et, dans quelques semaines, nous allions atteindre le solstice d'été. Les nuages ont commencé à s'amasser à l'horizon, telles des montagnes noires aux bords déchiquetés, jaillissant de la terre. Puis le vent froid de la Prairie s'est levé, et nous savions qu'il les pousserait vers nous. Déjà leurs masses mobiles roulaient et bouillonnaient au-dessus des plaines, illuminées par des éclairs mauves, et le tonnerre grondait comme une troupe de dieux furieux, prêts à fondre sur nous.

Alors Hawk et moi nous glissons sous les peaux de bison, comme les jeunes mariés pleins de vie que nous sommes. Je suppose que, menacés d'anéantissement, d'une destruction imminente, nombre d'amants ont fait la même chose tout au long de l'histoire. Quel autre choix y a-t-il ? Nous ne parlons plus de la guerre, de décisions impossibles à prendre. La seule question qui se pose est celle-ci : qui se bat et qui ne se bat pas ? Mais, en définitive, tout le monde se bat pour sa survie, celle de ses semblables et de ses enfants. C'est un instinct commun à tous les animaux, toutes les espèces vivantes.

L'orage se déchaîne, nous encercle. Une pluie drue martèle la toile du tipi. Le ciel nocturne a la noirceur d'un puits de mine. Le vent pousse des hurlements furieux, les rugissements des dieux sont des coups de canon, entrecoupés de longs éclairs, hachés et fulgurants. Notre intimité nous sert de refuge, nous nous enveloppons de caresses et, quand parfois la foudre éclaire la loge, nous nous regardons dans les yeux. Nos corps nus se meuvent l'un contre l'autre, brun sur blanc. Mes mains glissent sur la peau lisse de Hawk, les muscles puissants de ses bras et de ses épaules, ses jambes, son ventre. Mon visage tout contre son cou, je respire les fines senteurs poivrées qui se dégagent de lui, douces et souples comme un cuir d'antilope. J'ai sur les lèvres son goût d'herbes sauvages, de racines juste détachées du sol. Quand nos bouches se joignent, c'est une saveur fraîche et minérale qui emplit la mienne, semblable à celle d'un galet poli durant des millénaires par l'eau claire de la rivière. Et nous nous étreignons plus fort encore, nous entourant, nous protégeant mutuellement, pour devenir un instant de bonheur, un être unique qui abandonne toute pensée consciente et s'immerge dans ce monde de sensations, d'odeurs et d'arômes... Il a le goût de la passion et le goût de l'amour.

Les Journaux de Margaret Kelly

ONZIÈME CARNET

La bataille de Rosebud Creek où la sœur sauva le frère

« *Aye, l'amour rend les gens idiots, leur donne des espoirs qui existent pas, leur fait croire à un avenir qu'ils auront pas.* »

(Extrait des journaux intimes de Margaret Kelly.)

15 juin 1876

On est à nouveau sur les chemins et, avec nos exercices, moi et Susie on est trop occupées pour écrire dans le journal. Notre bande a quitté la Powder River vers la vallée de la Rosebud à l'ouest. Ça, c'est une terre fertile, il y a de l'herbe épaisse pour les chevaux, de grands troupeaux de bisons pour subvenir à nos besoins. On campe près des Lakotas oglalas de Crazy Horse, et des Lakotas hunkpapas de Sitting Bull. À ce qu'on dit, d'autres bandes lakotas vont venir nous rejoindre, les Miniconjous et les Santees. Il y a quelques jours, Sitting Bull a dansé la danse du soleil, pendant deux jours et deux nuits. En sacrifice pour le Grand Esprit, il s'est fait cent entailles sur le torse et les bras, et le Grand Esprit lui a offert une vision dans laquelle les soldats blancs tombaient la tête en bas dans son village, comme des sauterelles. Tout le monde y a vu un signe qu'il gagnerait la bataille contre les militaires. De quoi donner du courage au Peuple et l'espoir de vaincre.

Ce soir, on s'est arrêtés dans la vallée de l'Ash Creek, à l'ouest de Rosebud Creek. Les éclaireurs disent que Crook a plus d'un millier de soldats sous ses ordres, qu'ils sont en marche et déjà dans la région. Ils disent aussi qu'ils ont près de trois cents guerriers shoshones et crows, et une centaine de civils qui ont pris les armes pour se battre avec l'armée.

C'est certain, maintenant, qu'on va engager le combat, et les femmes au cœur vaillant sont prêtes. Est-ce qu'on a les foies ? Aye... sûrement quelques-unes d'entre nous, oui. Phemie est seule à avoir l'air bien assurée, la tête droite comme une reine, comme d'habitude, alors ça nous remonte un peu le moral. Elle a réussi à convaincre lady Hall, Maria et Molly de s'engager dans notre société guerrière, et elles ont toutes les trois autant la frousse que nous, apparemment.

Molly est la moins décidée à se battre. Pas parce qu'elle est lâche, on sait bien que non, mais parce qu'elle est folle amoureuse, aussi simple que ça. Elle a demandé à Hawk s'ils pouvaient pas se sauver tous les deux, dans le nord, au Canada, et vivre en paix. Et elle veut un petit de lui. Mais enfin ! Un bébé, maintenant ? Après tout ce qu'on lui a dit qui nous est arrivé, et à elle aussi ! Ce monde-là n'est pas un endroit pour les enfants, elle devrait le comprendre. Aye, l'amour rend les gens idiots, leur donne des espoirs qui existent pas, leur fait croire à un avenir qu'ils auront pas.

Molly veut pas tuer de soldats, elle veut pas se battre parce que Hawk est pas d'accord. Ou alors seulement pour veiller sur son amie Pretty Nose, parce qu'elle se sent obligée. On lui a dit que c'est pas comme ça qu'on devient une bonne guerrière, et on l'a dit à Phemie aussi. À quoi ça sert, des guerriers qui se battent pas ? Qui aimerait l'avoir pour alliée ? On se demande si c'est pas l'aumônier qui lui a bourré le crâne avec ses boniments de pacifiste.

Phemie a rigolé de son bon gros rire qui a l'air de monter de son ventre.

– Ne vous inquiétez pas pour Molly. Pretty Nose la veut avec elle. Au plus fort du combat, Molly fera tout ce qu'il faut pour la protéger, elle comme nous, et elle n'hésitera pas à tirer sur les soldats. Elle sera à la hauteur de la situation, vous verrez. Si je ne le croyais pas moi-même, je n'aurais pas fait appel à elle.

Tout ce qu'on peut dire, Susie et moi, c'est qu'elle a bien de la chance de faire équipe avec Pretty Nose. Ah, Pretty Nose... Elle a ce visage impassible, que c'est incroyable. On sait jamais si elle est triste ou en colère... ou les deux. Aye, on l'a jamais vue sourire. Mais elle tire à l'arc et à la carabine, elle sait jeter une lance, un couteau ou un tomahawk comme personne ! Peut-être mieux que Phemie, ou alors aussi bien. Et elle fait ça avec un air tranquille, mais tellement précis et décidé que ça fait peur à voir. Ça doit être pour ça que les anciens l'ont nommée chef de guerre, parce qu'elle a des dons, elle est froide comme une pierre, c'est une mère qui porte sa vengeance comme une force de la nature. Oui, elle prendra soin de Molly, elle la protégera bien. Seulement, Phemie peut dire ce qu'elle veut, nous, on n'est pas sûres que l'inverse soit vrai.

16 juin 1876

Pretty Nose et Phemie étaient au conseil de guerre, ce matin, avec Little Wolf, Crazy Horse, Sitting Bull, le guerrier miniconjou qui s'appelle Hump, et Inkpaduta, le chef des Santees et tous ceux des sociétés guerrières de toutes les bandes. Vingt-quatre, qu'ils devaient être. Ils disent que, de toute l'histoire des tribus, ça n'avait jamais eu lieu, un conseil comme ça, qu'ils n'ont jamais été aussi nombreux à se réunir contre l'armée américaine.

Ensuite, Phemie nous a demandé de préparer nos chevaux, les selles, les rênes, nos armes et nos costumes, parce que les éclaireurs ont dit que les troupes de Crook se sont remises en marche, et demain, c'est la guerre. Aye, demain... on parlait de frousse, mais alors, du coup, c'est des sueurs froides qu'on a. Quand on se prépare, c'est une chose d'imaginer des exploits héroïques sur le champ de bataille, l'ennemi qu'on va punir, une vengeance bien méritée... mais quand on est au pied du mur, c'est plus du tout pareil et on se demande si, nous, on sera à la hauteur.

Phemie doit lire dans nos pensées, car elle nous dit :
– Levez-vous bien avant l'aube, mesdames. Mettez votre tenue de guerre, allez chercher vos chevaux au corral et venez dans notre loge commune. Nous nous peindrons mutuellement le visage. Nos peintures de guerre nous donneront un air dur et féroce qui nous rassurera les unes les autres. Alors nous éprouverons une grande sérénité. Nous serons légères comme des papillons qui se posent tranquillement sur un champ de fleurs sauvages. Le calme nous assurera un courage invincible, et c'est l'esprit dans lequel nous entamerons le combat.

Curieusement, rien qu'avec les mots de Phemie, on se sent déjà mieux. Susie et moi, on a tant attendu ce moment, on n'a vécu que pour ça, ces derniers mois, depuis qu'on nous a pris nos filles et nos amies. On est pas des poules mouillées, nos nerfs nous trahiront pas, nous sommes les sœurs Kelly, des Cheyennes blanches, guerrières au cœur vaillant. Nous sommes le fléau des Grandes Plaines, nous allons abattre des soldats, les scalper et leur couper ce qu'on pense par la même occasion.

L'animal protecteur que nous avons choisi est le martin-pêcheur, un petit oiseau insolent qui plonge dans l'eau et attrape les poissons avec son long bec. On a coiffé nos cheveux pour qu'ils ressemblent à son capuchon de plumes sur sa grosse tête, et on a appris à pousser le même cri que lui, très strident, pour glacer le cœur de nos ennemis. Bridge Girl, qui était l'amie de Helen Flight et qui partage son tipi avec lady Hall, nous a peint des martins-pêcheurs sur le poitrail de nos chevaux, et des éclairs sur leurs jambes. Elle n'est peut-être pas aussi douée qu'elle, mais Helen lui a appris quelques ficelles et elle a fait du beau travail.

Aye, on est prêtes à se battre, avec Susie. Le jour est venu.

18 juin 1876

Alors, on se sera battues, oui... On écrit dans notre tipi, le lendemain matin, et on va tout raconter. Le bien et le moins bien, parce qu'il y avait les deux... et si on met les deux sur la balance, c'est difficile de savoir si on a gagné plus qu'on a perdu. Ça n'était pas du tout comme on croyait que ça serait. Et on pensait avoir l'esprit en paix, après, eh bien non, pas du tout. Nous étions bizarrement vidées, Susie et moi, fourbues.

Le matin, on fait ce que Phemie nous a dit, on se lève avant l'aube. On s'habille et on descend à la rivière où les chevaux sont parqués. Plusieurs gamins dorment près d'un petit feu et se relaient pour se lever et faire le tour du corral, au cas où nos ennemis essaieraient de nous voler les chevaux. On trouve les nôtres, on les selle, on les bride et on les emmène à notre loge commune. C'est l'aurore quand on arrive, nous et les autres filles. Trois autres gamins nous gardent les bêtes dehors.

Tóhtoo'a'e, la petite vieille qu'on appelle Prairie Woman[1] et qui vit avec Phemie et Black Man, entretient le feu à l'intérieur. Elle a préparé un ragoût de bison et de racines, et la cafetière

---
1. Femme de la Prairie.

fume à côté. Ça sent très bon, tout ça, on aurait pas cru qu'on aurait de l'appétit, mais maintenant on a faim. Tout le monde s'assoit en cercle autour du feu et Tóhtoo'a'e nous sert à toutes une demi-tasse en fer de café. Elle retire la casserole du feu pour la faire refroidir, on la fait tourner et chacune prend un peu de ragoût avec ses doigts. Perdues dans nos pensées, on dit rien, personne veut briser le silence.

C'est Phemie, finalement, qui parle.

– On reste groupées aujourd'hui, autant que possible. Vous avez toutes suffisamment parcouru la région pour vous y retrouver dans les collines, les ravins et les vallées. Cela nous procure un avantage certain sur les soldats. Rappelez-vous que nous suivons les ordres de Pretty Nose, qui sera notre chef pendant cette bataille. C'est elle qui décide et nous obéissons. Comme nous avons appris à le faire pendant les exercices, il faut frapper vite et fort, et ensuite se replier. Les soldats sont plus nombreux que nous, mais ils sont lourdement chargés et se déplacent lentement. Avec nos chevaux rapides, nerveux, nous sommes mobiles comme le vent.

« Nous affronterons l'infanterie et la cavalerie. Les fantassins sont des cibles faciles tant qu'ils sont à cheval. Mais, s'ils sont attaqués, ils mettront pied à terre pour former une ligne de tirailleurs et là, ils seront dangereux, car il y aura au moins quelques tireurs d'élite parmi eux et leurs fusils à longue portée sont plus puissants que les nôtres. Pas d'imprudence, ne foncez pas sur eux à cheval ! Faites aussi attention aux tireurs cachés en haut des collines. N'oubliez pas : notre stratégie consiste à surprendre, assener un coup mortel, battre en retraite et nous rassembler.

« Dans le désordre et l'agitation... croyez-moi, on est facilement désorienté dans la mêlée... si vous êtes séparées de votre groupe, essayez de rejoindre une autre de nos sociétés, ou celles des Lakotas et des Arapahos. À aucun moment, ne restez seules, car vous serez vulnérables. C'est votre premier combat, soyez fortes, courageuses, mais ne prenez aucun risque inutile. À une exception près... car nous avons pour règle cardinale de ne laisser aucune des nôtres blessée sur le champ de bataille. Nous sommes des femmes de cœur. Nous veillons les unes sur les autres.

Lorsque Phemie a terminé, Pretty Nose continue dans sa langue pour les autres Indiennes et leur dit probablement les mêmes choses.

Maintenant nous nous peignons la figure, deux par deux, et donc moi et Susie. On a préparé nos dessins, des éclairs jaunes sur les joues par-dessus une couche de graisse rouge. Ils vont faire dans leur froc, les tuniques bleues, quand on leur tombera dessus, tout droit sorties de l'enfer avec nos cheveux roux, coiffés en arrière comme les martins-pêcheurs.

Molly et lady Hall restent comme elles sont.

– Je ne veux pas me cacher sous un masque, dit Molly. Si je dois me battre, autant le faire telle que je suis, sans déguisement.

Il fait grand jour quand nous sortons de la loge. Avant de monter à cheval, on vérifie qu'on a bien tout ce qu'il faut. Nous portons des chemises en flanelle, en coton ou en peau de daim. Des pagnes et des jambières d'homme, en peau également. Des mocassins de cuir d'élan, de bison ou de cerf. Les femmes de la tribu nous ont taillé des manteaux dans des couvertures, avec des manches larges et un capuchon. Moi et Susie, on a des Colt 45 à simple action, dans une gaine accrochée sur le côté droit de la ceinture. C'est ceux qui ont été récupérés dans le train des cornes vertes et on est bien contentes de les avoir. Sur le côté gauche, on a des couteaux à scalper dans des étuis perlés, et de petits tomahawks pour les corps à corps, accrochés à nos ceintures eux aussi. Et sur le dos, on a chacune un carquois plein de flèches. Les arcs légers sont attachés aux selles, au cas où on aurait tiré toutes nos balles.

Les filles sont équipées comme nous, mais certaines ont d'autres armes, si elles se débrouillent mieux avec ou qu'elles préfèrent celles-là. Molly a son Colt 45 et une carabine Winchester 1873. Elle ne veut pas combattre, mais elle dit que, s'il le faut quand même, elle aime autant être parée. Phemie est munie d'une lance, d'un Colt à la ceinture et d'un fusil dans son fourreau. Pretty Nose et Buffalo Calf Road Woman ont des pistolets, des carabines, et des crosses pour faire des touchers. Les touchers, c'est une grande tradition chez les Cheyennes, plus on en fait au champ de bataille, plus on se couvre de gloire. Moi et Susie, on s'en fiche, des honneurs, on veut juste casser du soldat.

On va partir quand voilà pas que Christian Goodman se radine à cheval dans notre partie du camp, en vêtements de daim et mocassins aux pieds. Il a les cheveux tressés, un bandeau sur le front, orné de perles, avec une plume à l'arrière du crâne. Bronzé après nos journées de voyage à cheval, il a l'air d'un Indien comme un autre. Inutile de dire qu'il n'est pas armé.

Phemie lui demande ce qu'il vient faire... Il veut nous accompagner ! Elle lui explique que c'est impossible, que notre société n'accepte que les femmes.

– Je ne tiens aucunement à en devenir membre, qu'il lui dit, mais à guider vos consciences.

Exactement ce qui nous manquait, le jour où nous livrons bataille... un non-combattant !

– Nous allons nous battre, Christian, insiste Phemie. Il y aura des soldats qui nous tireront dessus.

– Bien sûr, je ne l'ignore pas. C'est pourquoi vous aurez besoin d'un soutien moral.

– Tu vas nous encombrer et tu risques de te faire tuer. Je ne veux pas être responsable de ce qui t'arrive.

– Je sais parfaitement ce que je risque. Je n'encombrerai personne et personne n'a à rendre compte de mes actes. Mais je suis responsable de vos âmes, cette expédition est un acte immoral. D'ailleurs, Phemie, tu ne peux pas m'empêcher de vous suivre, n'est-ce pas ?

Elle hoche la tête, mécontente, fait demi-tour sur son grand étalon blanc et nous partons rejoindre les autres bandes en train de se rassembler sur les flancs des coteaux.

À cheval en haut d'une colline, Crazy Horse écoute ses éclaireurs sioux, et Little Wolf fait comme lui avec les cheyennes, sur la colline en face. Les deux chefs sont toujours pas de grands copains, mais au moins ils ont décidé de faire front commun. C'est impressionnant de les voir avec leurs coiffes de guerre, si longues que les plumes du bas touchent presque le sol. Ils finissent de parlementer avec leurs éclaireurs et soudain, comme si elles obéissaient à un signal invisible, les bandes de guerriers se mettent en marche dans plusieurs directions. Nous, on fait ce qu'on nous a dit, on suit Pretty Nose.

On descend le long de la vallée pendant environ une demi-heure et on aperçoit au fur et à mesure de nouvelles bandes qui descendent des collines ou qui débouchent des ravins sur les côtés. Certaines restent avec nous. On entend bientôt des coups de feu dans les hauteurs, puis des coyotes qui hurlent, sauf que c'est pas des coyotes, c'est un signal des éclaireurs, parce que Pretty Nose lance son cheval au galop, vers les cris, en haut de la colline. On suit toujours, et au moins trois autres bandes avec nous.

Quand on atteint le sommet, on voit des Indiens cavaler en bas dans le creux, mais c'est pas des Cheyennes, ni des Lakotas, ni des Arapahos. On nous a averties que des Crows et des Shoshones se battraient contre nous, et on remarque que l'armée leur a mis de grandes écharpes rouges en travers de la poitrine pour que les soldats les confondent pas avec nous. Il y en a beaucoup qui portent des chapeaux de la cavalerie, troués en haut avec des plumes qui dépassent, et il y en a même qui portent les manteaux bleus. On comprend pourquoi ils détalent, parce que, depuis l'autre colline en face, une masse de nos guerriers à nous fonce vers eux. Ils sont bien déployés et trois fois plus nombreux. De temps en temps, les Crows et les Shoshones se retournent sur leur selle pour leur tirer dessus. Pretty Nose doit penser que les fuyards se dirigent vers l'armée et le gros des troupes, parce que, au lieu de les poursuivre en bas, on continue sur les crêtes, dans le même sens qu'eux. On commence à avoir beaucoup de guerriers avec nous.

Assez vite, on repère les premières compagnies d'infanterie qui avancent dans notre direction. On sait que c'est l'infanterie parce que les éclaireurs ont dit qu'ils sont à dos de mulet. Ils nous repèrent aussi et, exactement comme avait prévu Phemie, ils mettent pied à terre et forment une ligne de tir pour nous canarder. Alors on se disperse, et c'est là, comme elle nous avait prévenues aussi, que tout commence à s'embrouiller. Les soldats ont des carabines Springfield à longue portée. Les deux qu'on a, nous, c'est Pretty Nose et Phemie qui les ont, parce que c'est elles qui tirent le mieux. Pendant qu'on file au grand galop, avec le bruit des coups de feu, les cris des Indiens, les balles qui volent, c'est impossible de rester collé à qui que ce soit. Même avec son alliée à soi, c'est pas facile. En plus, derrière, au milieu, à gauche et à droite, c'est un flot d'au moins deux ou trois cents guerriers lakotas, cheyennes, arapahos... et d'autres encore qui arrivent, alors notre groupe à nous est complètement disloqué. Des bandes se séparent pour attaquer les soldats de plusieurs côtés, d'autres poursuivent les Indiens ennemis. Susie et moi, on est emportées par une vague de cavaliers qui filent vers un couloir sur le côté, et là, c'est terminé, on sait plus où elles sont, nos filles. On espère que quelques-unes au moins suivent le mouvement comme nous.

Le couloir permet de s'abriter un peu, mais on nous tire toujours dessus. Ceux de la bande qui galopent avec nous ripostent pas encore, parce que les militaires sont hors de notre portée. Maintenant que tous nos groupes sont éparpillés, il y a au moins deux batailles différentes qui font rage, et peut-être beaucoup plus. Elles se mélangent, elles se chevauchent entre les poursuivants, les poursuivis, les charges et les contre-attaques. Partout, ça n'est que des coups de feu, des hennissements, des sonneries de clairon, les cris de guerre des Indiens et des Blancs. C'est un cauchemar qui n'a plus aucun sens.

Au bout du couloir, on débouche à toute vitesse dans une sorte d'arène où on se retrouve entièrement à découvert. La première ligne de soldats qui nous tire dessus s'aperçoit qu'on les a débordés. Ils se remettent en selle et battent en retraite, mais une deuxième ligne tient bon et n'arrête pas de tirer. Deux chevaux de nos guerriers, pas loin, touchés par en dessous, s'effondrent avec des hurlements de douleur, et on voit un Lakota, juste à côté, désarçonné par une balle. Susie et moi, on continue à fond de train vers les soldats. Je me demande à quoi on pense... justement ce que Phemie nous avait dit de pas faire. Aye, en fait, on pense même plus, on galope et plus tard quand on en parlera, on se rappellera qu'on était comme envoûtées, hypnotisées, avec une seule idée en tête, coincer un de ces soldats et le tuer.

Les balles volent autour de nous, mais on s'en fiche, qu'importe si on est blessées, on a pas peur, on file...

On est bientôt à la hauteur de la deuxième ligne de tirailleurs, et ceux-là aussi battent en retraite, mais ils remontent pas sur leurs mules, ils reculent à pied sans cesser de tirer. Certains lâchent leur fusil et se mettent à courir, affolés. L'un d'eux, devant nous, marque un temps pour recharger sa carabine. Mais quand il nous voit, Susie et moi, nous ruer sur lui, il la jette et dégaine son revolver. Bizarrement... je sais pas pourquoi... on pourrait faire comme lui avec nos Colts... Mais non, je détache le tomahawk de ma ceinture et, toutes les deux, on pousse le cri strident du martin-pêcheur. Il monte dans notre poitrine, comme si on avait l'oiseau dedans, et il sort de notre bouche. On est plus très loin, le soldat voit ces deux filles pareilles qui gueulent comme des putois en galopant vers lui. Il braque son revolver sur moi et tire. J'entends la balle siffler tout contre mon oreille, le vent brûlant qu'elle dégage. On lâche les rênes au dernier moment, nos petits chevaux s'arrêtent en piétinant, et on bondit sur le gars qui tombe à la renverse. Il crie quand son revolver lui échappe des mains. Susie roule sur elle-même et sort son couteau de son étui, pendant que je me mets à califourchon sur le soldat. Je lève mon tomahawk bien haut et je regarde ses grands yeux remplis de terreur. « Me tuez pas, je vous veux pas de mal ! » qu'il dit. Mais le tomahawk, comme s'il agissait tout seul, s'abat sur le gars, lui fend le crâne entre les deux yeux et le sang gicle sur moi. Avec le couteau, Susie dégage le chapeau, attrape d'une main une poignée de cheveux roux et, de l'autre, elle lui tranche un bon bout de scalp. Je défais la ceinture, je baisse le pantalon et le caleçon. Susie lui coupe les bourses qu'elle brandit avec le scalp, c'est une boucherie et le sang chaud nous coule entre les doigts, on hurle comme deux louves devant leur proie... Dans les brumes rouges du combat, on n'a pas le temps de penser à ce qu'on fait, ça viendra plus tard. Les autres guerriers traquent le reste des fantassins, qui fuient en désordre, écrasés par le nombre, cernés, tués et scalpés un par un.

On peut pas être tout à fait sûres parce qu'on a perdu la notion du temps, mais les combats durent six bonnes heures, dans la vallée de la Rosebud et le long des confluents. C'est toute une série d'escarmouches, désordonnées comme la première, entre nos bandes à nous, les troupes de l'armée et nos ennemis indiens, dans les collines, sur les rives et dans les ravins. Des assauts, des débandades, des regroupements, des attaques et des contre-attaques, des reculades et des retours en force. Ça ressemble pas du tout à ce qu'on croyait, ça n'a pas de forme, ça n'a pas de sens... mais peut-être que c'est simplement ça, la guerre. Pendant les combats, Susie et moi, on s'allie avec une bande et puis l'autre, on est maintenant des francs-tireurs, sans notre société. À nous deux, on tue trois autres soldats et on leur prend nos trophées, comme avec le premier.

En descendant une vallée proche de la Rosebud, on retrouve Buffalo Calf Road Woman, qu'on voyait plus depuis qu'on s'est dispersées au début. C'est le premier membre de notre groupe qu'on récupère. Elle a rejoint la bande de guerriers de son frère, le chef Comes in Sight. On a pas le temps de lui demander où sont les autres femmes au cœur vaillant, et même si on pouvait, on saurait pas où aller les chercher puisque, nous-mêmes, après avoir couru ici et là dans le désordre et l'agitation, on est pas bien sûres de savoir où on est.

La vallée de la Rosebud n'est plus loin quand on se heurte à un nouveau détachement de cavalerie. On mène la charge contre eux, sous le commandement de Comes in Sight. Comme Phemie nous avait montré, Comes in Sight s'accroche de la main gauche à la crinière, son cheval à fond de train, et il garde le pied gauche calé sur la croupe. Il se glisse tout bas contre le flanc droit et tire de la main droite avec sa Winchester à répétition, par-dessous l'encolure.

Mais il y a des soldats qui ont fini par piger le truc et ils savent riposter. L'un d'eux vise le cheval de Comes in Sight, qui s'effondre. Le chef roule à terre, sûr qu'il se fait très mal, et sa carabine tombe plus loin. Il arrive à se relever, mais les soldats cavalent vers lui, le revolver à la main, et les balles frappent le sol autour de lui. Il reste immobile et au lieu de se mettre à courir, il sort un couteau de son fourreau et entonne son chant de la mort. Les soldats sont à quelques mètres quand sa sœur, Buffalo Calf

Road Woman, fonce sur lui à cheval et tend un bras à son frère. Comes in Sight l'attrape, se hisse derrière elle et ils s'enfuient tous les deux. Ah, faut voir comme c'est beau ! Et comme on est fiers d'eux ! Susie et moi, on pousse des cris aigus d'admiration, comme on a appris à le faire chez les Cheyennes. Et c'est pour ça que, dans leurs mémoires, cette bataille restera comme « celle où la sœur a sauvé le frère ».

Et puis ensuite les troupes américaines se retirent peu à peu du champ de bataille. On entend de moins en moins de coups de feu, et bientôt il n'y en a plus du tout. On se dit qu'on leur a mis une peignée et qu'ils en peuvent plus. À la place, c'est des rugissements de victoire qui résonnent dans les collines autour de nous, car toutes nos bandes doivent penser la même chose.

Pour retourner au village, on suit le flot des autres guerriers qui rappliquent en chemin, on est tous épuisés et couverts de crasse après les longues heures de combat. En haut d'un coteau, on domine la vallée et on aperçoit en bas nos sœurs au cœur vaillant, en compagnie de plusieurs bandes qui rentrent comme nous. Susie et moi, on pousse le cri du martin-pêcheur, les filles lèvent la tête et nous reconnaissent. On se fait signe les unes les autres et on descend les retrouver, tellement contentes d'être ensemble à nouveau.

L'aumônier nous regarde arriver et son expression change à mesure qu'on approche. D'abord il est soulagé qu'on soit vivantes, mais il prend vite un air horrifié.

– Que Dieu vous aide, il dit tout bas.

Ben oui, on a oublié l'allure qu'on a, avec ces scalps attachés à nos ceintures. On a la figure, les mains, les bras et nos frusques barbouillés de sang. Le sang des gars qu'on a démolis. Et quatre paires de roustons dans un sac encore plus rouge que nous, noué au pommeau de la selle de Susie.

– Que Dieu vous aide, il répète, Goodman.

– C'est peut-être un peu tard, fait Susie. Comme vous pouvez voir, on est devenues plus sauvages que les sauvages. Alors votre bon Dieu, sûrement qu'il veut plus de nous.

– Que Dieu vous aide, il dit une troisième fois. J'aurais dû être là pour vous arrêter.

— Vous auriez pas pu, je lui réponds. On était possédées par le diable.

— À l'évidence...

— Et les autres filles, vous les avez arrêtées, elles ? Vous vous êtes battues ? Susie demande à Phemie. Vous en avez tué, aussi, non ?

— Tué, oui, elle admet.

— Mais tu n'as pas de scalps à ta ceinture, je remarque.

— Je ne prends pas de scalps. Cela n'est pas une pratique que j'encourage. Warpath Woman en a rapporté, Kills in the Morning Woman aussi. Elles en feront le récit, ce soir, pendant les danses de la victoire. À condition que c'en soit bien une...

Tout de même, elle a la mine sombre, Phemie. On regarde un peu mieux les autres et on s'aperçoit qu'il en manque deux.

— Où sont Molly et Pretty Nose ? demande Susie. Elles sont pas encore revenues ?

Phemie hoche la tête, et là, c'est comme si elle allait fondre en larmes. On l'a jamais vue comme ça. Elle est... elle est... défaite.

— Elles ont disparu, elle lâche finalement.

— Disparu ? crie Susie. Qu'est-ce que ça veut dire ? Elles sont mortes ?

— Ou retenues prisonnières. On ne sait pas.

— Jésus, Marie, qu'est-ce qui s'est passé ?

— Lors du premier combat, quand on vous a perdues de vue, toutes les deux, on s'est alliées à une grande bande de Lakotas pour se lancer à la poursuite des Crows dans la vallée. On croyait les poursuivre, du moins. Car ils nous ont menés vers un passage, entre plusieurs collines, sur lesquelles d'autres Crows, plus nombreux, nous attendaient en embuscade. C'était un piège. Pretty Nose et Molly chargeaient en tête de notre groupe quand on s'est retrouvées prises entre deux feux. Le cheval de Pretty Nose a été touché, il a roulé sur elle et l'a clouée au sol. Molly est descendue du sien pour l'aider. Mais des guerriers crows ont foncé sur elles depuis le torrent en bas. On ne les a pas revues ensuite. Celles d'entre nous qui avaient un fusil faisaient feu sur les Crows en essayant de gagner les pentes de chaque côté. Ç'a été un bain de sang. Plus de cent Lakotas ont trouvé la mort. Un miracle qu'on n'y soit pas toutes restées.

— Donc vous avez abandonné Molly et Pretty Nose là-bas ? note Susie. Mais qu'est-ce que tu nous disais, Phemie ? Que nous avons pour… règle cardinale de ne laisser aucune des nôtres blessée sur le champ de bataille… Que nous sommes des femmes de cœur… Que nous veillons les unes sur les autres…

— Oui, c'est bien ce que j'ai dit. J'étais deuxième à commander après Pretty Nose et j'ai donné l'ordre de battre en retraite. Rester dans ce ravin aurait été un suicide et je ne voulais pas que toute notre société se fasse massacrer.

— Et toi avec, réplique Susie.

— Ça suffit, frangine, tu n'as pas le droit de lui parler comme ça ! Tu sais aussi bien que moi que, s'il y avait eu autre chose à faire, elle l'aurait fait.

— Merci, Meggie, dit Phemie. Mais Susie a raison. Molly et Pretty Nose étaient de toute façon prises au piège et j'ai décidé de limiter les pertes. Je suis entièrement responsable de cette décision. Je n'en suis pas fière pour autant, et peut-être aurais-je dû me sacrifier avec elles. De ce fait, je renonce à ma position de chef des femmes au cœur vaillant, parce que… oui, je n'ai pas respecté notre règle cardinale. Et si le conseil de la tribu me bannit pour cette raison, eh bien soit.

— Assez d'absurdités ! tranche lady Hall. Phemie a fait tout son possible. Elle nous a défendues héroïquement, sans tourner bride un instant, tirant tour à tour sur les attaquants embusqués dans les collines et sur les Crows devant nous, pour nous permettre de nous enfuir. Sans son courage et sa pugnacité, nous serions toutes mortes. Vous l'auriez compris si vous aviez été là !

Brusquement, Susie n'en peut plus et se met à chialer, comme si cette journée se révélait devant nous dans toute son horreur.

— Pardon, Phemie, elle lui dit, pardon, pardon… Je suis désolée, pardonne-moi… J'avais pas le droit de te parler comme ça, je sais que tu es pas une lâche. Pardon, pardon, c'est juste que j'arrive pas à croire qu'on ait perdu Pretty Nose et Molly.

— Nous non plus, Susie. C'était notre premier combat… et une sale journée pour nous toutes. Et c'est moi qui ai forcé Molly à se joindre à notre société contre son gré.

— Dieu du ciel, je dis. S'ils les ont eues vivantes, on sait ce qui va leur arriver. Gertie nous a appris que Seminole était à la tête du groupe de Crows... Si cet infâme scélérat leur met la main dessus, il vaudrait mieux pour elles qu'elles soient mortes.

Quand nous arrivons au village dans l'après-midi, plus ou moins en même temps que les autres bandes, il y règne une atmosphère étrange de célébration et de deuil. Des trilles accueillent les guerriers triomphants, mais des chants funèbres s'élèvent autour des morts et des blessés, transportés à dos de cheval ou tirés sur des travois.

La tribu considère que nous avons vaincu car l'armée a battu en retraite, et, dans la soirée, bien qu'on ait pas du tout envie, Susie et moi, nous sommes tenues d'assister aux danses de la victoire. Selon les éclaireurs, le général Crook a subi de lourdes pertes et il a retiré ses troupes des alentours. Il est reparti dans son camp de ravitaillement pour soigner ses propres blessés et enterrer ses morts. Bien sûr, toutes autant qu'on est, on arrête pas de penser à Molly et à Pretty Nose, on se demande si elles sont toujours vivantes, et si elles le sont, quel sort misérable les attend.

La tradition cheyenne exige qu'on danse et qu'on montre nos trophées de guerre. Il serait impoli de refuser, parce que les trophées sont les preuves de notre victoire et ils donnent un peu de réconfort à ceux qui ont perdu leurs proches. Enfin, c'est comme ça qu'ils voient ça... Pendant les danses, ceux qui étaient dans notre bande quand on a attaqué la deuxième ligne de tirailleurs racontent que, moi et Susie... Ma'ovésá'e' heståhkehá'e, qu'ils nous appellent... Red Hair Twin Women[1]... on leur a donné du courage, aux autres, et ils se sont lancés à notre suite. Mais on sait que c'est pas vrai, du courage, on n'en a pas. Ce qu'on a, c'est un cœur de pierre et la soif de vengeance... Voilà pourquoi on a fait ce qu'on a fait. Aye, comme des vraies sauvages, qui n'ont même pas de remords. Du moins, c'est ce qu'on croyait...

Dès que possible, on s'en va et on retourne dans notre loge,

---
1. Les jumelles rousses.

éreintées. Tout ce qu'on veut, c'est s'allonger sous les peaux de bison et dormir comme des souches. Mais on y aura pas droit, parce que Susie me secoue en pleine nuit.

— Tu fais un cauchemar, Meggie, elle me dit. Tu pleures en dormant. Je croyais que tu étais réveillée, tu gueulais : « Jésus, Marie, mais qu'est-ce qu'on a fait, frangine ? »

— Aye, Susie, je rêvais... Oui, un cauchemar... C'était horrible. On était des *assassins*, toi et moi... Il y avait des bébés, on leur coupait les mains. Ils criaient en nous regardant dans les yeux... On les a tués, Susie !

— Non, Meggie, on a pas fait ça, et on ferait jamais ça. C'est des soldats qu'on a tués, pas des enfants, tu as oublié ?

— C'était des gosses, Susie. Le pauvre soldat qu'on a tué au début... un pauvre gamin épouvanté...

— Il nous tirait dessus, il voulait notre peau.

— On a rien dit tout de suite, mais faut le dire maintenant. Ce gars-là venait de notre pays, tu l'as vu comme moi. Tu l'as entendu quand il nous a suppliées de pas le tuer. Il avait l'accent irlandais.

— Aye, fait Susie d'une toute petite voix. Bien sûr que j'ai entendu, mais je voulais pas le dire.

— Bon Dieu, on les lui a coupées, pas vrai ?

— Un peu qu'on les lui a coupées, et à trois autres encore après. C'est ce qu'on voulait depuis le début, non ? Et aujourd'hui, ça y est, on s'est vengées.

— Et ça t'a fait plaisir ? Elles sont pas revenues, nos petites filles, hein ? Ça rend leur mort moins triste ?

Susie répond pas à la question. Elle s'enfonce sous les peaux de bison et les couvertures, elle me prend dans ses bras et elle se colle contre moi. C'est comme ça qu'on se console depuis toujours. Et quand je crois qu'elle s'est rendormie, elle me dit d'une voix encore plus minuscule :

— Non, frangine... C'est toujours aussi triste.

Maintenant, Molly et Pretty Nose ne sont plus là. Qu'on les aimait, toutes les deux, et qu'elles sont mortes à la guerre. Mais ça n'en finira jamais ?

Les Journaux de Molly McGill

DOUXIÈME CARNET

L'enfer

« Je l'ai reconnu à distance, alors qu'il descendait la colline en tête d'un groupe de cavaliers. Impossible de le confondre avec un autre... Les longs cheveux gras, noirs et frisés, qui lui tombaient sur les épaules... Le Stetson militaire, de travers sur le crâne, évidé en haut et orné de plumes d'aigle. Les bottes montantes en cuir noir, aux coutures déchirées. La veste bleu marine de la cavalerie, le pantalon bleu clair à bandes jaunes sur les côtés... le tout taché, crasseux, d'une saleté répugnante, sans doute jamais lavé... Je sentais déjà presque son odeur repoussante. J'avais des sueurs froides et le cœur au bord des lèvres. Je savais que, cette fois, je ne lui échapperais pas... »

(Extrait des journaux intimes de Molly McGill.)

17 juin 1876

L'enfer... et ce n'est pas fini... Je vais tout raconter... tant que j'ai la force d'écrire... et qu'on m'y autorise. Pour un premier combat, ça a été un fiasco, et dès le départ. Avec un groupe de Lakotas et de Cheyennes, notre société de guerrières s'est lancée à la poursuite d'une bande de Crows et de Shoshones qui, nous croyant plus nombreux qu'eux, prenait la fuite dans la vallée. C'est du moins ce que nous croyions aussi. Ils ont tourné dans une gorge où nous nous sommes engouffrés après eux et, soudain, ils se sont retournés, les armes à la main. Aussitôt, mon alliée Pretty Nose a riposté, et je ne l'ai pas fait.

La gorge s'est rétrécie peu à peu pour n'être plus qu'un ravin, bordé de falaises de chaque côté. Alors le piège s'est refermé sur nous. La fusillade a éclaté très vite des deux côtés et depuis le ruisseau au fond... une embuscade, un bain de sang, le chaos. Nos guerriers étaient désarçonnés, les chevaux tombaient en hurlant sous les balles. Quand celui de Pretty Nose, touché, s'est effondré sur le côté, elle avait la jambe droite coincée sous le garrot. Je suis descendue de Spring pour l'aider, j'ai saisi les rênes du cheval et j'ai tiré de toutes mes forces. Il s'est redressé un instant, au prix d'un grand effort, suffisamment pour qu'elle se dégage. Le cheval est de nouveau tombé, le regard fou, du sang plein ses naseaux dilatés. Avant que nous puissions monter sur Spring, cinq guerriers armés de fusils sont arrivés en courant depuis le ruisseau. Inutile de dégainer mon Colt... et Pretty Nose avait perdu sa Winchester dans sa chute. « *Ooetaneo'o* », m'a-t-elle dit, ce qui signifie Crow en cheyenne. Ils nous ont cernées, manifestement surpris de constater que nous étions deux femmes. Puis ils nous ont touchées avec leurs crosses. L'un d'eux m'a arraché les rênes que je tenais en main, a retiré mon revolver de ma ceinture. Ils nous ont traînées vers le ruisseau et nous ont jetées à terre sur le talus derrière la berge. La fusillade continuait... nos guerriers ne parvenaient pas à s'échapper... rien pour se mettre à couvert... Il n'y avait que deux possibilités, soit faire demi-tour et essayer de quitter cette gorge maudite, soit tenter de gravir les falaises... gardées par nos assaillants... Nos ravisseurs ont pris position, en retrait sous la berge, et ils ont rouvert le feu. J'ai rampé et levé la tête, au cas où j'apercevrais une de nos camarades... Nos guerriers tombaient les uns après les autres, s'enfuyaient à pied, mordaient la poussière, les chevaux basculaient en hurlant, leurs jambes battaient l'air... Le sol était jonché de cadavres d'hommes et d'animaux, certains tordus de douleur... et encore des cris, des détonations, un déchaînement de violence... J'ai reconnu Phemie, sur son étalon blanc, qui tirait tour à tour vers la falaise et le ruisseau. Puis Christian Goodman, au cœur de la mêlée, qui gueulait à pleins poumons. Que disait-il, je n'en sais rien... sans doute une prière... Je n'ai pu regarder plus longtemps, car un des Crows m'a brutalement couchée sur le talus.

Peu à peu les coups de feu se sont espacés, les Crows et les Shoshones postés en haut des falaises sont descendus dans le ravin, et ceux qui étaient cachés le long du ruisseau sont apparus. Tous braillaient et brandissaient leurs fusils en signe de victoire. Puis ils ont entrepris un macabre travail : couper les scalps, mutiler les morts, ramasser les armes, réunir les chevaux indemnes. Nous devions constituer un butin suffisant pour nos ravisseurs, car ils n'ont pas pris la peine d'imiter les autres. En langue des signes, ils nous ont ordonné à toutes deux de monter sur Spring et, entourées par les cinq hommes, également à cheval, nous nous sommes dirigées vers l'entrée de la gorge. Je ne pensais qu'à nos camarades. Comment auraient-elles pu réchapper d'un tel carnage ? Tandis que nous traversions ce charnier, je redoutais de découvrir l'une ou l'autre à terre, défigurée par ces barbares. Mais je ne pouvais m'empêcher d'étudier chaque cadavre, vaguement rassurée de n'en reconnaître aucun. Par quel miracle s'en étaient-elles tirées ?

Tout autour de nous, dans les collines, les vallées et les couloirs, retentissaient d'autres fusillades, plus ou moins proches, les hurlements des Indiens et des soldats, et la sonnerie du clairon. Nous eûmes alors une idée de l'étendue des combats. Nous avons gagné le sommet d'une falaise et nous avons cheminé dans les hauteurs, en direction du sud-ouest. De temps à autre, nous assistions brièvement à de nouveaux affrontements en contrebas. Nous avons continué ainsi pendant environ une heure, traversant trois vallées, et nous sommes arrivés à ce qui semblait être les camps principaux des Crows et des Shoshones. Les bivouacs des deux tribus étaient séparés par de grands corrals de chevaux, surveillés par de jeunes Indiens en armes. Une douzaine de femmes se trouvaient dans chacun des camps, qui poussèrent des trilles victorieux en voyant leurs guerriers rapporter des prisonniers. Elles sont toutes venues nous examiner, certaines nous empoignant sans ménagement, proférant à l'évidence des insultes de leurs voix gutturales.

– Garde la tête haute, Molly, m'a conseillé Pretty Nose. Regarde droit devant toi. Ignore-les. Montre que tu n'as pas peur.

Les femmes suivirent notre petit groupe jusqu'au corral de corde, où elles nous forcèrent à descendre. Un des jeunes garçons conduisit ma jument à l'intérieur, détacha la selle, sa sangle et la bride avant de la relâcher. Je me suis demandé si je la reverrais jamais. C'était pourtant le cadet de mes soucis.

Maintenant les cinq Crows commencèrent à se disputer pour savoir, apparemment, lequel d'entre eux était notre « propriétaire ». Une des femmes m'a tirée par les cheveux en marmonnant quelque chose. Une autre a saisi brutalement Pretty Nose par le bras et l'a entraînée avec elle. Sans aucun doute, nous allions être séparées. Pretty Nose s'est dégagée en faisant quelques gestes en langue des signes, expliquant clairement qu'elle ne tolérerait pas d'être malmenée. Puis elle s'est retournée vers moi, sans peur ni humilité, mais au contraire fière, provocante, avec un petit sourire pour me donner l'exemple... et du courage... et elle m'en a donné.

De la même manière, deux femmes ont pris place à mes côtés en tenant des propos courroucés, et m'ont attrapée par les bras pour m'emmener avec elles. Bien que plus petites que moi, elles avaient une force étonnante. Mais je me suis, moi aussi, dégagée de leur emprise et j'ai levé le poing pour bien me faire comprendre. Elles m'ont escortée vers une loge grossière au milieu de plusieurs autres... ce n'était pas exactement des tipis, plutôt des abris rudimentaires... un assemblage de branches de saules courbées et recouvertes de toile. Elles m'ont obligée à m'asseoir et lié les mains avec une lanière de cuir. Puis elles ont noué une corde autour de ma cheville, attachant l'autre extrémité à un pieu en bois qu'elles ont enfoncé dans le sol à l'aide d'une pierre... J'étais soumise comme un chien.

Je ne sais précisément combien de temps je suis restée sans bouger. Cinq heures, six heures, peut-être plus. Nos ravisseurs étaient repartis au combat, et pas un instant les fusillades n'ont cessé dans le lointain. Parfois, des guerriers blessés revenaient au camp pour se faire soigner ou remplacer leurs chevaux fourbus. Une des femmes a fini par me donner de l'eau dans une tasse en fer-blanc, que j'ai portée à ma bouche entre mes mains liées. Puis j'ai eu droit à une lamelle de viande de bison séché. Vers le milieu de l'après-midi, à en juger par la position du soleil, les détonations sont devenues sporadiques. Puis le silence s'est fait, excepté un ou deux coups de feu isolés. Les Crows et les Shoshones, arborant pour certains de nouveaux scalps à la ceinture, rentraient au camp en poussant des hurlements de triomphe, auxquels les femmes répondaient par leurs joyeux trilles... ou par des chants de deuil, car ils rapportaient aussi des cadavres.

Comme je l'avais craint, il faisait partie d'une de ces bandes. Je l'ai reconnu à distance, alors qu'il descendait la colline en tête d'un groupe de cavaliers. Impossible de le confondre avec un autre... Les longs cheveux gras, noirs et frisés, qui lui tombaient sur les épaules... Le Stetson militaire, de travers sur le crâne, évidé en haut et orné de plumes d'aigle. Les bottes montantes en cuir noir, aux coutures déchirées. La veste bleu marine de la cavalerie, le pantalon bleu clair à bandes jaunes sur les côtés... le tout taché, crasseux, d'une saleté répugnante, sans doute jamais lavé... Je sentais déjà presque son odeur repoussante. J'avais des sueurs froides et le cœur au bord des lèvres. Je savais que, cette fois, je ne lui échapperais pas...

« Je t'en supplie, Hawk, où que tu sois... Viens me chercher, sauve-moi... Je sais que tu viendras mais, je t'en prie, dépêche-toi... »

Seminole n'a pas mis longtemps à me trouver après son arrivée dans le camp...

– Ah, ma belle, ma beauté ! Lorsqu'ils m'ont dit qu'une femme blonde avait été faite prisonnière, j'ai su que tu revenais demander pardon à Jules... que tu ne pouvais rester loin de moi un instant de plus... que tu m'aimais d'un amour trop entier pour tolérer notre séparation...

Il s'est agenouillé près de moi en retirant son chapeau d'un grand geste.

– Oui, ma chérie, Jules te pardonne... te pardonne tout. Vois-tu, je sais pourquoi tu m'as volé ma femme. Tu ne supportais pas de partager Jules avec elle, hein ? Il fallait que tu m'aies pour toi toute seule, alors tu me l'as prise... Je comprends très bien. Bien sûr, mon amour. Mais ton rêve se réalise enfin. Nous avons toute la vie pour nous aimer, toi et moi...

Son mauvais sourire, sardonique, révélait la même rangée de dents pourries.

– ... toute une vie à jouir l'un de l'autre, tu as ma parole. Tu ne peux encore imaginer tant de plaisir et de douleur, ma chérie. Ah, ma petite, à compter de ce jour, qui est sûrement le plus heureux de ta vie, tu boiras chaque matin mon doux sirop de corps d'homme... jusqu'à la fin de ton existence... tu lécheras d'exquises friandises dans les plis intimes de mon anatomie...

J'ai vomi. Je n'avais dans l'estomac qu'un peu d'eau et ce bout de viande séchée avalés tout à l'heure, et tout est remonté sans prévenir, dans un spasme de dégoût et de terreur.

– Il faudra me tuer, ai-je réussi à dire. Je vous arracherai votre engin et vous trouerai la gorge avec les dents...

Il m'a giflée si fort que je me suis étalée de tout mon long. Le visage à terre, je haletais en m'interdisant de pleurer. Je n'ai pas fait l'effort de me rasseoir.

– Mais non, rien de tout cela...

Il n'avait plus ce ton enjôleur et mielleux. Sa voix était à présent celle d'une autre personne, haineuse, cruelle.

– Tu feras exactement ce que je te dirai, et comme je te le dirai. Jules a de nombreux talents, et c'est un excellent dentiste, muni d'une bonne paire de tenailles. Il s'introduit volontiers dans une bouche édentée... une sensation délicieuse, sans comparaison... Mais tu risquerais d'être défigurée, ce qui serait fort dommage pour une jolie femme comme toi. Maintenant, te tuer... oui bien sûr, cela ne présenterait pas de difficulté. Mais pas encore. Ce serait un châtiment trop doux. Comprends-tu que mes bijoux de famille ont gonflé pendant une semaine... Tu as volé le cheval de Jules, sa femme, son arme. Tu as attenté à sa virilité... Insulté sa dignité d'homme... Tu as de lourdes dettes à payer avant d'obtenir ta mise à mort. Et, ce jour-là, tu me supplieras de te tuer.

Il m'a saisie par la peau du cou et obligée à me rasseoir. Bâti et velu comme un singe, il avait des bras épais et une grande force physique, qui m'avait déjà étonnée lors de notre première rencontre.

– Je vous en supplie maintenant.

– Il est bien trop tôt, petite putain. Il faut d'abord régler ta dette.

– Le guerrier Hawk ne vous est pas inconnu, je suppose ?

De nouveau, il a changé de ton. Cette fois, il était plaintif, méfiant, sur la défensive.

– Bien sûr. La mère de Jules est cheyenne. C'est la sœur de Little Wolf, le Chef de la Douce Médecine. Jules a grandi avec Hawk.

Son visage s'est assombri lorsqu'il a raconté la suite.

– Mon oncle Little Wolf a banni Jules de sa tribu. C'est pourquoi Jules s'est allié aux Crows. Quand nous étions petits, tout le monde aimait Hawk. C'est lui qui courait le plus vite, et il gagnait toujours à tous les jeux. Il était le meilleur cavalier, le meilleur archer, le meilleur tireur au pistolet et à la carabine. Comme si cela ne suffisait pas, on le tenait pour un changeur de forme. Il savait se transformer en faucon, et même voler comme un faucon. Tout le monde l'admirait. Mais on n'aimait pas Jules, car son père était un Français du Canada, un trappeur que le Peuple détestait parce qu'il fournissait de l'alcool à certains. Jules aurait voulu être l'ami de Hawk, mais Hawk ne voulait pas de lui. Jules n'était doué pour aucun jeu. Jules ne jouait bien à rien, il ne courait pas vite, contrairement à Hawk qui était doué pour tout. Personne n'admirait Jules. Hawk l'ignorait et se moquait de lui. Or Jules déteste qu'on se moque de lui. Alors, pourquoi demandez-vous à Jules s'il connaît cet homme ?

— Parce qu'il faut que vous sachiez une chose : Hawk est mon mari et je porte son fils. Si vous me violez, si vous me forcez à accomplir un de ces actes immondes dont vous parlez, si vous me maltraitez de quelque façon, vous savez ce qui vous attend... Vous savez de quoi il est capable. Il vous traquera et vous fera souffrir horriblement avant de vous tuer. Je suis sûre qu'il ne va pas tarder à arriver. Il m'a déjà sauvée une fois et il me sauvera à nouveau.

Seminole a ri.

— Ah, mon amour, tu as choisi le bon moment pour revenir chez Jules. J'ignorais que tu étais mariée à Hawk. Navré de t'annoncer cette triste nouvelle, mais puisque tu es sa femme, je te dois la vérité. Il est mort aujourd'hui au combat, un soldat l'a pris en joue avec sa carabine à canon long et l'a fait tomber de son cheval. Jules l'a vu de ses yeux. Tu es donc libre de te remarier, ma petite beauté, de réaliser ton rêve de finir tes jours auprès de Jules. Nous élèverons le fils de Hawk comme notre propre enfant. Cela nous rapprochera plus encore.

— Vous mentez. Je ne vous crois pas.

— Enfin, ma belle... Pourquoi n'est-il pas encore là pour te sauver ?

Il a levé la tête.

— Il n'y a pas eu un seul faucon dans le ciel, cet après-midi. Seulement des vautours qui tournoyaient en attendant de se régaler des cadavres. Ton Hawk, ma chère, est tombé du ciel comme il est tombé de cheval : mort. J'espère que les siens ont retrouvé son corps avant qu'il soit nettoyé par les charognards. Il serait bien regrettable qu'il monte à Seano sans ses yeux et sans ses entrailles...

Il n'en fallait pas plus pour que je perde mes moyens. Je me suis mise à sangloter éperdument. Je ne voulais pas l'admettre, encore moins devant Seminole, mais je le croyais. À l'heure qu'il était, Hawk aurait déjà dû me retrouver... il serait venu s'il avait pu... je le savais...

– Allons, allons, mon amour... Il ne faut pas pleurer comme ça... Jules va détacher la corde de ta cheville, mais il gardera tes mains liées, car tu n'es peut-être pas encore tout à fait digne de confiance. N'aie crainte, ma jolie, tu seras bientôt aussi docile que Vóese'e, Happy Woman, comme Jules l'appelait affectueusement.

« Pendant que les autres démontent le camp, nous allons chercher ton petit cheval dans le corral. Jules et toi nous rendrons côte à côte, comme un vrai couple, au point de ravitaillement de notre cher général George Crook, où mes guerriers toucheront leur solde d'éclaireurs et de combattants, pendant que je recevrai de nouveaux ordres. Nous y passerons la nuit... tu dois penser déjà à toutes les cajoleries que tu feras à Jules... comme une tendre épouse au soir de sa nuit de noces. Ah oui, enfin seuls, toi et moi, ma chérie... Demain, nous partirons à l'ouest vers mon village, où nous entamerons notre existence commune. Tu seras fort obéissante, ma petite femme... Car si tu ne l'es pas, et j'espère que tu m'entends bien... la vie de ton futur enfant pourrait être compromise.

Je me suis ressaisie. C'est une chose de vouloir renoncer à sa propre vie, mais tout à fait une autre de sacrifier celle d'un enfant à naître. Je ne pouvais plus me raccrocher qu'à cette pensée. Me souvenant de Pretty Nose, rebelle et fière, du courage dont elle faisait preuve, j'ai tenté de rassembler le mien.

Un des jeunes palefreniers a détaché Spring dans le corral et m'a rendu sa selle et sa bride. J'ai essayé vainement de repérer Pretty Nose dans le cortège au moment du départ. Mais au bout d'environ une demi-heure que nous avancions, j'ai entendu sa voix douce et triste qui entonnait une des chansons que Lulu nous avait apprises, « Mon ami me délaisse, Ô gué, vive la rose... », l'histoire d'une femme abandonnée par son amant. Elle me faisait savoir à quel endroit elle se trouvait, mais aussi qu'elle était saine et sauve. Me retournant sur ma selle, je l'ai finalement aperçue, nous nous sommes souri et j'ai chanté avec elle pour qu'elle sache que, moi aussi, j'étais indemne... pour l'instant.

– Ah, mon amour ! s'est écrié Seminole à la fin de la chanson. J'ignorais que tu chantais aussi bien, et en français, de plus ! Quel plaisir ! Tu chanteras tous les jours pour Jules ! Tu exacerbes son désir ! Mais ne t'inquiète pas pour ça, ma chérie, Jules ne te quittera jamais, et toi non plus. Cela n'arrivera pas, nous sommes maintenant inséparables. Quel beau couple amoureux allons-nous faire, uni pour l'éternité par une passion dévorante et insatiable !

En chemin, il a tenu un discours ininterrompu, furieux et ordurier, en français ou en anglais, voire un mélange des deux. Parfois curieusement civil, banal, il se tournait vers moi comme si nous étions de vieux intimes conversant lors d'une promenade d'agrément. D'autres fois, il semblait ne plus me parler du tout, mais poursuivre un étrange dialogue intérieur, incarnant des voix différentes, passant d'un instant à l'autre du gémissement à la querelle, puis à la plus extrême tendresse, le tout entrecoupé par des rires de dément. Assurément, il se trouvait fort amusant. Épouvantée, j'ai commencé à comprendre qu'il était réellement fou à lier. Je ne doutais pas un instant qu'il serait assez tenace et pervers pour me briser, comme il avait brisé Martha, tant physiquement que moralement. Si je tenais à lui résister, il me fallait trouver la faille, le point faible qui me permettrait de l'ébranler... Entre-temps, je me suis efforcée de me faire la plus petite, la plus imperméable possible, pour préserver ma propre santé mentale. « Garde la tête haute, Molly. Regarde droit devant toi. Ignore-les. Montre que tu n'as pas peur », m'avait conseillé Pretty Nose.

– Dis-moi, chérie, pourquoi portes-tu ce registre sur ton dos ? a-t-il demandé. Es-tu une artiste ? As-tu d'autres talents que Jules n'aurait pas encore découverts ?

– Je tiens un journal.

– Tu es écrivain ?

– Je tiens un journal, c'est tout.

– Et tu y parles de Jules ?

– C'est arrivé, en effet, mais pas dans ce registre-là.

– Ah, tu parles de Jules ? Merveilleux ! Jules est heureux, très fier. Tu dois l'aimer beaucoup.

Il s'est renfrogné.

– Mais Jules ne sait pas lire. Si l'on m'avait dit qu'un jour, quelqu'un écrirait un livre sur moi, j'aurais fait l'effort d'apprendre.

– Ce n'est pas un livre et il ne vous concerne pas. C'est un journal et vous n'apparaissez que dans certains passages.

– Il faut les lire à Jules !

– À l'évidence, je n'ai pas mes autres carnets ici. Ils se trouvent dans un parflèche que la grand-mère de Hawk conserve pour moi... Cela étant, si vous me relâchez, je peux aller les chercher et les rapporter pour vous les lire.

À nouveau son rire de dément.

– Ah, mon amour. Jules constate avec bonheur que tu as le sens de l'humour. Voilà ce qui manquait à mon épouse Vóese'e... Martha, si tu préfères... La pauvre n'était pas très drôle. Elle ne s'amusait de rien et ne m'amusait pas. Alors que nous allons beaucoup rire, toi et moi.

– J'en doute sérieusement.

– Dis-moi, chérie, suis-je un héros glorieux dans ton livre comme je le suis dans la vie ?

– Je répète que ce n'est pas un livre et qu'il ne s'agit pas de vous. Et non, vous n'avez rien de glorieux ou d'héroïque, les rares fois où je mentionne votre nom.

– Mais forcément, tu parles du charme de Jules et de sa sensualité animale.

– De fait, j'ai employé le terme d'animal pour vous décrire. Ce qui est bien généreux de ma part...

L'injure fit disparaître sa bonne humeur. Il m'a regardée d'un sale œil et je me suis attendue à ce qu'il me frappe encore.

– Cela ne fait pas rire Jules. Jules est vexé. Et Jules n'oublie jamais un affront. N'aie crainte, je te revaudrai ça.

Cet homme malveillant, infantile, avec ses sautes d'humeur, ces curieuses voix qui l'animaient parfois, m'inspirait naturellement la plus grande prudence. Blesser, faire peur était chez lui un besoin irrésistible, mais il aspirait aussi, curieusement, à être accepté, admiré, sinon aimé par ses victimes.

– Eh bien, c'est vrai... j'écris un livre sur Jules, ai-je admis pour l'amadouer. Tout un livre, en fait. C'est un personnage aux nombreuses facettes. Doué d'un certain charme, d'une sensualité animale... Je remarque parfois qu'il pourrait prendre un bain de temps en temps.

Il s'est remis à rire.

– Voilà qui est mieux, mon amour, beaucoup mieux ! Un livre entier sur lui... Jules ne s'était pas trompé. Dommage que je ne sache pas lire. Mais tu le feras pour lui, n'est-ce pas, ma princesse ? Et Jules te fait une promesse, chérie, parce qu'il est très amoureux de toi. Il prendra un bain, oui... une fois par mois... sans exception.

Et de rire, et de rire encore...

Comme pour renforcer mon inquiétude, les vents de l'après-midi s'étaient levés, sinistres et menaçants. Ils présentaient cependant l'avantage d'étouffer les mots de Seminole et de brouiller la conversation.

Nous avons cheminé vers le sud et l'ouest pendant peut-être trois heures. Le soleil allait se coucher quand nous avons aperçu une des extrémités du camp principal de l'armée, dans la vallée de Goose Creek. Nous nous sommes maintenus sur les collines qui l'entouraient, sans encore y entrer. Nous étions toutefois assez près pour apprécier son étendue. À perte de vue, d'immenses corrals de mules et de chevaux, d'interminables rangées de chariots de ravitaillement, les tentes de toile des soldats, d'autres réservées à la cuisine, l'hôpital de campagne, tout cela aligné au cordeau. Des compagnies de cavalerie et d'infanterie continuaient de revenir du champ de bataille, rapportant avec elles les morts et les blessés. Aussitôt les médecins et leurs aides s'occupaient de ces derniers. Des feux étaient allumés près des tentes du mess, et les cuisiniers préparaient le repas du soir. Au bout de plusieurs mois dans les grands espaces, je n'ai pu que ressentir une pointe de nostalgie, de regret, devant cet avant-poste bien ordonné de la civilisation. D'un autre côté, je me suis rappelé que je n'avais rien mangé depuis le matin, et peut-être l'odeur de la nourriture m'inspirait-elle ce sentiment.

Seminole a arrêté sa petite bande dans les collines, à bonne distance du camp en contrebas, pour installer son bivouac pour la nuit. Comme il ne souhaitait pas me montrer au personnel militaire, il voulait se rendre seul chez l'intendant toucher la solde de ses guerriers et éclaireurs. Il m'a confiée aux deux mêmes femmes qui m'avaient surveillée auparavant. En m'attachant de nouveau à mon pieu, elles m'ont rappelé les gardiennes de ma prison, méprisantes et brutales comme elles, si heureuses d'avoir quelqu'un à leur merci. Avant son départ, j'ai demandé à Seminole qu'il me délie les mains, afin que je puisse, en son absence, continuer à ébaucher le « livre » que je lui dédiais. Ravi, il s'est exécuté en aboyant quelques mots aux femmes. Sans doute leur donnait-il consigne de ne pas me quitter des yeux. J'ai détaché mon journal de mon dos et me suis accroupie, une position qu'apprennent un jour ou l'autre tous les détenus confinés dans leur cellule, pour éviter de geler leurs fesses sur la pierre froide.

Assises en tailleur devant la hutte, mes gardiennes ont fait cuire sur leur petit feu de la viande embrochée sur des baguettes de bois. Cela devait être du cerf ou de l'élan, à l'odeur très différente de celle du bison. Elles ne m'en ont pas proposé, et bien que la faim me taraudât, je ne leur en ai pas demandé.

Non daté

Seminole était parti depuis plus d'une heure quand trois soldats sont apparus à l'autre bout du camp. J'ai failli les appeler au secours et me suis retenue au dernier moment. Malgré le désordre de mes idées, je savais que leur intervention se traduirait pour moi par une autre forme de captivité. J'étais une femme blanche, j'avais tout l'air d'une prisonnière et sans doute m'auraient-ils recueillie. Mais alors ils auraient voulu savoir qui j'étais et d'où je venais. Quel mensonge plausible pouvais-je leur servir ? Ils auraient forcément découvert la vérité, et qu'auraient-ils fait, dans ce cas, sinon me renvoyer en prison ? Jusqu'à cet instant, j'avais oublié qu'être « l'épouse » de Jules Seminole n'était pas la pire des destinées, car ici, au moins, j'avais une chance de m'échapper, ce qui était inconcevable à Sing Sing.

Les soldats ont lentement traversé le camp, s'arrêtant en chemin pour converser avec les Crows. Ils semblaient poser des questions, comme s'ils cherchaient quelqu'un en particulier, car leurs interlocuteurs tendaient le bras vers nous. Lorsqu'ils s'arrêtèrent à hauteur de la hutte, le plus gradé des trois, un capitaine apparemment, s'adressa à l'une de mes gardes dans leur langue. Pour toute réponse, elles indiquèrent le camp de l'armée. J'ai pensé qu'ils cherchaient Seminole. Les soldats m'étudièrent avec une vive curiosité. Les yeux baissés, recroquevillée sur moi-même, je me suis faite aussi invisible que possible. À en juger par mes vêtements, j'avais tout d'une Indienne... le visage couvert de poussière à la fin de cette longue journée, la peau cuivrée après des semaines dans les plaines, les cheveux tressés et aussi sales que le reste. Sauf qu'ils étaient blonds, forcément blonds... Le capitaine m'a regardée en posant une nouvelle question aux squaws. Pourquoi étais-je attachée, je suppose. Elles ont répondu. Descendant de cheval, il a confié ses rênes à un de ses compagnons et, accroupi devant moi, m'a parlé en cheyenne. Sans doute venait-on de lui apprendre que j'étais une prisonnière de cette tribu-là.

– Navrée, je ne parle pas encore bien cette langue.
– Vous êtes caucasienne[1] ? s'est-il étonné.
– Oui.
– Captive ?

J'ai soulevé la corde pour mieux la lui montrer.

– Il faut croire que oui, monsieur.
– Je suis le capitaine John G. Bourke, madame. Puis-je vous demander qui vous êtes et comment êtes-vous arrivée ici ?
– C'est une longue histoire.
– Où avez-vous été capturée ?
– Lors d'une embuscade tendue aux Cheyennes, pendant la bataille de Rosebud Creek.
– Que faisiez-vous avec eux ?
– La guerre.
– Je crains de ne pas comprendre, madame. Veuillez vous expliquer.

---

1. *White caucasian* : terme officiel désignant aux États-Unis les personnes de race blanche.

Au même instant, Seminole a surgi à cheval derrière les soldats, manifestement dans tous ses états, comme s'il savait déjà qu'ils étaient là. Le capitaine s'est redressé et s'est tourné vers lui. Bondissant à terre, Seminole s'est mis au garde-à-vous et l'a salué avec des contorsions ridicules. Cet homme n'était pas seulement un fou et un pervers, mais aussi un bouffon. Pas étonnant que Hawk se payait sa tête lorsqu'ils étaient enfants.

– Cher capitaine Bourke, quel plaisir de vous voir, lui a-t-il dit avec un grand geste du bras pour embrasser les lieux. Bienvenue dans ma modeste demeure. Jules vous a cherché partout dans le camp militaire, où l'on m'a appris finalement que vous étiez ici. Que me vaut l'honneur de cette visite ?

– Qu'est-ce que cela veut dire, Seminole ? Qui est cette femme ?

– Une guerrière ennemie, mon capitaine, qui se battait avec les Cheyennes et que mes hommes ont faite prisonnière.

– Mais elle est blanche !

– Parfaitement exact, mon capitaine.

– Une Blanche qui se bat avec les tribus hostiles contre l'armée américaine ! s'est écrié Bourke, abasourdi.

Il s'est retourné vers moi.

– Savez-vous, madame, qu'un citoyen des États-Unis pris en train de livrer bataille contre son pays aux côtés d'un ennemi est avant tout un traître ?

– Je ne suis pas réellement citoyenne des États-Unis, monsieur.

– Veuillez décliner votre identité, je vous prie.

– Je m'appelle Mé'koomat a'xevà, ce qui se traduit en anglais par Woman Who Kicks Man in Testicles, comme vous devez le savoir, puisque vous parlez plusieurs langues natives.

Bourke a rougi et je me suis rappelé que les jumelles me l'avaient décrit comme un fervent catholique, assez collet monté... quoique un peu moins en présence d'une certaine May Dodd.

– Vous moquez-vous de moi, madame ?

– En aucune façon. C'est réellement mon nom.

– Votre nom de baptême, alors ?

– Je n'en ai pas. Ma vie est chez les Cheyennes, où je suis mariée à un guerrier qui s'appelle Hawk... Peut-être le connaissez-vous ? Le Wyoming et le Montana étant des territoires et non des États, disons que je suis, par alliance, une citoyenne de la nation cheyenne.

– Il n'y a pas de nation cheyenne, madame. Il n'y a ici que les États-Unis d'Amérique, dont ces territoires sont la propriété. Vous êtes une traîtresse et vous répondrez de vos crimes.

– Non, non, mon capitaine ! a protesté Seminole. Sauf le respect que je vous dois, je vous rappelle que, selon l'accord conclu entre les éclaireurs et le général Crook, nous gardons les rebelles et les blessés faits prisonniers pendant les combats. Ils n'appartiennent pas à l'armée.

– Oui, Seminole, mais s'ils font partie des tribus ennemies seulement.

– En effet, mon capitaine. Vous avez entendu cette femme. Elle est cheyenne, membre d'une tribu ennemie.

– Cette femme est blanche, et cette situation pour le moins étrange. Nous découvrirons tôt ou tard le fin mot de l'histoire. En attendant, vous allez la libérer et me la confier, sergent. Détachez-la. Je suppose qu'elle a un cheval. Allez le chercher. Ensuite, vous êtes prié de vous présenter devant le général Crook dans les meilleurs délais. Ordre est donné à tous les chefs éclaireurs de se réunir avec lui. Il veut avoir une idée, même approximative, du nombre d'Indiens cheyennes et lakotas qui se sont aujourd'hui dressés contre nous. Ces combats ont pris une tournure inattendue. L'armée ne s'estime pas vaincue, cependant les sauvages ont lutté avec une férocité et une ténacité inhabituelles, faisant preuve d'un sens tactique que nous ne leur connaissions pas. Nos pertes sont considérables.

Était-ce l'épuisement, la peur, la colère ou le sentiment d'impuissance qui m'étreignait, je ne sais. Toujours est-il que je n'ai pu m'empêcher de prendre la parole.

– Vous prétendez, capitaine, qu'il n'y a pas de nation cheyenne. Mais les Cheyennes se considèrent comme une nation. Les Lakotas, également, se considèrent comme une nation. Comme ils sont ici depuis bien plus longtemps que nous, ils croient avoir le droit inaliénable de continuer à vivre sur cette terre que leurs ancêtres ont parcourue pendant mille générations. J'ajoute que votre gouvernement, qui en réclame maintenant la propriété, la leur avait accordée par un traité. Ils se sont battus aujourd'hui avec férocité et ténacité, comme vous dites, pour la simple raison qu'ils défendent leur pays envers et contre tout. Ce pays n'est ni le vôtre, ni le mien, ni celui des États-Unis d'Amérique. C'est le leur. Ils en ont assez, des traités bafoués, des terres volées, des assauts de l'armée au milieu de l'hiver quand leurs villages sont sans défense. Assez qu'on assassine leurs femmes, leurs enfants, leurs parents. D'après ce que j'ai compris, capitaine, il semble que vous ayez vous-même participé à un massacre de cette sorte, l'hiver dernier, quand l'armée a attaqué le village de Little Wolf. Votre, comment dirai-je... votre chère amie May Dodd et son groupe y ont trouvé la mort. Me trompé-je, monsieur ?

Bourke a pâli à la fin de ma tirade, et m'a regardée d'un air à la fois choqué et incrédule.

– Seigneur Dieu, a-t-il dit d'une voix chevrotante, presque un murmure. Mais, c'est... insensé. Comment osez-vous me parler sur ce ton, madame ? Qui êtes-vous ? D'où sortez-vous ?

21 juin 1876

J'écris ces dernières pages à l'intérieur d'une tente, dans le camp de ravitaillement du général Crook, au milieu des troupes de l'expédition Bighorn et Yellowstone. On m'a mis les fers... suffisamment efficaces, semble-t-il, pour contrarier toute tentative de fuite... Et des soldats en armes gardent la tente de chaque côté. De quoi dissiper la nostalgie que j'ai éprouvée au contact « rassurant » de la civilisation. Cela étant, j'ai pu me laver, on m'a donné à manger et des vêtements propres : une chemise et un pantalon d'homme, en coton, qui conviennent à ma grande taille. Comme il est étrange de porter à nouveau une tenue d'homme blanc. On m'a confisqué mon carnet quelques jours, afin de le recopier au cas où ce qu'il contient « présenterait un intérêt » pour le ministère de la Guerre. Le capitaine Bourke me l'a restitué lui-même. Il s'est montré fort consciencieux à cet égard, du fait, sans doute, que May Dodd tenait également un journal. Les siens ont vraisemblablement brûlé quand les troupes de Mackenzie ont mis le feu au village entier où elle résidait. Je suppose que Bourke, garçon cultivé et, selon les sœurs Kelly, grand admirateur de Shakespeare, éprouve un certain respect pour l'écrit, même s'il s'agit de spécimens aussi modestes que mes registres.

Avant de quitter le camp de Seminole, j'ai supplié le capitaine d'intervenir en faveur de Pretty Nose. Il a refusé, prétextant qu'elle était prisonnière des Crows et qu'ils en feraient ce qu'ils voudraient. En partant, j'ai entonné une autre chanson de Lulu, *Au clair de la lune*, en espérant qu'elle me verrait escortée par les trois soldats. J'ai été rassurée un instant de l'entendre chanter avec moi, bien que le ton de sa voix, triste et plaintif, en dît long sur ce qu'elle subissait. Son sort me préoccupe autant que le mien.

Voici quatre jours que je suis ici et l'armée ne sait pas encore ce qu'elle va faire de moi. Je n'ai répondu à aucune des questions qu'on m'a posées, concernant mon identité, mon nom, mes origines. Pourquoi devrais-je les aider à me renvoyer à Sing Sing ?

Le capitaine est revenu me voir, ce matin, comme chaque jour. Il m'a apporté des crayons neufs, ce dont je lui suis reconnaissante. Bourke est un individu décent, qui paraît assez tourmenté. Je me demande tout de même si, par ces attentions, il n'essaie pas tout bonnement de gagner ma confiance.

À l'en croire, l'armée est prête à admettre que j'ai été forcée de me battre du côté des Cheyennes. À condition que je coopère, que je révèle au moins mon nom et mes origines, je ne serai pas accusée de trahison. Les militaires souhaitent simplement me renvoyer, aussitôt et aussi discrètement que possible, à l'endroit où je vivais auparavant, pour que je retrouve ma vie « civile »...

Toujours selon Bourke, le ministère de la Guerre était parfaitement au courant qu'en février dernier un groupe de femmes blanches, volontaires du programme FBI, avait été envoyé par mégarde dans les territoires de l'Ouest, alors qu'on avait mis fin audit programme. Il n'ignorait pas non plus que notre train avait été attaqué par ce qui semblait être une bande de Lakotas.

— En sus de nos jeunes recrues, a-t-il dit, un certain nombre de ces femmes ont perdu la vie. Leurs dépouilles ont pu être identifiées par la suite. D'autres avaient eu la sagesse de renoncer en chemin, et on sait également qui c'est. En revanche, d'après les documents du ministère, sept des femmes engagées initialement sont aujourd'hui portées disparues. On a d'abord pensé qu'il s'agissait d'une erreur d'écriture... d'une négligence dans l'organisation de ce programme révolu, d'ailleurs dénué de toute véritable légalité. Mais on s'est demandé ensuite si ces sept femmes n'avaient pas été retenues prisonnières par des tribus hostiles. Quoi qu'il en soit, madame, ces papiers viennent d'être expédiés ici, et devraient arriver dans les tout prochains jours. Je vous pose donc la question : faisiez-vous partie de ce groupe de femmes ? Est-ce la raison pour laquelle vous vous trouviez avec des Cheyennes ? Y en a-t-il d'autres encore avec eux ? Il est d'une importance vitale que nous le sachions, car nous pourrons envisager des mesures utiles afin d'assurer leur protection.

— Comme vous avez assuré celle de May Dodd et de ses amies, capitaine ?

Il s'est détourné sans répondre, l'air profondément affligé.

— Si je suis une prisonnière de guerre, ce qui paraît bien le cas, ai-je poursuivi en secouant mes chaînes, j'ai le droit de ne rien vous dire. Et si ce n'est pas le cas, vous êtes dans l'obligation de me libérer.

Il s'est levé avant de prendre congé.

— Cela, madame, n'est pas de mon ressort.

Malgré ma détention et les fers que j'ai aux pieds, je dois reconnaître qu'il est une chose que j'apprécie, en sus, bien sûr, de pouvoir me laver et de manger une nourriture correcte... Voilà, c'est d'être seule. La solitude est pour ainsi dire une denrée rare dans la vie quotidienne de la tribu, et aucune d'entre nous, femmes blanches, n'a réussi à beaucoup s'isoler depuis le début de cette aventure. J'écoute à l'instant le vent de l'après-midi se lever au-dehors dans la prairie. On l'entend approcher de loin et, lorsqu'il est là, il enveloppe la tente dont la toile ondule et gondole. Le sachant là, autour de moi, j'éprouve une curieuse sensation de calme et de réconfort, et je profite enfin d'un peu de temps de libre. Finis, ces voyages incessants et la poussière qui s'infiltre partout, plus besoin de courir, de fuir, de sans cesse démonter et remonter le camp. Évanouis, le spectre de la guerre et ses angoisses constantes, pour ne pas parler de la brutalité et du chaos dans lesquels elle nous plonge lorsqu'elle éclate vraiment. J'ai du temps, donc, pour réfléchir plutôt que seulement réagir.

Du temps qui me permet aussi de penser à Hawk. Quand nous nous sommes quittés, au matin de cette terrible journée, il m'a demandé de ne pas partir. Il était obligé de combattre avec sa société de guerriers, les Dog Soldiers. Little Wolf avait organisé les opérations pour la sienne et les autres, et Hawk devait obéir à son chef. Il ne pourrait pas veiller sur moi, m'a-t-il dit, et il a glissé une plume de faucon dans mes cheveux. « Je n'ai rien d'autre pour te protéger. Reste à l'abri, ici au camp, avec mon fils. Fais venir ta petite Mouse près de toi et veille sur elle. Je t'en supplie, reste là. » Mais je suis quelqu'un de têtu... Meggie et Susie avaient bien prédit que cette attitude ne me vaudrait que des ennuis... et je ne voulais pas décevoir mes amies, je ne voulais pas laisser mon alliée Pretty Nose se battre sans moi. Alors, contre les adjurations de mon mari, contre ma propre répugnance à faire la guerre, j'y suis allée quand même. Et voilà où cette décision m'a menée... quelle idiote je suis !

Seminole disait-il vrai ? Hawk a-t-il pris un coup de fusil ? Est-il mort ? Dois-je réellement croire qu'il saura où je me trouve, qu'il viendra me délivrer ? Qu'il sait se transformer en faucon ? Qu'il vole ? Ou a-t-il tout simplement un don de ventriloque ? La seule chose dont je sois sûre, c'est qu'il imite à la perfection le cri du rapace, au point que l'on ne fait pas la différence. Et il donne l'impression que cela vient du ciel. Mais voler ? Suis-je devenue folle ? Cela défie la raison et tout ce que nous savons du monde physique. Bien sûr que les êtres humains ne volent pas, qu'ils ne se transforment pas en oiseaux ! Quoi qu'en dise sa grand-mère, bien sûr qu'ils ne conversent pas avec les ours, comme s'il n'y avait rien de plus naturel. Si j'avais professé de telles choses quand j'étais institutrice, on m'aurait sûrement traitée de sorcière, mise à la porte, enduite de goudron et de plumes, voire conduite au bûcher.

Mais la raison, le monde physique, le réel lui-même sont d'un autre ordre chez les natifs et forment un ensemble fluctuant, plus vaste et moins rigide. Les Kelly, il est vrai, nous avaient conseillé d'oublier tout ce que nous avions appris jusque-là, car il n'y aurait pas de correspondances. Les Indiens ont une formule à ce sujet : « Le monde véritable se cache derrière le nôtre », comme quoi nous ne voyons et ne comprenons que la surface des choses, alors qu'eux sont capables de voyager au-delà. Et lorsqu'on vit chez eux, les changeurs de forme, les femmes qui parlent aux ours, les hommes qui se transforment en oiseaux et qui volent dans le ciel, tout cela paraît très plausible finalement.

De nouveau confrontée à la civilisation et au rationalisme, je ne puis empêcher ces pensées, ces questions, ces doutes profonds de surgir dans mon esprit. Comme lorsqu'on se réveille au milieu d'un rêve évocateur, dans cet état intermédiaire entre deux mondes où l'on n'est pas capable d'établir une frontière entre l'imaginaire et le réel. Lentement au début, puis d'un seul coup d'un seul, le second l'emporte sur le premier. C'est peut-être ce qui m'arrive en ce moment. Mon rêve était chez les Cheyennes, Seminole en a fait un cauchemar et tout s'évanouit aujourd'hui devant le monde réel, auquel on m'a ramenée si abruptement.

Autre chose... je ressens avec plus d'intensité ici la disparition de ma fille, car c'est dans ce monde qu'elle est morte. Non que je l'aie oubliée au cours de cette jeune et trop courte existence avec Hawk, mais la douleur était en quelque sorte atténuée par ces horizons nouveaux, ce vaste pays mystérieux dans lequel j'étais immergée. Un pays où Clara n'a jamais vécu, où nous n'avons jamais vécu ensemble. Il me tarde de retourner dans le rêve, de donner le jour au fils de Hawk, de retrouver mes amies, nos tipis, nos maris et nos enfants. De vivre une vie simple dans la nature, sans guerre et sans violence.

22 juin 1876

Le capitaine Bourke est encore revenu ce matin, muni d'une épaisse chemise pleine de documents. Après m'avoir demandé la permission, il s'est assis sur la chaise en face de moi, de l'autre côté de la petite table militaire dont est dotée ma tente. Il a ouvert la chemise et sorti plusieurs feuilles en haut de la liasse. Le front plissé, il semblait loin de se réjouir. Son visage exprimait au contraire un regret sincère.

– Si j'en crois la description physique... a-t-il commencé, la taille, le poids, la couleur des yeux et des cheveux, cela doit être votre fiche, madame... Paterson, n'est-ce pas ? Dois-je vous appeler Molly Paterson ?

– Non, capitaine. Je réponds à mon nom de jeune fille, qui est Molly McGill.

– Pourtant, vous vous êtes engagée dans le programme FBI sous celui de Paterson ?

– Certes, mais ce n'est plus mon nom.

– Et vous étiez domiciliée à la prison de Sing Sing, dans l'État de New York ?

J'ai hoché la tête.

De nouveau, il a consulté les papiers qu'il avait en main.

– Je saisis maintenant pourquoi, madame McGill, vous ne vouliez pas révéler votre identité, a-t-il dit tristement. Une meurtrière condamnée à la perpétuité...

– Comme vous pouvez le constater, capitaine, les recruteurs du programme FBI n'étaient pas très regardants.

Il a fait un bref sourire ironique.

– Dois-je conclure que vous avez été condamnée à tort ?

– Pas du tout. Je suis coupable des faits reprochés.

– Et vous n'éprouvez pas de remords ?

– Aucun. Vous auriez préféré que je réponde le contraire ? Et donc vous me renvoyez là-bas ?

– Cette décision n'est pas la mienne. Mais, en effet, vous allez regagner New York dans les meilleurs délais. L'armée fournira une escorte pour vous accompagner jusqu'à la gare Union Pacific de Medicine Bow, où vous attendront des agents de la police fédérale qui prendront le relais.

J'ai levé une jambe pour agiter mes chaînes.

– Avec ça aux pieds, je suppose ?
– Comme l'ordonnera la police.
– Quand dois-je partir ?
– Demain ou après-demain. Il reste des papiers à remplir. Je suis sincèrement désolé, madame McGill. À l'évidence, la vie ne vous a pas fait de cadeaux et les épreuves vous ont endurcie.

– Vivre à New York avec un mari bon à rien, ivrogne, qui a assassiné ma fille, ne fait rien pour vous attendrir. Je ne parle pas des années de prison, pour une bonne part en isolement cellulaire... ni de la vie dans les plaines qui m'attendait ici. Je suppose que votre amie May Dodd n'a pas été épargnée non plus, n'est-ce pas ?

Bourke s'est détourné et son visage s'est assombri. Il n'a pas répondu, sinon par une expression mêlée de chagrin et de trouble. J'en ai conclu que mon existence lui était aussi incompréhensible que celle de May Dodd... Il semblait chercher un moyen de nous pardonner nos offenses !

– J'ai fait la connaissance de votre fille chez les Cheyennes, capitaine.

– Il suffit, madame McGill ! a-t-il lâché. Ma vie personnelle ne vous concerne pas.

– Celle de tous les enfants me concerne. Notamment ceux qui grandissent au sein des tribus encore libres. J'ai vu quelle stratégie l'armée opposait à ces gens.

– Vous ne savez rien des stratégies de l'armée, madame.

– J'ai appris tant de choses, capitaine, qui vous étonneraient. J'ai parlé de votre fille parce que c'est une enfant heureuse et adorable et j'ai pensé que vous aimeriez le savoir. Mais elle se trouve aussi dans votre ligne de tir.

Le front toujours plissé et la mine toujours grise, le capitaine Bourke, une fois de plus, a pris congé sans demander son reste.

23 juin 1876

Si je ne pouvais révéler à Bourke que je connaissais Gertie, j'espérais tout de même qu'elle aurait vent de ma présence ici et qu'elle me rendrait visite. Elle est venue ce matin. Nous nous sommes tombé dans les bras quand elle est entrée dans ma tente et j'ai fondu en larmes, soulagée comme je l'étais de retrouver un visage ami. Cela ne devrait plus m'arriver avant longtemps.

– Allons, allons, ma grande, a-t-elle dit en me serrant contre elle. Ça va s'arranger, tu vas t'en sortir.

– Eh non, ça ne s'arrange pas, je ne m'en sortirai pas.

– Je sais, je sais… et je ne peux rien faire de plus pour toi, ma douce. Tu le sais bien ?

– Personne ne peut rien faire pour moi.

– C'est Bourke qui m'envoie. Il te prend pour une sacrée bonne femme… une dure à cuire, qu'il a dit. Mais il a pas dû te voir pleurer comme ça.

– Il n'en aura pas l'occasion, ai-je affirmé en séchant mes larmes. Pourquoi est-ce qu'il t'envoie ?

– Comme je m'étais faite copine avec May, il pense que peut-être tu te confieras, que tu me renseigneras sur les autres poulettes. Il voudrait pas qu'il leur arrive la même chose qu'à May et sa bande. Et puis il y a la gamine aussi, c'est sa fille. C'est un bon gars, le 'pitaine… mais si. Seulement, comme tout le monde, il est pris dans un engrenage. Et c'est un militaire, et les militaires, ça obéit aux ordres. Évidemment, il sait pas que je vous connais toutes. Il sait pas non plus que Meggie et Susie sont encore là, sauf que des histoires circulent chez les soldats sur deux espèces de rouquines peinturlurées en rouge, qu'on aurait vues combattre avec les sauvages à Rosebud Creek. Elles en auraient tué quelques-uns, avant de les scalper et de leur couper les choses. Nos Irlandaises leur foutent une sacrée trouille, aux jeunes recrues.

– C'est exactement ce qu'elles avaient dit, Gertie.

– Ni toi ni moi ne parlerons d'elles et des autres. Le 'pitaine a voulu que je passe te voir, et bien sûr j'ai sauté sur l'occasion. Parce qu'il me fait confiance, c'est moi qu'il a engagée pour t'emmener à la gare de Medicine Bow. Il y aura une douzaine de ses gars pour t'escorter, dix à cheval, deux avec toi et moi dans le chariot. On a pour consigne stricte de te surveiller constamment. Ma pauvre, ils ne te laisseront même pas pisser tranquillement.

– Il n'est pas question que je retourne en prison, Gertie... C'est impossible. J'ai goûté à la liberté pour la première fois de ma vie, je crois. Je suis tombée amoureuse de quelqu'un de bien, et c'est la première fois aussi. Je vais avoir un enfant de Hawk, à ce que prétend, du moins, la femme-médecine. Tu sais ce qu'on leur fait, aux femmes qui accouchent à Sing Sing ? On leur vole leurs bébés à peine ils sont nés. On les place chez une nourrice, et ensuite à l'orphelinat, en attente de parents adoptifs. Je ne retournerai pas là-bas. Plutôt mourir. Tu comprends ce que je te dis ? Je ne te demande pas de m'aider à fuir, car tu ne le peux pas, et ce n'est même pas envisageable. Mais je voudrais quand même te demander un service.

Gertie m'a étudiée pendant un long moment. Finalement, comme si elle avait deviné ce que je désirais, elle a hoché la tête et dit :

– Je ne pourrais pas accepter, n'est-ce pas ?

– En effet.

– Alors garde ta salive, ma jolie. Ce n'est pas la peine.

– Dans ce cas, peut-être voudras-tu faire ceci... Si Bourke ne s'empare pas de mon dernier carnet demain avant de partir, alors les autres me le confisqueront à Medicine Bow. L'État et l'armée ne toléreront pas qu'il reste des preuves écrites de leurs fourberies. J'aimerais écrire encore une page. Peux-tu revenir dans une heure, pour que je te le donne ?

– Et que vais-je en faire, ma poulette ?

– Je ne sais pas, Gertie. Il y a sûrement une façon d'en tirer parti. À toi de voir. J'ai confié tous mes autres carnets à la grand-mère de Hawk. Ceux-là aussi, va savoir ce qu'ils deviendront... Le plus probable est qu'ils finiront au feu, comme ceux de May, le jour où les guerres indiennes seront terminées.

– Entendu, Molly. J'en prendrai soin. Tu as raison, ils ne te laisseront pas le garder. Le moment venu, je veillerai à le mettre en de bonnes mains. Chez quelqu'un qui, comme tu dis, saura en tirer parti. Qui fera connaître ton histoire et ce qui s'est passé ici. Je reviens dans une heure.

– Une dernière chose, Gertie. Promets-moi que tu ne le liras pas avant ton retour de Medicine Bow.

– C'est promis. Et tu sais que je tiens parole.

Clara, ma chérie,
J'ignore ce qui nous attend au-delà de cette vie, si tant est qu'il y ait quoi que ce soit. Là où tu es, tu dois en savoir plus que moi. Ce dont je suis sûre, en revanche, ma petite fille, c'est que les morts ne lisent pas les carnets et les lettres que les vivants leur destinent. Alors j'écris pour moi, sans t'oublier une seconde depuis le début de ce journal, car tu vis dans mon cœur. J'implore ton pardon, mais tu ne peux me le donner, pas plus que je ne saurais me pardonner toute seule. C'est une vraie tragédie que la vie ne permette pas de remonter le temps pour réparer nos pires erreurs. Ce droit-là, il faudrait l'accorder à tout le monde, juste une fois. Mais non, nous devons les revivre sans arrêt, nous torturer indéfiniment avec des questions qui restent sans réponses. Pourquoi t'ai-je laissée avec lui ? Qu'avais-je donc dans la tête ? Pourquoi ne t'ai-je pas confiée aux voisins ? Je vais te le dire, pourquoi… parce que tu dormais si paisiblement que je ne voulais pas te déranger. Alors, au lieu de te réveiller, je t'ai laissée à la garde d'un homme qui t'a battue à mort.

J'ai profité d'un bref moment de paix ici avec Hawk. Il m'a aimée et serrée dans ses bras, où j'ai trouvé le réconfort. Ce fut une évasion, un répit. J'ai entrevu un avenir avec lui et ton demi-frère, que je porte en moi. Mais cet espoir aujourd'hui est perdu. Sans aucunement m'apitoyer sur mon sort, je dois me résigner et accepter la suite. J'y suis prête et je vais bientôt te rejoindre, ma Clara adorée.

Ta mère qui t'aime

Voilà tout ce qu'il me restait à dire dans ces pages. Mon aventure touche à sa fin et je repose mon stylo pour la dernière fois.

Les Journaux de Margaret Kelly

TREIZIÈME CARNET

Le retour de Martha

« C'est une drôle de chose, la guerre. Aye, c'est un peu comme la première fois qu'on laisse un garçon vous faire sa petite affaire. La plupart du temps, on est très déçue parce qu'on s'attendait à beaucoup mieux. On est même un peu dégoûtée. Mais, d'un autre côté, on a envie de recommencer, et ce jour-là, comme on sait plus ou moins ce qui va se passer, c'est plus facile, et encore plus facile la fois suivante, et tiens, figure-toi qu'à force on aime ça. La guerre, c'est le même principe, c'est pas si différent de l'amour... »

(Extrait des journaux intimes de Margaret Kelly.)

21 juin 1876

Avec tout le chemin qu'on a parcouru, ces derniers mois, je commence à me débrouiller pour écrire à dos de cheval dans mon carnet. Aye, ça y est, on est repartis, vers l'ouest et le nord. Des Indiens des réserves nous rejoignent, jour après jour, on est de plus en plus nombreux, et ça n'arrête pas. C'est surtout des Lakotas, avec quelques Cheyennes et des Arapahos, qui s'étaient rendus et qui vivaient dans les agences. Mais la nouvelle s'est répandue que Sitting Bull, pendant sa danse du soleil, a eu sa vision des Blancs qui tombent dans son village comme des sauterelles, et ensuite on a remporté la victoire dans la vallée de la Rosebud, alors les Indiens, même s'ils ont pas le droit, ils ont fui les réserves par centaines pour s'unir à nous. La vie là-bas est d'un ennui mortel, rien à faire de toute la journée. Ils veulent recommencer à chasser et à se battre, parce qu'ils vivent pour ça dans ce pays, c'est ce qu'on leur apprend à faire au berceau. Si on leur enlève, ils ont plus rien.

Impossible de savoir combien on est aujourd'hui, impossible de compter... deux mille, peut-être. Même si on démarre pas toujours au même moment, qu'on est pas collés les uns sur les autres, les bandes se rassemblent et avancent plus ou moins dans la même direction, vers la Little Bighorn. On devrait y être ce soir. Paraît qu'il y a de beaux troupeaux de bisons, là-bas, et que l'herbe d'été est bien haute pour les chevaux. Aye, c'est tout ce dont ils ont besoin pour vivre, nos gars, des bisons et de l'herbe. C'est tellement demander, vraiment ?

Maintenant qu'on a quitté la Rosebud, on a toutes l'impression d'avoir laissé Molly et Pretty Nose là-bas pour de bon. Si elles sont encore vivantes, on espérait qu'elles arriveraient à s'enfuir et à nous retrouver. Mais là, on dirait bien que c'est fichu, et on saura jamais exactement ce qui leur est arrivé. C'est comme ça dans ce pays si grand, sans limite nulle part, il s'en moque bien de ses habitants, si fluets, si fragiles... des fois, il les engloutit et ils disparaissent sans laisser de trace.

L'autre mauvaise nouvelle, c'est que Hawk a été touché par

une balle, qu'il a perdu beaucoup de sang. Il a failli mourir. Ils disent que c'est sa grand-mère, Bear Doctor Woman, qui lui a sauvé la vie. Elle lui a appliqué un cataplasme pour arrêter l'hémorragie, elle est restée dans sa loge pendant trois jours et trois nuits, à chanter pour lui sans dormir. Ils disent qu'il va mieux, mais qu'il est encore trop faible pour voyager, alors ils l'ont laissé près de la Rosebud avec Náhkohenaa'é'e, la grand-mère, et aussi deux de ses cousins et un neveu pour chasser et prendre soin de lui. On espérait que, si Molly et Pretty Nose étaient toujours vivantes, Hawk les retrouverait et nous les ramènerait. Mais il faut pas y compter, parce qu'il paraît qu'il sera pas d'attaque avant longtemps... alors de là à s'envoler comme un faucon... si on croit à ces affaires... Enfin, plus les jours passeront sans nouvelles d'elles, moins on aura de chances de les revoir et de savoir où les chercher. Ça nous brise tellement le cœur, Susie et Moi, qu'on peut pas se regarder sans se mettre à pleurer.

Donc on est arrivés ce soir, comme prévu, et j'écris dans notre loge qu'on a installée dans une vallée proche de la Little Bighorn. Jamais on a vu un village indien aussi grand, et c'est pas fini parce qu'il y a encore des bandes et d'autres gars des réserves qui continuent de nous rejoindre. Le camp était déjà immense quand on l'a découvert depuis les collines, tout à l'heure, ça nous a coupé le souffle. Il fait peut-être trois miles de long sur un demi de large. Combien d'Indiens là-dedans, combien de milliers, nous y compris, six mille, sept mille, peut-être huit ? Impossible à mesurer ! Elk Woman, notre vieille amie qui s'occupe de nous, dit aussi qu'elle a jamais vu un camp indien étendu comme ça, depuis soixante-seize étés qu'elle est là. Il s'enfonce si loin dans la vallée qu'en bas, une fois qu'on y est, on peut pas savoir où il s'arrête. Et sans doute qu'il y a jamais eu non plus autant de tribus rassemblées.

On est pas si loin que ça de la Rosebud, pourtant les paysages sont pas les mêmes, dans le coin. Les vallées plus larges font des vagues, avec des belles prairies, y a pas beaucoup d'arbres, à part les peupliers et les saules au bord de la rivière. D'en haut, c'est un panorama de collines et de plateaux, brûlés par la lumière, qui s'enfuit vers un horizon sans fin. Ça vous donne le vertige...

22 juin 1876

Aye, si c'est pas beau ce qui est arrivé, ce matin... On se lève tôt, Susie et moi, un peu avant l'aube et il n'y a pas de bruit dans le camp, et pourtant il est grand. Tout le monde dort encore dans les tipis, les oiseaux commencent à chanter timidement, une jument hennit tout gentiment dans les corrals, et quelque part un chien aboie une ou deux fois... Les bruits portent dans le calme au point du jour, alors on entend bien les sabots d'un cheval qui galope dans les collines au-dessus de la vallée...

Quand on écarte le rabat de la tente, on aperçoit tout juste la silhouette d'un cavalier seul sous un ciel de nacre... Ou plutôt une cavalière toute seule qui file à l'horizon, car c'est une femme qui monte à cru et ses longues nattes flottent au vent comme des bannières. Elle tourne en haut de la colline et elle se met à descendre à toute vitesse, et alors on est sûres que c'est Pretty Nose !

Dans un camp aussi grand, on a pensé qu'il fallait rester proches les unes des autres, sinon on se perdait de vue, alors toute notre société guerrière est là autour de nous avec les maris. Lady Hall et Bridge Girl. Maria et Rock. Celles qui ne veulent pas combattre aussi : Lulu et son gars Squirrel. Carolyn et Light. Astrid et Christian Goodman. Susie et moi, on est sûres que ces deux-là n'attendent plus qu'un pasteur mennonite apparaisse comme par magie dans les plaines pour les marier devant Dieu. Ils font comme les autres, mariés à l'indienne, et ils vivent comme mari et femme. Une par une, nos filles sortent de leurs loges, elles poussent les premiers trilles et elles réveillent tout le village ! D'autres sortent à leur tour pour comprendre ce qui se passe, et les imitent, et encore d'autres... Les trilles roulent comme des vagues dans la vallée. C'est le signal commun à toutes les tribus qu'un des nôtres, qu'il soit cheyenne, lakota ou arapaho, rentre sain et sauf au bercail. Aye, c'est quelque chose d'entendre ça dans le gris de l'aube, mille ou deux mille filles et femmes dans le village... On a partout la chair de poule, comme si toute une fourmilière se promenait sur nous.

Et Pretty Nose est là, qui descend de son cheval, essoufflé et couvert d'écume ! Moi et Susie, qu'on est d'un naturel tendre, on la prend dans nos bras et on la serre très fort, pendant que tout le monde rapplique. Elle perd pas de temps à raconter ce qu'on brûle de savoir, ce qui s'est passé, comment elle s'est fait la belle. Et surtout, qu'est-ce qui est arrivé à Molly ? Elle nous explique qu'elle est tombée sous son cheval, qu'il lui bloquait la jambe, mais ça, Phemie nous l'avait dit. Et que Molly est descendue du sien pour l'aider, c'est comme ça qu'ils les ont capturées, les Crows. À la fin des combats, ils les ont emmenées dans leur bivouac et ils les ont séparées. Le guerrier qui a attrapé Pretty Nose l'a traînée dans sa hutte... et là, elle baisse la tête en regardant ailleurs, alors forcément on comprend. Il lui a fait ce que font tous les hommes quand ils tiennent une prisonnière... Ah, ces enfants de salauds ! Elle dit qu'il l'a attachée pour qu'elle puisse pas s'enfuir et, quand il est revenu plus tard, il l'a détachée pour qu'elle démonte sa hutte. En même temps, tout leur camp pliait bagage, et ils sont repartis au sud, elle à l'arrière avec le guerrier crow, Molly à l'avant avec... aye, exactement comme on craignait toutes, l'infâme Jules Seminole. Elle dit que Molly était trop loin pour qu'elle puisse bien la voir.

Ils ont cavalé jusqu'à Goose Creek, au camp de ravitaillement où Crook s'était replié pour soigner ses blessés après qu'on leur a flanqué une raclée à Rosebud Creek. Ils ont remonté un camp pas très loin de celui de l'armée. Le Crow a emmené Pretty Nose dans sa hutte... et elle dit rien, là encore, mais il a recommencé, cet enfant de putain... Ensuite, le soir, après le coucher du soleil, trois soldats sont arrivés chez les Crows, et encore après, Pretty Nose a entendu Molly chanter une des chansons de Lulu. Elle a réussi à jeter un coup d'œil à l'extérieur de la hutte, et elle a vu que les soldats repartaient avec Molly.

Alors il faisait nuit et le Crow s'est endormi. Il avait un couteau à la ceinture, qu'il avait détachée et posée près de lui. Pretty Nose a tendu le bras très lentement, tout doucement, elle a tiré la ceinture vers elle, sorti le couteau de son fourreau... et elle lui a tranché la gorge, à cette charogne. Bien fait !

Elle a attendu quelques heures avec le mort qui pissait le sang à côté d'elle, jusqu'à ce qu'elle soit à peu près sûre que le camp était endormi, à part les jeunes qui gardent les chevaux. Elle a quitté la hutte en rampant et elle a continué comme ça jusqu'au corral. Encore, elle a attendu en regardant bien comment ils s'y prenaient. Ils étaient plusieurs qui se relayaient pour dormir, et de temps en temps, celui qui était debout faisait le tour de l'enclos pour s'assurer que tout allait bien. Pretty Nose a calculé le bon moment, quand le jeune Crow était à l'autre bout, et elle s'est levée pour s'approcher sans bruit. Il y avait des brides et des harnais entassés près de l'endroit où les autres se reposaient. Elle a attrapé ce qu'il lui fallait et elle est passée sous les cordes. Pretty Nose a toujours eu la main avec les chevaux, parce qu'elle est calme et sûre d'elle, et ils lui font confiance. Alors ils ont pas eu peur, ils ont pas bronché quand elle s'est faufilée entre eux.

Elle a choisi le plus grand, celui qui avait l'air le plus costaud, elle lui a passé la bride et le harnais. Ensuite, avec le couteau du Crow, elle a coupé les cordes, elle s'est hissée sur le cheval et elle l'a lancé au galop en poussant un bon cri d'Indienne. Elle savait que les autres bêtes s'affoleraient et, comme elles étaient plus enfermées, qu'elles fonceraient dehors. Les gamins seraient pris de court et les Crows perdraient du temps à récupérer des chevaux pour la poursuivre. Bien joué ! Quelques-uns ont réussi, quand même, alors elle a galopé aussi vite qu'elle pouvait sans éreinter le sien. Il y avait un petit croissant de la nouvelle lune et des étoiles dans le ciel, elle y voyait assez pour retrouver son chemin. Elle dit qu'elle est arrivée à notre ancien camp, près de la Rosebud, hier matin au point du jour. Hawk était là, gravement blessé, avec sa grand-mère, ses cousins et son neveu qui s'occupent de lui. Elle n'a pas bougé de la journée. Le soir, ils lui ont donné à manger et elle a dormi autant qu'elle a pu avant de repartir à la nuit tombée.

Elle a relevé notre piste et la voilà ! Non seulement elle est revenue, mais en plus, Molly est vivante. Aye, ça nous redonne un peu d'espoir. Même si on sait pas ce que l'armée fera d'elle, au moins c'est un soulagement qu'elle soit loin de l'horrible Seminole.

On casse la croûte ensemble et Mó'éh'e prépare une couche dans notre tipi pour Pretty Nose. Des coriaces comme elle, il y en a pas beaucoup, mais elle est moulue, la pauvre. Jamais elle ne dira un mot de plus sur ce qu'elle a subi chez les Crows. Ça ne se fait pas, ici. On le sait d'expérience, car la même chose nous est arrivée à Susie et moi, à May et à nos amies quand on a été enlevées par des Crows aussi. Alors Pretty Nose sait qu'elle n'a pas besoin d'en parler. On garde ça quelque part au fond de soi où ça sort plus. C'est l'usage, dans ce pays... La vie continue, de toute façon, on s'arrange au mieux, malgré les épreuves et les embûches, les misères et les douleurs... Avec pas mal de chance, on trouve un peu de bonheur aussi. Jusqu'au jour où ça peut plus continuer.

23 juin 1876

Cet après-midi, l'aumônier nous réunit toutes pour nous annoncer qu'il a l'intention d'aller au camp du général Crook pour essayer de faire libérer Molly.

– Une intention fort louable, lui dit lady Hall. Mais comment allez-vous faire ? Vous êtes un déserteur, on vous arrêtera et, très probablement, vous serez fusillé. Quant à nous, nous aurons perdu un autre membre de notre joyeuse petite troupe. Cela ne va pas du tout, monsieur, je ne le permettrai pas.

– Molly a risqué sa vie pour sauver la mienne. Je ne sais pas comment je vais m'y prendre, mais je lui dois de tenter quelque chose. À elle et à Notre-Seigneur.

– Je vais aller avec lui, fait Astrid. Molly est notre amie, elle a été serviable et agréable avec moi, comme avec nous toutes.

– Eh bien, moi aussi, je viens, a dit Hannah. Elle a rien fait de mal, Molly, pourquoi l'armée nous la rendrait pas ? Au moins, on sait où elle est, maintenant. Si on y va pas tout de suite, on perdra peut-être sa trace.

– En effet, ma chère Hannah, je suis de votre avis. Si nous

n'agissons pas rapidement, Molly risque bel et bien de disparaître... derrière les murs d'une prison. Alors non, grands dieux ! Voilà pourquoi, si vous me permettez, je vous proposerai ceci. Rappelons-nous d'abord ce que miss Gertie nous avait exposé. À savoir que le gouvernement, et donc l'armée, était prêt à nous renvoyer chez nous. Cela ne présenterait pas de gros inconvénient à celles qui sont venues ici de leur plein gré, hors de toute contrainte ou presque... Je parle, nommément, de moi-même, de Hannah et d'Astrid. D'autres, cependant, n'avaient pas cette chance. Carolyn, Molly, Lulu et Maria auraient beaucoup à perdre si elles repartaient. Dans ce cas, celles d'entre nous qui ne risquent pratiquement rien sont les mieux placées pour se rendre au camp du général Crook et plaider la cause de Molly, n'est-ce pas ? Ce qui, bien évidemment, exclut Christian pour les raisons susmentionnées. Que peuvent-ils nous faire, à nous trois ? Nous nous sommes engagées dans ce programme, auquel on a mis fin à notre insu. Ils ne peuvent pas nous renvoyer en prison, contrairement à Molly. Ni dans un asile, comme Carolyn. Ni au Mexique, comme Maria, où un gangster a mis sa tête à prix. Ni encore chez un maquereau de Saint Louis, comme notre Lulu. Je ne pense pas qu'ils aient le droit de nous arrêter, de nous faire passer en cour martiale, nous empêcher de suivre notre bonhomme de chemin. Nous sommes après tout des civiles et nous n'avons rien commis d'illégal.

– Aye, milady, remarque Susie, à part combattre l'armée américaine à Rosebud Creek...

– Ah, oui, certes... Eh bien, c'est un aspect des choses que nous éviterons de mentionner, n'est-ce pas, ma chère ? Personne ne nous reconnaîtra. Il va sans dire que Meggie et Susie ne participeront pas à notre petite excursion, car vous êtes toutes les deux plus faciles à identifier. Sans compter que vous avez eu... comment dirai-je ?... un contact plus personnel avec certains militaires...

Goodman fait valoir que c'était son idée d'aller au secours de Molly, et qu'ensuite il ne permettra pas à Astrid de partir sans lui. De plus, il explique que, pour des raisons faciles à comprendre, aucun éclaireur cheyenne n'acceptera de guider les filles jusqu'au camp de Crook, et qu'elles ne réussiront pas à le trouver toutes seules.

— Le fait est que vous avez besoin de moi, qu'il dit.

Lady Hall a beau être têtue et autoritaire, des fois, là elle admet qu'il a raison. Alors, oui, elle veut bien qu'il vienne quand même.

— À condition que vous restiez caché aux abords du camp, elle insiste, et que vous n'entriez pas avec nous.

— Entendu.

Juste quand on tombe d'accord, devinez qui se radine devant notre tipi ? Martha ! Et sans son petit, ce qui nous étonne toutes. Dans tout ce tohu-bohu, on l'a pas beaucoup vue ces dernières semaines, parce qu'elle est toujours avec sa petite famille, et elle le surveille bien, son gamin. Mais la voilà sur son âne, Dapple, et on dirait qu'elle a bien changé, brusquement. Aye, comme si c'était la Martha d'avant, celle qu'on connaissait... et peut-être encore mieux que ça, d'ailleurs...

Elle met le pied par terre et elle s'avance vers nous d'un bon pas décidé.

— Il est arrivé quelque chose à Tangle Hair ? lui demande Susie, qui s'inquiète.

— J'ai appris que Molly s'est fait prendre... répond Martha. Qu'elle s'est fait prendre par *cet homme* !

Et quand elle dit ça, on croit entendre un serpent à sonnette sur le point d'attaquer.

— C'est vrai, je dis. Mais elle lui a échappé depuis.

— Personne n'échappe à Jules Seminole... Vous ne comprenez pas qu'il ne vous lâche jamais ? Même à distance, il revient vous hanter dans vos rêves, il n'en finit pas de remettre la main sur vous. Il faut tuer *cet homme*, enfoncer un pieu dans son cœur noir. Voilà ce que j'ai l'intention de faire, et on ne parlera plus de lui.

— Mais qu'est-ce que tu nous chantes, Martha ? Comment vas-tu t'y prendre ? demande Susie.

— Où est Molly ? Je vais la chercher. Elle a besoin de moi. Je suis la seule à savoir ce que c'est de tomber dans les griffes de cette vermine, la seule à pouvoir l'arrêter. Molly m'a sauvée, elle m'a rendu ma vie et mon enfant. Je veux en faire autant pour elle. Elle va avoir un petit, vous savez ? Un fils, m'a dit Woman Who Moves Against the Wind. Mais elle court de grands dangers avec son enfant. Je dois la trouver, je dois la sauver. Il n'y a que moi qui saura le faire.

— Tu dérailles, Martha, je lui dis. C'est impossible, ce que tu racontes, tu n'y arriveras pas. Et tu ne vas tout de même pas laisser le petit Tangle Hair tout seul ?

— Je l'ai confié à Grass Girl, qui s'occupera de lui. Il m'attendra bien sagement, c'est un bon garçon.

— Ma chère Martha, lui apprend lady Hall, nous partons demain pour le camp du général Crook, où nous essayerons d'obtenir la libération de Molly. C'est là qu'elle se trouve. Elle n'est plus prisonnière de ce Seminole.

— Parfait. Dans ce cas, je viens avec vous. Seminole sera embusqué dans les parages. Aucun doute là-dessus. Je le connais, ce scélérat...

— Ma chère, si des soldats devaient vous voir et vous reconnaître, continue notre Anglaise, on vous renverrait à Chicago et vous perdriez votre fils une deuxième fois.

— J'irai déguisée en Red Painted Woman. Personne ne me reconnaîtra. Vous-mêmes, vous ne m'aviez pas reconnue, au début ! Ils me prendront pour une squaw comme les autres... ce que je suis de toute façon.

— Comment sais-tu qu'on t'appelait Red Painted Woman ? s'étonne Susie en éclatant de rire.

Martha lui jette un regard méprisant.

— Franchement, Susie... tu me crois aussi bête que ça ?

Ce qui nous fait rire, toutes autant que nous sommes. Même Martha rigole avec nous. Il faut croire qu'elle est enfin redevenue elle-même, et plus forte que jamais, mais on n'a aucune idée du pourquoi et du comment. Et on est du même avis : si elle veut aller chez Crook avec notre petit détachement, alors d'accord. Il faut admettre qu'il y a pas meilleur émissaire que milady pour plaider la cause de Molly chez les militaires. Et elle saura veiller sur Martha... mais vu comme elle est d'attaque, notre Martha, elle se débrouillera bien toute seule !

Comme fait remarquer lady Hall, on peut vraiment pas aller

là-bas, moi et Susie. Phemie non plus pourrait pas y aller, elle est encore plus reconnaissable que nous. Gertie raconte que sa réputation de guerrière date du jour de Mackenzie, que les soldats qui l'ont vue là-bas parlent encore à voix basse, comme s'ils avaient peur, de la grande négresse cheyenne qu'ils appellent Black Panther[1], qui avait le torse nu et qui s'est déchaînée contre eux. À propos de Phemie, c'est la seule qui campe pas avec nous et on se demande où elle est passée. On l'a pas revue depuis le jour de la Rosebud et elle est pas venue aux danses de la victoire, le soir. Ensuite, elle n'a pas fait le voyage avec nous jusqu'ici. Dans un camp aussi grand, il est presque impossible de la retrouver.

Pretty Nose nous a dit que, en chemin, la nuit dernière, elle a relevé les traces et aperçu le bivouac d'un autre régiment de l'armée qui doit être sur notre piste. On pense que c'est une partie des gars du Dakota et du Montana dont Gertie nous avait parlé. Qui que ça soit, avec tous les soldats qu'on a dans le coin, sûr que le sang va couler à nouveau et que notre société guerrière va reprendre les armes... Aye, surtout que Pretty Nose est revenue. Susie et moi, on a pas l'intention d'être en reste et on parie que Phemie sortira de sa tanière quand ça va recommencer.

C'est une drôle de chose, la guerre. Aye, c'est un peu comme la première fois qu'on laisse un garçon vous faire sa petite affaire. La plupart du temps, on est très déçue parce qu'on s'attendait à beaucoup mieux. On est même un peu dégoûtée. Mais, d'un autre côté, on a envie de recommencer, et ce jour-là, comme on sait plus ou moins ce qui va se passer, c'est plus facile, et encore plus facile la fois suivante, et tiens, figure-toi qu'à force on aime ça. La guerre, c'est le même principe, c'est pas si différent de l'amour... D'accord, Susie et moi, on était pas fières après la Rosebud. Mais il a suffi d'un ou deux jours, et de voir tout le respect que nous témoignaient les Cheyennes après nos exploits sanglants, pour que la honte disparaisse peu à peu. Et pendant qu'elle disparaît, la soif de vengeance se réveille, une soif insatiable, le besoin de verser le sang, de châtier les soldats. Aye, on est des guerrières, des sauvages, maudites aux yeux des hommes

---

1. Panthère noire.

et du Seigneur, pour sûr. Nous avons une nouvelle religion, maintenant, et c'est peut-être celle-là qui pousse les hommes... et les femmes... à se battre... Alors comme une drogue, on en a jamais assez...

Les Journaux de Margaret Kelly

QUATORZIÈME CARNET
(Sous la plume de lady Ann Hall)

L'envol

22 juin 1876

Voilà, ce soir, je prends finalement la plume, moi lady Ann Hall de Sunderland, bien au chaud dans le tipi que je partage avec mon amie Bridge Girl. Meggie et Susie m'ont confié leur carnet, cependant il a fallu que j'insiste pour pouvoir l'emporter demain, quand nous partirons en mission pour libérer Molly. La moitié des pages est encore blanche.

Je dois avouer que je me sens frustrée de voir combien elles en ont rempli au cours de cette étrange aventure, sans me les laisser lire jusque-là. Après tout, c'est à moi qu'on doit les légendes des *Oiseaux d'Angleterre*, l'excellent ouvrage de mon amie Helen Elizabeth Flight, qui d'ailleurs a fait date, et je suis le seul auteur publié de notre petite communauté. Pour dire les choses comme elles sont, nos chroniqueuses impromptues ont longtemps hésité à me montrer leur bel ouvrage... Sans vouloir minimiser leur talent littéraire, j'ai du mal à croire que deux jumelles sans instruction, sinon celle de la rue et du quartier irlandais de Chicago... je les aime beaucoup, mais ne serait-ce pas l'école... du trottoir ? (Au fait, un petit mémento à mon usage personnel : avant de rendre ce carnet aux Kelly, je ne dois pas oublier d'arracher les pages que j'y aurai écrites et de les garder pour moi.) Quant à l'autre *écrivain*... cette jeune femme qui a grandi dans une ferme près de la frontière canadienne, qui a fait la classe à de jeunes paysans dans l'école même où elle a appris à lire et écrire... qui ne comportait justement qu'une classe... Enfin, bref, j'ai du mal à croire que la somme de leurs talents suffirait à restituer correctement notre histoire ! Pourtant... en lisant les pages écrites de la main de Meggie, il m'a fallu admettre que les deux vauriennes, comme nous nous plaisons toutes à appeler les jumelles, malgré leur style évidemment sans prétention, réussissent admirablement à faire entendre leur voix et leur caractère. Naturellement, je ne suis pas en mesure de commenter ce qu'a écrit Molly, faute de l'avoir lu.

Quoi qu'il en soit, comme elles ne disposent plus de registres vierges et que, à l'évidence, les comptoirs ne les accueilleront pas à bras ouverts si elles ont l'idée de se réapprovisionner, les Kelly ne pourront pas continuer à tenir leur journal, même si elles le voulaient. Elles paraissent disposées à mettre un terme à leur récit et à me donner leurs dernières pages blanches, ce qui leur permettra de se consacrer entièrement à leurs activités belliqueuses, pour épouvantables qu'elles soient.

– Aye, lady Hall, a dit Meggie quand je lui ai suggéré de poursuivre leur œuvre, mais oui, je t'en prie. Susie et moi, on a dit ce qu'on avait à dire. Les troupes reviennent, elles ont l'air plus nombreuses que jamais, alors la prochaine bataille risque d'être la plus grande de toutes, une qui restera dans les livres d'histoire.

– On va avoir du travail, milady, a ajouté Susie. Parce qu'on veut qu'ils parlent de nous, ces livres. Mais n'oublie pas de le rapporter, notre carnet, quand tu auras fini. Si on meurt, tu le donneras à notre vieille amie Mó'éh'e, qui s'occupe de notre tipi. Elle le rangera avec les autres.

Je prends donc la plume pour rapporter la fin de notre histoire, si du moins il reste assez de pages blanches.

23 juin 1876

Dans notre premier bivouac, quelque part dans les contreforts des Bighorn Mountains.

Comme il s'y était engagé, l'aumônier s'est révélé un excellent guide. Sachant que les éclaireurs indiens des troupes de l'armée suivraient la piste que nous avons empruntée nous-mêmes avec les Cheyennes, les Arapahos et les Sioux, depuis la Rosebud jusqu'à la Little Bighorn, Christian a judicieusement choisi un autre itinéraire. C'est-à-dire que nous décrivons une grande ellipse, d'abord vers l'ouest, puis le sud, afin de minimiser les risques de tomber sur des ennemis qui ne manquent pas dans la région.

Nous avons emporté des armes, Christian essentiellement pour chasser, compte tenu de ses convictions pacifistes, et moi pour le seconder et protéger notre petit groupe. Nous sommes munis chacun d'une carabine Winchester, et j'ai également un Colt 45 à la ceinture. Nous nous contentons de petit gibier, abondant dans les parages : lapins et tétras, faciles à dépouiller et à griller. Il nous faut voyager aussi vite que possible, sans nous encombrer de rien car, bien sûr, il est impossible de savoir ni combien de temps Crook maintiendra ses troupes à l'endroit où elles sont, ni combien de temps Molly restera leur captive. Les longues distances ne nous font plus peur, nous avons chevauché aujourd'hui de l'aube au crépuscule, et nous comptons atteindre notre destination demain en milieu de journée.

Trop épuisée pour écrire davantage...

24 juin 1876

Nous sommes arrivés à l'heure prévue et nous avons trouvé un coin isolé pour monter le camp, sur la rive d'un affluent de la Tongue River, à environ un mile et demi du camp de l'armée. Christian est aussitôt parti pêcher des truites pour le déjeuner. Il est déjà établi qu'Astrid, Martha et lui resteront ici pendant que Hannah et moi nous rendrons seules au camp. Nous ne pouvons rien présumer de la façon dont nous serons reçues. Je porte mon vieux gilet usé, maintes fois ravaudé, et ma culotte de golf. De son côté, Hannah a conservé le plus sobre des costumes indigènes : robe de peau, jambières et mocassins. À première vue, nous n'avons sans doute pas le physique de l'emploi, donc il faut espérer que, avec nos accents et nos cheveux blonds, les soldats voudront bien nous prendre pour de respectables femmes blanches. Évidemment, nous ne serons pas armées, car nous ne devons aucunement représenter une menace pour eux... Nous sommes simplement une aristocrate britannique et sa servante, en promenade dominicale... Je me donne l'impression d'une sorte de Don Quichotte, flanqué de son fidèle écuyer Sancho Panza, partis en guerre contre les moulins à vent.

25 juin 1876

Eh bien, je dois admettre que les choses ne se sont pas déroulées comme nous l'espérions. Nous avons gagné le camp militaire par le chemin carrossable, où nous avons été aussitôt arrêtées par les gardes qui, nous dévisageant avec perplexité, nous ont priées de décliner nos identités.

– Je suis lady Ann Hall de Sunderland, leur ai-je répondu avec une fierté toute patricienne, et voici ma servante, Hannah Alford de Liverpool.

– Et qu'est-ce qui vous amène, mesdames ? a demandé un de ces hommes.

– Nous sollicitons un entretien avec le général George Crook.

– Un entretien ?

– Oui, cher monsieur. Je souhaiterais le rencontrer.

– Sans blague, ma petite dame ? Et à quel sujet ?

– Cela concerne le général et moi-même, monsieur.

– Va chercher le capitaine Bourke, a ordonné le soldat à son collègue, tout en me considérant d'un air insolent. Dis-lui qu'une *lady* veut voir le général.

Le collègue s'est exécuté, pour revenir, à peine dix minutes plus tard, accompagné du capitaine Bourke. J'étais certainement curieuse de mettre un visage sur ce nom, après tout ce que m'ont rapporté Susie et Meggie, notamment ses aventures sentimentales avec notre distinguée prédécesseur May Dodd.

Il s'est présenté. Je reconnais que cet homme élégant, viril, doté d'une certaine galanterie naturelle, a de quoi faire tourner la tête à une jeune femme impressionnable. Après avoir commandé aux gardes de prendre soin de nos chevaux, il nous a conduites dans une tente qui paraissait servir de permanence administrative. Il nous a priées de nous asseoir devant une table de campagne militaire, derrière laquelle il s'est installé.

– Il semblerait, madame, que vous sollicitiez une audience auprès du général Crook.

– C'est exact, capitaine.

– Vous devez comprendre que le général est un homme

très occupé. Il est très rare que des civils, à plus forte raison des femmes, demandent à le rencontrer dans un camp de ravitaillement près du théâtre des hostilités. Puis-je savoir de quoi il s'agit ?

– Nous avons appris qu'une de nos camarades, Mme Molly McGill, est sous la protection de l'armée.

Les yeux de cet homme exprimaient soudain l'inquiétude et, je pense, une profonde tristesse.

– Une de vos camarades... Je vois... Oui, bien sûr... a-t-il dit, le front plissé.

Il a prélevé une liasse de papiers d'un classeur sur la table, qu'il s'est mis à feuilleter.

– Ce programme Femmes blanches pour les Indiens est ma bête noire depuis bientôt deux ans, a-t-il marmonné, comme s'il parlait tout seul. Une totale absurdité...

Il a dégagé plusieurs feuilles de la liasse et, tout en les lisant, nous a observées attentivement, Hannah et moi.

– Lady Ann Hall et Hannah Alford, citoyennes britanniques, c'est cela ?

– C'est bien cela. Ravie de vous rencontrer.

Il a hoché la tête avec un sourire malicieux.

– Tout le plaisir est pour moi, lady Hall et... madame Alford.

Un court instant, il a étudié une nouvelle feuille et, de nouveau, nous a observées.

– Je vois que vous vous distinguez en ce que, contrairement aux autres volontaires, vous n'avez pas cherché, l'une comme l'autre, à fuir une situation fâcheuse ou désespérée.

– En d'autres termes, capitaine, vous suggérez que nous ne sortons ni de l'asile de fous, ni d'une prison, ni des griffes de personnes mal intentionnées ? En effet. Je me suis engagée de mon plein gré, pour une raison bien spécifique. Je tenais à savoir ce qu'il était advenu de mon amie Helen Elizabeth Flight, peintre animalière. Peut-être l'avez-vous connue ?

Il a hoché la tête, à l'évidence chagriné par ses souvenirs.

– Oui, madame Hall. C'était une femme très bien. Les rares fois où je l'ai croisée, nous avons évoqué ensemble la flore et la faune de cette région. Elle était aussi cultivée que talentueuse.

– Certes.
– Alors, savez-vous ce qu'elle est devenue ?
– Oui, monsieur. L'armée l'a tuée.

Il s'est crispé comme sous le coup d'une douleur physique.

– Elle avait pris les armes contre nous, madame Hall. Ai-je la certitude que vous-même et Mme Alford n'en avez pas fait autant pour nous combattre avec les Cheyennes, comme c'est le cas de Mme McGill, qui l'a reconnu elle-même ?

– Soyez rassuré, capitaine. Nous sommes restées auprès des femmes et des enfants, qui n'ont pas moyen de se défendre, ai-je répondu avec une pointe d'ironie dans le ton.

– Et en quoi le général Crook peut-il vous être utile ?

– Nous souhaitons qu'il libère Mme McGill et qu'il nous la confie, monsieur. Sans doute se trouvait-elle avec un groupe de Cheyennes quand votre éclaireur, un criminel du nom de Jules Seminole, en a fait sa prisonnière. Mais Molly n'est pas une combattante. Nous permettez-vous de la voir ?

Au nom de Seminole, Bourke a levé un sourcil.

– Mme McGill ne se trouve plus ici. Elle est partie hier sous escorte pour la gare de Medicine Bow, où nos hommes la confieront aux agents de la police fédérale, qui la ramèneront à New York, à l'endroit où elle résidait précédemment.

Hannah et moi avons échangé un regard anxieux.

– Je comprends.

– Je serais curieux de savoir quelles relations vous auriez avec le sergent Seminole, madame ?

– Aucune, en ce qui me concerne, ai-je lâché en toute hâte, me rendant compte que j'en avais trop dit. Il souffre d'une réputation exécrable auprès des Cheyennes, tout simplement.

J'ai inspiré profondément et je me suis levée.

– Eh bien, il semble que nous nous soyons déplacées pour rien, capitaine. Et nous avons certainement abusé de votre temps.

– Où allez-vous maintenant ?

– Nous retournons auprès des Cheyennes.

– Vous ne pouvez ignorer, madame, que vous ne serez plus en sécurité chez eux. Il serait préférable que je vous mette sous bonne garde.

Impossible de savoir s'il s'agissait d'une suggestion ou d'une menace...

– Cela ne sera pas nécessaire, capitaine.

– Dites-moi une chose, je vous prie. Y en a-t-il d'autres comme vous là-bas ?

– Comme nous ?

– Vous m'avez bien compris. D'autres volontaires du programme FBI. Se trouve-t-il actuellement d'autres femmes blanches dans la tribu ?

– Les nombreuses bandes indiennes obéissent à plusieurs chefs et se déplacent souvent, ces derniers temps, ai-je biaisé. Vous êtes certainement au courant... Elles sont constamment pourchassées par les troupes, alors elles vont et viennent. Je ne pourrais vraiment pas vous dire si d'autres femmes blanches les accompagnent.

– Veuillez vous rasseoir, m'a-t-il priée en indiquant mon siège. Excusez-moi un instant, je vais voir si le général peut vous recevoir.

À peine avait-il quitté la tente que j'ai murmuré à Hannah :

– Il faut s'en aller tout de suite, ma chérie.

– Oh que oui, milady !

D'un air aussi détaché que possible pour ne pas davantage éveiller les soupçons, nous sommes tout de même sorties d'un bon pas, en nous dirigeant vers la barrière à laquelle les gardes avaient attaché nos montures. Nous les avons remerciés poliment avant de monter en selle et de filer le long de la route carrossable, d'abord au trot, puis au petit galop. C'est alors que le capitaine Bourke a crié :

– Arrêtez ces femmes !

D'un même élan, nous avons lancé nos chevaux à fond de train à travers les collines, sans ralentir jusqu'à notre petit bivouac au bord de la rivière, où nous avons dit à nos camarades de vite rassembler leurs affaires. Sans poser de question, ils étaient prêts au bout de quelques instants. Nous allions nous mettre en route quand finalement l'aumônier m'a demandé :

– Où allons-nous ?

– À Medicine Bow.
– Pour quoi faire ?
– Ils emmènent Molly à la gare. Comme je le craignais, ils la renvoient à Sing Sing. Connais-tu le chemin, Christian ?
– C'est là que je suis arrivé pour ma première affectation, la seule d'ailleurs... Il faut mettre cap au sud. Medicine Bow se trouve à plus de deux cents miles, je pense.
– Molly est sous escorte militaire. Ils sont partis hier matin. Pouvons-nous les rattraper ?
– S'ils voyagent en chariot, comme il est fort probable, nous avons l'avantage car nous sommes plus rapides. Mais même si nous les rattrapons, qu'allons-nous faire ? As-tu pensé à une stratégie ?
– Non, je n'en ai aucune. La seule chose que je sais, c'est que plus elle s'éloigne, moins nous avons de chances de ramener Molly avec nous.

L'aumônier n'a eu aucun mal à retrouver la principale voie d'accès à la gare, car depuis l'achèvement de la ligne transcontinentale en 1869, la circulation dans les deux sens, celle des troupes notamment, a été assez importante pour bien délimiter la piste dans le paysage. Goodman pensait atteindre Medicine Bow dans un maximum de sept jours. Si nous avions de la chance et que nous ne perdions pas de temps, peut-être même parviendrions-nous à couper la route du petit détachement dans moins de deux jours.

Et donc nous avons repris la nôtre, aussi vite que nous pouvions mener nos chevaux, et Martha son vaillant petit âne. Nous avions toute confiance en l'aumônier pour nous guider, mais ni stratégie ni plan défini, et bien sûr le moral était au plus bas. Les Bighorn Mountains s'élevaient à l'ouest, les plaines s'étendaient à l'est, et l'horizon s'ouvrait devant nous. Une fois encore, nous nous sentions si minuscules, si désarmés dans cette immensité, sans plus de force, d'importance ou de permanence que les grains de sable dont le vent nous fouettait le visage. Personne n'avait la moindre envie de chanter.

Nous campons ce soir au bord d'un tout petit ruisseau, suffisamment éloigné de la piste pour que nous échappions aux regards. La terre est plus aride ici et les Bighorn semblent avoir reculé à l'ouest. Nous n'avons rencontré strictement personne en chemin. C'est un soulagement, car je redoutais de tomber sur une de ces bandes de brigands qui infestent, dit-on, cette partie du pays, prêtes à dévaliser des proies faciles. Nous n'avons qu'un homme parmi nous, et celui-ci étant pacifiste, nous formons un groupe particulièrement vulnérable.

Non daté

Tout s'est précipité... Les épreuves, l'épuisement, la tension font que je ne sais plus quel jour nous sommes. Il s'est passé tant de choses... Je vais tenter d'en faire le récit et d'y voir un peu plus clair.

Le lendemain de notre départ du camp militaire, nous avons rencontré le matin une famille d'Indiens. D'apparence misérable, ils se dirigeaient vers le nord. Cinq personnes, le mari et sa femme, deux jeunes garçons et une vieille dame qui devait être leur grand-mère. À quelle tribu appartenaient-ils, nous n'aurions pu le dire. Ils fuyaient probablement l'une des agences et paraissaient morts de faim. D'autres évadés des réserves, que nous avons côtoyés près de la Little Bighorn, nous avaient rapporté que les agents blancs, chargés de distribuer aux Indiens les rations de nourriture allouées par l'État, volaient régulièrement les chargements avant qu'ils arrivent, pour les revendre à bon prix aux colons. La vieille femme se déplaçait au dos d'un cheval décharné, ensellé et au ventre gonflé par la faim, tandis que parents et enfants allaient à pied. Quand nous fûmes côte à côte, toute la famille a regardé avec envie les gros lièvres que Christian avait tués à l'aube et qui étaient accrochés au pommeau de sa selle. C'était censé être notre repas de midi.

L'aumônier et Martha, qui possèdent mieux que nous la langue des signes, les ont interrogés. Christian leur a indiqué la route devant nous. J'en ai déduit qu'il voulait savoir s'ils avaient croisé d'autres voyageurs. Oui, ont-ils répondu, décrivant par gestes un chariot, des chevaux, des soldats et d'autres choses que je n'ai pas su interpréter.

– Dieu vous bénisse, leur a dit Goodman avec un geste de remerciement.

Un service en valant un autre, il a donné nos lièvres à la maman reconnaissante.

– Molly et son escorte ne sont plus très loin, a-t-il traduit pour nous. À quelques heures de route, si j'ai bien compris.

– Comment peut-on être sûrs que c'est eux ? lui ai-je demandé.

– Ils m'ont dit qu'une femme blanche était assise dans le chariot avec le conducteur et deux soldats, a précisé Martha. Et qu'il y avait dix autres soldats à cheval.

– Oh, misère ! Douze soldats ! Mais comment allons-nous faire ?

– Vous avez réfléchi à un plan, lady Hall ? a dit l'aumônier.

– Nuit et jour, oui.

– Et donc ?

– Et donc rien. Rigoureusement rien...

– Il faut s'en remettre à Dieu, alors.

– Oui, espérons qu'il en a un.

– Dieu a toujours un plan.

Cela devait être une inspiration prophétique de la part de l'aumônier, car jamais nous n'aurions imaginé, ou encore moins prévu, la scène qui nous attendait quelques heures plus tard. Quand nous les avons aperçus de loin, nous savions bien, de fait, que nous avions rattrapé Molly et les militaires. La piste longeait à cet endroit une haute falaise de roche rouge, sculptée à travers les siècles par la Powder River qui serpentait, une trentaine de mètres plus bas, dans une large vallée verte. Au sommet de la falaise, dépourvu de la moindre touffe d'herbe, le vent soufflait avec la force d'un burin, s'enfonçait dans les anfractuosités et, à distance, nous brûlait déjà le visage.

L'escorte avait fait halte à cet endroit, les hommes étaient descendus de cheval et nous avons compris pourquoi en nous rapprochant... Molly se tenait tout au bord de la falaise et les soldats étaient groupés à plus de vingt mètres derrière elle. Entre elle et eux se dressait une silhouette que nous n'avons pas reconnue tout de suite. Le conducteur du chariot, ai-je pensé. Nous n'étions plus très loin, cependant le vent violent couvrait tout bruit et les différents protagonistes étaient si absorbés par la situation qu'ils n'avaient pas remarqué notre présence.

Il ne semblait plus nécessaire de s'entourer de précautions, et donc nous avons couvert au galop les quelque cent mètres qui nous séparaient. Nous étions presque à leur niveau quand les soldats nous ont entendus. Se retournant brusquement, ils ont mis leurs fusils en joue. Christian a levé le bras en criant : « Ne tirez pas ! Nous venons en paix ! En amis ! Ne tirez pas ! »

Comme il s'était retourné lui aussi, nous avons découvert que le conducteur n'était autre que cette chère vieille Gertie. Molly était la seule à ne pas s'être retournée. Immobile au bord de la falaise, elle contemplait le précipice. Le vent faisait tournoyer ses cheveux blonds autour de son visage et menaçait de la faire basculer.

Nous nous sommes arrêtés devant les soldats. L'un d'eux s'est avancé, sa carabine braquée sur nous.

– Je suis le sergent Matthew Broughan et je commande ce détachement. Qui êtes-vous et que voulez-vous ?

– Des amis de votre prisonnière, ai-je répondu en descendant de cheval.

Puis j'ai inventé mon histoire au fur et à mesure.

– Nous venons du camp du général Crook, à Goose Creek. C'est le capitaine Bourke qui nous envoie vers vous, sergent Broughan. Que se passe-t-il ?

– Il se passe qu'elle menace de sauter. On a accepté de rester en arrière pendant que la muletière tente de la retenir. Pourquoi le capitaine Bourke vous envoie-t-il ?

– Pour nous mettre sous votre protection jusqu'à la gare de Medicine Bow. Nous voulons prendre le train, nous aussi.

Il m'a étudiée de pied en cap avant d'observer mes compagnons, toujours à cheval.

– Pourquoi êtes-vous habillées en squaw, toutes les trois ? leur a-t-il demandé. Et vous, monsieur, en Indien ?

J'ai tiré sur l'étoffe de mon gilet usé pour bien le lui montrer.

– Nous venons de vivre un certain temps sous la contrainte, sergent. Nous avons été capturés il y a plusieurs mois par les sauvages. Ce gentleman est un missionnaire, un homme de Dieu qui prêche parmi eux. Il a obtenu notre libération.

– Avez-vous une lettre de recommandation du capitaine ?

– Oui, nous en avons une... Enfin, nous l'avions. Nous avons été dévalisés avant-hier par des brigands, qui ont volé la sacoche dans laquelle elle se trouvait. S'il vous plaît, sergent, voulez-vous bien vous soucier de ces choses plus tard ? Me permettez-vous de rejoindre votre muletière ? Je crois pouvoir empêcher notre amie là-bas de sauter.

Il a hoché la tête.

– Très bien, essayez. Le capitaine sera furieux si cette femme nous échappe de cette façon. Mais les trois autres, vous ne bougez pas.

J'ai mené mon cheval jusqu'à Gertie.

– Je sais pas ce que tu viens fiche ici, ma petite, ni comment tu nous as trouvés... m'a-t-elle dit. Tout ce que je sais, c'est que Molly retournera pas en taule. Et qu'elle va sauter, voilà.

– Molly, je t'en prie ! ai-je crié plus fort que le vent. C'est moi, Ann Hall, je voudrais te parler !

Elle s'est enfin retournée et m'a regardée.

– Non, Ann ! a-t-elle crié elle aussi. N'approche pas !

– Laisse-moi juste faire cinq pas vers toi. Tu sais que j'ai une parole. Cinq pas, c'est tout, je te le promets. Et je n'essaierai pas de t'attraper. Je veux seulement te parler seule à seule, sans être obligée de hurler.

Elle a continué de me regarder sans répondre.

– D'accord, a-t-elle dit au bout d'un instant. Cinq pas. Mais je te préviens, Ann, si tu poses seulement un doigt sur moi, je t'entraîne dans ma chute. Tu sais que je suis assez forte pour ça.

– Non, ma chérie, je ne te crois pas. Vouloir se tuer soi-même, peut-être, mais tuer une amie, jamais tu ne le ferais. Ensuite, j'ai le vertige, alors je t'assure que je n'ai pas l'intention de me bagarrer au bord de la falaise.

J'ai confié mes rênes à Gertie.

– Ne fais pas de bêtise, ma petite, m'a-t-elle mise en garde.
Je me suis approchée de Molly.
– Pas plus, a-t-elle dit. Que veux-tu, Ann ?
– Eh bien, pour commencer, tu pourrais t'écarter du bord.
Elle a ri.
– Moi aussi, j'ai le vertige. Voilà pourquoi je n'ai pas encore sauté. C'est étrange, vois-tu, mais j'ai fait un rêve toute ma vie, depuis que mes parents m'ont emmenée aux chutes du Niagara quand j'étais petite. Je rêve que je suis ici, exactement, prête à me jeter dans le vide. C'est comme si cet endroit m'attendait depuis toujours.
– Et dans ton rêve, tu sautes ?
– Oui, je finis par le faire. Chaque fois. Et chaque fois je monte vers le ciel, c'est merveilleux. Mais d'abord je reste des heures à regarder en bas, terrifiée. Alors il faut que je saute pour ne plus avoir peur. Et parce que je sais qu'à cet instant, je m'envole et je me libère...
– Écoute-moi, Molly. Ce n'est pas un rêve et, cette fois, tu ne vas pas t'envoler. Je vais reculer vers Gertie, lui reprendre mes rênes et me mettre en selle. Juste à ce moment-là, tu cours vers moi à toute allure, tu montes derrière et on s'échappe ensemble.
– C'est gentil de risquer ta vie pour moi, Ann, mais à deux sur ton petit cheval, on n'ira pas loin. On sera vite rattrapées par les soldats, ils me remettront les fers et me renverront à Sing Sing. Toi, tu seras arrêtée pour avoir essayé de m'aider. Tu ne comprends pas que c'est ma dernière et ma seule chance de rester libre ?
À nouveau, elle s'est retournée vers le bord, en écartant les bras comme des ailes.
– Non, Molly, ne fais pas ça ! l'ai-je suppliée, tandis que les larmes coulaient sur mes joues.
– Éloigne-toi, Ann ! Je suis navrée... Au revoir, mon amie.
C'est alors que j'ai entendu le cri aigu d'un faucon dans le ciel et, levant la tête, j'ai reconnu le rapace dans le vent, avec ses ailes déployées, qui dansait et roulait tel un cerf-volant.
Molly a levé la tête elle aussi.
– Je savais que tu viendrais, Hawk. Je t'attendais, je le savais !

Les bras toujours écartés, elle s'est penchée au-dessus du vide.

– Non, Molly, je t'en prie, non! ai-je hurlé en tombant à genoux, incapable de regarder, les mains sur les yeux et sanglotant de terreur.

Je ne crois pas aux superstitions indiennes selon lesquelles des personnes se transforment en animaux, ou deviennent insensibles aux balles de revolver grâce aux motifs qu'elles se peignent sur le corps... Ni aux hommes qui volent comme des oiseaux... Mais quand, presque aussitôt, j'ai baissé les mains et regardé de nouveau, deux cavaliers venaient d'apparaître sur la corniche et filaient à fond de train, tout droit vers Molly... Pretty Nose sur son cheval pie et Phemie sur son grand étalon blanc. Elles allaient l'atteindre quand Phemie s'est baissée sur sa selle, s'est penchée sur sa droite et, presque sans ralentir, lui a tendu le bras, recourbé comme une faux. Molly l'a saisi et, aussi agile et légère qu'un esprit, elle s'est hissée comme un petit bout de fille derrière Phemie. Je me suis redressée et, alors qu'elles me dépassaient dans un fracas de sabots, Molly m'a regardée une demi-seconde en souriant... à la fois triomphante et amusée.

– Je te l'avais dit, Ann, lâcha-t-elle. Dans mon rêve, je m'envole toujours!

Ses mots tourbillonnèrent un instant derrière elle comme un serpentin.

J'entendis alors dans le vent les cris de Hannah, diverses exclamations de stupeur et d'effroi, et je me suis retournée vers Gertie et les autres. Ils pleuraient, s'écriaient, l'aumônier gueulait son chagrin à la face du ciel... Gertie brandissait ses deux poings fermés...

– Bon sang, Molly! beuglait-elle. Pourquoi as-tu fait ça? Mais nom de Dieu pourquoi?

Seule Martha, immobile, ne pleurait pas, les yeux fixés au loin sur la corniche.

Les soldats s'agitaient, marmonnaient, juraient. Certains enfonçaient dans le sol la pointe de leurs bottes.

– Putain, elle l'a fait! meugla l'un d'eux. Elle a sauté dans le vide, cette folle!

Étais-je moi-même devenue folle? Avais-je rêvé toute la

scène ? Pour en avoir le cœur net, je me suis retournée une dernière fois, et alors j'ai vu deux chevaux, l'un pie et l'autre blanc, galoper vers le nord le long de la falaise. Deux chevaux qui portaient trois femmes au cœur vaillant, une Indienne, une Noire et une Blanche, avant de disparaître dans le lointain.

ÉPILOGUE

J. W. Dodd III
Chicago, Illinois

Le troisième et dernier registre s'arrêtait sur ces mots, mais j'ai bien remarqué que les pages suivantes avaient été arrachées. Fatigué, même un peu drogué par ce marathon de lecture, j'ai dormi deux heures sur le vieux canapé miteux qui orne le bureau de mon père depuis maintenant deux décennies. J'avais huit ans lorsque ma mère est morte et, petit garçon, je m'y couchais déjà pour faire la sieste quand papa m'emmenait ici avec lui. Les soirs où il travaillait tard, ou même la nuit entière, il dépliait une couverture sur moi et ce canapé était devenu mon deuxième lit. Le personnel lui a souvent suggéré de le remplacer, mais papa refusait obstinément. Aujourd'hui que ce bureau est le mien, on a cru que j'allais finalement m'en débarrasser. Au grand étonnement de tout le monde, je n'en ai pas eu le courage.

En me réveillant, j'ai attrapé mon portable sur la table basse et j'ai envoyé un texto à Chloe, la réceptionniste, qui est aussi mon assistante.

« Vous êtes au bureau ? »

Comme, cinq minutes plus tard, elle ne répondait pas, je lui en ai écrit un autre.

« Chloe, vous êtes au bureau ? »

« Il est six heures, chef. Je n'ai pas répondu parce que je suis à la maison et que je dors comme les gens normaux.»

«Appelez l'agence de voyages pour qu'ils me réservent une place demain dans un avion pour Billings.»

«Vous croyez pas qu'ils dorment eux aussi?»

«OK, appelez-les dès qu'ils ouvrent.»

«Ça sera pas avant 9 heures, donc y a pas le feu. Je peux dormir encore un peu SVP? Et c'est où, Billings?»

«Sud-ouest du Montana. Bon, oubliez l'agence, je vais y aller en voiture.»

«Donc vous m'avez réveillée pour rien?»

«Oui, mais au moins vous savez que je ne serai pas là auj. D'ailleurs, c'est vendredi, dites à tout le monde de rentrer.»

«Vous partez auj?»

«La semaine pro, si poss. Des trucs à faire avant.»

«Vous rentrez quand?»

«Sais pas. Peut-être que je resterai un peu là-bas. C'est l'été et j'ai besoin de vacances.»

«Ah oui, comme les petits garçons qui partent en vacances?»

«Exactement.»

«Comme ça, sans préavis? Et le magazine va fonctionner tout seul, JW?»

«Plus ou moins. J'emporte mon ordi avec moi, je travaillerai là-bas. Je compte sur vous pour faire tourner la maison.»

«Ils ont l'Internet dans l'est du Montana?»

«Ha ha ha.»

«Je ne plaisante pas.»

«Vous devriez voyager, de temps en temps.»

«Pourquoi est-ce que je pense à Pocahontas?...»

«L'intuition féminine, Chloe.»

Je me suis rendu compte en lisant ces journaux que, depuis la mort soudaine de papa, six mois plus tôt, la rédaction du journal m'avait tant accaparé que je n'avais pas eu beaucoup le temps de pleurer sa perte. L'histoire de notre ancêtre légendaire May Dodd, revenue occuper mes pensées, et celle, maintenant, de ces autres Blanches, parties à l'Ouest après elle, me donnaient une envie folle, presque puérile, de reprendre la route. Une envie, bien sûr, empreinte de nostalgie. De plus, comme Chloe l'avait deviné, j'éprouvais le besoin irrépressible de retrouver cette femme peu banale qui m'avait confié ses registres. J'avais encore tant de questions à lui poser.

Bien plus de dix ans auparavant, mon père avait garé notre caravane Airstream de 1972, et le 4×4 GMC Suburban de 1979 avec lequel il la remorquait, dans l'ancienne grange de la ferme des Dodd, à Libertyville dans l'Illinois. Son propre père avait dilapidé la fortune familiale dans les années 1950 et 1960, et papa n'avait réussi à conserver que cette grange. D'année en année, nous y étions souvent allés en week-end et en vacances, notamment l'été. Nous louions la ferme à un voisin agriculteur, qui avait bâti une grange moderne en acier à proximité. L'ancienne ne servait plus guère qu'à entreposer de vieux numéros du magazine, toutes sortes de cartons remplis d'on ne savait quoi, et ces deux véhicules qui n'en étaient pas ressortis depuis qu'on les y avait remisés. J'avais idée qu'en leur faisant prendre l'air, en repartant sur les routes que nous avions parcourues à l'époque, mon père et moi, je lui rendrais l'hommage qu'il méritait et j'ouvrirais un nouveau chapitre de ma propre histoire.

Sonny Johnson, le vieux mécano de papa qui avait entretenu le GMC et la caravane, était depuis longtemps à la retraite. Nous avions continué à lui envoyer des cartes chaque année à Noël, à lui et sa femme Jeannette, et ils étaient tous deux venus aux obsèques. Je savais qu'ils habitaient toujours à Libertyville, dans leur appartement au-dessus du garage fermé, et j'ai trouvé une fiche à leur nom sur le Rolodex de papa, dans le tiroir du bas de son bureau où je l'avais rangé. Oui, jusqu'à la fin, en vrai luddite[1], mon père avait utilisé un Rolodex. Avant de quitter Chicago, j'ai donné un coup de fil à Sonny pour lui demander si je pouvais le voir. Surpris et content d'avoir de mes nouvelles, il a ri de bon cœur quand je lui ai fait part de mon projet.

— Oui, je vais t'aider parce que c'est trop marrant, m'a-t-il dit.

---

1. Luddites : ouvriers anglais du début du XIXe siècle qui détruisaient les machines, accusées de provoquer le chômage.

Appelle-moi en arrivant, je te rejoindrai tout de suite.

J'ai trouvé les clés accrochées au même clou depuis des décennies, dans le vestibule de la ferme maintenant très délabrée. La santé financière du magazine était devenue précaire à l'âge du numérique, et papa n'avait pu garder le bâtiment en bon état comme il l'aurait souhaité. La version en ligne de *Chitown* que j'avais créée après son décès était tout juste rentable, malgré notre équipe réduite, et je n'avais pas de fonds disponibles à consacrer à la propriété.

J'ai ouvert le cadenas de la grande double porte, dont nous avons bien écarté les battants, Sonny et moi, pour faire entrer le jour. Des chauves-souris étaient suspendues aux chevrons du toit, et les hirondelles, effrayées par notre soudaine apparition, ont voleté dans tous les sens. Évidemment, les pneus du Suburban et de la caravane étaient entièrement dégonflés. Les deux véhicules étaient recouverts des fientes et de la boue séchée qui, au fil du temps, étaient tombées des nids. On aurait dit deux gros gâteaux d'anniversaire décorés par un fou.

– Waouh, Sonny, il y a des années que je ne suis pas venu et c'est encore pire que ce que je m'attendais à trouver. Tu crois vraiment qu'on peut remettre ces deux tacots sur la route ?

Sonny est un gars rondouillard qui a un goût prononcé pour la pâtisserie et un naturel enjoué. Il a recommencé à rire.

– Fiston, ces deux tas de ferraille n'auraient déjà pas passé le contrôle technique quand ton père les a garés. Ça fait quoi, douze ans, quatorze ans qu'ils sont là ? Mais je fais encore un peu de mécanique, à l'occasion, pour les vieux clients. Allez, je tente le coup. On va donner une seconde vie à ces dinosaures. Ça me rappellera le bon vieux temps et je suis ravi que tu aies envie de t'en servir. Cela dit, même si on arrive à les remettre en état, n'oublie pas que ces engins ont plus de quarante ans et que la technologie a drôlement progressé sur les bagnoles. Tu feras bien d'éviter les autoroutes et de rouler pépère sur les routes secondaires.

– Ne t'inquiète pas, Sonny, c'est comme ça qu'on aimait se promener, avec papa.

En un peu plus d'une semaine, Sonny a refait une santé au

Suburban et à l'Airstream. Il a vérifié les freins, l'embrayage, le carter d'huile, changé certaines pièces lorsque c'était nécessaire, tous les pneus aussi, et il a réglé le moteur. Il a graissé les roulements de roue et mis des plaquettes de frein neuves. Pendant ce temps, Jeannette et moi avons nettoyé et lessivé, à l'intérieur comme à l'extérieur. Les mulots avaient envahi la caravane, de sorte qu'il a fallu remplacer draps, serviettes et torchons. La plus grande partie de la vaisselle et du matériel de cuisine étant inutilisable, Jeannette a fait un tour à la droguerie pour racheter ce qu'il fallait. Et j'ai fait réimmatriculer les deux véhicules.

Si tout cela représentait pas mal de travail, nous nous sommes finalement amusés, oscillant constamment entre la tristesse et la gaieté. C'était comme si papa nous avait accompagnés à chaque instant, regardant par-dessus nos épaules et donnant son avis, ce qu'il faisait toujours. Nous avons beaucoup parlé de lui et beaucoup ri.

Le matin de mon départ, quand j'ai accroché l'Airstream au Suburban et que tout était prêt, Jeannette et Sonny sont venus me dire au revoir. Grâce à elle, le frigo et les placards étaient pleins à craquer, et elle m'apportait en plus un déjeuner proprement emballé avec un thermos de café pour la route.

– Je me rappelle quand vous partiez avec ton père, m'a-t-elle dit. Tu étais un petit garçon tout joyeux de visiter l'Ouest avec lui. Ça me fait plaisir que tu fasses ce voyage à nouveau...

La pauvre Jeannette a fondu en larmes.

– J'espère que tu ne souffriras pas trop de la solitude, sans lui.

J'allais parcourir un peu plus d'un millier de miles depuis Chicago jusqu'à Lame Elk, qui se trouve dans la réserve indienne de la Tongue River. Suivant le conseil de Sonny, je ne me suis pas pressé. J'ai mis quatre bonnes journées pour arriver. Choisissant les chemins détournés, j'ai dormi dans les campings publics ou dans les parcs des petites villes où il était permis de se garer, comme nous le faisions avec papa, plus de vingt ans auparavant. Il y avait toujours dans la caisse en bois sa collection de cassettes audio, et j'ai donc écouté en route Kris

Kristofferson, B.B. King, Emmylou Harris, Simon et Garfunkel, Patsy Cline, Bob Dylan, Billie Holiday... tous les vieux succès qu'il aimait. Nous chantions ensemble pendant qu'en conduisant il fumait l'une après l'autre ces Camel qui l'ont fait mourir trop tôt. J'avoue que, sous l'effet de cette musique et du paysage familier qui se déroulait devant moi, je n'ai pu retenir des larmes de nostalgie. Le petit garçon de l'époque, copilote amateur, était maintenant un homme au volant de cette voiture.

Papa m'en avait dit long sur l'histoire de ce pays et je ne pouvais le traverser à nouveau sans y voir partout l'esprit des Amérindiens. Il imprègne la terre. J'avais avec lui visité pratiquement tous les champs de bataille, des plus anecdotiques – d'obscures escarmouches des années 1850 et 1860 – jusqu'au plus célèbre, celui bien sûr de la Little Bighorn, où Custer et le 7e de cavalerie ont subi une défaite cinglante. Le général lui-même y perdit la vie. Ce fut une rare et grande victoire pour les natifs, après quoi les guerres des Indiens des plaines ont connu des jours désespérés, l'armée s'acharnant à détruire leurs villages d'hiver, pourchassant une bande après l'autre et les dominant toutes.

Dans chacun de ces sites, papa retraçait les événements dans une langue riche, en bon passionné d'histoire qu'il était. Et moi, gamin impressionnable, j'avais toujours l'étrange sensation d'être présent lors des attaques de l'armée. La nuit, je me réveillais dans la caravane comme si je dormais dans un tipi avec père et mère, que j'entendais sonner le clairon pendant que les chevaux martelaient le sol et que les balles crépitaient autour de nous... les soldats tirant à terre pour nous tuer dans nos lits. C'est une vision que je n'ai jamais pu m'ôter de la tête. J'étais la proie de mon imagination et celle-ci m'a permis de comprendre la terreur et l'impuissance des Indiens. Aujourd'hui, alors que, tant d'années plus tard, je parcours et je campe dans ces régions, sur cette terre sacrée, hantée et gorgée de sang, je ne peux qu'éprouver la même sensation, plus bouleversante encore après la lecture des nouveaux carnets.

J'ai forcément remarqué que la dernière page datée de lady Hall était aussi celle de la défaite de Custer. L'Anglaise avait ensuite perdu la notion du temps. Naturellement, j'avais emporté les registres dans leurs sacoches, toutes deux bien rangées dans l'Airstream. Il me fallait à présent retrouver cette mystérieuse femme qui me les avait confiés.

Je suis arrivé à Lame Elk un samedi après-midi. Le bourg n'avait guère changé depuis les années 1980, hors le fait qu'il paraissait plus prospère, ou moins misérable que la plupart des villes des réserves. Je me suis garé dans le parking presque vide qui jouxtait le bâtiment administratif de la tribu, dont je m'attendais à ce qu'il soit fermé un jour de week-end. Mais, agréable surprise, la porte d'entrée était ouverte et quelqu'un était là. Assise à un bureau, une jeune Cheyenne travaillait devant son ordinateur.

Je me suis présenté et lui ai appris que je cherchais une certaine Molly Standing Bear.

Elle a pris aussitôt un air soupçonneux.

– Puis-je vous demander pourquoi ?

Après mes différents séjours ici avec papa, je savais que les Cheyennes, comme tant d'autres tribus, entretiennent une profonde méfiance à l'égard des Blancs. Qui le leur reprocherait ?

– Oui. J'ai rencontré Molly, il y a bien des années, quand nous étions enfants. J'ai plusieurs fois séjourné dans la réserve avec mon père, J. Will Dodd. Peut-être avez-vous entendu parler de lui ? Il a publié les carnets de notre ancêtre May Dodd dans le magazine *Chitown* en 1998. Nous venions ici pendant l'été.

Mon interlocutrice s'est détendue, ses soupçons se sont envolés et elle a ri.

– La réserve n'est pas une destination prisée des Blancs pour leurs vacances d'été, a-t-elle reconnu. En général, ils ne font que passer, et le plus vite possible. Bien sûr que j'ai entendu parler de votre père. Il était connu ici. J'ai appris sa disparition dans le journal local. Au fait, je m'appelle Miranda Lonewolf.

– Molly m'a récemment rendu visite à Chicago. Elle m'a confié une chose que je voudrais lui rendre. Seulement, elle ne m'a pas laissé ses coordonnées.

Mme Lonewolf a paru légèrement troublée.

– Nous avons une famille du nom de Standing Bear qui vit

dans la réserve. Je les connais, mais le nom de Molly ne me dit rien. Vous êtes sûr qu'elle réside ici ?

— Pas sûr, non. Mais il fallait bien que je commence mes recherches quelque part.

— Si elle est inscrite comme membre de la tribu, je la trouverai dans notre annuaire en ligne. Voyons, que j'ouvre le fichier... a-t-elle dit en manipulant sa souris. OK... Standing Bear... Standing Bear... Non, je suis navrée, monsieur Dodd. Comme je m'y attendais, nous n'avons pas de Molly avec ce nom de famille. Elle est peut-être enregistrée sous un autre patronyme ?

— Comment savoir ? Celui de son époux, alors, si elle est mariée ?

Tout en le disant, je me suis rendu compte que cette éventualité me déplaisait.

— Je peux aussi consulter les archives de la tribu. Mais elles sont incomplètes et tout n'est pas encore numérisé. En quelle année, à peu près, avez-vous rencontré Molly Standing Bear ?

— Je peux vous le dire précisément, c'était en 1996. J'avais douze ans.

— Commençons par cette date, alors, a dit Miranda Lonewolf en frappant quelques touches. Je ne vivais pas encore ici, à cette époque, c'est sans doute pour ça que ce nom m'est inconnu.

Au bout d'une minute ou deux, elle a posé les mains de chaque côté de son clavier en étudiant l'écran d'un air consterné.

— Oh, mon Dieu ! Je suis désolée... vraiment...

— Pourquoi ?

— Je la trouve dans deux documents : un rapport de la police tribale et un avis de décès dans le journal de la réserve. Elle est morte en janvier 1997, lors d'une dispute familiale, apparemment... « La poursuite de l'enquête ne permet pas de livrer d'autres détails »... sinon qu'elle avait treize ans.

— Hein ? Non, ce n'est pas possible. Je l'ai vue à Chicago il y a dix jours et je l'ai bien reconnue, c'était elle. Il doit y avoir une erreur, une faute d'impression... on l'aura prise pour quelqu'un d'autre.

— C'est possible, a dit Mme Lonewolf, d'un ton indiquant qu'elle n'y croyait guère. Je peux me renseigner pour vous, la semaine prochaine, auprès de la police et des anciens de la tribu. On saura le fin mot de l'histoire.

— Merci. Y a-t-il une photo d'elle dans ces documents ?

— Oui, dans l'avis de décès. C'est celle de l'almanach du lycée. Voulez-vous la voir ?

— Pas tout de suite, merci, ai-je répondu, ébranlé. Mais pourriez-vous m'imprimer tout ça ?

— Bien sûr.

Elle a récupéré les feuilles dans l'imprimante, puis les a glissées discrètement dans une enveloppe kraft qu'elle m'a tendue. Elle avait bien compris que je préférais être seul pour lire ces documents et étudier la photo.

L'après-midi touchait à sa fin et je n'avais aucune envie de parcourir une trentaine de miles pour dénicher un parc de stationnement. Aussi ai-je demandé à Mme Lonewolf si les terrains au sud de la ville, proches de la rivière, où nous garions l'Airstream avec papa, existaient toujours.

— Oui, mais je ne vous conseillerais pas de camper là-bas. Surtout un samedi soir... La consommation de méthamphétamine est en hausse dans la réserve et les gens boivent comme des trous. Ils vont là, le week-end, faire toutes sortes de bêtises. Vous ne vous reposeriez pas beaucoup et de plus, comme vous êtes blanc, vous risquez des ennuis. Vous avez déjà séjourné ici, vous savez de quoi je parle. Monsieur Dodd, je regrette de ne pouvoir vous aider davantage aujourd'hui.

J'ai quitté le bâtiment de l'administration et, ignorant les conseils de la jeune femme, j'ai repris le volant jusqu'à la rivière. Je voulais absolument passer devant le mobile home, à la limite de la ville, où j'étais allé chercher Molly Standing Bear, vingt étés plus tôt, pour l'emmener au cinéma. Un rendez-vous, bien sûr, qu'elle n'a pas honoré. La petite construction était abandonnée, saccagée, le plafond et l'un des murs effondrés, les fenêtres brisées. Elle était couverte de graffitis tant dehors que dedans.

Notre vieux terrain de caravaning ne s'était pas arrangé non plus. En le nettoyant, j'ai ramassé au moins trois douzaines de canettes de bière vides, des bouteilles d'alcool, une quantité invraisemblable de déchets en tous genres, de quoi remplir presque entièrement deux grands sacs-poubelles. Quand nous campions là avec papa, un de nos jeux préférés consistait à nous imaginer parmi les Cheyennes du temps jadis, aux diverses époques où ils résidaient au même endroit près de la rivière. Je dois dire qu'avec ces poubelles en main, il fallait avoir vraiment beaucoup d'imagination pour se représenter leur ancien mode de vie.

Une fois terminé, j'ai déployé l'auvent de la caravane, installé le gril, la table et la chaise pliantes. J'ai pris une douche en vitesse et je me suis servi un verre. Alors seulement, je me suis assis, j'ai retiré les papiers de l'enveloppe que m'avait donnée Miranda Lonewolf. Oui, indubitablement, c'était bien Molly Standing Bear sur la photo de l'avis de décès, celle que j'avais connue, jeune garçon, et que j'avais retrouvée, adulte, dix jours auparavant dans nos bureaux. Elle avait sur ce cliché la même allure intelligente, hautaine, qui en disait assez long sur ses dispositions d'esprit. Faute de croire aux fantômes, j'étais certain qu'une erreur bizarre avait été commise quelque part, que cette mort était impossible – une conviction qui, toutefois, n'apaisait en rien ma tristesse.

J'ai débouché une bouteille de vin, fait griller deux côtelettes d'agneau, une brochette de divers légumes, et j'ai mangé dehors. Je me suis rappelé que le solstice d'été tombait aujourd'hui et, à cette latitude au nord, le ciel était encore très lumineux. Jusque-là, personne n'avait troublé ma solitude et, le soir finissant par tomber sur ce terrain tout de même plus propre, j'écoutais le murmure de la rivière et je pouvais à nouveau presque imaginer une fin de journée chez les Cheyennes d'antan. J'ai fait la vaisselle et je me suis couché, encore assez perturbé.

Je n'avais aucune idée de l'heure, cependant le noir était total quand je fus réveillé par l'irruption d'un véhicule équipé d'une stéréo assourdissante. Ses phares éclairèrent un instant l'intérieur de l'Airstream. En écartant les rideaux, j'ai vu un pick-up Ford qui arrivait sur le terrain, suivi par un vieux Chevy Ranchero. Quand ils se sont arrêtés, sept individus, hommes et femmes, sont sortis du pick-up, et cinq autres du Ranchero. Ils ont déchargé plusieurs caisses de bière, se sont mis à gueuler et à rire en étudiant la caravane. Trois hommes ont décapsulé une bière et se sont dirigés vers moi. Je suis sorti du lit au moment où l'un d'eux frappait à la porte, si fort que l'Airstream donnait de la gîte.

Il y a quelques années, j'ai écrit pour le magazine une série d'articles sur l'usage croissant de la méthamphétamine dans les petites communes rurales de l'Illinois. Pendant mes recherches, j'ai passé pas mal de temps sur place, parmi les toxicos et les dealers, pour les interviewer, en même temps que quelques producteurs – une petite portion d'humanité par définition instable. Je ne m'étais jamais senti spécialement exposé parmi ces gens. Journaliste comme mon père, il semble que j'aie hérité de lui une certaine neutralité, un caractère qui me permet naturellement de désamorcer les situations dangereuses.

En ouvrant, il m'a suffi de regarder ces hommes dans les yeux pour comprendre qu'ils avaient consommé autre chose que de la bibine. Ils paraissaient très agités.

– Puis-je faire quelque chose pour vous, messieurs ? leur ai-je demandé.

– *Messieurs* ? Tu te fous de nous, petit Blanc ? a répondu celui qui faisait office de chef, entre les deux autres.

– Pas du tout.

– Qu'est-ce que tu fais là ?

– Je dors.

– Ah ouais ? Eh ben, maintenant que t'es debout, tu prends tes cliques et tes claques et tu débarrasses le plancher.

– Je croyais que c'était un terrain public. Ce n'est pas la première fois que je campe ici.

– Ce terrain est propriété de la réserve, on fait la fête et on ne veut pas de Blancs dans le coin.

– Il est vraiment tard. Je pourrais ne rester que cette nuit et partir demain matin à la première heure ?

– Tu as de la came ?

– Non.

– De l'alcool ?

– Un peu.

– Du fric ?
– Un peu.
– Donne-nous le fric et l'alcool.
– Et après, je peux rester ?
– J'ai dit ça ?
Il s'est tourné vers ses comparses.
– Je lui ai dit qu'il pouvait rester ? Je crois pas... Non, tu te barres, et maintenant.
– Pourquoi je vous donnerais de l'alcool et de l'argent, dans ce cas ?
Ils se sont regardés en ricanant.
– T'es con ou quoi ?
– Peut-être.
– Parce qu'on va te les piquer, de toute façon. Avec ce qui nous plaira dans ta chiotte. Et tant qu'on y est, on te fout une branlée, tellement t'es con. T'as compris, maintenant ?
– OK, doucement. Je vous donne ce que vous voulez.
– Putain, ce dégonflé !
– Je compte sept hommes de votre côté, et un seul du mien. Alors je veux bien passer pour un dégonflé, mais je ne suis peut-être pas si con.
Quelque part dans l'ombre, a retenti un rire de femme.
– Et si on était deux contre sept, petit Blanc ?
Elle s'est ensuite adressée à eux en cheyenne, à toute vitesse, sur un ton cinglant – et je n'ai rien compris.
– Ah, chier... revoilà cette espèce de fantôme de merde, a lâché le petit chef en reculant avec les deux autres. Tu peux pas nous foutre la paix, salope ?
À l'évidence pas rassurés, ils ont filé en jetant des coups d'œil inquiets dans les zones d'ombre, comme si le père Fouettard allait leur tomber dessus. Le reste de la bande rechargeait déjà les caisses de bière. Tout ce beau monde est remonté en voiture, les pneus ont patiné dans la poussière et ils ont filé sans demander leur reste.
Surpris, je les ai regardés partir tandis que l'inconnue se détachait de l'obscurité. C'était Molly Standing Bear, vêtue de la même façon que lors de sa visite – robe droite en daim,

jambières et mocassins d'époque. Elle avait son antique ceinturon à la taille avec le couteau à scalper.

– Dans ce cas, lui ai-je dit, même à deux contre sept, je ferais montre d'un courage exemplaire... puisque vous êtes avec moi.

– Il paraît que vous me cherchez ? a-t-elle demandé en s'approchant de la caravane d'une démarche assurée, souple et légère, les pieds légèrement tournés en dedans.

– Ah bon ? On m'a annoncé que vous étiez morte. Vous n'êtes pas un fantôme, apparemment, mais c'est ce qu'ils avaient l'air de penser.

– Bien pratique, parfois. Et, comme je vous l'ai dit, je les intimide toujours.

– Curieux, quand même... Au moment où ces types allaient me taper dessus et me voler, je me suis rappelé cet après-midi où je me rendais chez vous, tout près d'ici, pour vous emmener au cinéma, quand une bande de jeunes m'a flanqué une raclée, cela doit faire vingt ans. Et aujourd'hui que je vous cherche à nouveau, ça a bien failli se reproduire... Il ne faudrait pas que ça devienne une habitude.

– Il y en a deux aujourd'hui qui étaient parmi eux à l'époque, m'a appris Molly Standing Bear en riant. Alors, vous m'invitez dans votre tipi ou pas ?

– Oui, pardon, bien sûr, entrez, ai-je répondu en m'effaçant.

Elle est montée à l'intérieur puis, d'un air amusé, elle m'a regardé de pied en cap. Je me suis soudain rappelé que je portais seulement le T-shirt et le caleçon avec lesquels j'ai coutume de dormir.

– Excusez-moi. Je ferais mieux de m'habiller. C'est que je ne m'attendais pas vraiment à de la visite.

– Ne vous donnez pas cette peine. Il est tard... et vous êtes assez mignon en petite tenue.

Je lui ai proposé un verre de vin.

– Nous ne sommes pas tous alcooliques, a-t-elle commenté en l'acceptant.

Nous nous sommes assis sur l'étroit canapé de l'espace salon-salle à manger dans lequel on accède directement.

– Il paraît que vous avez quelque chose pour moi. Je suppose que vous m'avez rapporté les carnets. Je vous avais dit que je viendrais les chercher, il ne fallait pas faire tout ce chemin.

– Vous n'avez pas précisé quand vous viendriez et j'ai tant de questions à vous poser après les avoir lus que je n'ai pas voulu attendre. Et puis c'était un bon prétexte pour m'absenter un moment du bureau.

– Pour me revoir aussi, n'est-ce pas ?

– Aussi, oui, ai-je admis avec un sourire penaud. Où sont les pages qui manquent dans les registres ?

– Elles ont été arrachées afin de préserver des secrets tribaux sacrés.

– J'ai lu ce soir votre avis de décès. Il date de 1997 et il y a votre photo. Vous pouvez m'expliquer ça ?

– Non.

– Non et puis voilà ? C'est tout ?

– Oui, c'est tout. Vous n'avez pas besoin d'en savoir plus pour l'instant.

Je lui ai posé une demi-douzaine d'autres questions auxquelles elle n'a pas répondu entièrement.

– Quand vous aurez fini votre interrogatoire de journaliste à la noix, j'aimerais vous en poser une, moi.

– Quoi ?

– Aimez-vous mon odeur ?

– Comment ?

– Vous avez bien entendu.

– Je ne me suis jamais suffisamment approché de vous pour pouvoir exprimer un avis. Vous avez acheté un nouveau parfum ?

Elle a ri de nouveau en se levant et elle s'est tournée vers moi.

– Du parfum, non, petit Blanc.

Elle m'a posé une main sur l'arrière du crâne et m'a tiré vers elle jusqu'à ce que mon nez touche son cou. Elle avait une force étonnante et, de toute façon, loin de moi l'idée de lui résister...

– Allez-y. Reniflez un bon coup. C'est important.

J'ai inspiré profondément l'odeur de sa peau brune, épicée, et j'avoue qu'elle était particulièrement enivrante. Se penchant ensuite, Molly Standing Bear a fourré son propre nez sur mon cou et inspiré à son tour. Cela fait, elle m'a lâché et s'est rassise.

– Bon, alors, vous aimez ou pas ?

J'étais sans voix, troublé, et l'expression « avoir la tête qui tourne » prenait subitement tout son sens.

J'ai réussi à répondre :

– À quoi ça rime ?

– Ne me faites pas répéter la question encore une fois. C'est oui ou c'est non ?

– Oui, oui, bien sûr que j'aime votre odeur. Les odeurs sont impossibles à décrire avec des mots et... désolé de paraphraser Molly McGill dans son journal, mais... la vôtre a quelque chose de... sauvage... pas désagréable, évidemment... un peu celle d'un mustang... pas désagréable du tout... bien au contraire... très, très sensuelle, même...

– Vous rougissez, a-t-elle dit en riant encore.

Baissant les yeux à hauteur de ma taille, elle a ajouté :

– Entre autres choses...

Des deux mains, j'ai aussitôt caché cette partie de mon anatomie.

– Forcément... Je n'étais déjà pas très à l'aise de vous recevoir en caleçon, mais maintenant je suis vraiment gêné.

– Je suis l'arrière-arrière-arrière-arrière-arrière-petite-fille de Molly et de Hawk. Du moins, si j'ai bien compté les générations. On se reproduit vite dans la famille... Peut-être ai-je hérité des glandes sudoripares de Hawk, ou de celles de Molly, ou des deux réunis... Au dire de tous, ça fonctionnait très bien entre eux, et dès la première fois. Ils n'en finissaient pas... Je me demandais si ce serait aussi notre cas.

– Pourquoi ?

– Vous le saurez plus tard.

– OK. Et moi, vous aimez mon odeur ?

Un sourire ironique, et elle a haussé les épaules.

– Eh bien... pas si mal pour un Blanc.

– Histoire de changer de sujet une seconde... Parce que c'est ça ou je prends une douche froide. Encore une question : pourquoi n'êtes-vous pas dans l'annuaire de la tribu ?

– Parce que je ne suis pas officiellement immatriculée. Vous comprendrez peu à peu tout ça, pour autant que vous soyez un brin perspicace. Pour l'instant, tout ce que vous avez besoin de savoir, c'est qu'après la bataille de la Little Bighorn, celle que les Cheyennes appellent « bataille de l'herbe grasse », une bande s'est séparée de Little Wolf pour suivre son propre chemin et ses propres objectifs. Elle comptait un certain nombre des femmes blanches dont il est question dans les carnets, mais aussi des Cheyennes et des Arapahos, hommes et femmes. Ils ont fini par fonder une petite tribu à part entière, qu'ils ont baptisée Konahe'hesta : les Cœurs vaillants. Jamais ils ne se sont soumis à l'État américain.

– Mais où sont-ils allés ? Où se cachent-ils ? Comment ont-ils subsisté jusqu'à ce jour ? Que font-ils ? Pourquoi n'en ai-je jamais entendu parler ?

– Ça fait cinq questions de plus et il n'y en a aucune à laquelle je puisse répondre tout de suite. D'abord, vous devez vous montrer digne.

– De quoi ?

– D'être mis au courant. De nous rallier.

– Vous rallier ? Qui a dit que j'en avais envie ? Je vis à Chicago, j'ai un métier, je dirige un magazine.

– Vous êtes le dernier descendant de May Dodd. J'ai appris que votre femme est morte il y a quelques années dans un accident de voiture, et que vous n'avez pas d'enfants.

– Comment pouvez-vous détenir tant d'informations sur moi et ne rien me révéler sur vous ?

– C'est comme ça. Les Cœurs vaillants se sont donné pour mission de bâtir un autre monde, un monde meilleur. Vous avez vu ce qui est arrivé au Peuple depuis l'invasion des Blancs. Ils nous ont apporté le choléra dans les années 1830 et 1840, la variole dans les années 1850, et nous avons perdu plus de la moitié de notre population. À la fin des années 1870, ils avaient éliminé la plus grande partie des troupeaux de bisons, volé ce qui restait de nos terres, tué toujours plus d'Indiens et enfermé les survivants dans les réserves. Aujourd'hui, un siècle et demi plus tard, nous avons des taux sans cesse plus élevés d'alcooliques et de toxicomanes, sans parler de l'inceste, des assassinats et des violences domestiques. Le Peuple s'entretue lui-même. En ville, les bandes rivales de dealers se tirent dessus. Ces choses-là n'existaient pas, dans le temps, vous en êtes bien conscient. Et regardez ce que vous infligez à la nature avec votre mode de vie. La vie sauvage et les milieux naturels se sont appauvris de cinquante pour cent depuis 1970. De mille pour cent depuis 1770. Vous polluez les océans avec vos plastiques et votre pétrole. La pêche est en danger à cause de votre cupidité, de la surconsommation, de la surpopulation. Vous réchauffez le climat au point que d'autres espèces disparaissent, des sociétés humaines s'effondrent, des millions de gens doivent quitter leur foyer sans savoir où aller. Des régions entières, y compris dans les États de l'Ouest, sont frappées par la sécheresse et les incendies. Les récifs coralliens sont en train de mourir. Des tornades, des typhons, des ouragans, des raz-de-marée détruisent tout sur leur passage. Inondations, épidémies, tueries, guerres de religion, attentats, des enfants massacrés dans leur école, dans leur cour de récréation, en colonie de vacances, dans leur propre maison. Et vous osez nous traiter de « sauvages » ?

– Waouh ! En voilà une litanie… Pourquoi me dites-vous tout ça ? Qu'est-ce que je peux y faire, exactement ? Qu'attendez-vous de moi ?

– Quelque chose de très simple, entre nous : un bébé. Pour lui transmettre les gènes de May Dodd et de votre père, des gens très bien qui nous aimaient et qui ont tenté de nous protéger. Pour ma part, je lui donnerai le sang de Hawk et de Molly, celui de Phemie et de Pretty Nose aussi, car leurs descendants se sont mariés entre eux.

– Et en quoi votre sang, le mien ou le leur seraient-ils meilleurs que celui de n'importe qui ?

– Mon sang est porteur de pouvoirs que votre race a perdus depuis longtemps, à condition qu'elle les ait jamais eus. Il en va de même pour celui de Phemie et de Pretty Nose. Nous souhaitons les développer, ces pouvoirs, les rapporter du monde qui se cache derrière le nôtre, et les partager. Quand je me suis présentée à votre bureau, vous n'avez eu qu'un tout petit aperçu de ce dont je suis capable.

– Croyez-moi, Molly, j'y ai beaucoup réfléchi. Et la seule conclusion logique à laquelle je parvienne, c'est que... c'est un tour de magie. Je ne sais pas comment vous vous y prenez... et donc, c'est formidable, comme tour !

– Bon Dieu, ce que vous pouvez être rationaliste ! Votre père était bien plus ouvert à ces choses que vous ne l'êtes. Il vous reste beaucoup à apprendre. Je commence à me demander si j'ai vraiment choisi la bonne personne...

– Ouais, bon... pour revenir une seconde à cette affaire de bébé... vous ne croyez pas qu'on pourrait aller au cinéma avant de fonder une famille ?

Elle s'est esclaffée.

– Vous vous croyez drôle, hein ?

– Oui, parfois... au moins un peu. D'ailleurs, vous avez ri.

Nous avons gardé le silence un instant, un silence pas du tout désagréable. Il semblait que nous venions de passer une sorte d'accord tacite... à quel sujet exactement, je n'aurais su le dire.

Finalement, Molly a repris la parole.

– Si elle vous plaît, mon odeur, voulez-vous la sentir encore ?

– J'en meurs d'envie... Mais, simple curiosité, il faut que je surveille ce couteau à scalp sur votre ceinture ?

Elle a souri.

– Je suppose que vous aurez la réponse demain matin.

GLOSSAIRE DES NOMS INDIENS

Baldy : Chauve
Bear : Ours
Bear Doctor Woman : Celle qui a guéri l'ourse
Bird : Oiseau
Black Man : Homme noir
Black Panther : Panthère noire
Black White Woman : Femme blanche noire
Bridge Girl : Fille-pont
Buffalo Calf Road Woman : Celle qui, enfant, a trouvé la piste des jeunes bisons et en a tué un
Comes in Sight : Celui qu'on voit arriver
Curly : Frisée
Dog Woman : Femme-chien
Egg : Œuf
Elk Woman : Dame orignal
Falls Down Woman : Celle qui tombe par terre
Feather on Head : Plume sur la tête
Flying Horse : Cheval volant
Flying Woman : Femme qui vole
Going with the Wind : Va avec le vent
Good Feathers : Bonnes plumes
Grass Girl : Fille de l'herbe
Happy Woman : Femme heureuse
Hawk : Faucon
Kills Antelope Woman : Celle qui tue l'antilope
Kills in the Morning Woman : Celle qui tue le matin
Kills Twice Woman : Celle qui tue deux fois
Lance Woman : La lancière
Light : Lumière
Little Beaver : Petit castor

Little Bird : Petit oiseau
Little Buffalo : Petit bison
Little Skunk : Petite mouffette
Little Tangle Hair : Petit Cheveux emmêlés
Lone Bull : Taureau solitaire
May Swallow Wild Plums : May hirondelle plumes sauvages
Medicine Wolf : Loup bonne médecine
Molly Standing Bear : Molly ours debout
Mouse : Souris
Owl Girl : Jeune chouette
Prairie Woman : Femme de la Prairie
Pretty Nose : Joli nez
Pretty Walker : Celle qui marche gracieusement
Quiet One : La silencieuse
Red Feather Woman : Femme à la plume rouge
Red Fox : Renard roux
Red Hair Twin Women : Les jumelles rousses
Red Painted Woman : Femme peinte en rouge
Rides Buffalo : Chevauche le bison
Singing Woman : Celle qui chante
Squirrel : Écureuil
Standing Elk : Élan debout
Tangle Hair : Cheveux emmêlés
Warpath Woman : Femme sur le sentier de la guerre
Winged Horses Man : L'homme aux chevaux ailés
Woman Who Kicks Men in Testicles : Celle qui donne des coups de pied dans les testicules
Woman Who Moves Against the Wind : Celle qui avance contre le vent
Wren : Roitelet
Yellow Bird : Oiseau jaune
Yellow Hair Woman : Femme aux cheveux jaunes
Youngbird : Jeune oiseau

TABLE

Introduction	15
LES JOURNAUX DE MARGARET KELLY. Premier Carnet. Dans le camp de Crazy Horse	27
LES JOURNAUX DE MOLLY MCGILL. Deuxième Carnet. Captive	59
LES JOURNAUX DE MARGARET KELLY. Troisième Carnet. Le long chemin du retour	93
LES JOURNAUX DE MOLLY MCGILL. Quatrième Carnet. Femme peinte en rouge	113
LES JOURNAUX DE MARGARET KELLY. Cinquième Carnet. Le cimetière	147
LES JOURNAUX DE MOLLY MCGILL. Sixième Carnet. S'adapter ou périr	175
LES JOURNAUX DE MARGARET KELLY. Septième Carnet. La société guerrière des femmes au cœur vaillant	203
LES JOURNAUX DE MOLLY MCGILL. Huitième Carnet. Danser sous la lune	229
LES JOURNAUX DE MARGARET KELLY. Neuvième Carnet. Sous les peaux de bison	257
LES JOURNAUX DE MOLLY MCGILL. Dixième Carnet. De l'amour et de la guerre	269
LES JOURNAUX DE MARGARET KELLY. Onzième Carnet. La bataille de Rosebud Creek où la sœur sauva le frère	293

LES JOURNAUX DE MOLLY McGILL. Douxième Carnet. L'enfer 311

LES JOURNAUX DE MARGARET KELLY. Treizième Carnet. Le retour de Martha 337

LES JOURNAUX DE MARGARET KELLY. Quatorzième Carnet. (Sous la plume de lady Ann Hall) L'envol 349

Épilogue 365

Glossaire 383

Les papiers utilisés dans cet ouvrage
sont issus de forêts responsablement gérées.

Mis en pages par DV Arts Graphiques à La Rochelle
Imprimé en France par CPI
Dépôt légal : septembre 2016
N° d'édition : 4929 - N° d'impression : 3020675
ISBN : 978-2-7491-4329-3